AF399466

Laura Nieland lebt mit ihrer Familie im Rheinland. Als ausgebildete Fremdsprachenassistentin und Großhandelskauffrau ist ihr beruflicher Werdegang vielleicht weniger literarisch, dennoch begleitet das Schreiben sie seit ihrer Kindheit. Besonders gern liest und schreibt sie im Genre Urban Fantasy. Aber zu einem guten Thriller oder einer Liebesgeschichte mit einer ordentlichen Prise Drama würde sie auch nicht „Nein" sagen

LAURA NIELAND

DER ANRUFER

EIN PSYCHOTHRILLER MIT SUCHTPOTENZIAL

Erstausgabe Oktober 2024

Copyright © 2024 dp Verlag, ein Imprint der
dp DIGITAL PUBLISHERS GmbH
Made in Stuttgart with ♥
Alle Rechte vorbehalten

Der Anrufer

ISBN 978-3-98998-050-1
E-Book-ISBN 978-3-98778-442-2
Hörbuch-ISBN: 978-3-98998-170-6

Covergestaltung: Anne Gebhardt
Umschlaggestaltung: ARTC.ore Design
Unter Verwendung von Abbildungen von
shutterstock.com: © rybarmarekk, © Ricardo Reitmeyer,
© AstworkStudio, © Shahjehan, © brickrena
stock.adobe.com: KI generiert mit Adobe Firefly (Firefly Ein luxuriö-
ses modernes Strandhaus bei Nacht mit erleuchteten Fenstern
59599)
Lektorat: Katrin Gönnewig
Satz: dp DIGITAL PUBLISHERS GmbH
Druck und Bindung: Books on Demand GmbH, Norderstedt

*Jeder Mensch ist ein Abgrund, es schwindelt einem,
wenn man hinabsieht.*
Georg Büchner

*The worst kind of monsters are not living underneath
our beds. They are living within us.*
Laura Nieland

Kapitel 1

„Sie haben sich hier sehr geschmackvoll eingerichtet." Brittany Westwood flanierte auf ihren hohen Schuhen über die Galerie, von der aus man in das großzügige Wohnzimmer und die Küche blicken konnte. Das Geräusch ihrer Schuhe hallte durch das ganze Haus, verschlang das träge Ticken der antiken Standuhr im Wohnzimmer. Das einzige Stück, das weder modern noch von zeitlosem und makellosem Design war und daher für das ein oder andere Auge wie ein Fremdkörper wirken mochte.

Als sie in seinem minimalistisch eingerichteten Büro standen, wandte sie sich nicht der Fensterfront zu - wie jeder andere es sonst tat. Hinter den Scheiben sah man die Wellen an den Strand rollen, Felsen, die von dem goldenen Sonnenlicht in eine kontrastreiche Szene vor dem malerisch purpurnen Horizont gesetzt wurden. Sie warf ihr langes lockiges Haar schwungvoll über die Schulter, atmete hörbar ein. Ganz offensichtlich ein Ausdruck der Entzückung. Sie deutete auf das Gemälde, das an der gegenüberliegenden Wand hing, sodass man es vom Ende des Raumes aus betrachten konnte. „Ist das Jenny Saville?"

Frank nickte einmal, während er sich an seinen Schreibtisch lehnte und ein Bein über das andere schlug. „In the Realm of the Monster 1."

Es war eine Kohlezeichnung, die drei übereinanderliegende Personen zeigte. Sie waren ineinander verschlungen. Die Gesichter ließen keinen Schluss darüber zu, ob es eine Melange aus Lust war oder ob sich etwas anderes hinter den chaotischen Kohlelinien verbarg. Sicher war, es hatte etwas Hypnotisches an sich.

Brittany blickte mit leuchtenden Augen über ihre Schulter, lächelte breit und betrachtete dann wieder das Gemälde.

Frank legte den Kopf schief. Brittany Westwood, Reporterin der Los Angeles Times, war Mitte dreißig und stand in der Blüte ihrer Karriere. Der Rock und die feminin geschnittene Bluse betonten ihre Figur. Mit überkreuzten Beinen stand sie vor dem Bild, das Frank ein Vermögen gekostet hatte, hielt in einer Hand das Weinglas und gestikulierte mit der anderen. „Ich liebe ihre Kunst. Es ist so aufregend und gleichzeitig so …“ Sie suchte nach einem Wort.

„Verstörend.“

Brittany drehte sich um und trat hinter einen der Sessel, die vor dem Schreibtisch standen. Ihre dunklen Augen glänzten. „Ja.“

Frank schmunzelte. Sie war eine schöne, attraktive Frau und wäre er zehn Jahre jünger gewesen und nicht Vater zweier Mädchen, hätte er sie sicherlich in ein Restaurant ausgeführt. Doch er konnte nicht anders, als sie aus den Augen eines Vaters zu betrachten.

Er deutete mit einer Hand auf den Sessel. „Aber wir sind ja nicht hier, um über Künstlerinnen des Neoexpressionismus zu debattieren, oder? Bitte setzen Sie sich doch.“

Ein kaum merklicher Ruck zuckte über Brittanys Züge, doch ihr Lächeln blieb intakt. Sie setzte sich. Frank wusste genau, was ihr in diesen Sekunden durch den Kopf ging. *„Dieser Typ erträgt es nicht, zwei Sekunden nicht über sich zu reden.“*

Wobei das nicht stimmte. Die meiste Zeit vermied Frank es, sich mit anderen Menschen zu unterhalten. Grundsätzlich mied er Menschen im Allgemeinen, außer es war nicht zu verhindern. Die Intellektuellen waren kaum zu ertragen mit ihrem Geschwätz über Kunst und Kulturgüter, das oft nur eine Farce war. In Wirklichkeit sprachen sie über Werte, Geldanlagen und Investitionen, um den eigenen aufgeplusterten Egos zu schmeicheln.

Noch schlimmer aber waren für Frank Unterhaltungen mit Menschen ohne jeglichen Intellekt, die sich über aktuelle Geschehnisse unterhielten wie dem Gebaren des Präsidenten – das dem eines Demenzpatienten glich –, der aktuellen Inflation und dem Wetter.

„Fangen wir also an?“, fragte Brittany, klickte zweimal mit ihrem Kugelschreiber und schlug ein Bein über das andere.

„Natürlich“, sagte Frank, ohne sich anmerken zu lassen, dass er gedanklich abgeschweift war, und setzte sich ihr gegenüber in den anderen Sessel.

Brittany holte ein Diktiergerät hervor, schaltete es ein und legte es auf den Schreibtisch.

Lächelnd sah Frank sie an. „Sie notieren *und* nehmen auf?“

Brittany schmunzelte leicht und nickte dabei. „Das habe ich mir so angewöhnt.“ Sie steckte eine Locke hinter ihr Ohr. „Das Diktiergerät nimmt unser Gespräch auf und mit den Notizen halte ich die Atmosphäre, Ihre Mimik und alles, was mir noch so auffällt, fest."

Frank lehnte seinen Kopf auf seinen Zeigefinger und musterte die junge Erfolgsjournalistin. „Interessante Herangehensweise."

Brittany räusperte sich. „Also, Mr. Lamber, vielen Dank, dass Sie Zeit gefunden haben für meine Serie *Erfolgsautoren des Jahrhunderts.*"

Frank nickte, nippte an seinem Wein, der eigentlich nur Traubensaft war. Er mied Alkohol. Noch mehr mied er es, anderen zu erklären, warum.

Obwohl er das Autorendasein an den Nagel gehängt hatte, gab er gern das ein oder andere Interview. Vorausgesetzt, die Thematik sagte ihm zu.

„Mit Ihren Thrillern waren Sie regelmäßig wochenlang auf den Bestsellerlisten. Sie haben dieses Genre mit Ihrem Stil und den einmaligen Prämissen geprägt und es geschafft, ihm Ihren eigenen Stempel aufzudrücken. Mehrere Bücher wurden verfilmt, waren sehr erfolgreich und haben Ihnen die Türen ins Filmbusiness geöffnet. Was ist Ihre größte Inspiration?"

Sie schmierte ihm Honig ums Maul. Frank genoss es, aber er hatte während seiner Karriere mit genügend Journalisten gesprochen, um zu wissen, dass man immer aufmerksam sein und seine Antwort mehrmals überdenken sollte. Er schlug ein Bein über und wippte leicht mit dem Fuß. „Die menschlichen Abgründe, würde ich sagen", erwiderte er.

Brittany nickte langsam und lächelte wieder breit. Dieses Mal war es eine andere Art Lächeln im Vergleich zu dem, das sie ihm vor dem Gemälde zugeworfen hatte. Es war angespannter, wie aufgedreht. „Könnten Sie das noch etwas erläutern?"

Frank hatte beide Ellenbogen in die Sessellehne gebohrt, während seine Hände nichtssagend durch die Luft wirbelten. „Sehen Sie, der Mensch ist egoistisch. Er möchte eigentlich immer nur über sich selbst sprechen und alles über sich selbst lesen und hören. Reale Abgründe durch meine Figuren zu spiegeln, gibt den Menschen einerseits das Gefühl, dass sie nicht die Einzigen sind, die eine animalische, primitive Seite in sich verstecken. Und andererseits ist es die Erhabenheit über die Charaktere. Zu wissen, dass die Abgründe des Lesers nicht so tief und niederträchtig sind. Das gibt ihnen ein gutes Gefühl."

Brittany musterte Frank lange, wobei sie mit dem Kugelschreiber klickte. Meist dreimal schnell hintereinander. Pause.

Klick. Klick. Klick.

Es war nervtötend, dachte Frank und presste seine Kiefer aufeinander, während er versuchte, sein Lächeln aufrechtzuerhalten.

„Das ist sehr düster ausgedrückt. Unterstellen Sie Ihren Lesern damit, dass sie den Monstern in Ihren Büchern nicht unähnlich sind und es sie nur darin unterscheidet, dass sie solche grausamen Dinge nicht tatsächlich ausführen?" Sie fügte ein kurzes Lachen an, das Frank signalisierte, dass sie hoffte, dass das nicht seine Antwort war.

Er nickte. „Im Grunde genommen ist es das."

„Das ist etwas arrogant, nicht?"

Frank legte seinen Kopf schief. „Inwiefern?" Er machte eine kurze Pause. „Haben Sie schon einmal Erfahrungen mit Rassismus und Sexismus machen müssen?"

Brittany notierte etwas, sah dabei nicht auf. „Leider ja. Worauf wollen Sie hinaus?" Nun sah sie doch auf und verengte ihre Augen.

„Sind Sie nie wütend geworden? Hatten Sie nie das Bedürfnis, diesen Leuten eins auszuwischen?" Frank machte eine kurze Pause. „Rassismus und Sexismus sind übrigens ebenfalls Abgründe, die viele Menschen in sich tragen, eigentlich fast jeder. Es ist eine Plage."

Brittany zuckte vor Empörung zusammen. Das Lächeln auf ihren Lippen erlosch. Sie presste sie aufeinander, weil sie offenbar nicht aussprechen wollte, was Frank glaubte zu wissen. Darum fuhr er fort. „Denken wir an den sexistischen Vorgesetzten. Die gibt es doch auch en masse. Wie oft haben Sie sich bereits als inkompetent abgestempelt und unangemessen angesprochen oder sogar angefasst gefühlt? Will man diese Idioten da nicht an den Hoden aufhängen und wie ein Schwein ausbluten lassen?"

„Ich –" Brittany blinzelte irritiert. „Ich –"

„Ich bin mir sicher, dass Sie hin und wieder mal einen dieser intrusiven Gedanken in sich hatten. Sie sind unsere kleinen Teufel. Aber unsere Vernunft ist der Engel, der uns rügt. Und ich als Autor kann diese Abgründe in meinen Büchern entfesseln und den Leser daran teilhaben lassen."

„Nun." Sie räusperte sich und rutschte auf ihrem Platz herum, wechselte das Bein und warf ihr Haar erneut über die Schulter. „Hier geht es ja nicht um mich. Sie kennen mich nicht." Sie wahrte ihr Lächeln, doch Frank sah in ihren Augen ein Funkeln. Er war sich sicher, dass sie viel Vernunft in sich trug. Es war ihr offenkundig anzusehen, dass sie ihm ganz andere Dinge sagen wollte.

„Stimmt." Frank nippte am ‚Rotwein'.

Brittany kniff die Augen zusammen. „Dann drehe ich die Frage um. Wie steht es um *Ihr* inneres Monster?"

Nun war Frank es, der zusammenzuckte. Nicht, weil es ihn überraschte, dass sie ihn das fragte. Aber er wollte wahrscheinlich noch weniger darüber sprechen als sie. Er lächelte milde, nippte an seinem Glas. „Nun, es wäre idiotisch, wenn ich sagen würde, ich hätte keines. Ich hab eines und ich gebe auch zu, dass ich oft abgrundtief dunkle Gedanken hatte." Er hatte sich etwas vorgelehnt. „Aber dahingehend gibt es doch nur zwei Arten von Menschen. Diejenigen, die an ihren eigenen Abgründen stehen, aber gegensätzlich zu dem Flüstern handeln, und die, die sich vom Abgrund verschlingen lassen und all diese schrecklichen Dinge tun, an die sie denken."

Brittany legte ihren Kopf schief.

Klick. Klick.

Kurz kritzelte sie eine Notiz.

Frank hob sein Kinn, in der Hoffnung, Einblick in ihre Gedankenwelt auf dem Papier zu gewinnen, doch sie fing seinen Blick ein, als sie kurz aufsah, und hielt den Block dann noch etwas höher, sodass er nicht lesen konnte, was sie schrieb.

„Wie stehen Sie zu Ihrer Vergangenheit?", fragte sie dann und musterte Frank intensiv durch ihre dunkelbraunen, katzenhaft geformten Augen. „Gibt es dort etwas, das Sie getan haben, das Sie bereuen? Haben Sie mal das Monster gewinnen lassen?“

Frank biss sich auf die Innenseite seiner Unterlippe. Es kostete ihn Kraft, sich nicht vollständig in seinem Sessel zu verkrampfen. Dabei spannten sich die Sehnen an seinem Hals, als er versuchte, betont locker dazusitzen. „Welche Annahme treibt Sie zu dieser Frage?“

Brittany spitzte die Lippen, notierte kurz etwas.

Klick. Klick.

Wie Kugelschüsse ließ ihn das Geräusch des Kugelschreibers innerlich zusammenfahren. Frank umschloss fester den Stiel des Glases. In der nächsten Sekunde mahnte er sich, sich zu entspannen, atmete kaum hörbar ein und wieder aus, sodass sich seine Finger wieder lockerten.

Brittany ließ ihren Blick kurz über seinen Körper wandern, dann blieb er an seinem Gesicht hängen. „Wir haben doch alle Abgründe, oder nicht? Wir haben doch sicher alle etwas getan, worauf wir nicht stolz sind.“ Ihre Worte hallten nach.

Franks Atem ging flach und in seinem Kopf rauschten die Gedanken. In diesem Moment bereute er es, ihr zugesagt zu haben. War er ebenso wie einige dieser Vorgesetzten gewesen? Hatte er ihre Kompetenz – ihre journalistische Genialität – unterschätzt? Am liebsten hätte er sich für seine Arroganz selbst in den Arsch getreten. Sicherlich hatte sie recherchiert. Frank spannte sich an, schob sich tiefer in den Sessel. Nun war die Frage, die sich ihm stellte: Wie viel hatte sie in Erfahrung bringen können?

Bei diesen Gedanken wurde seine Kehle trocken. Er schluckte. Leise und zittrig atmete er durch die Nase ein und aus. Ruhe bewahren. Journalisten verstanden es, durch provokante Fragestellungen Informationen zu entlocken. Nervosität machte unachtsam, unvorsichtig.

Nun schien es Frank, als säßen sich zwei Raubtiere in Lauerstellung gegenüber. Sie hatten die Blicke analytisch ineinander verhakt, darauf wartend, wer zuerst zuckte, wer zuerst zum Sprung ansetzte.

In diesem Moment wusste Frank nicht, wie lange er geschwiegen hatte. Die Stille breitete sich wie ein Gas aus, das den Sauerstoff aus dem Raum verdrängte. Er räusperte sich, löste das Bein von seinem Knie und setzte sich etwas breitbeiniger hin. „Na ja, natürlich habe ich Dinge getan, auf die ich nicht stolz bin. Aber wie das im Leben so ist, lernt man daraus." Er bemühte sich, ehrlich zu sein, aber in der Fülle der Informationen vage. „Wir sprechen ja auch über Frank den Autor und nicht über meine Kindheit oder Vergangenheit."

Offenbar schien er mit einem Wort Brittanys Aufmerksamkeit geweckt zu haben. Wie ein Greifvogel legte sie den Kopf schief. Kindheit.

Klick. Klick.

„Was war denn in Ihrer Kindheit, Mr. Lamber?"

Franks Kiefer verhärtete sich. „Wie ich schon sagte, sprechen wir über mich als Autor, oder?"

Brittany lächelte versonnen. „Wir sprechen über Sie vollumfänglich als Person und wie Sie zu der Person wurden, die Sie heute sind."

„Fragen aus meiner Kindheit beantworte ich nicht“, sagte Frank knapp. Seine Antwort peitschte durch die dicke Luft.

Brittany leckte sich über die Unterlippe. Sie hatte eine Fährte aufgenommen, das wusste Frank.

Ihre unteren Lider zuckten. Offenbar schien sie abzuwägen, ob sie noch einen weiteren Schritt wagen oder sich zurückziehen sollte.

Klick. Klick. Klick.

Nun war es ihr Schweigen, das sich ausdehnte. Inzwischen war die Luft vor Anspannung geschwängert. So sehr, dass es nur noch einen Funken bedurfte, um eine Explosion zu verursachen.

Die Haare stellten sich auf seinen Armen auf. Doch er blieb ruhig sitzen und bewahrte eine kühle Miene.

Klick.

Brittany hatte eine Entscheidung getroffen. Seufzend zog sie sich zurück. „Bitte entschuldigen Sie.“ Die Worte kamen nur träge über ihre Lippen.

Frank nickte.

Sie fuhren fort mit einigen Fragen über Buchverfilmungen und wie es Frank die Tür zu so vielen weiteren Möglichkeiten eröffnet hatte, bis hin zu einigen privaten Fragen, die Frank vage beantwortete.

Vor ihrer nächsten Frage klickte Brittany wieder mehrmals, studierte ihre Notizen.

Klick. Klick. Klick.

Frank bohrte die Finger kaum merklich in das Leder des Sessels.

„Sie haben sich aus der Öffentlichkeit zurückgezogen. Warum?“ Sie sah auf und ihr Gesichtsausdruck war ernst. So wie sie ihre Stirn in Falten legte, was sie mit

Absicht tat, konnte man beinahe glauben, dass sie sich sorgte.

„Der ganze Rummel und all der Stress sind mir zu viel geworden und haben sich negativ auf mich und mein Leben ausgewirkt. Deswegen habe ich beschlossen, das Schreiben hinter mir zu lassen." Frank bediente sich der Antwort, die er beinahe jedem Journalisten auf diese Frage gab. Eine Lüge. Aber die Wahrheit hatten diese Blutsauger nicht verdient. Abgesehen davon, dass niemand außer Frank selbst sie kannte.

Die Art, wie Brittany mit ihrem Kugelschreiber klickte und einen Mundwinkel zur Seite zog, zeigte Frank, dass sie nicht zufrieden mit seiner Antwort war.

Klick. Klick.

Frank reckte seinen Hals und Nacken, atmete einmal tief ein.

„Zwar sind Sie in Rente gegangen, aber dennoch scheinen Sie die Aufmerksamkeit zu genießen. Fürchten Sie, vergessen zu werden, wenn Sie sich nicht ab und an blicken lassen, oder warum suchen Sie dann doch noch immer wieder die Öffentlichkeit?" Brittany lehnte sich vor.

Lachend stützte er seinen Kopf mit einem Zeigefinger ab. „Ich suche die Öffentlichkeit nicht. Sie haben mich angefragt und ich wollte Ihnen den Gefallen mit Ihrem Artikel tun." Unter anderen Umständen hätte er diesen Satz so niemals formuliert. Er wusste, dass er vor Arroganz nur so triefte. Aber Frank war jemand, der zurückschlug, wenn man ihn provozierte.

Und es zeigte Wirkung. Brittany zuckte zurück. Die Sehnen an ihrem Hals traten hervor.

Klick. Klick. Klick.

Frank drückte sich in seinem Sessel hoch und grinste. „Ich bin mir sicher, dass ich jetzt diese intrusiven Gedanken finden würde, habe ich recht, Ms. Westwood? Sie würden mir sicherlich gern diesen Kugelschreiber in die Kehle rammen, oder?"

Brittany zog die Oberlippe nach oben. „Wieso bilden Sie sich ein, Sie wüssten, was in meinem Kopf vorgeht?"

„Wieso bilden Sie sich ein, sich ein Urteil über meine Entscheidungen zu bilden?" Frank lächelte.

Brittany erhob sich, schnappte sich das Diktiergerät vom Tisch und stopfte es mitsamt ihrem Kugelschreiber in die Tasche. „Ich denke, wir haben alles."

Frank erhob sich. „Wenn Sie meinen."

Er geleitete sie zur Tür. Ihre Schritte hallten wie Kanonenschüsse durch das Haus. Vor der Tür wandte sie sich roboterhaft zu ihm um und streckte ihm mechanisch die Hand hin. „Vielen Dank für Ihre Zeit."

Frank ergriff sie. Sie war warm und schwitzig. „Sagen Sie doch einfach, was Sie denken."

Brittany schnaubte, verdrehte die Augen und wirbelte herum. Sie trat über die Schwelle, hielt aber noch einmal inne und drehte sich um. „Wissen Sie, was ich denke, Frank Lamber? Sie sind ein arroganter, selbstgerechter Arsch, der glaubt, Menschen zu kennen. Dabei verstecken Sie sich selbst hinter Lügen, die Sie der Öffentlichkeit auftischen wie einen zehn Tage alten Braten." Frank hatte die Arme verschränkt und amüsierte sich über Brittanys vor Wut zitternde Unterlippe. Das machte sie noch wütender. Mit dem Zeigefinger deutete sie auf ihn. „Ich bin mir sicher, dass Sie einen so tiefen Abgrund in sich tragen, vor dem Sie sich selbst fürchten. Irgendwann wird er Sie mit Haut und Haaren verschlingen." Mit einem letzten Schnauben wandte sie sich um und stapfte davon.

Frank sah ihr dabei zu, wie sie das Auto entriegelte, den Wagen wendete und von seiner Auffahrt schoss. Es kostete ihn Kraft, seine ruhige Fassade aufrechtzuerhalten.

Noch bevor sich das Tor geschlossen hatte, verschwand Frank wutentbrannt im Haus. Er stürmte ins Badezimmer, wo er sich mit zitternden Händen auf den Rand des Waschbeckens stützte. Nach all den Jahren war er es gewohnt, ein kühles Äußeres zu mimen, auch wenn es in seinem Inneren brodelte. Doch es kostete ihn mehr Kraft, vor allem jetzt, da er sich größtenteils aus der Öffentlichkeit zurückgezogen hatte.

Mit den Händen formte er eine Schale, um das eisig kalte Wasser aufzufangen und sich in das Gesicht zu spritzen. Dann blickte er in sein Spiegelbild. Blaue Augen starrten ihm entgegen. Er besaß ein schlankes Gesicht, weshalb die Wangenknochen scharf hervorstachen. In all den Jahren war seine Haut mehr zerknittert und Furchen zierten nun neben seinen tiefen Lachfalten um die Augen und den Mund das Bild. Ein leichter Bartschatten zog sich über Kinn und Oberlippe.

Er sah sich an. Frank Lamber. Wusste Brittany Westwood mehr über ihn, als ihm lieb war? Fragend sah Frank sich an, als wartete er darauf, dass sein Spiegelbild ihm antwortete. „Unmöglich", sagte er dann und lachte, um die Anspannung zu lösen, die seine Brust umklammerte. Tief atmete er ein. Es war unmöglich, beruhigte er sich.

Er fuhr sich mit den Händen über das müde Gesicht, dann durch sein braunes, mit grauen Strähnen meliertes Haar. Kurz hielt er inne und atmete nochmals durch, um sich wieder vollständig zu entspannen, ehe er das Bad verließ.

Zuerst ging er ins Arbeitszimmer zurück, wo er die Sessel wieder so anordnete, dass ihre Füße ihren Platz wieder in der Kuhle im Teppich fanden, die sie dort hinterlassen hatten. Dann sammelte er die Weingläser ein und warf einen Blick auf das Gemälde, das Brittany Westwood bewundert hatte.

Sie war eine verbissene Journalistin und berechnend. In einer Sache waren sie sich aber ähnlich, was sie beide aneinander hassten: Sie hatten große Egos – mit dem Unterschied, dass Frank keinen Hehl daraus machte. Er war ein Arschloch, das ein Ego in der Größe eines Lastwagens besaß. Brittany Westwood hatte sicherlich ebenso ein großes Ego – zumindest als Journalistin, gab es aber nicht gern zu.

Vielleicht lag es daran, dass er ein Mann war und im Grunde nie Gegenwind bekam, auch wenn er sich aufplusterte. Ihm war bewusst, dass die Gesellschaft einen anderen Blick auf Frauen hatte. Sie durften keinen Raum einnehmen, sich nicht groß machen. Tatsächlich hatte Frank erst ein größeres Bewusstsein für die unterschiedlichen Wahrnehmungen bekommen, seit er seine Töchter aufgezogen hatte.

Er stellte die leeren Weingläser in die Spüle und ließ Wasser ein, ehe er auf die Veranda trat, um aufs Meer hinauszuschauen. Es rauschte und die Seeluft wehte Frank um die Nase. Die Hitze des Tages, der sich langsam, aber sicher dem Ende zuneigte, strahlte noch immer von den Steinen unter seinen Füßen und dem Strand ab.

Am Horizont glühte das restliche Sonnenlicht. Wie hypnotisiert starrte Frank auf die Wellen. Beobachtete, wie sie sich auftürmten, ehe sie brachen. Schäumend rollten sie an den Strand und zogen sich wieder zurück.

Immer wenn Frank auf das Wasser sah, dachte er, dass es das Leben repräsentierte. Manchmal war es ruhig, angenehm, dass man von einer sanften Strömung dahingetragen wurde. Dann gab es Zeiten, die einen zu ertränken drohten. Probleme türmten sich auf, krachten wieder und wieder auf einen nieder, während man verzweifelt versuchte, über der Oberfläche zu bleiben. Atmen.

Ja, das Leben war ein Auf und Ab. Mal befand man sich hoch oben auf der Welle, fühlte sich unbesiegbar, bis sie brach und einem den Boden unter den Füßen wegzog.

Frank löste seinen Blick vom Meer und ließ ihn weiter über den Strand gleiten. In der Ferne sah er die Häuser, die sich in einigen Metern Entfernung dicht an dicht am Strand aneinanderreihten.

Während er die funkelnden Lichter betrachtete, hingen seine Gedanken dem Interview nach.

Wie eine Welle die Tausenden Sandkörner hatte es Erinnerungen in ihm aufgewirbelt. Und nun brach diese Welle und begrub ihn unter sich.

Frank hörte das Rauschen des Flusses in seinen Ohren. Oder war es das Blut? Er spürte das schmerzhafte Rasen seines Herzens. Es war ihm, als könnte er jede Arterie, jede Ader spüren, jeden noch so kleinen Muskelstrang. Er spürte den Pulsschlag hinter seinen Augen. Er spürte so viel und doch nichts. Da war diese lähmende Taubheit, die ihn ereilt hatte, nachdem der Zorn, die Verzweiflung und all der Hass abschwollen. Sie zogen sich zurück wie das Meer bei Ebbe und offenbarten die Verwüstung, die die Wasseroberfläche geheim gehalten hatte.

Franks Atmung ging flach. Zitternd umklammerten seine Finger den großen Stein in seiner Hand. Langsam senkte er seinen Blick, sah das Blut daran kleben. Rot. Es war so rot. Die Farbe stach in seinen Augen.

Gebannt sah er dabei zu, wie sich die Flüssigkeit an der unteren Spitze des Steins sammelte, bis sich ein Tropfen löste.

Wie in Zeitlupe stürzte dieser zu Boden, fiel in die staubige Erde.

Es war, als könnte Frank hören, wie er aufschlug. Ein Donnergrollen in seinen Ohren.

Seine Sicht, sein Gehör, seine Sinne waren so scharf wie die Klinge eines Schwerts. Die Erinnerungen aber waren verwaschen. Verschwommen wie die eingeschränkte Sicht ohne Brille.

Frank sah zu den Büschen, die sich grün am Fluss entlangreihten. Das Wasser plätscherte über Felsen und Steine. Steine wie der in seiner Hand.

Erneut sah er auf das Blut. Dann taumelte er in Richtung Flussufer. Das Rauschen des Flusses schwoll an. Langsam holte Frank aus, spürte das Gewicht des Steins – oder war es die Schuld, die so schwer wog, dass es ihm schwerfiel, ihn überhaupt anzuheben?

Er nahm seine Kraft zusammen und warf ihn. Hörbar schlingerte er durch die Luft und tauchte dann mit einem lauten Platschen ins Wasser.

Frank stand da und meinte, dass das Rauschen, jetzt, da ein weiterer Stein im Flussbett ruhte, sich verändert hatte. Das Wasser musste sich nun einen Weg um einen weiteren Stein bahnen. Einen Weg um eine weitere Schuld, während es das Blut fortwusch und mit sich nahm, so wie Franks Erinnerung daran, was zuvor geschehen war.

Kapitel 2

Ich muss sagen, ich hatte es mir schwerer vorgestellt. Es war ziemlich einfach, den Flieger zu nehmen, mich im Flughafen in ein Taxi zu setzen und zu diesem beeindruckenden Gebäude direkt am Central Park zu fahren.

Zunächst habe ich mich gefragt, wie sie sich das leisten konnte. Dann ist mir eingefallen, dass sie das mit deinem Geld finanziert hat, richtig? Mit dem Geld, das sie nach der Scheidung erhalten hat. Oder hast sogar du ihr das finanziert, Frank? Freiwillig. Vielleicht war es aber auch das schlechte Gewissen. Eine Entschädigung für die Dinge, die du getan hast. Wenn du mich fragst, bist du zu weich, obwohl andere Leute sicherlich etwas anderes behaupten würden. Aber jeder hat eine Schwachstelle. Einen Punkt, der nachgibt, wenn man ihn eindrückt.

Zugegeben, es war kein Kunststück, es bis hierher zu schaffen. Die wahre Herausforderung lag darin, mir Zugang in das Gebäude zu verschaffen, ohne gesehen zu werden. Aber auch das war einfach. Als hätte das Schicksal es gut mit mir gemeint, Frank.

Ziemlich schnell habe ich das Büro des Hausmeisters gefunden, der offenbar an diesem Tag verhindert war. Also habe ich mir seinen Overall übergezogen. Er war etwas zu groß, aber das würde niemandem auffallen. Reiche Schnösel sind zu sehr mit sich selbst beschäftigt, als dass sie auf einen Hausmeister achten, nicht wahr, Frank? Das solltest du ja wissen.

Ab hier war alles sehr einfach. Ich schob den Putzwagen durch die Lobby, das Käppi schützte mein Gesicht. Wobei sogar das unnötig gewesen wäre. Nicht einmal der Portier schenkte mir sonderlich Beachtung. Aber keine Sorge, Frank, das bin ich gewohnt. Ich lebe in den Schatten, das habe ich schon immer.

Also bin ich in den Aufzug. Hab mich zu so einem Snob gestellt. Einem Jungspund, der wahrscheinlich einen gut bezahlten Job in einer Bank ergattert hatte. Am Telefon hat er mit einer Frau über ihre Pläne für den Abend gesprochen. Dass er sie nach dem Essen in sein Penthouse bringen und ihr die beste Nacht ihres Lebens bescheren würde. Immer diese leeren Versprechungen, nicht wahr, Frank?

Schließlich stieg der Typ ein Stockwerk vor mir aus. In dem Korridor war ich allein. Die Wohnung habe ich schnell gefunden. Deine Frau – pardon Ex-Frau – ist aber nicht so wie die meisten Menschen mit mehr Geld als Verstand. Sie schaut den Menschen ins Gesicht. Sie hat dieses breite Lächeln, wenn sie ihr Gegenüber begrüßt.

Aber das ist schnell verblasst, Frank. Du hättest sie sehen sollen.

Frank erwachte an einem Montagmorgen im September. Wie immer weckte ihn das Meeresrauschen, das zusammen mit der noch kühlen Morgenluft durch die geöffnete Terrassentür drang.

Blinzelnd öffnete Frank seine Augen und schob sich an die gepolsterte Wand, an der sein Kingsizebett in

Richtung Fensterfront stand. Manchmal dachte er darüber nach, ob er sich in diesem riesigen Bett einsam fühlte. Doch dafür schlief er viel zu gut.

Kurz fuhr er sich mit der Hand über das Gesicht. Sein Bart kratzte über seine Haut. Dann tastete er über das Nachtschränkchen, wo seine Brille lag, immer mit einem Brillenflügel an dem Glas Wasser gelehnt, das er sich vor dem Schlafengehen auf dieselbe Stelle stellte.

Akribisch betrachtete er es, stellte fest, dass es noch immer so voll war wie am Vorabend, und trank einen Schluck. Dann griff er über seine Lampe zu dem Buch, das er gerade las. Edgar Allan Poe war einer seiner liebsten Schriftsteller und er liebte es, wenn seine Finger das abgegriffene Hardcover und die vergilbten Seiten berührten. Der Geruch vergangener Zeiten und die Faszination der Leser kroch Frank in die Nase. So duftete ein altes Buch.

Während das Meer rauschte, die Möwen schrien und die Sonne ihre rot-goldenen Strahlen in sein Haus schickte, versank er im Gedicht „Der Rabe".

Nach einer Stunde, in der er noch durch weitere Geschichten und Gedichte geschmökert hatte, schälte er sich aus dem Bett. Mit blinder Präzision schob er seine Füße in seine Hausschuhe, verließ das Schlafzimmer und schlenderte in die untere Etage des Hauses. Jeder Raum war verglast, sodass er, egal, wo er sich aufhielt, auf das Meer hinaussehen konnte.

In der Küche stellte er die Kaffeemaschine an. Sie rumorte, während Frank nach der Tasse griff, die immer in einer Mulde der Kaffeemaschine stand. Der Henkel zeigte dabei immer nach rechts, sodass Frank die Tasse greifen konnte, ohne hinsehen zu müssen. Doch heute schmiegten sich seine Finger nicht mit der immergleichen Präzision um den Griff. Denn dieser zeigte nach links, sodass seine Fingerkuppen gegen das Porzellan der Tasse prallten. Frank tauchte aus seinen Gedanken auf.

Stirnrunzelnd drehte er die Tasse mit spitzen Fingern, betrachtete sie, als wäre sie ein Fremdkörper. Und so fühlte es sich auch an. Sie hätte anders stehen sollen. Sie hätte anders stehen *müssen*.

Ximena, dachte er zähneknirschend und lauschte dem Rumoren der Maschine, während diese die braune Flüssigkeit in die Tasse spuckte.

Er schüttelte die Gedanken ab. Davon sollte er sich nicht den Morgen verderben lassen. Er inhalierte den Duft des frisch aufgebrühten Kaffees, während er nach draußen auf die Terrasse trat.

Vor einigen Jahren hatte er die Immobilie zu einem guten Zeitpunkt gekauft, als der Immobilienmarkt im Keller war. Zwar hatte er dennoch einige Millionen dafür hinblättern müssen, aber im Vergleich zu den Preisen, die in einem Hoch verlangt wurden, war das ein Schnäppchen gewesen. Zudem erfüllte es all seine Bedürfnisse nach Abgeschiedenheit und Idylle.

Der moderne Block aus Stahl, Beton und Glas – entworfen von irgendeinem Top-Architekten, der das Haus verkauft hatte, bevor er es bei einer teuren Scheidung an seine Frau verloren hätte – befand sich direkt am Strand.

Es war das letzte Haus, das sich am Strand entlangreihte. Dennoch war der nächste Nachbar weit genug weg, um ihn nicht jeden Tag begrüßen und sich mit einem Small Talk begnügen zu müssen.

Frank trank einen Schluck und beobachtete eine Gruppe Joggerinnen und Spaziergänger, die ihre Hunde ausführten. Der Wind trug ihr Bellen zu ihm herüber, vermischt mit dem steten Rauschen der Wellen.

Frank empfand Frieden, wenn er auf seiner Veranda stand, den dampfenden Kaffee in der Hand und den Blick auf den Sonnenaufgang gerichtet. An solchen Morgen wie diesen zog er sich in sein Malzimmer zurück. Von dort hatte er eine ungestörte Aussicht auf die sanft ansteigenden Berge und die Küste. Er verrührte die Farben, wie er sie vor sich sah. Violett, rot, gelb, blau, grün. Seitdem er das Schreiben an den Nagel gehängt hatte, gab die Malerei ihm noch das kreative Leben, das er an manchen Tagen durchaus vermisste.

Während er mit Spachtel und Pinsel über die Leinwand fuhr, vergaß er alles um sich herum. Beim Schreiben war es ihm auch oft so ergangen. Doch die Art des Vergessens war eine andere gewesen …

Dieser Gedanke ließ ihn zusammenfahren wie das plötzliche Kreischen von Metall bei einem Autounfall. Mit den Erinnerungen an das Interview spülte sich Wut in den Frieden ein wie eine unwillkommene Flut.

Franks Griff verhärtete sich. Das Schreiben hatte hier keinen Platz mehr, erinnerte er sich und entspannte sich, indem er mehrmals tief ein- und ausatmete.

Brittany Westwood hatte mit ihren Fragen mehr in ihm aufgewirbelt als gedacht. Nun galt es, alles wieder an seinen Platz zurückzubringen – sorgfältig. Wie man es mit Dingen tat, die man aus dem Zimmer seiner Geschwister genommen hatte, bevor diese es bemerkten.

Frank tauchte in das Bild ein, die Szenerie. Er roch das Meer, sah die Wolken, die sich nur subtil am Horizont ankündigten. Wie eine Krone brachen die Strahlen um sie herum gen Himmel.

Und mit diesen Bildern vor Augen vergaß er die unschöne Galerie seiner Erinnerungen. Er vergaß den Stein. Den Schmerz. Die Angst. Den Zorn …

Frank tauchte erst wieder auf, als Ximena Flores' unüberhörbare Stimme durch das Haus schallte. „Fraaaaank." Sie rollte das R und zog seinen Namen unnatürlich in die Länge. „Frank, ich bin da!"

Er hasste es, wenn sie ihn so rief. Manchmal versetzte es ihn in seine Kindheit zurück. Zwar rief seine Mutter ihn nicht mit einem spanischen Akzent, aber auch sie hatte oft seinen Namen in die Länge gezogen. „Fraaaaank, komm den Tisch decken.", „Fraaaaank, lass deine Schwester in Ruhe.", „Fraaaaank, wir verpassen noch die Sonntagsmesse."

Allerdings hatte seiner Mutter nicht die mütterliche Wärme innegewohnt, wie es bei Ximenas Rufen der Fall war, was es wiederum etwas erträglicher machte.

Außerdem war es damit ohnehin vorbei. Seine Mutter war seit einigen Jahren an Demenz erkrankt und würde nicht einmal sich selbst im Spiegel wiedererkennen.

Unten in der Küche stieß Frank auf Ximena. Sie schleppte die letzten Einkaufstüten, legte sie auf die Kochinsel und füllte den Kühlschrank auf.

„Guten Morgen, Ximena", sagte Frank.

„Fraank." Nun zog sie ihn nicht mehr ganz so lang. „Wie geht es dir? Ich habe deinen Anzug aus der Reinigung geholt."

„Vielen Dank."

„Was macht die Arbeit?" Geübt räumte sie die Einkäufe in Windeseile in ihre vorgesehenen Fächer. Frank war penibel, was die Ordnung in seinem Haushalt anging. Mit der Zeit hatte Ximena es sich allerdings nicht nehmen lassen, gewisse Lebensmittel in den Kühlschrank zu schmuggeln, die ihrer Meinung nach besonders wichtig für seine Gesundheit waren. Noch etwas, das sie mütterlicher als seine eigene Mutter machte.

Die hatte ihren Kindern die nötigste Fürsorge geschenkt. Um den Lieblingspudding der drei Geschwister zu kaufen, war meistens nicht genug Geld da und eine liebevolle Umarmung verweichlichte vor allem die Jungs. So hatte es Franks Vater immer in seine Bierdose genuschelt, wenn er auch nur die Anwandlung körperlicher Zuneigung gespürt hatte.

Frank tauchte aus dem Sumpf seiner Kindheit auf und zuckte mit den Schultern. „Wie immer. Ich male, das war's."

„Du bist ein sehr guter Maler, Frank." Sie schloss die Kühlschranktür und wischte über die Arbeitsfläche. „Du solltest deine Bilder in eine *Galería* bringen."

Frank schmunzelte. Tatsächlich hatte er mal darüber nachgedacht. Er hatte die Kontakte, die ihn in die besten Galerien von L. A. bringen würden. Aber irgendetwas in ihm weigerte sich, seine Bilder einem Publikum zu zeigen. Manchmal glaubte er, dass alles, was er in die Öffentlichkeit brachte, früher oder später wie ein Fluch an ihm haftete. „Es freut mich, dass Ihnen meine Bilder gefallen."

„Naturalmente." Ximena wuselte an ihm vorbei. Sie war eine kleine Frau. Ihr schwarzes Haar war bereits grau meliert und immer zu einem strengen Dutt zusammengebunden. Für ihr Alter wirkte sie zehn Jahre jünger. Frank war sich sicher, dass sie ihm regelmäßig in die Wangen kneifen würde, wenn sie sein Gesicht erreichen könnte. Noch so eine mütterliche Art, mit der Frank nicht sonderlich viel anfangen konnte. „Ich gehe Wäsche machen. Am Samstag werde ich nicht kommen. Mein Sohn feiert seinen Geburtstag." Sie schnappte sich einen Wäschekorb, der am Fuß der Treppe stand.

„Natürlich", rief Frank. „Ich gehe gleich spazieren. Wie immer."

„Okidoki", sagte Ximena und kicherte. Dann watschelte sie die Treppe hinab.

Frank, der auf dem Weg zur Kaffeemaschine war, wandte sich noch einmal um. „Ach, Ximena, was ich vergessen habe."

„Sí?" Sie sah ihn fragend an.

„Die Tasse stand heute Morgen nicht, wie sie sonst stehen sollte."

Ximena blinzelte, öffnete den Mund. Ihre Augen wanderten in Richtung Küche, auch wenn sie von ihrer Position auf der Treppe diese nicht mehr sehen konnte. „Oh", sagte sie kurz. „Tut mir leid, Frank. Eigentlich habe ich sie nicht –" Sie unterbrach sich. „Ich achte drauf." Sie wich seinem Blick aus.

Frank nickte. „Danke."

Er ignorierte das bedrückte Schweigen. Ximena klammerte sich an ihren Wäschekorb, stand da wie ein

Soldat, der auf die Erlaubnis wartete, sich rühren zu dürfen.

Frank wandte sich ab und ging einfach. Kurz darauf hörte er Ximenas laute Schritte, ehe sie im Keller verschwand.

Sein Blick glitt zur Uhr. Es war bereits Mittag. Kurz überlegte er, ob er noch einen Kaffee trinken sollte. Dann entschied er sich dafür. Er würde einen Kaffee trinken, spazieren gehen und danach in sein liebstes italienisches Restaurant gehen.

Die Wellen rauschten an den Strand, umspülten Franks Füße, und die Sandkörner kitzelten über seine Haut. Der salzige Meeresduft erfüllte die vor Hitze flirrende Luft.

Das Lachen einer Gruppe Frauen in der Ferne wehte herbei, vermischte sich mit dem Kreischen der Möwen. Frank genoss die Sonnenstrahlen, die nun auf ganz Los Angeles herunterbrannten. Von hier aus war das Zentrum der Stadt weit weg, gebettet im Schoß der Hügel.

Trotzdem konnte Frank es hören – den Lärm der vollen Straßen. Er sah das Strahlen der verglasten Gebäude, in denen sich die Sonne spiegelte. Wie ein Schatz in einer gut behüteten Truhe lag dieser glitzernde Diamant da. So viele Menschen folgten seinem Ruf, ein verführerisches Säuseln. Wie Motten das Licht umschwärmten sie die Stadt, während Frank so weit weg wie möglich von dem Glanz und Glimmer sein wollte.

Das war nicht immer so gewesen. Es hatte eine Zeit gegeben, da war er ganz berauscht von den aufblitzenden Lichtern der Kameras, den Rufen der Fotografen und dem süßen Geschmack des Champagners auf den After-Show-Partys gewesen.

Frank schmatzte, als die Erinnerung sich allzu lebendig auf seiner Zunge ausbreitete. Er war wieder da, am Tag der Premiere seines verfilmten Bestsellers. Er sprach mit den Schauspielern, die seine Romanfiguren verkörpert hatten. Er sah die jubelnde Menge, die bunten Kleider, den schillernden Schmuck, der im Blitzlichtgewitter funkelte. All diese Lichter blendeten. Der Jubel, die lobenden Worte, die hymnenartigen Kritiken, die Reporter, die sich regelrecht um ein Interview rissen. Ein süßer Rausch überkam ihn. Ein giftiger Cocktail aus Dopamin und Adrenalin. Das war einer dieser Momente, in denen er spürte: Er, Frank Lamber, war ganz oben.

Mit stolzgeschwellter Brust hatte er seinen Arm um Bridgets Taille geschlungen und sie mit sich auf den roten Teppich und in das grelle Scheinwerferlicht gezogen. Für die Fotografen hatte er ein breites Lächeln aufgesetzt und Bridget damit bedacht. Dass er es schon lange nicht mehr zu Hause, fernab der Kameras, getan hatte, vergaß er in diesem Moment. Genauso wie die Tatsache, dass sie keine Zärtlichkeiten mehr austauschten. Das Gefühl ihrer Haut am Rücken unter seinen Fingern wirkte nahezu aphrodisierend.

„Du siehst wunderschön aus", raunte er in ihr Ohr und meinte es so.

Eines ihrer selten gewordenen Lächeln trat auf Bridgets Lippen. Sie hatte ein einnehmendes Lachen. Wie kaum jemand, den er kannte, verstand sie es, Menschen für sich einzunehmen, ohne ihre Stimme zu erheben oder etwas Besonderes dafür zu tun. Wenn sie einen Raum betrat, ging die Sonne auf.

Ein Knoten bildete sich in seinem Magen, als er realisierte, was er so sehr an ihr liebte und dass er es so lange nicht geschätzt hatte. Für den Bruchteil einer Sekunde entglitt ihm seine Maske. Er schluckte gegen den Widerstand in seinem Hals.

Bridget sah es und auch ihr Lächeln verblasste. In ihren Augen, in denen sich das Aufblitzen der Kameras spiegelte, lag ein stiller Vorwurf: War es das wert?

Frank wich ihrem Blick aus und starrte lieber in das Blitzlichtgewitter, hinter dem er die Fotografen und Reporter nur schemenhaft wahrnahm, als ihm plötzlich ein Schatten ins Auge fiel.

Ein eisiger Hauch blies in seinen Nacken, krabbelte unter seine Kleidung. Franks Kehle wurde eng. Als könnte er so die Gestalt besser erfassen, kniff er seine Augen zusammen. Die Kameras gaben ein ratterndes Geräusch von sich. Immer wieder stach das Blitzlicht in seinen Augen.

Nur verzerrt konnte er das Gesicht der Gestalt wahrnehmen, die wie ein schwarzes Loch in dem bunten Treiben existierte und alles um sich herum aufsaugte. Den Rausch, die Rufe, das Lachen, das Licht – die Wärme.

Frank japste nach Luft, kurz kniff er die Augen zusammen, riss sie dann wieder auf, nur um festzustellen, dass die Gestalt verschwunden war.

„Ist alles in Ordnung?“, säuselte Bridget und sah ihn besorgt an.

Frank zwang sich ein Lächeln auf. „Natürlich. Natürlich."

Das kalte Wasser einer Welle, die seine Füße umspülte, holte ihn zurück in die Gegenwart. Frank rümpfte die Nase. Dann ließ er seinen Blick über das Meer schweifen, dessen Oberfläche in der Ferne im Sonnenlicht funkelte. Damals war er nicht er selbst gewesen. Für nur kurze Zeit hatte er sich gefühlt, als stünde er an der Spitze. Dann hatte er im eisigen Hauch realisiert, dass es einsam dort oben war – und doch war er nicht allein gewesen …

Er schüttelte diese Gedanken von sich und beobachtete die Wellen, die seine Spuren im Sand davonwuschen – als wäre er nie dort entlanggelaufen.

Dabei wusste er, dass auch er, wenn er sterben würde, Spuren hinterlassen hatte, die noch Jahre sichtbar sein würden. Keine Welle konnte sie fortspülen. Seine Bücher waren sein Vermächtnis. Doch sosehr er wusste, dass es Menschen gab, die genau das erreichen wollten, was er erreicht hatte, und sosehr er sich selbst nach diesem Vermächtnis gesehnt hatte, umso schmerzhafter war die Erkenntnis, dass es ihn nicht so zufriedengestellt hatte, wie er geglaubt hatte. Vergleichbar mit der Vorfreude auf ein süßes Dessert, das mit seinem köstlichen Äußeren lockte, jedoch so ganz anders schmeckte, als man es sich vorgestellt hatte.

Frank bückte sich nach einem flachen Stein, rieb mit seinem Daumen die Sandkörner von der glatten Oberfläche und flitschte ihn in den Schlund der Wellen. Diese verschlangen ihn gierig, brachen über ihm zusammen und rasten auf Frank zu.

Kurz schloss Frank die Augen, lauschte dem Rauschen, spürte den Wind auf seiner Haut und wie er sich in seiner Kleidung fing. Daraufhin folgte ein Moment, in dem alles schwarz und still wurde.

Genauso schnell wie das Gefühl gekommen war, war es auch schon wieder fort. Als wäre sein Herz gestolpert. Als hätte sein Leben eine Sekunde übersprungen. Frank hörte wieder das Meer und das Säuseln des Windes. Er blinzelte gegen das Sonnenlicht an.

Stirnrunzelnd blickte er auf seine Hand, in der er einen weiteren Stein hielt. Kurz fragte er sich, wann er den aufgehoben hatte, ehe er ihn genauso flitschte wie den Stein zuvor.

Seufzend schob er die Hände in die Hosentaschen und lief weiter. Nach einigen Kilometern traf er auf einen Golden Retriever, der schwanzwedelnd auf ihn zurannte und den Ball in seiner Schnauze vor seine Füße spuckte. Durch seine großen braunen Augen starrte er Frank erwartungsvoll an, während er mit allen vier Pfoten auf der Stelle tapste.

Sein goldfarbenes Fell war lockig und nass. Salz trocknete an einigen Strähnen. Der Hund bellte.

Frank lachte, dann bückte er sich gemächlich. „Ja, ja, schon gut." Er hielt den nassen Tennisball in die Höhe. „Willst du den?"

Der Hund kläffte und sprang aufgeregt auf und ab. „Dann hol ihn dir." Frank holte zum Wurf aus und schmiss den Ball in die Wellen.

Augenblicklich raste der Hund los und stürmte in die Fluten. Lachend sah Frank ihm nach, während er den Sand von seinen Handflächen klopfte.

„Wieder eine Spazierrunde?" Die Besitzerin des Goldies lief an Frank vorbei. Offenbar hatte sie Sport getrieben, denn sie trug dunkelblaue, eng anliegende Sportkleidung. Ein breites Lächeln lag auf ihren Lippen und Lachfältchen zierten ihre Augen. Sie wirkte sympathisch.

Fieberhaft überlegte Frank, wann er sie das letzte Mal getroffen hatte, oder ob er ihr überhaupt einmal begegnet war. Er konnte sich nicht erinnern. Dabei war es kein Wunder. Er traf jeden Tag viele Leute bei seinen Spaziergängen und er war noch nie gut darin, sich Gesichter einzuprägen, denen er nur mal zugenickt hatte. Er lächelte und nickte. „Schönen Tag", sagte er.

Die Frau wandte sich im Gehen um und legte ihren Kopf schief. „Ihnen auch." Dann pfiff sie ihren Hund heran, der schon wieder Anstalten machte, auf Frank zuzurennen, den Ball im Maul. Er drehte ab und raste auf seine Besitzerin zu.

Frank wandte sich um und führte seinen Spaziergang fort. Er betrachtete die Häuser. Die modernen Bauten, die meistens auf schlanken Stelzen standen. Sie alle hatten große verglaste Fronten und einen direkten Strandzugang. Alle im Besitz von Schauspielern, Models, Immobilienmogulen und Unternehmern.

Nachdem er einige Kilometer gelaufen, Bälle für zwei, drei weitere Hunde geworfen hatte, machte Frank wieder kehrt und trat den Nachhauseweg an.

Sein Magen knurrte inzwischen und gedanklich ging er bereits die Speisekarte durch, die er in- und auswendig kannte. Heute hatte er Lust auf Pasta mit Trüffelsauce und Filetspitzen dazu.

Mit einem zufriedenen Lächeln auf den Lippen betrat er das Haus über die Terrasse. Die weißen Vorhänge blähten sich im scharfen Küstenwind, der durch die offene Tür drängte. Mit seinem leisen Säuseln und dem fernen Rauschen des Meeres vertrieb er die Stille, die im Haus auf Frank wartete.

„Ximena?", rief er in die Hallen seines Palastes hinein, nachdem er durch die offene Tür geschlüpft war. „Ximena?"

Wenn Ximena die Tür geöffnet ließ, war sie meistens in der Küche oder wuselte zwischen den großen Blumenkübeln umher.

Frank krauste die Stirn. Denn wenn er sie rief, antwortete sie meistens mit einem nervtötenden „Fraaank".

Er ließ den Blick schweifen. Die Küche ging fließend in den Korridor und das großzügige Wohnzimmer über. Doch von Ximena gab es keine Spur.

Etwas versteckt hinter einer eingezogenen Wand lag der Eingangsbereich, sodass man von der Tür aus nicht direkt in die anderen Räume blicken konnte. Doch auch dort war sie nicht. Ein Gefühl von Unbehagen kletterte unwillkürlich an Frank empor. Egal in welchem Raum Ximena sich befand, Frank konnte sie immer hören. Und sie ihn.

„Ximena?" Er kehrte in die Küche zurück.

Aus dem Keller drang ein dumpfes Geräusch, das nun in einem schnelleren Takt schlug. War sie etwa noch dort unten? Sie hatte doch schon vor seinem Spaziergang die Wäsche nach unten gebracht.

Frank folgte der Treppe. Die Kellerräume waren nicht nur Hauswirtschaftsräume. Frank besaß eine Werkstatt, die er aber noch nie wirklich genutzt hatte. Folgte man dem dunklen Korridor, gingen mehrere Türen zur Seite ab. Es gab einen Kinoraum, den seine Töchter gern nutzten, wenn sie ihn besuchten. Außerdem gab es eine Vorratskammer und eine Kammer mit großen Regalwänden, in denen Frank seine Gemälde aufbewahrte, die er selbst gemalt, aber nie aufgehängt oder verschenkt hatte.

Die Hände in den Taschen vergraben, trat Frank in den Waschraum und erstarrte auf der Stelle.

Das dumpfe Geräusch war die Waschmaschine, die die Wäsche schleuderte und dabei leicht auf den Boden schlug und hüpfte.

Aber das war nicht, was wie ein Kälteschock über seinen Körper herfiel.

Davor lag Ximena, die Beine und Arme von sich gestreckt. Die Waschmaschine schlug gegen ihren Schädel, sodass dieser in einem grotesken Takt hin- und herwippte, während die Augen der Haushälterin leer gen Decke starrten.

Ein Schauder erfasste ihn. Es gelang ihm, sich aus seiner Starre zu befreien. „Ximena", krächzte er und taumelte auf sie zu.

Er kniete sich neben sie, rüttelte an ihren Schultern. Dabei kippte ihr Kopf zur Seite weg. Um ihren Hals schlang sich ein Gürtel. Franks Gürtel.

Erschüttert schlug er sich die Hand vor den Mund. Er wollte ihren Puls fühlen, doch ein weiterer Blick in ihre Augen verriet ihm, dass er zu spät kam. Sämtliche Äderchen waren geplatzt, sodass ihre Pupillen in Blut schwammen. Das Leben und freundliche Strahlen waren aus ihnen gewichen. Stattdessen fand der Schrecken ein ewiges Echo in ihrem Blick.

Fahrig fummelte Frank an dem Gürtel, um ihn zu öffnen. Es gelang ihm aber nicht. Seine Finger zitterten zu stark. Doch durch sein Gezerre erhaschte er einen Blick auf die Würgemale auf ihrer Haut. Was sollte er nur tun?

Schließlich presste er doch noch einen Finger an ihren Hals. Ihre Haut war noch weich und warm.

Aber das Pochen suchte Frank vergeblich. Ximena war tot.

Kapitel 3

Auch hier hast du es mir einfach gemacht, Frank. Du hast nichts von dem Eindringling in deinem Haus geahnt. Hast dich in der Sicherheit deiner immer gleichen Routinen gewogen. Dabei hast du nicht gemerkt, wie angreifbar du bist. Nicht wahr, Frank? Das war schon immer dein Fehler. Deine Arroganz.

Deine Haushälterin war aber ebenso ahnungslos. Sie war ganz verdattert, als sie mich im Waschkeller hat stehen sehen – mit deinem Gürtel in der Hand.

Sie kämpfte, Frank, das kannst du mir glauben. Wie ein wildes Tier hat sie um sich geschlagen. Aber sie ist klein und schwach. Eigentlich tut sie mir leid. Ja, wirklich. Sie kann ja eigentlich nichts dafür. Es ist deine Schuld, Frank.

Ich habe dabei zugesehen, wie das Leben aus ihr gewichen ist, oh ja. Es ist interessant, musst du wissen. Im Kampf um das eigene Leben strotzen die Augen vor Emotionen. Angst, Entschlossenheit, dieser Funke, der sagt: „Nein, ich will nicht sterben." Aber das verblasst wie die Farbe auf einem Gemälde, das man einfach sich selbst überlässt. Die Angst schlägt in nackte Panik um, während die Entschlossenheit in Verzweiflung verkümmert, bis dieser Funke langsam erstickt ist – wie Ximena.

Es ist amüsant. Wir schreiben der Nacht das Grauen und die Schrecken zu. Doch der wahre Horror verbirgt sich im

Ximena war tot. Frank wusste nicht, wie lange er dagesessen und vor sich hingestarrt hatte, während die
Erkenntnis wie lähmendes Gift durch eine Infusion in
seinen Körper gelangte. Tropfen um Tropfen.

Er kniete noch immer neben ihr. Die Waschmaschine
gab einen hellen Klingelton von sich, um zu bedeuten,
dass sie fertig war.

Ein absurder Gedanke durchstreifte seinen Kopf. Wer
kümmerte sich nun um die Wäsche?

War es der Schock? Oder war es sein ignoranter Charakterzug, der hervorbrach wie ein unschöner Ausschlag auf der Haut?

Er konnte den Grund nicht weiter erörtern, denn
plötzlich klingelte das Smartphone, das auf der Waschmaschine lag. Frank konnte sich nicht erinnern, es dort
hingelegt zu haben.

Er blickte auf das Display. Unbekannte Nummer. Alles in ihm drängte, den Anruf zu ignorieren. Aber Frank
schien nur noch zu funktionieren. Mechanisch hob er
sein Handy ans Ohr. „Hallo?"

Zunächst war lediglich ein Knistern in der Leitung zu
vernehmen. „Hallo?", fragte er noch einmal.

Er wollte schon auflegen, da hallte der rasselnde
Atem in seinem Ohr wider, dass sich ihm die Nackenhaare aufstellten. „Hallo, Frank." Eine tiefe, mechanisch verzerrte Stimme vibrierte in seinem Ohr.

Seine Hände umklammerten das Gerät fester. „Wer sind Sie? Was wollen Sie?" Er presste die Worte hervor. Gleichzeitig verwandelte sich der Schock, der ihn gelähmt hatte, in heiße Wut. Was wurde hier gespielt?

Ein amüsierter Ton, der durch den Stimmenverzerrer wie ein tiefes Knurren klang, drang von der anderen Leitung durch. „Warum so wütend, Frank? Gefällt dir etwa nicht, was du siehst?"

„Es gefällt mir so sehr, dass ich gleich die Polizei rufe", knurrte Frank zurück. Ihm war bewusst, dass der Sarkasmus unpassend war, doch nicht nur war er wütend, er wollte dem Unbekannten nicht den Hauch einer Ahnung geben, wie sehr sein Puls unter der Haut raste.

„Das würde ich an deiner Stelle nicht tun, Frank."

Frank schnaubte abfällig. Natürlich wurde ihm das ans Herz gelegt.

Der Unbekannte fuhr unbeeindruckt fort. „Denk scharf nach." Durch den Stimmenverzerrer bebte das Unheil in jedem Wort. „Die Polizei findet deine Haushälterin in deinem Haus tot auf. Stranguliert mit *deinem* Gürtel und *deinen* Fingerabdrücken daran. Ich habe keine Spuren hinterlassen, Frank. Es ist so, als wäre ich nie da gewesen. Wie ein Windhauch, der durch dein Anwesen streicht. Nur du warst da. Wie willst du der Polizei das erklären?"

Franks Kopfhaut prickelte, als stäche jemand mit mehreren Nadeln hinein. Seine Lippe bebte, während er nach einer Antwort suchte. „Ich ... Ich war spazieren. Ich war gar nicht da."

„Die Polizei wird feststellen, dass Ximena kurz nachdem du angeblich das Haus verlassen hast, gestorben ist. Du hattest also genug Zeit, sie umzubringen und dann auf einen Spaziergang zu gehen." Ein amüsierter Laut tönte träge wie erstickendes Gas durch den Hörer. „Ein ziemlich wertloses Alibi, findest du nicht?"

Franks Herz raste in der Brust. War der Unbekannte etwa die gesamte Zeit über in seinem Haus gewesen? Hatte er im Keller auf Ximena gelauert?

Er blickte auf die kleine Frau, die noch immer an ihm vorbei gen Decke starrte. Er hatte sie angefasst. Trotz all der Thriller, die er geschrieben und für die er recherchiert hatte, hatte er alles gemacht, von dem er wusste, dass er es nicht hätte machen sollen. Panik schnürte ihm die Kehle zu. Er fühlte sich wie eine Maus im Käfig – und er hasste es, sich so klein zu fühlen. Klein und in die Ecke getrieben.

Als ein eisiger Hauch an seinem Nacken vorbeistrich, wirbelte Frank herum. Er starrte in die Dunkelheit des Korridors. „Sie können mir gar nichts." Frank bemühte sich, gegen das trockene Gefühl in seinem Hals anzusprechen, damit seine Stimme nicht brach. „Ich nehme dieses Gespräch auf. So einfach ist es nicht, jemandem einen Mord anzuhängen." Natürlich bluffte er. Dann stand er auf und schlich langsam auf leisen Sohlen zur Tür. Das Gefühl, beobachtet zu werden, hielt ihn im Würgegriff.

„Doch. Es ist so einfach, dir etwas anzuhängen. Und ich weiß, dass du das Gespräch gerade nicht aufnimmst. Ich habe das Gefühl, wir verstehen uns noch nicht, Frank."

Frank lugte den Korridor auf und ab. Leer und dunkel. Er war allein. Plötzlich ließ ihn ein schrilles Klingeln zusammenfahren.

Er blickte auf das Display. Ein Videoanruf.

Mit zittrigen Fingern wischte er das Kamerasymbol nach oben, ließ seine aber ausgeschaltet. Der Unbekannte sollte nicht sehen, wie panisch er gerade auf und ab lief.

Zunächst war der Bildschirm schwarz, ehe sich ein verwackeltes Bild einstellte. Frank kniff die Augen zusammen. Der Anrufer schien hinter einem Busch zu lauern. Es dauerte einige Sekunden, bis die Kamera das fokussierte, was hinter den Zweigen und Blättern lag.

Frank erkannte einen Tennisplatz. Nicht irgendeinen Tennisplatz. In einigen Metern Entfernung hüpfte eine blonde Frau auf und ab. Abrupt stoppte er. Er brauchte nicht lange, um zu erkennen, dass es sich um Ashley handelte.

Nun umklammerte er das Smartphone so fest, dass er es mit seiner Hand zu zerquetschen drohte. Sein gesamter Körper spannte sich an, bebte, als hätte man ihn unter Strom gesetzt. Und so fühlte Frank sich auch.

„Verstehst du jetzt, warum du nicht die Polizei rufen solltest, Frank? Oder soll ich deiner lieben Tochter 'Guten Tag' sagen?“

Die Schlinge um Franks Hals zog sich endgültig zu. Die Luft blieb ihm weg. Er öffnete den Mund, um zu atmen und zu antworten. Doch er schaffte weder das eine noch das andere.

Er klappte ihn nur dämlich auf und zu wie ein Fisch, den man aus dem Wasser gezogen hatte.

„Bist du noch dran, Frank? Soll ich ihr 'Guten Tag' sagen? Soll ich sie dir später ins Haus legen?“

Frank starrte auf seine Tochter, die nichts ahnend den Schläger schwang, um den Ball über das Netz zu befördern, wie sie es schon seit ihrer Kindheit tat. Er wollte brüllen. Er wollte schreien. Er wollte sie warnen. Gleichzeitig ließ ihn der Gedanke an den leblosen, blassen Körper seiner Tochter schwindelig werden.

„Frank?" Der Anrufer zog seinen Namen in die Länge. „Die Zeit läuft."

„Nein", antwortete er mechanisch, nachdem er wieder zu Atem gekommen war. Er hörte, wie gepresst er klang, und schluckte.

„Nein was? Wirst du die Polizei rufen?"

„Nein." Er keuchte und bemühte sich, die Fassung zu bewahren, dann sackte er in sich zusammen. Wer auch immer hinter dem Anruf steckte, er wusste, wo seine Tochter war. Er wusste, wer sie war. Er konnte nach ihr greifen. Damit hatte er Frank in einen Schraubstock geklemmt, der sich immer tiefer in seine Eingeweide bohrte, je mehr er sich wehrte.

Der Bildschirm wurde schwarz. „Gut", sagte die Stimme.

„Warum?"

„Warum was, Frank?" Der Unbekannte klang beinahe gelangweilt.

„Warum tun Sie das?"

Das Lachen vibrierte wie kreischendes Metall in Franks Ohren. „Warum hast du getan, was du getan hast, Frank?"

Schweigen breitete sich zwischen ihnen aus, in dem nur Franks schwerer Atem zu hören war. „Was habe ich denn getan?"

„Das weißt du ganz genau", knurrte der oder die Unbekannte. „Du weißt genau, was du damals getan hast."

Sprachlos starrte Frank in den Korridor. Er wusste nicht, worauf sich dieser Unbekannte beziehen könnte.

Und welchen Vorteil wollte er sich dadurch erschleichen? Was wollte er von ihm?

„Morgen wirst du in deinem Haus in den Hills sein. Dort bekommst du weitere Anweisungen. Und vielleicht fällt dir in der Zwischenzeit ein, was du getan hast."

„Was soll ich da?", krächzte Frank.

Ein Knacken in der Leitung ertönte. Er hatte aufgelegt.

Kapitel 4

Die Zeit hatte sich verflüssigt. Frank wusste nicht mehr, ob inzwischen Stunden oder nur Minuten vergangen waren, in denen er vor Ximena gestanden und die Finger in seinen Haaren vergraben hatte, während er auf die Leiche gestarrt hatte.

Seine Gedanken rasten. Wer war dieser Anrufer? Warum hatte er sich Frank ausgesucht, um ihm einen Mord unterzujubeln? Er konnte sich einfach nicht erklären, warum jemand so etwas tun würde.

Mitleid überschwemmte Frank. Noch heute Morgen hatte Ximena gesagt, dass sie am Wochenende zu ihrem Sohn hatte fahren wollen. Es rührte ihn nicht zu Tränen. Dennoch empfand er Trauer über ihren Tod. Schließlich hatte sie es nicht verdient zu sterben.

Und nun musste Frank einen Weg finden, um sie verschwinden zu lassen. Zu groß war die Angst, mit einem Anruf bei der Polizei seine Tochter in Gefahr zu bringen. Zu groß war die Angst, mit einem Anruf bei der Polizei plötzlich als Täter dazustehen.

Frank fühlte sich, als versänke er in einem Sumpf, aus dem er sich nicht befreien konnte. Was geschah hier gerade? Was sollte er tun?

Tausende Male hatte er sich in die Köpfe seiner Antagonisten hineinversetzt. So mancher hatte sogar dafür gesorgt, dass die Leichen gefunden wurden. Mit seiner speziellen Visitenkarte. Und seine Protagonisten hatten meistens gewusst, was zu tun war. Viele seiner Figuren waren Helden gewesen.

Aber das hier war nicht eine seiner Geschichten. Und Frank war nicht einer seiner Protagonisten. Das hier war die Realität. Er war kein Killer, aber er sah verdammt noch einmal wie einer aus.

Frank blickte auf den Gürtel, der noch immer um Ximenas Hals geschnallt war. Jemand hatte ein Problem mit ihm, Frank, und Ximena schien nur wie eine geschlagene Bauernfigur im Schach. Er sah all die Figuren vor sich. Seine Töchter. Er musste nach den Regeln seines Gegners spielen, um sie zu schützen.

Zögerlich kniete er sich neben Ximena. Als er sich über sie beugte, um die Schnalle zu lösen, zuckte er zurück. Dadurch kippte ihr Kopf etwas zur Seite. Nun schien es, als starrte sie direkt durch ihn hindurch.

Frank fuhr sich über das schweißnasse Gesicht. Er wusste, dass es nicht so war, aber er glaubte, den Vorwurf in ihrem Blick lesen zu können. Dieser schmorte sich wie ein Brandeisen in sein Gedächtnis.

Hastig schloss er ihre Augen, indem er mit der Hand über ihr Gesicht glitt. Sie war noch immer warm.

Nun löste Frank die Schnalle und zog den Gürtel von Ximenas Hals. Dabei entglitt Luft aus ihrer Kehle. Ein schauriges Stöhnen ertönte in der Stille und fand ein ewig währendes Echo in seinen Ohren. Er schüttelte sich in dem Versuch, den kalten Schauer loszuwerden.

Mit zittrigen Fingern legte er den Gürtel auf ihre Brust. Dann erhob er sich. Wie sollte er sie wegschaffen? Er konnte sie nicht tragen. Nicht so.

Frank stieß die angehaltene Luft aus. Sein Puls war noch immer beschleunigt und inzwischen hatte sich sein T-Shirt mit Schweiß vollgesogen. Wie eine zweite Haut klebte es an seinem Körper.

Er würde einen Teppich aus einem der Zimmer holen und sie darin einwickeln. Dann würde er überlegen, wie es weiterging.

Er rannte die Treppe hinauf, als es plötzlich an der Tür klingelte.

Wie schockgefroren blieb Frank stehen. Er stand im Flur, der zu einem der Gästezimmer führte. Von hier aus konnte er nicht sehen, wer vor der Tür stand. War es der Unbekannte? War er gekommen, um ihn anzugreifen? Oder hatte dieser sich kurzerhand umentschieden und ihm die Polizei auf den Hals gehetzt?

Ein weiteres Klingeln hallte durch das Haus, verlor sich in den Gängen. Frank schluckte, drehte sich mechanisch herum und trat an die Tür. Diese war von zwei Glasscheiben gerahmt.

Doch der ungebetene Gast schien sich so vor der Tür positioniert zu haben, dass Frank ihn von dort aus nicht sehen konnte.

Langsam öffnete er die Tür, nur einen Spalt, und streckte seinen Kopf hindurch.

„Guten Tag, Mr. Lamber, das Tor stand auf, da bin ich direkt zur Tür." Brittany Westwood setzte lediglich ein verhaltenes, eher entschuldigendes Lächeln auf. Sie war in einen figurbetonten, mintgrünen Anzug gehüllt. Ihre braune Ledertasche baumelte in der Ellenbeuge. In der Hand hielt sie ihr Handy. Sie wirkte, als hätte sie es eilig. „Ich habe gestern Abend mein Halstuch vergessen. Und ich war gerade in der Gegend, also …“ Sie sah ihn erwartungsvoll an.

Frank versuchte, den Alarmmodus herunterzufahren. Doch sein Gehirn funktionierte nur noch träge. „Ihr –“ Er rang nach Worten. Keuchte, weil sein schneller Puls ihn außer Atem brachte.

Brittanys Lächeln fiel etwas zusammen. „Halstuch. Genau. Könnte ich schnell rein und es holen?“ Während sie das fragte, schob sie sich durch die Tür ins Haus.

Frank taumelte zurück. Normalerweise hätte er sie sofort achtkantig wieder vor die Tür gesetzt, aber er fühlte sich wie ein ausgewrungener Lappen, der nur hilflos im Wind flatterte.

„Ich habe es im Arbeitszimmer liegen lassen“, sagte sie, während sie die Treppe erklomm.

Frank eilte hinterher, um sie schnell wieder hinauszuscheuchen zu können.

Sie ging voran ins Arbeitszimmer, warf einen kurzen Blick auf das Gemälde, dann auf den Sessel und zog ein Tuch hervor. „Da ist es.“

Frank stand in der Tür, noch immer schwitzend und mit rasendem Puls. „Das freut mich.“ Demonstrativ trat er zur Seite und deutete mit einer Hand in den Flur.

Brittany verstand, ließ es sich aber nicht nehmen, ihn kurz zu mustern, bevor sie an ihm vorbei aus dem Arbeitszimmer trat. „Geht es Ihnen gut?“ Sie blickte an ihm hinunter. „Sie sehen ganz verschwitzt aus.“

„Ich war joggen“, sagte Frank und begleitete Brittany zurück zur Haustür.

„Sportlich sind Sie also auch", antwortete Brittany gelangweilt und checkte kurz ihr Smartphone.

Frank kniff die Augen zusammen. Sicherlich meinte sie es ironisch. Doch er ging nicht darauf ein. Nicht jetzt. Er hatte Wichtigeres zu tun. Er öffnete die Haustür. „Schönen Tag noch."

Brittany schnalzte mit der Zunge. „Ihnen auch." Sie blickte dabei über ihre Schulter, während sie an ihm vorbeiging und nach draußen in die Hitze des Nachmittags trat.

Frank blieb in der Tür stehen, wartete, bis sie von der Auffahrt gefahren war, und betätigte dann den Knopf auf einem Panel neben der Tür, um das Tor zu schließen. Er konnte sich keine weiteren Störungen leisten.

Auch wenn Ximena nur eine kleine Frau gewesen war, so erwies es sich dennoch als anstrengend, ihren schlaffen Körper in den Teppich zu rollen und diesen dann weiter als zwei Meter zu bewegen.

Schnaufend schleifte er sie in Richtung Werkraum. Den benutzte er ohnehin nicht. Nachdem er dort angekommen war, blickte er sich kurz um. Er wollte sie nicht offensichtlich dort liegen lassen.

Also zog er eine Metallkiste hervor. Schweiß tropfte Frank von der Stirn. Mit einem Quietschen klappte sie auf. Frank räumte Werkzeuge und Schleifpapier heraus. Dann widmete er sich wieder Ximenas Leiche. Stöhnend wuchtete er ihren schweren Körper hoch, taumelte vor und zurück, ehe er mit kleinen Schritten zur Kiste eilte und sie unsanft hineinfallen ließ.

„Verzeihung", murmelte er. Ihre Haare hingen über den Rand der Truhe. Der Kopf stand etwas über und die Füße baumelten heraus.

Frank drehte sie seitlich, drückte sie in eine Embryostellung und starrte dann auf sein Werk.

Das erste Mal erfasste ihn Übelkeit. Dabei war es nicht der Gedanke an die Leiche in seinem Keller – die Ironie dieser Tatsache amüsierte ihn irgendwie. Es war der Gedanke daran, dass er inzwischen mehr als genug DNA an ihr hinterlassen hatte, dass es ihn für mehrere Jahre in den Knast bringen würde.

Die Tatsache, dass er dafür sorgen musste, dass Ximenas Leiche niemals gefunden wurde, fühlte sich beinahe so an, als wäre er derjenige gewesen, der sie mit dem Gürtel stranguliert hatte.

Frank atmete schwer, wischte sich mit dem Ärmel über die Stirn und riss dann seinen Blick von ihr los. Er schloss die Truhe. Fand noch einen großen Plastiksack, den er darüberstülpte, so gut es eben ging, um die Verbreitung des Geruchs zu verhindern, schob die Kiste dann zurück an ihren Platz unter das Regal und verließ den Raum.

Er verschloss die Tür und starrte dann den Schlüssel an. Am liebsten hätte er ihn weggeschmissen. Stattdessen deponierte er ihn in der Speisekammer. Danach verließ er den Keller.

Frank duschte sich, wusch jeden Zentimeter seines Körpers, als könnte er so das Erlebte einfach von sich abwaschen. Doch es haftete an ihm, unter seiner Haut wie ein Tattoo des Grauens.

Nachdem er wie wild seine Haut geschrubbt hatte, in der naiven Hoffnung, sich von diesen Geschehnissen säubern zu können, kümmerte er sich um die Wäsche, zu der Ximena nicht mehr gekommen war. Dann saß er in der Küche und starrte auf das Meer hinaus. Er hatte essen gehen wollen. Doch inzwischen war ihm der Appetit vergangen.

Er hatte nun Wichtigeres zu tun. Frank nahm sein Handy.

Kapitel 5

Brittany Westwood

Während Brittany ihren Mercedes durch die von Palmen gesäumten Alleen lenkte, drifteten ihre Gedanken immer wieder zu Frank Lamber.

Am gestrigen Abend, da hätte sie ihn am liebsten noch eigenhändig erwürgt. Ihr Kiefer verhärtete sich bei dem Gedanken an seine Arroganz und diese Geheimniskrämerei um seine Person. Der Grund, warum es sie so wütend machte, war, dass sie als Journalistin schon oft mit dieser Art Mensch zu tun gehabt hatte. Menschen, die immer wieder ins Auge der Öffentlichkeit treten wollten, so wie ein Ertrinkender über der Wasseroberfläche bleiben wollte. Dafür wollten sie aber den kleinstmöglichen Preis bezahlen. Oberflächliches Geplänkel, Bauchpinseleien hatten sie gern und dass man nur über ihre Erfolge sprach. Frank Lamber war einer dieser Menschen. Noch dazu nahm er sich heraus, über ihre Diskriminierungserfahrungen und ihren Umgang damit zu spekulieren. Aber das war typisch für Männer wie Frank Lamber. Sie wussten alles besser.

Brittany entfuhr ein gurgelndes Geräusch. Angewidert hob sie ihre Oberlippe, als sie daran dachte, wie er sich als Wohltäter aufgespielt hatte, sich für das Interview bereitzuerklären.

Dieser Gedanke stresste sie. Schnaubend wühlte sie mit einer Hand in der Tasche auf ihrem Beifahrersitz und zog die Schachtel Zigaretten hervor. Umständlich klopfte sie eine heraus, während sie den Wagen mit der anderen Hand durch die Innenstadt lenkte. Brittany hatte sich inzwischen in ihrer Branche etabliert und schrieb für große Zeitungen und Zeitschriften. Sie erstellte gern Porträts von erfolgreichen Menschen und ihrer Geschichte. Dazu gehörte für sie persönlich aber auch immer ein Stück ihrer Vergangenheit. Wer waren sie vor dem Erfolg? Wie sah ihr Weg aus? Mit allen Steinen und Schlaglöchern. Die Welt kannte genug Geschichten über den „Erfolg über Nacht". Das waren die Märchen der heutigen Zeit. Von Frank hatte sie erwartet, dass er dieses Mysterium nicht fütterte.

Abgesehen davon, wie er in seinen Büchern über die Abgründe der Menschen geschwafelt hatte. Wie er diese Abgründe auch in ihr gesehen haben wollte. Nein. Gesehen hatte. Und als sie dann Licht in seine Abgründe hatte bringen wollen, hatte er den Schein ihrer Lampe erstickt. Bei dem Gedanken verdrehte Brittany die Augen. Sie empfand es als so unglaublich arrogant, mit den Fingern dauernd auf andere zu zeigen, sich dann aber ungeniert wegzudrehen, wenn es um die eigenen Fehlbarkeiten ging. Wollte heute denn niemand mehr fehlbar sein? Die eigenen Schwächen zeigen? Zugegeben, schwieriges Thema in Zeiten sozialer Medien, in denen jede Andersartigkeit, jede Macke, jede Schwäche genüsslich von anderen ausgeschlachtet wurde.

In diesem Punkt musste Brittany Frank Lamber recht geben: Die Menschen liebten die Abgründe anderer. Sie liebten die Fehler anderer. Nur hassten sie es, wenn man ihnen einen Spiegel vorhielt. Wenn es um ihre eigenen Abgründe ging, war plötzlich jeder ein Heiliger.

Mit einem abfälligen Schnauben klemmte sie sich die Zigarette zwischen die Zähne und zündete sie an. Genüsslich sog sie den blauen Dunst in ihre Lungen, die sich mit dem teerhaltigen Tabakqualm füllten. „Jetzt fahr schon." Sie schlug auf die Hupe, um dem lahmarschigen Autofahrer vor ihr Beine zu machen. Dann zog sie an ihm vorbei, blickte grimmig in das andere Auto. „Schwachkopf."

Jetzt konnte Brittany aber an nichts anderes denken als an den Frank, den sie gerade erlebt hatte. Er hatte gehetzt gewirkt, verschwitzt. Von wegen Sport. Sie lachte laut und humorlos auf. So wie er angezogen war, hatte das nicht nach einer Sporteinheit ausgesehen. Sie beschloss, nicht weiter darüber nachzudenken. Fakt war, dass sein Anblick Mitleid in ihr ausgelöst hatte. Offenbar war er wohl doch nicht dieser in sich ruhende, über alles erhabene, große Bestsellerautor Frank Lamber. Wie bei so vielen Menschen stellte sich plötzlich heraus, dass Frank nur ein armes Schwein war.

Brittany genoss den nächsten Zug an ihrer Zigarette fast so sehr wie die Genugtuung über diese Erkenntnis. Die Welt war voll von Hochstaplern. Von Menschen, die sich aufplusterten und eine Rolle spielten und, sobald sie allein zu Hause waren, in sich zusammenfielen wie der Käsekuchen, den Clara mal gebacken hatte.

Apropos Clara. Wenn man vom Teufel sprach – oder an ihn dachte. Ihr Bild und ihr Name tauchten auf dem Bildschirm des Wagens auf und der vor sich hin plärrende Jazz-Song wurde vom Klingelton ihres Handys unterbrochen.

„Hey, Schatz.“

„Rauchst du wieder?“

Erschrocken blickte Brittany sich nach links und rechts um, beobachtete die Menschen, die in die vielen Restaurants und Cafés strömten, die die Straße säumten. Sie blickte in die Autos, die in einer Reihe neben ihr an der Ampel standen. Hatte sie sie gesehen? War sie auch irgendwo hier unterwegs? „Wie kommst du darauf?“

„Deine Stimme verändert sich immer etwas, wenn du rauchst. Sie klingt dann immer etwas gedrungen.“ Mit dem letzten Satz äffte sie Brittanys Raucherstimme nach.

Unweigerlich schlich sich ein Lächeln auf ihre Lippen. Clara konnte sie nichts vormachen. Sie merkte einfach alles. „Hast mich erwischt.“

„Ich spare mir die Predigt. Du bist eine erwachsene Frau.“

„In der Tat.“

„Ich wollte nur fragen, worauf du heute Lust hast.“

„Auf jeden Fall nicht auf deine Kochversuche. Ich gebe aus. Italienisch?“

„Haha“, sagte Clara, die aus ihren eher fragwürdigen Kochkünsten keinen Hehl machte. „Ich hatte an Vietnamesisch gedacht?“

„Auch gut. Bis später dann, ja? Ich muss noch etwas recherchieren.“

„Etwa über diesen Frank Lamber?"

„Genau den." Brittany blickte entschlossen durch die Windschutzscheibe. Während sie sich von Clara verabschiedete, dachte sie an ihren Dozenten. Er war ein alter weißer Mann gewesen. Der Inbegriff des Patriarchats. Er hatte Brittanys Essays gehasst. Aber noch mehr hatte er Brittany gehasst und alles, was sie verkörperte. Für ihn war es schon schlimm genug, dass sie Schwarz war. Noch schlimmer war es aber, dass sie Brüste und eine Vagina anstatt Hoden und Penis besaß. Und dazu hatte sie eine Meinung, die sie immer lautstark kundgegeben hatte. Während er den Ausführungen der Männer in ihrem Kurs stets interessiert gelauscht und zugestimmt hatte, hatte er Brittany meist auflaufen lassen. Abgesehen davon, dass er immer etwas an ihren Meinungen und Thematiken auszusetzen hatte, hatte er stets angefangen, die Tafel zu wischen, in sein Notizbuch zu schreiben oder andere Dinge getan – nur zugehört hatte er meistens nicht.

Ihr gesamtes Studium hatte er auf eine Gelegenheit gelauert, um sie durchfallen lassen zu können. Aber Brittany hatte ihm nie den Gefallen getan, ihm einen Grund zu liefern. Sie war gut in ihrem Job. Und das wollte er einfach nicht anerkennen. Zu guter Letzt hatte er versucht, ihre Moral zu ersticken, indem er ihr eine nicht nennenswerte Karriere voraussagte. Er war überzeugt gewesen, dass sie den falschen Beruf gewählt hatte. Sie hätte sich doch lieber einen netten Mann suchen und Kinder gebären und, wenn diese groß waren, in einem Supermarkt etwas dazuverdienen sollen. Die Tatsache, dass sie kein Geheimnis über ihre Homosexualität machte, hatte er stets geflissentlich ignoriert und wenn er es kommentiert hatte, dann meistens mit der Begründung, dass sie eine Männerhasserin war.

Aber das entsprach nicht der Wahrheit. Sie hasste Männer wie ihn, die Frauen hassten. Sie hasste Männer, die Frauen hassten, die sich nicht vor den Herd abstellen lassen und etwas aus ihrem Leben machen wollten. Sie hasste rassistische und homophobe Menschen wie ihn.

Mit dem letzten Zug an der Zigarette pustete sie den Qualm aus und wedelte ihn aus dem geöffneten Fenster. Zusammen mit dem fragwürdigen Gedankengut ihres Dozenten. Sie wollte nicht tiefer in ebendiese Abgründe tauchen. Und in diesem Punkt war Brittany genauso wie alle anderen. Vor der Dunkelheit dieses Abgrunds fürchtete sie sich so sehr, dass sie sich abwandte und die Augen verschloss wie ein kleines Mädchen vor dem Anblick der geöffneten Schranktür bei Nacht.

Brittany warf einen kurzen Blick auf die Uhr, nachdem sie den Wagen am Rand der Straße geparkt hatte. Zu ihrem Glück genau vor dem Café, in dem sie sich mit ihrem Kontakt treffen wollte, von dem sie hoffte, dass er ihr mehr über Frank Lamber erzählen konnte.

Frank

„Hey, Dad."

Frank war mehr als erleichtert, Ashleys glockenklare Stimme zu vernehmen. „Hey, Ashley-Schätzchen." Er atmete schwer.

„Ist alles in Ordnung?“

Deswegen hatte er lieber Courtney anrufen wollen. Sie hatte nicht diese feinen Antennen, mit denen sie schon an der Stimmlage erkannte, dass etwas nicht stimmte – oder sie besaß sie entgegen Franks Vermutungen doch und es war ihr schlichtweg egal.

Nichtsdestotrotz hatte er sich vergewissern wollen, dass es Ashley gut ging und sie nicht in die Fänge des Unbekannten geraten war.

„Ja, ja, klar, alles in Ordnung“, sagte Frank und bemühte sich um eine feste Stimme. „Hör zu, Schätzchen, ich habe eine Überraschung für dich und deine Schwester. Ihr habt eure Mom schon lange nicht mehr gesehen. Sie würde sich sicher freuen, wenn ihr sie besuchen kommt. Ich habe euch Tickets gebucht. Der Flug geht morgen früh.“

Am anderen Ende der Leitung blieb es stumm. Kurz raschelte es. Er erwartete nicht, dass sie es hinnahm, ohne Fragen zu stellen. Normalerweise hätte er sie gefragt und nicht einfach etwas gebucht. „Morgen früh?“ Ashleys Stimme quietschte. Das tat sie immer, wenn etwas sie überrumpelte. Frank war sich sicher, dass sie bereits andere Pläne hatte, doch dieses Mal konnte er keine Rücksicht darauf nehmen.

„Ja, sag es Courtney und macht euch eine schöne Woche mit eurer Mutter in New York. Ich überweise euch Geld, damit ihr shoppen gehen könnt.“ Er wusste, dass das zwar nicht Ashley, aber Courtney überzeugen würde, ohne weitere Fragen nach New York zu fliegen.

„Weiß ... Weiß Mom Bescheid?“

„Natürlich weiß sie, dass ihr kommt.“ Frank hatte bislang nur ihre Mailbox erreicht und ihr letzten Endes eine Nachricht hinterlassen. Sicherheitshalber hatte er ihr auch noch eine SMS geschrieben, damit sie wusste, dass ihre Töchter kamen. „Sie hat mir ja gesagt, dass sie euch sehr vermisst, und ich dachte mir, das ist doch eine schöne Sache." Franks Haare sträubten sich. Sogar in seinen eigenen Ohren hörte er sich unnatürlich an.

„Dad, ist wirklich alles okay? Du klingst so anders."

„Es ist alles in Ordnung", sagte Frank mit einem hörbaren Lächeln. Doch seine Wangen schmerzten, da ihm alles andere als zum Lächeln zumute war.

„Also, das ist echt lieb, aber eigentlich –"

„Ashley, Schätzchen, tu mir den Gefallen und geh zusammen mit deiner Schwester eure Mutter besuchen."

„Wieso ist dir das plötzlich so wichtig? Dad, irgendwas stimmt doch nicht."

„Ich versichere dir, es ist alles in Ordnung. Versprich mir, dass du mit deiner Schwester fliegen wirst."

„Du kennst Courtney. Vielleicht weigert sie sich."

Frank spürte, wie die Anspannung ihn wie eine Lawine verschüttete. Als hätte man ihn in einen zu engen, heißen Raum gesperrt. „Dann überzeug sie", blaffte er. Gleich darauf überkam ihn das schlechte Gewissen. „Es tut mir leid, Schätzchen, ich wollte dich nicht angehen." Er fuhr sich über seine müden Augen. „Bitte, schreib mir eine SMS, wenn ihr angekommen seid."

Ashley willigte ein. Sie machte sich Sorgen, das konnte Frank in ihrer Stimme hören. Aber er musste dafür sorgen, dass seine Töchter in Sicherheit waren. Denn er hatte nicht vor, der Anweisung des unbekannten Anrufers zu folgen.

Nachdenklich hielt er sein Smartphone in der Hand, tippte mit dem Daumen gegen den Rand des Geräts.

Dann entsperrte er den Bildschirm und tippte, bis er seine Anrufliste vor sich sah.

Ein Schauer überkam ihn wie ein plötzlicher Regenguss. Er sah die Anrufe, die er getätigt hatte. Ashley, Steven. Was Frank aber nicht sah, war der Eintrag, dass eine unbekannte Nummer ihn angerufen hatte.

Er schluckte. Wie war das möglich? Er hatte mit seinem Erpresser telefoniert. Sogar per Video-Call! In ihm krampfte sich alles zusammen. Er japste nach Luft. Bekam er gerade eine Panikattacke?

Nachdem Frank eine Beruhigungstablette geschluckt hatte, saß er auf dem Sofa und starrte aus der Fensterfront.

Vor ihm verdunkelte sich die Welt. Bald schon würde er das Meer nur noch hören können. Er dachte an Ximena, die es nie wieder hören noch sehen würde. Wütend schloss er die Augen, als könnte er so die Realität ausblenden.

Wer steckte dahinter? Wer wollte Frank unbedingt schaden? Und warum?

Er widerstand dem Drang, sich einen Drink zu genehmigen. Es hatte ihn viel Kraft gekostet, damit aufzuhören. Wegen dieses Arschlochs würde er nicht damit anfangen. Deshalb musste er herausfinden, wer hinter dieser verzerrten Stimme steckte.

„Weißt du noch, was du getan hast?", hallte die Erinnerung an seine Worte wider.

Frank erhob sich, schob seine Hände in die Hosentaschen und starrte aus dem Fenster. Das letzte Sonnenlicht hielt sich noch mit einem schmalen roten Streifen am Horizont über dem Meer, klammerte sich an diesen

Tag, von dem Frank sich wünschte, dass er nur ein Albtraum war.

Er sah dabei zu, wie der letzte Rest Tageslicht in der Dunkelheit ertrank. Dann wandte er sich um und realisierte, dass er nicht mehr allein war. In seinem Haus hatten sich die Geister seiner Vergangenheit breitgemacht.

Ein eisiger Windhauch kroch um seine Beine. Er fröstelte.

„Weißt du noch, was du getan hast?"

Frank ballte seine Hände zu Fäusten. In ihm pulsierte der Drang, einen Blick auf die Innenflächen zu werfen, doch er hatte Angst vor dem, was an ihnen haften konnte.

Die Dunkelheit kreiste Frank weiter ein. Es schnürte ihm die Luft ab. Er eilte durch den Wohnbereich und betätigte den Lichtschalter.

Das Licht in den Lampen flammte auf, vertrieb die Geister und die Dunkelheit. Doch die Schatten blieben – ebenso wie das Flüstern.

„Weißt du noch, was du getan hast?"

Er flüchtete sich ins Bad und spritzte sich kaltes Wasser ins Gesicht. Er blickte in den Spiegel. Sein graues Haar stand zu allen Seiten ab. Schatten zeichneten sich unter seinen von Lachfalten gerahmten Augen. Er rieb sich über den Bart, tupfte dann sein Gesicht mit dem Handtuch trocken. Er musste einen klaren Gedanken fassen. Doch das konnte er nicht hier.

Kapitel 6

Die Lichter zogen glitzernd und blinkend an Frank vorbei, während er den Wagen durch die Straßen von Los Angeles lenkte. Die Stadt der Engel. Für ihn war es die Stadt der Lichter. Jedes Mal, wenn er die Küste verließ, über einen flachen Hügelkamm fuhr und in den funkelnden Schoß der Stadt blickte, wusste er, warum er lieber auf das Wasser hinaussah.

Die Lichter blendeten.

Frank fuhr einige Zeit ziellos durch die Gegend, vorbei an den Luxusläden am Rodeo Drive, vor denen teure Autos parkten. Vorbei an Clubs, vor denen Männer und Frauen auf Einlass warteten. Die warme Abendbrise trug ihr Lachen durch das geöffnete Fenster. Zusammen mit dem Duft der Abgase und des warmen Asphalts, der die Hitze des Tages gespeichert hatte.

Mit der nächsten Kreuzung tauchte er in die Schatten, über die die Lichter so stoisch hinwegleuchteten, sie hinter ihrem Funkeln verbargen.

Entlang der Straße reihten sich Zelt an Zelt. Manchmal lagen Obdachlose in verschlissenen, dreckigen Schlafsäcken auf dem nackten Boden.

So manche Frau winkte Franks Wagen mit einem lückenhaften Lächeln zu. Ihre Augen verklärt. Würde er anhalten, würde sie ihm ihren Körper für einen Spottpreis verhökern. Nur, um sich den nächsten Schuss leisten zu können.

Andere saßen teilnahmslos an den Wänden, wippten vor und zurück, stritten mit ihren Dämonen, schlugen sich selbst oder starrten Frank mit irre funkelnden Augen nach.

Frank bog rechts ab, als plötzlich eine schattenhafte Gestalt vor seinem Wagen auftauchte.

Er riss die Augen auf, klammerte sich an sein Lenkrad und trat mit voller Wucht auf die Bremse.

Ein Quietschen ertönte. Franks Körper wurde in den Gurt geschleudert. Er keuchte.

„Eyyyyy … heyyyyy!" Der Mann, den Frank um ein Haar überrollt hätte, legte seine gekrümmten Hände auf die Motorhaube. Als er aufblickte, starrten ihn ein braunes und ein milchiges Auge an, das ziellos in seiner Höhle herumwanderte. Seine Erscheinung war gebeugt und tiefe Falten durchzogen sein Gesicht.

Das gesunde Auge schien einige Sekunden zu brauchen, bis es Frank hinter der Windschutzscheibe ausgemacht hatte. Dann verzogen sich die Lippen zu einem breiten Lächeln, entblößten faulige Stummel.

Er lachte. Ein atemloses, rasselndes Geräusch. Zitternd hob er die Hand. „Ich seh euch." Er kicherte. „Ich seh euch!" Langsam trat er vom Wagen zurück, gab Frank den Weg frei.

Frank, dem bisher viel zu warm gewesen war, fröstelte. Mit einem leichten Bogen fuhr er um den Mann herum, dessen gesundes Auge ihn nun fixiert hatte.

„Ich seh euch!" Er lachte wieder. Frank konnte nicht anders, als ihn anzustarren, während es sich anfühlte, als führe er in Zeitlupe an ihm vorbei.

Er ließ ihn hinter sich, beobachtete den Mann aber noch im Rückspiegel, wie er schwankend dastand und dem Wagen nachstarrte, bis die Dunkelheit ihn verschlang.

Nach unzähligen Umwegen kam er endlich an seinem Ziel an. *Bobs Burger Hut.* Die Lettern des Fastfood-Restaurants brannten rötlich durch die Nacht. Darüber leuchtete ein rundes, lachendes Gesicht, das den Hut im gleichmäßigen Takt lüftete und wieder aufsetzte. Die Neonröhren surrten hörbar.

Der Parkplatz war gut besucht, sodass Frank sich in eine enge Lücke quetschte.

Bobs Burger Hut lag an der Grenze zu der Stadt der Lichter und ihren Schatten, die sie warf. Die Kundschaft war also gemischt.

Jene, die sich nicht mal die kleine Pommestüte leisten konnten, lungerten auf dem Parkplatz oder in den Büschen herum. Sie waren aber mehr mit sich selbst beschäftigt.

Zwei Männer stritten sich um den letzten Schluck in der Whiskeyflasche, während hinter ihnen eine Frau ihre Arme um den Oberkörper geschlungen hatte und sich immer wieder zu allen Seiten umsah, als glaubte sie, verfolgt zu werden.

Sie waren so sehr mit den Dämonen um sich herum beschäftigt, dass sie Frank keine Beachtung schenkten, als er an ihnen vorbei zur Tür lief. Nur einer sah rülpsend auf. „Ha'se mal'n Dollar?"

Frank ignorierte ihn. Der Duft von gegrilltem Fleisch, Pommes und Saucen umhüllte ihn. Normalerweise aß Frank in gehobeneren Lokalen, aß lieber Fleisch, das auf den Punkt gebraten war, und trank dazu einen guten Wein. Er hasste Fast Food. Und noch mehr hasste er die Menschen, die sich dem regelmäßig hingaben. Für ihn war es der Inbegriff der Disziplinlosigkeit, dieses Gift in den Rachen zu schaufeln. Es machte weder satt noch bereicherte es die Sinne.

Doch heute brauchte er eine andere Umgebung. Heute brauchte er ein fettiges Stück Fleisch, das zwischen zwei labbrigen Burgerbuns steckte. Heute brauchte er den viel zu süßen Geschmack einer Cola. Die Hektik, mit der alles serviert wurde. Er brauchte den Lärm um sich. Das Klappern der Töpfe und die Rufe, die aus der Küche drangen, unterbrochen von einem gelegentlichen schrillen Piepton. Das Durcheinander der Gespräche der Gäste. Er brauchte das Chaos im Außen, um das in seinem Inneren übertünchen zu können.

Frank stellte sich hinter einem Pärchen an. Beide wirkten angetrunken. Kichernd schlang die blonde Frau ihre Arme um den Hals des Mannes, der ihr ungeniert seine Hand in die Hose schob und ihren Hintern massierte.

Zwar lachte sie, doch Frank las in ihrer Körpersprache, dass sie sich wegzudrücken versuchte. Es war ihr unangenehm, in der Öffentlichkeit begrapscht zu werden.

Sie fing Franks abschätzigen Blick auf. „Hast du'n Problem, Alter?", rief sie.

Ihre Begleitung drehte sich um. Sein breites Grinsen verschwand und stattdessen trat ein Ausdruck von Dominanz in sein Gesicht. Er hob eine Braue, musterte Frank und baute sich vor ihm auf. „Findest du Gefallen an meiner Stute?“ Ein fieses Grinsen breitete sich auf seinen Lippen aus.

Frank blieb stehen, rührte sich keinen Zentimeter, hielt dem Blick des Mannes stand. Er war etwas kleiner, aber sicherlich besser in Form, als Frank es war.

Er sagte nichts, was den Typen trotzdem zu provozieren schien. Er kam näher, die Frau am Arm haltend. Inzwischen funkelte er ihn wütend an. „Was glotzt du so, Arschloch?“

Der Geruch von Alkohol schlug Frank entgegen. In ihm wallte Wut und Verachtung auf. Doch würde er diesem unterbelichteten Idioten nun sagen, was er wirklich dachte, dann würde er den Burger nachher durch einen Strohhalm essen müssen. Er vertraute darauf, dass seine Vermeidungshaltung aufgehen und der Typ von ihm ablassen würde.

Aber das Gegenteil war der Fall. Er schien sich selbst regelrecht in aggressive Hochstimmung zu bringen. „Hast sie doch angegafft, ist doch so, Arschloch, oder?“ Er nahm das Gesicht seiner Freundin in eine Hand, drückte ihre Wangen zusammen. „Scharfes Teil, oder?“ Er lachte.

Die Frau stemmte ihre Hände in seine Seite und gab keifende Geräusche von sich.

„Nu stell disch nich so an“, sagte der Mann, der Frank noch immer fixierte. Er würde ihn nicht in Ruhe lassen. Diese eine Millisekunde, in der Frank seinen Blick hatte schweifen lassen, hatte ausgereicht, um diesen

Idioten dermaßen anzustacheln, dass er sich an Franks passivem Verhalten aufgeilte.

In seinem Inneren kochte blinder Zorn hoch. Sein Nervenkostüm war für diese Art der Konversation zu dünn. Etwas regte sich in seinem Inneren. Hatte er gerade noch über den Idioten hinweg auf die Karte gestarrt, sah er ihm nun wieder direkt in die Augen. Er kam einen Schritt näher, ohne die Kontrolle darüber zu haben. Etwas anderes steuerte ihn.

Blitzschnell packte er das Handgelenk des Mannes, drehte es herum, sodass dieser seine Freundin losließ. Sie keuchte und hielt sich die Wangen, auf denen seine Fingerabdrücke rötlich leuchteten. „Wenn du so fragst, habe ich ein Problem. Das ist keine Stute und auch kein Teil. Sie ist eine Frau, ein Mensch. Und nein, ich habe kein Interesse an ihr. Auch nicht an dir." Zu Franks Erstaunen fing er einen Schlag des Typen ab.

Die Wut pulsierte so heiß durch seine Adern, dass seine Hände die Knochen dieses Versagers zermalmen wollten. Inzwischen konnte dieser seinen Schmerz nicht mehr verbergen. Er stöhnte auf. „Was is 'n los mit dir, Alter?"

Frank kam näher an sein Gesicht, trotz des widerlichen Gestanks nach Alkohol, Bier und Sexschweiß. „Menschen wie du sind widerlicher Abschaum. Dir fehlt es an Respekt. Aber was mich noch mehr anwidert, ist, dass es dir vor allem an Intellekt fehlt. Du plusterst dich auf wie eine Kröte, aber ich zerquetsche dich, wenn es sein muss. Und ich werde es genießen." Frank konnte sich nicht erklären, warum diese Worte aus seinem Mund sprudelten wie giftige Säure. Er hielt dem nun verdatterten Blick des Idioten stand.

„Das reicht jetzt, ey." Die Frau stieß Frank in die Seite, sodass dieser losließ. „Ich brauche niemand'n, der mich beschützt. Was bildest'n du dir eigentlich ein, Alter?" Sie riss ihren Freund an sich. „Komm, wir gehen."

Ohne ein weiteres Wort folgte er seiner Freundin zur Tür. Dort drehte er sich noch einmal um, sah Frank an, wandte dann seinen Blick aber schnell wieder ab.

Frank stand mit geballten Fäusten da, starrte ins Leere und rang nach Luft. Erneut musste er seine Gedanken sortieren.

Ja, er hasste diese Art von Menschen. Ja, er hasste ihren Mangel an Respekt und Intelligenz. Doch er verhielt sich nicht wie sie. Er war kultiviert und das primitive Alpha-Männchen-Verhalten gehörte definitiv nicht zu ihm. Doch diese Situation hatte etwas in ihm ausgelöst.

Frank atmete noch einmal tief ein und aus. Ein Windhauch kribbelte in seinem Nacken. Er wandte sich um. Doch niemand stand hinter ihm und auch keiner der Gäste beachtete ihn.

„Willkommen bei Bob's Burger Hut, was kann ich Ihnen bringen?" Die gelangweilte Stimme der Kassiererin riss Frank aus seinen Gedanken und holte ihn ins Hier und Jetzt zurück.

Einige Minuten später saß Frank mit einer großen Pommes, einer Cola und einem fettigen Whopper, der vor Sauce nur so triefte, in einer leeren Ecke des Lokals. Er beobachtete die Menschen um ihn herum. Die meisten von ihnen wirkten entspannt und losgelöst.

Frank biss in den Burger. Die Sauce tropfte über seine Finger und an seinen Mundwinkeln hinab. Normalerweise aß er Pasta mit Besteck und keine Burger mit der

Hand. Der Geschmack des Fleisches, vermischt mit Käse, Sauce und Gurke, breitete sich in seinem Mund aus. Seine Zunge war definitiv anderes Essen gewohnt. Doch etwas in seinem Gehirn sprang auf diese Sauerei an. Es befriedigte einen sehr hungrigen Teil in Frank, stellte es zufrieden, beruhigte ihn wie eine Mutter, die ihr Kind in den Schlaf wiegte.

Frank hieß dieses flüchtige Gefühl willkommen. Dennoch pochte in seinem Hinterkopf noch immer wie ein wachsender Tumor die Tatsache, dass sich die Leiche seiner Haushälterin in seinem Keller zersetzte und jemand das Leben seiner Töchter bedrohte.

„Du weißt genau, was du damals getan hast."

Frank schüttelte den Kopf. Was hatte der Anrufer mit damals gemeint? Worauf bezog er sich? In all den Jahren – vor allem während seiner Karriere – hatte er eine Menge Leute verärgert. Zu Beginn hatte es ihn noch überrascht, wie banal und doch – in den Augen der Leute – schwerwiegend diese Gründe waren, je höher er auf der Leiter gestiegen war. Was hatte er nun also getan, das so lange in einem Menschen gebrodelt hatte, dass er nun zu diesen Mitteln griff?

Als Frank aufblickte, sah er sein Spiegelbild in der dunklen Scheibe ihm gegenüber, den Burger in der Hand – oder das, was von ihm übrig war. Die Sauce tropfte zwischen seinen Fingern auf das Tablett. Um ihn herum die Hektik der Fast-Food-Kette. Das Piepen und die vermischten Gespräche. Dennoch konnte er durch das Chaos der Geräusche das Tropfen der Sauce hören, die auf die Papierunterlage fiel.

Plötzlich veränderte sich sein Gesicht, verformte sich zu einer Grimasse, die nicht mehr seine war. Der Mann, der ihn gerade bedroht hatte, stand nah an der Scheibe und starrte ihn mit wutverzerrter Miene an. Er sagte etwas, das Frank natürlich nicht hören konnte.

Von seinen Lippen las er so was wie: „Ich mach dich fertig, wenn du rauskommst."

Frank starrte zurück. Er dachte an die Banalität, mit der man seinen Mitmenschen manchmal vor den Kopf stieß, ohne es zu bemerken. Es war wie mit einer harmlosen Schneekugel, die man achtlos einen zugeschneiten Hang hinunterwarf, sich umdrehte und ging, ohne zu bemerken, dass die Kugel immer schneller hinabrollte, größer wurde, wuchs und zu einem riesigen Schneeball mutierte.

Er empfand keine Angst vor dem Mann. Vielmehr vor seiner Wut und seiner Obsession, Frank aufzulauern. Und er kannte dieses Gefühl, das sich wie eine kalte Hand um die Kehle legte – oder wie der Gürtel um Ximenas Hals.

Frank würgte ein viel zu großes Fleischstück hinab, rang nach Luft, als sich der Happen langsam einen Weg seine Kehle hinunterbahnte. Tränen stiegen ihm in die Augen.

In seinem Kopf spielte ein ganz anderer Film ab als der an der Scheibe des Fast-Food-Restaurants.

2013

Frank starrte aus der Fensterfront des Restaurants. Er legte die Gabel nieder, mit der er seine Trüffel-Sahnesauce-Pasta aufgedreht hatte, und kippte den letzten Schluck Weißwein hinab. Wut breitete sich wie ein Lauffeuer in seiner Magengegend aus. Es waren nun schon einige Wochen vergangen, in denen er mit dem

Erscheinen seines letzten Buches seine Rente angekündigt hatte. Er wollte nicht mehr schreiben. Er hatte einen zu hohen Preis gezahlt, als dass er einfach weitermachen konnte wie bisher.

Doch erholen konnte er sich nicht. Schuld daran war diese Person, deren Gesicht nun regelrecht an der Scheibe klebte. Es war ein Mann. Schwarzes Haar, dunkle, große Augen in tiefen Höhlen und ein hageres Gesicht. Mit den Händen schirmte er die Reflexion des Glases ab, scannte jeden Tisch, ehe sein Blick an Frank hängen blieb.

Er hatte ihn nun öfter gesehen und jedes Mal trieb Frank die Frage um, ob dieser Mann Schilddrüsenprobleme hatte. Er war sich nicht sicher.

Womit er sich aber sicher war, war die Tatsache, dass dieser Mann – Frank glaubte sich zu erinnern, dass er sich bei einer seiner zahlreichen Lesungen als Danny vorgestellt hatte – ein tiefgreifendes psychisches Problem hatte. Danny war ihm irgendwann aufgefallen, weil er bei jeder in L. A. und in anderen Städten stattfindenden Lesung dabei war.

Immer saß er in der ersten Reihe, diese abnormal großen Glubscher voller Strahlen auf Frank gerichtet, während er jedes Wort aus seinen Büchern stumm mit den Lippen mitsprach. Immer zitterten seine Hände, wenn Frank nach dem Buch griff, um es zu signieren, und immer schwor er, sein größter Fan zu sein.

Doch ebendiese Euphorie war mit der Ankündigung in etwas Dunkles umgeschlagen. Vollkommen aufgelöst war er zu Franks Lesung seines letzten Buches erschienen, war halb über den Tisch gekrochen, um

Franks Hände zu packen, um ihn mit einem irren Funkeln in den Augen anzuflehen, seine Karriere nicht zu beenden.

Die Verzweiflung war schnell in Wut umgeschlagen. „Sie müssen weiterschreiben", hatte Danny gekrächzt, während seine knorrigen Hände sich um seine Kehle legen wollten.

Blitzschnell waren zwei Verkäuferinnen dazwischengegangen und hatten es geschafft, Danny zu Boden zu ringen. „Sie müssen weiterschreiben! Ihre Bücher sind alles, was ich habe! Ich brauche Ihre Geschichten. Die Welt braucht Ihre Geschichten, Frank", hatte Danny unter Schmerzensschreien gekreischt, ehe man ihn aus dem Laden geworfen hatte.

Seitdem hatte Danny Frank auf Schritt und Tritt verfolgt. Sogar zu Hause hatte er ihm aufgelauert. Jedes Mal, wenn er sein Anwesen verließ, war Danny ihm regelrecht auf die Motorhaube gesprungen, um ihn anzubetteln, mit ihm reden zu dürfen.

Frank tupfte sich den Mund ab und verlangte mit einem Nicken in Richtung des Kellners nach der Rechnung. Dieser kam wenige Sekunden später.

Während Frank in aller Seelenruhe die Scheine auf den kleinen Teller blätterte – inklusive eines großzügigen Trinkgeldes – spürte er Dannys Blick auf seiner Haut brennen. Es machte ihn rasend. Etwas in ihm pulsierte. Er hatte die Schnauze voll. Danny war wie ein unerwünschtes Überbleibsel seiner Karriere, das an ihm klebte. Dabei hatte Frank einen klaren Schnitt setzen wollen. Er wollte nicht mehr schreiben und er wollte nicht mehr daran erinnert werden. Dieses Leben lag nun hinter ihm. Es war ruiniert und ramponiert worden. Frank hatte eine Lösung gefunden. Aber Danny war wie ein trauriger Kleberest von einem Pflaster, das er sich abgezogen hatte. Es musste alles entfernt werden! Ausnahmslos!

Langsam stand er auf. Am liebsten hätte er den Tisch umgeworfen und den Stuhl durch die Scheibe auf Danny geschleudert, aber er beherrschte sich und dieses wütende Etwas in seinem Inneren.

Langsam trat er über die Schwelle des Restaurants, wo Danny ihn bereits mit glühenden Augen erwartete. Frank ballte seine Hände zu bebenden Fäusten und presste seine Lippen aufeinander.

Er tat so, als existierte Danny gar nicht, ging an ihm vorbei und trat auf den Bürgersteig.

„Frank, bitte, Frank!" Danny stellte sich ihm in den Weg, sah ihn flehend an. Er sah ungepflegt aus. Seine Zähne waren faulig. Auf seinen Wangen spross ein lückenhafter Bart und die schwarzen Haare hingen ihm in Fransen ins Gesicht. Die Nägel waren dreckig.

Frank rümpfte angewidert die Nase.

„Frank." Danny trat vor und packte ihn an den Oberarmen. Dabei bohrten sich seine Finger in seine Muskeln. „Du ... Du musst weiterschreiben. Du kannst nicht einfach aufhören. Ich brauche deine Bücher." Das irre Funkeln in seinen Augen flammte auf. Er lockerte seinen Griff, um an Franks Schultern hochzuwandern.

Er kam ihm vor wie ein Junkie, der seinen Dealer um den nächsten Schuss anflehte.

Frank riss sich aus seinem Griff. „Es reicht jetzt, Danny." Seine Stimme dröhnte über den Verkehr der viel befahrenen Straße hinweg. „Ich werde nie wieder ein Buch schreiben und Sie werden das nicht ändern."

Frank stieß Danny vor die Brust, als dieser erneut versuchte, Franks Schultern zu packen. „Lassen Sie mich in Ruhe oder ich hetze die Polizei auf Sie oder lass Sie einweisen. Sie sind ja krank." Angewidert wich er weiter zurück.

Danny blinzelte traurig. „Frank", säuselte er, die Arme nach ihm ausgestreckt, wie es ein Kleinkind bei seiner Mutter tun würde.

Frank wusste, dass diese Finger sich nicht liebevoll um seinen Hals legen wollten. Er fühlte sich, als drückte man ihn unter Wasser. Seine Lungen zogen sich schmerzhaft zusammen und die Panik drohte ihn zu erdrücken. Er schlug Dannys Hand weg. „Lassen Sie mich in Ruhe. Verschwinden Sie und verfolgen Sie mich nicht mehr." Frank brüllte ihn nun an. „Ich hasse das Schreiben! Ich werde es nie wieder tun und Sie sollten sich dringend Hilfe besorgen." Frank schaffte es, sich an Danny vorbeizustehlen und eilte im Laufschritt zu seinem Auto. Dabei sah er noch einmal über seine Schulter zurück.

Dannys Blick schlug um. Die Trauer wich einer Kälte, die Frank einen Schauer über den Rücken jagte. Er wollte die Tür öffnen, doch Danny hatte ihn schnell eingeholt und stieß sie mit voller Wucht zu. So kesselte er ihn halb ein und verhinderte, dass Frank erneut die Tür öffnen konnte.

Ruckartig zog er ein Messer hervor. Mit einem irren Lächeln, das seine fauligen Zähne entblößte, lehnte sich Danny vor. Die Klinge legte sich an Franks Hals, direkt über seinen wild hämmernden Puls. „Du hast mich nicht verstanden, Frank", säuselte Danny. „Wenn du nicht freiwillig weiterschreibst, werde ich dich einsperren und zwingen, Bücher zu schreiben." Er kicherte. „Wäre das nicht schön? Deine Geschichten nur für mich." Er kicherte erneut. Seine Augen glänzten. Aus nächster Nähe konnte Frank sehen, wie blutunterlaufen sie waren. Offenbar hatte Danny nicht viel geschlafen. Dieser leckte sich über die trockenen, aufgesprungenen Lippen. „Ich will dich nicht einsperren müssen, Frank. Du hast doch Töchter, die dich vermissen würden, oder?"

„Hey", ertönte plötzlich eine tiefe Stimme.

Aus dem Augenwinkel konnte Frank sehen, dass es ein Mann war, groß und schwer gebaut. Er lief auf ihn und Danny zu. „Lassen Sie den Mann in Ruhe."

Zischend wie eine Schlange blickte Danny über seine Schulter in Richtung des Mannes. Frank nutzte den Moment, stieß ihn mit aller Kraft von sich und schlug einen Haken. Seine Faust landete in Dannys Gesicht. Ein scharfer Schmerz durchfuhr seine Knöchel.

Danny taumelte, halb keuchend, halb jaulend. Er stolperte und ging zu Boden.

Klirrend fiel das Messer auf den Asphalt.

„Ist alles in Ordnung, Sir?" Der Mann schnaubte.

Frank schüttelte seine Hand, in der der Schmerz des Schlages pochte. „Ja, alles in Ordnung", knurrte Frank. Ihm war schwindelig und er hatte das Gefühl, dass der Arm, mit dem er sich verteidigt hatte, nicht ihm gehörte. Kurz schüttelte er sich, um wieder zu Verstand zu kommen.

„Ich rufe die Polizei ... Hey, Sie. Sie bleiben auf dem Boden." Ächzend kniete sich der beleibte Mann auf

Dannys Arm, während er gleichzeitig sein Handy zückte.

Danny jaulte auf vor Schmerz, fand aber unmittelbar Franks Blick wieder. Mit der freien Hand deutete er auf ihn. „Du wirst sehen, Frank. Du wirst sehen, was du davon hast! Es ist noch nicht vorbei."

Keuchend tauchte Frank aus der Vergangenheit auf. Kurz rang er nach Luft. Sein Blick haftete an der Scheibe, in der Erwartung, dass nun Dannys Gesicht ihm entgegengrinste. Doch niemand außer Frank selbst starrte ihn an.

„Es ist noch nicht vorbei."

Konnte das sein? Konnte es tatsächlich sein, dass Danny hinter diesen perfiden Anrufen steckte? Hatte das vielleicht zu seinem Plan gehört? Jahre vergehen zu lassen, bis Frank ihn langsam vergaß, um dann mit einem teuflischen Plan zuzuschlagen? Danny wusste, wo Frank lebte. Wenn er ihn beobachtet hatte, dann war er sicherlich sehr schnell hinter seinen immer gleichen Tagesablauf gekommen und hatte ein Zeitfenster genutzt, um Ximena umzubringen.

Franks Puls raste unter seiner Haut. Seine Gedanken wirbelten durcheinander. Hastig schob er das Tablett von sich, erhob sich und verließ fluchtartig die Fast-Food-Kette.

Er rannte über den Parkplatz zu seinem Auto. Von dem Betrunkenen war keine Spur mehr zu sehen. Das war Frank auch lieb. In ihm pochte nur ein Gedanke: Er musste herausfinden, ob er recht hatte. Frank startete den Motor und raste los.

Kapitel 7

„Frank, was machst du denn hier – um diese Uhrzeit?"
Sein ehemaliger Agent starrte Frank verdattert an. Es
musste mindestens ein Jahrzehnt vergangen sein, dass
sie sich zuletzt gesehen hatten. Nachdem Frank seine
Karriere beendet hatte, hatten sie sich gelegentlich auf
Vernissagen oder anderen literarischen Veranstaltun-
gen getroffen, bei denen Frank noch verpflichtet gewesen war, zu kommen. Danach war der Kontakt eingeschlafen. Dennoch hatten sie sich immer gut verstanden, und sein Agent hatte nicht zuletzt das meiste Ver-
ständnis aufgebracht, als Frank sein Karriereende angekündigt hatte.

Inzwischen hatten die Jahre Steven eingeholt.
Scheiße. Frank höchstwahrscheinlich ebenfalls, besonders Stevens musterndem Blick nach zu urteilen.

Autoren und ihre Agenten ließ der Schönheitswahn,
der in Hollywood herrschte, eigentlich kalt. Es kam immer darauf an, in welchen Kreisen man sich bewegte.
Während Frank darauf bedacht war, sich mit Künst-
lern zu umgeben, die meistens eher hinter als vor der
Kamera standen, hatte Steven keine Hollywoodparty,
kein Model und keine Schauspielerin ausgelassen.
Frank sah ihm an, dass er akribisch versuchte, den Körper und das Gesicht des dreißigjährigen Stevens zu
konservieren.

Unter seinem Bademantel blitzte eine rasierte, aber offenbar auch gestraffte Brust hervor, und ebenso hatte das Gesicht stellenweise das erste Botox intus. So bewegte sich um die Augen- und Stirnpartie kaum ein Muskel, trotz der offenkundigen Überraschung, die sich in seinem Blick spiegelte.

Stevens blaue Augen waren geweitet und auf seinen Lippen zuckte ein Lächeln, wenn ihm auch die Unsicherheit deutlich anzusehen war.

Er fuhr sich durch sein blondes Haar, das die ein oder andere Transplantation hinter sich gehabt hatte, wie Frank vermutete. Früher war es nicht so voll gewesen.

„Ich muss mit dir über etwas sprechen", sagte Frank heiser.

Verwirrt musterte Steven ihn, trat dann aber einen Schritt zurück. „Komm rein."

Frank betrat das moderne Anwesen. Es war gänzlich offen gestaltet, sodass man sofort in einem großen und luxuriös eingerichteten Sitzareal stand. Die unspektakuläre Architektur des Hauses war ebenso seelenlos wie die großen Gemälde, die an der ein oder anderen Wand hingen. Simple Farbkleckse, mit Spachtel verschmierte, unscharfe Farbsymphonien, die nichtssagender als eine leere Leinwand waren. Kunst mit Tiefgang hatte Frank auch nicht erwartet. Aber Steven machte auch keinen Hehl daraus, dass er sich weder mit Kunst auskannte noch Interesse daran besaß, das zu ändern. Dennoch wuselte er gern auf der ein oder anderen Vernissage herum. Das Netzwerk erweitern – und das hochwertige alkoholische Angebot wahrnehmen.

Warmes Licht ging von Designer-Schirmlampen im Wohnzimmer und im oberen Stockwerk der Galerie aus.

„Willst du einen Drink?", fragte Steven und schlenderte zwei Stufen hinab an seinem Kamin vorbei zu einer Bar auf Rollen. „Setz dich doch." Er wandte sich um und deutete auf die weiße Designercouch. Er klapperte mit Eis und Gläsern herum. „Wie früher?"

In Franks Kehle pochte das Verlangen nach einem kühlen Bourbon. „Nein, danke", sagte er, während er sich setzte. „Ich trinke nicht mehr."

Steven wandte sich wieder um, stellte das zweite Glas zurück und sah Frank kurz an. Er hatte die Brauen gehoben, jedoch schlug dies keinerlei Falten auf seiner Stirn. „Glückwunsch", sagte er, kam dann zurück zu Frank und drückte ihm ein Glas in die Hand. „Wasser", sagte er und nahm schräg gegenüber Platz. Dabei schlug er seine Beine übereinander.

Franks Blick huschte zur Decke. Er ignorierte, dass Steven nichts darunter trug, und noch weniger überraschte es ihn, als eine Frauenstimme von oben nach ihm rief.

„Ich komme gleich, Darling", antwortete Steven und schwenkte die Flüssigkeit in seinem Glas. „Ich habe einen alten Freund zu Besuch."

„Ich bleibe nicht lange", sagte Frank und kam direkt zur Sache. „Kannst du dich an meinen Stalker erinnern, nachdem ich mein Karriereende angekündigt habe?"

Steven trank einen Schluck, schob die Flüssigkeit von einer Wangenseite in die andere, wobei er die Augen zusammenkniff. „Ich erinnere mich, ja", sagte er langsam. Er griff mit der Hand in die Luft, als versuchte er, die Erinnerung in ihrer Vollständigkeit einzufangen. „Dieser Junge. Ich habe seinen Namen vergessen." Steven lachte kurz und kniff sich in die Nasenwurzel. „Na ja, schwarze Haare, kränkliches Aussehen, richtig?" Er wirbelte mit dem Zeigefinger in der Luft.

Frank nickte. „Genau."

Steven sah ihn fragend an. „Was ist mit ihm?"

„Ich glaube, er verfolgt mich wieder", murmelte Frank unheilverkündend und rieb sich seinen Nacken, in dem sich ein heißes Kribbeln ausbreitete.

Steven riss die Augen auf. Er lehnte sich vor. „Wie kommst du darauf? Was ist passiert?"

Frank rutschte unruhig auf seinem Platz. „Ich bekomme ominöse Anrufe. Jemand bedroht mich und meine Familie – meine Töchter. Ich soll etwas getan haben. Dieser ... dieser Danny –"

„Danny, stimmt, das war sein Name."

„Ja, dieser Danny hatte bei unserer letzten Begegnung gedroht, dass es noch nicht vorbei ist. Vielleicht hat er jetzt jahrelang gewartet, um mich fertigzumachen." Den Teil, dass Danny in sein Haus eingedrungen und seine Haushälterin erdrosselt hatte, behielt Frank für sich. Auch wenn er Steven vertraute, so wollte er verhindern, dass dieser alle Gänge und Hebel in Bewegung setzte, die womöglich seine Töchter in größere Gefahr bringen könnten. Er musste die Lage für sich sondieren und herausfinden, ob dieser Danny nun dahintersteckte oder nicht.

Steven trank langsam einen weiteren Schluck, sah Frank dabei nachdenklich an. „Hat er dir wieder aufgelauert? Wir hatten doch damals eine einstweilige Verfügung gegen ihn erwirkt."

Frank zögerte mit der Antwort, fuhr sich über das müde Gesicht und seinen rauen Bartschatten. „Er hat mich angerufen. Aber mit einem Stimmenverzerrer. Er hat Ashley aufgelauert und will, dass ich morgen zu meinem Haus in den Hills fahre."

„Dein altes Haus? Wo all diese genialen Bestseller entstanden sind?"

„Ja. Ich habe Ashley und ihre Schwester gebeten, zu ihrer Mutter nach New York zu fliegen."

„Gut", sagte Steven, der nun vor sich hin nickte, während er das Glas schwenkte. „Gut. Das ist gut." Er fuhr sich mit der freien Hand über das Gesicht, auf dem Schweißperlen glänzten. „Bist du sicher, dass es dieser Danny ist?"

„Nein", sagte Frank und seufzte. „Mir fällt aber auch niemand anderes ein."

„Verstehe", sagte Steven und musterte Frank fragend. „Und die Polizei hast du nicht eingeschaltet?"

Frank schluckte, setzte das Glas an, um seine Antwort hinauszuzögern. „Ich will erst einmal meine Töchter in Sicherheit wissen. Er hat gesagt, wenn ich die Polizei einschalte, wird er sich ihrer annehmen."

Geräuschvoll entließ Steven die Luft zwischen seinen Lippen, sprang schwungvoll auf, um vor dem Kamin auf und ab zu laufen. „Natürlich. Verstehe." Er hielt kurz inne und blickte auf die goldene Flüssigkeit, die im Schein des Feuers funkelte. Dann wandte er sich zu Frank um und deutete mit dem Zeigefinger auf ihn.

„Ich werde gleich morgen früh Maria Fernanda, meine Anwältin, anrufen. Sie wird sich um alles Weitere kümmern, Nachforschungen anstellen und dann dafür sorgen, dass dieser Danny dich nicht wieder belästigt."

Frank erhob sich. Er sollte sich erleichtert fühlen. Aber es fühlte sich an, als lastete ein tonnenschweres Gewicht auf ihm. „Danke", sagte er. „Es würde schon reichen, wenn sie mir sagen kann, wo ich ihn finde." Kurz streifte sein Blick die Frau, die sich nun ungeduldig über die Brüstung der Galerie lehnte. Sie trug einen Slip, darüber Stevens Hemd. „Ich störe dann nicht weiter." Lächelnd wandte er sich in Richtung Tür.

Steven eilte hinterher. „Für einen alten Freund und Partner habe ich immer ein offenes Ohr, Frank." Er klopfte ihm auf die Schulter und sah ihm tief in die Augen. „Du siehst fertig aus. Morgen wird alles geregelt sein. Okay?"

„Klar." Frank zwang sich ein Lächeln auf. „Danke, Steven. Gute Nacht."

„Gute Nacht, Frank."

Kapitel 8

1985

Das Rauschen des Flusses dröhnte in seinen Ohren. Die Sonne brannte auf ihn nieder, fühlte sich so heiß an, dass sie ihn zu versengen schien. Er stand in Flammen. Franks Blick folgte den Staubpartikeln, die vom Boden aufgewirbelt worden waren und sich nun in die Luft erhoben, bis er sie nicht mehr sehen konnte.

Dann fiel sein Blick wieder auf die ausgedörrte Erde. Sah dabei zu, wie sie das Blut gierig trank und es noch dunkler färbte. Blut und Dreck vermischten sich zu Schlamm, füllten die kleinen Risse im Boden zu Franks Füßen.

Etwas schnürte seinen Brustkorb zu, als umschlänge ihn eine Eisenkette. Fester und fester drückte sie zu, presste die Luft aus seinen Lungen wie seine Mutter den Saft aus den Zitronen, wenn sie ihre Limonade machte.

Zwei Schuhe schoben sich in sein Blickfeld. Verstaubte Chucks. Zwei blasse Beine steckten in ihnen. Sie waren verdreckt und an der Innenseite des rechten Schenkels folgte Franks Blick einem Rinnsal Blut, ehe alles um ihn herum schwarz wurde.

Nachdem Frank den Wagen auf die Auffahrt geparkt hatte, blieb er wie paralysiert sitzen. Immer wieder rieb er sich seine müden Augen. Sein ganzer Körper fühlte sich inzwischen so an, als ob er stundenlang gegen eine Strömung geschwommen war.

Frank starrte mit den Armen auf das Lenkrad gelehnt zu seinem Haus hinauf. Durch die warme Beleuchtung strahlte es in den Nachthimmel. Er beobachtete den Flur und die einzelnen Zimmer, die er von hier aus einsehen konnte. Es schien niemand da zu sein.

Niemand, außer Ximenas lebloser Körper im Keller. Übelkeit erfasste Frank. Er fröstelte. In ihm bebte die Angst. Angst, dass Danny sich in der Zwischenzeit ein weiteres Mal Zugang zu seinem Haus verschafft hatte und auf ihn wartete.

Wie gelähmt saß er da. Normalerweise war er nicht ängstlich, und er ließ sich auch selten von etwas verunsichern. Er war hilflos, und sein Haus fühlte sich nicht mehr an wie ein Zuhause.

Dennoch zwang er sich, aus dem Auto zu steigen, die Treppen zu erklimmen und die Tür aufzuschließen. Er gab seine PIN für die Alarmanlage ein und blieb einige Minuten im Hauseingang stehen.

Das nächtliche Zirpen der Grillen sowie das Rauschen des Meeres hatte er mit dem Schließen der Haustür ausgesperrt.

Frank umgab Stille. Eine Stille, die so unerträglich in seinen Ohren dröhnte, dass er angestrengt nach dem kleinsten Geräusch horchte. Etwas, das einen potenziellen Eindringling entlarven würde.

Doch Frank hörte nichts, nur seinen schweren Atem. Langsam schälte er sich aus seiner Jacke und seinen

Schuhen, die er an ihren angestammten Platz in der Garderobe verstaute. Ihm war vielmehr danach, diese Dinge achtlos auf den Boden zu werfen, und er fühlte sich zu schlapp. Aber es war von großer Wichtigkeit, dass er diese Dinge dahin legte, wo sie hingehörten. Es war wichtig, dass Frank weiterhin die Kontrolle behielt.

Nachdem er die Garderobe geschlossen hatte, hielt er mit der Hand auf der Tür inne und horchte in die Stille des Hauses. Da fiel sein Blick auf den versteckten Nebenraum. Dort hinter der Tür surrten ein Server und die Bildschirme, die mit den Überwachungskameras rund ums Haus verbunden waren.

Die Überwachungskameras. Frank riss seinen Kopf hoch und stolperte in Richtung Tür. Er schimpfte sich einen Idioten. Gleichzeitig raste die Hoffnung heiß durch seine Adern. Wie hatte er die Überwachungskameras vergessen können?

Er stürzte durch die Tür in den Raum, zuversichtlich, dass er bald gewahr werden würde, wer in sein Haus eingedrungen war und Ximena ermordet hatte.

Frank betrat den kleinen Raum, blieb stehen und starrte auf die vielen kleinen Bildschirme. Er hatte noch ein älteres Überwachungssystem, das nicht über sein Smartphone lief, denn er trennte diese Dinge gern. Doch als er realisierte, was er auf den Bildschirmen sah, erfasste ihn ein kalter Schauer. Er blinzelte, atmete keuchend ein und aus.

Langsam fuhr Frank sich über das Gesicht und ließ den Kopf hängen.

Als hätte man ihm alle Kraft aus dem Körper gesaugt, taumelte er und ließ sich auf den kleinen Stuhl vor dem schmalen Schreibtisch fallen. „So eine verdammte –“ Frank raufte sich die Haare, schüttelte fassungslos den Kopf und starrte auf die Bildschirme.

Auf jedem war das Rauschen Tausender schwarz-weißer Körner zu sehen. Er war schon lange nicht mehr in diesem Raum gewesen und hatte schon lange nicht mehr nach dem Rechten gesehen. Er hatte sich einfach sicher gefühlt. Nichts hatte ihm je den Anlass gegeben, dass er die Monitore kontrollieren musste.

Ein Fehler. Das wusste Frank jetzt.

Als wüsste er, was er da tat, klapperte er auf der Tastatur herum, in der Hoffnung, etwas an dem Zustand zu ändern. Er fuhr sich über seine müden Augen, blinzelte dem Rauschen entgegen. Nichts tat sich.

Das Surren des Servers erfüllte den Raum und schwoll zu einem bedrohlichen Brummen heran.

Frank meldete sich im System an, von dem aus er auf die gesicherten Videos zugreifen konnte. Vielleicht fand er so heraus, seit wann sein Überwachungssystem lahmgelegt war.

Nachdem er sich durch einige Dateien geklickt hatte, fand er die Videos der letzten Wochen und Monate. Stirnrunzelnd und mit zusammengekniffenen Augen, weil ihn das blaue Licht des Bildschirms blendete, öffnete er das letzte Video der Kamera, die den Bereich vor seiner Haustür und die Auffahrt aufzeichnete. Das war vor zwei Wochen gewesen.

Ungeduldig spulte Frank durch den ganzen Tag. Sah Ximena kommen und gehen. Sah auch sich selbst ins Auto steigen und wegfahren. Er erwartete, dass in dieser Zeit jemand kam. Ein maskierter Mann. Irgendjemand. Doch nichts dergleichen geschah und Frank sah, wie er mit dem Auto erneut auf die Auffahrt fuhr.

Das Sonnenlicht schwand und es wurde dunkel. Auch in der Nacht konnte Frank nichts Merkwürdiges ausfindig machen. Kein Schatten, kein Auto, das sich bis kurz vor das Tor seines Grundstücks näherte.

Vielleicht hatte der Täter sich von hinten oder den Seiten des Hauses genähert. Er überprüfte die letzten Kameraaufnahmen dieser Bereiche. Aber auch hier fand er nichts.

„Das gibt es doch nicht", murmelte Frank leise. Niemand hatte an den Stromkästen herumgewerkelt. Niemand war um das Haus geschlichen. Niemand hatte sich auffällig verhalten.

Frank fiel seine Reise vor einigen Wochen nach New York ein. Er war nicht lange dort gewesen, nur einige Tage. Aber vielleicht hatte der Täter seine Abwesenheit genutzt, um sich dann an den Kameras zu schaffen zu machen. Er klickte sich durch einige Videos.

Nichts.

Langsam dämmerte Frank der Umstand. Seine Kehle schnürte sich zu. In seinen Ohren wummerte das Echo seines Herzschlags.

Wenn er – Danny oder wer auch immer das getan hatte – die Kameras nicht von außen manipuliert hatte, dann musste er sich bereits vor Wochen Zugang zum Haus verschafft haben. Nicht nur diese Tatsache hing nun wie ein Fallbeil über ihm. All das bedeutete, dass der Unbekannte sein Vorgehen von langer Hand geplant haben musste.

Frank spürte, wie sich sein Herz verkrampfte. Er drückte sich auf die Beine, indem er sich auf dem Schreibtisch abstützte, dann begann er hinter dem Bildschirm an den Kabeln herumzufischen, bis er plötzlich eines in der Hand hielt.

Die Stirn in Falten gelegt, zog Frank es weiter hervor, um es begutachten zu können. Es war durchtrennt worden.

Auf die einzelnen Drähte in den bunten Ummantelungen starrend, ließ Frank sich wieder auf den Stuhl plumpsen. Keuchend wischte er sich den Schweiß von der Stirn. Er wollte fluchen, er wollte toben und in diesem Raum alles kurz und klein schlagen.

Seine Hände ballten sich zu bebenden Fäusten. Aber der Funken verglühte, die Reaktion verpuffte und alles, was Frank tun konnte, war kraftlos und schlaff auf das Werk des Unbekannten starren.

Seine Gedanken kreisten. Wie hatte er unbemerkt ins Haus schleichen können? Hatte Frank etwas übersehen? Mit brennenden Augen setzte sich Frank wieder an den Bildschirm. Video für Video durchkämmte er im Schnelldurchlauf, in der Hoffnung, jemand Verdächtigen zu erwischen, der sich dem Haus näherte.

Die Minuten verschwammen zu Stunden. Nichts.

Ratlos ließ Frank sich gegen die Lehne fallen und fuhr sich über das Gesicht. Wie konnte das sein? Tote Winkel? Hatte er das Haus so gut ausgespäht, dass er genau gewusst hatte, in welchem Winkel er sich nähern musste, um nicht von den Kameras erfasst zu werden?

Oder hatte er sich als Lieferjunge bei dem asiatischen Restaurant ausgegeben, bei dem Frank jeden Montag sein Essen bestellte? War Frank unaufmerksam gewesen? Hatte er den Postboten zu lange allein gelassen? Hatte Ximena unwissentlich jemanden hereingelassen?

Schwitzend und schnaufend gestand Frank sich ein, dass er so nicht weiterkam. Er konnte jetzt nicht hier sitzen und die Videos der letzten Monate, vielleicht sogar Jahre, sichten. Wer wusste schon, wie akribisch dieses Schwein sich vorbereitet hatte? Tatsache war, dass er es hier hereingeschafft und verhindert hatte, dass die Kameras ihn aufnehmen, als er seinen perfiden Plan durchgezogen hatte.

Frank stand auf und verließ den Raum. Zuerst patrouillierte er durch das gesamte Haus. Er schaltete überall Licht ein, überprüfte die Türen und den Keller. Lediglich Ximenas Ruhestätte mied er. Nachdem er jeden Winkel seines Hauses kontrolliert und festgestellt hatte, dass er allein war, stellte sich nur langsam ein Gefühl von Sicherheit ein.

Erschöpft flüchtete er sich in sein Arbeitszimmer, verriegelte die Tür hinter sich und ließ sich auf den Sessel hinter seinem Schreibtisch nieder.

Er rieb sich abermals über seine müden Augen, ehe sein Blick auf das Kunstwerk fiel. Frank versuchte, das Brennen in seiner Kehle zu unterdrücken. Der Durst nach einem kühlen Drink. Der Durst nach etwas, das seine Nerven beruhigte.

Minutenlang rang er mit sich, ehe er dem Verlangen nachgab und zu dem Bücherregal an der rechten Seite schlenderte. Dort gab es eine kleine Klappe, die er mit einem Druckmechanismus öffnen konnte. Dahinter warteten ein fünfzig Jahre alter Bourbon und ein Glas auf ihn.

Mit zittrigen Fingern goss sich Frank einen Schluck ein. Stellte dann die Flasche wieder zurück und setzte sich auf seinen Sessel. Er hätte sich jetzt gern das Meer angeschaut, um an nichts anderes als die Wellen denken zu müssen.

Doch die Nacht verschlang alles um sich herum. Lediglich das Haus beleuchtete einen kleinen Abschnitt des Strandes.

Frank setzte das Glas an die Lippen, zögerlich gewährte er der Flüssigkeit Einlass. Sie überschwemmte seine Zunge und auch nachdem er sie heruntergeschluckt hatte, brannte seine Kehle noch immer. Aber das Gefühl war nun ein anderes. Sein Verlangen war fürs Erste gestillt. Da war nur der Alkohol, der in ihm brannte.

Frank ließ sich in die Lehne fallen, schloss die Augen und seufzte mit einem schuldigen Verzücken. Seine Gedanken wurden ruhiger wie der Ozean, der sich bei Ebbe langsam zurückzog. Er dachte an Danny und grübelte darüber nach, ob er nun wirklich derjenige war, der ihm das Leben zur Hölle machen wollte.

Doch wer sonst könnte ihm so dermaßen schaden wollen? Was hatte Frank getan, dass es eine solch drastische Maßnahme rechtfertigte? Frank fuhr mit dem Finger um den Rand des Glases, während seine Gedanken zu seinen Thrillern schweiften. Den Taten, die seine Antagonisten begangen hatten, lagen immer schwerwiegende psychische Störungen zugrunde, was – in Franks Augen – logisch war, denn kein gesunder Mensch tötete einen anderen zum Spaß.

Doch das Motiv des unbekannten Anrufers schien Rache zu sein. Worauf hatte er sich beziehen wollen? Hatte Franks Karriereende Danny wirklich so schwerwiegend beschäftigt, dass er nun auch zehn Jahre später noch immer einen Groll gegen ihn hegte? Wer wusste schon, was in ihm vorging. Dass er eine Obsession für Frank oder seine Bücher entwickelt hatte, daran bestand kein Zweifel. Aber wie weit hatte diese Obsession ihn schließlich getrieben?

Frank driftete tiefer in seine Grübeleien ab. Gleichzeitig versank er aber auch tiefer im Alkohol und schließlich in seinem Sessel. Irgendwann schaffte er es nicht mehr, gegen die Müdigkeit in ihm anzukämpfen. Seine Lider waren schwer und fielen einfach zu.

Aber auch im Schlaf war er nicht sicher vor dem Strudel seiner Gedanken. Merkwürdige Traumbilder flatterten vor seinem Auge wie ein Film, der an ein knittriges Tuch projiziert wurde. Für den Bruchteil einiger Sekunden flammten Bilder auf, die Szenen wechselten ruckartig, als wäre die Filmspule beschädigt.

Der Fluss, der Frank vertraut vorkam. Kinder, die spielten, Stöcke durch die Luft schwangen, um das hochgewachsene Gras zur Seite zu schlagen. Gleißendes Sonnenlicht und ein strahlend blauer Himmel. Kinderlachen und das Plätschern des Wassers vermischten sich, rückten dumpf in den Hintergrund.

Plötzlich überkam Frank ein beklemmendes Gefühl in der Brust. Ein Stein lag vor ihm mit Blut benetzt, vor ihm ein Mädchen mit Schrammen im Gesicht. Ihr Weinen hallte in seinem Kopf wider.

Wut. Da war blinde Wut.

Mit dem nächsten Augenaufschlag verdunkelten Wolken den idyllischen Ort an dem plätschernden Fluss.

Frank blickte auf seine Hände nieder. Blut. An ihnen klebte Blut.

Im nächsten Moment wusch er sie in dem kalten Wasser des Flusses, ehe der Film riss und das Rattern verstummte.

Frank fuhr zusammen. Um sich schlagend und stöhnend erwachte er. Dabei rutschte er von seinem Sessel und fiel mit einem Grunzen zu Boden.

Sein Kopf schwirrte. Orientierungslos blinzelte er und blickte sich um. Er war noch immer in seinem Büro. Der Bourbon tropfte aus dem Glas in eine Pfütze, die sich auf dem Tisch ergossen hatte und von der ein Rinnsal auf den teuren Teppich lief. Er musste das Glas umgestoßen haben.

„Scheiße", knurrte Frank noch immer benommen und sah sich suchend nach etwas um, mit dem er schnell die Flüssigkeit aufwischen konnte. Als er nichts fand, riss er sich sein T-Shirt vom Kopf und tupfte über den Teppich.

Der Geruch des Bourbons brannte in seiner Nase. Er hatte die Kontrolle verloren. Seine Hand krampfte sich um den Stoff des Shirts und er rubbelte fester. Er – hatte – die – Kontrolle – verloren. Sein Kiefer spannte sich an.

Abrupt hielt er inne, atmete schwer, während er auf die Hände gestützt auf den Teppich starrte. Das durfte ihm nicht noch einmal passieren.

Wie der Bourbon vom Tisch tropften träge die Traumbilder wieder in sein Bewusstsein. Seine Brust verkrampfte sich. Die Wucht, mit der diese Erinnerungen auf ihn eingeprasselt waren, erinnerte ihn an einen Meteoritenschauer, der auf ihn niederging und die Welt um ihn herum erschütterte. Dabei war es eher eine Tatsache, dass diese Erinnerungen zwar zu ihm gehörten, aber nie ganz seine waren. Ganz im Gegensatz zu dem Abgrund. Denn den konnte er nicht leugnen – und jetzt starrte ihn diese Finsternis aus seiner Vergangenheit direkt an.

Neben dem schrillen Pfeifton, der nun ein ewiges Echo in seinem Inneren fand, eröffnete sich Frank aber ein weiterer Gedankenpfad. Konnte es sein, dass der anonyme Anrufer direkt mit Franks Erinnerungen verknüpft war?

Er hielt in seiner Bewegung inne, ließ von dem Fleck unter sich ab und wandte sich nicht nur vom Teppich, sondern auch von dieser Möglichkeit ab. In ihm bebte die Angst, dass das die Wahrheit war.

Taumelnd kam er auf die Beine. Noch vor einigen Tagen hätte Frank getobt und Ximena damit beauftragt, den Teppich unverzüglich in die Reinigung zu bringen. Doch nun schmiss er das T-Shirt achtlos auf den Boden und trat aus dem Büro.

Draußen war es noch immer dunkel. Frank hatte keine Ahnung, wie spät es war. Betrunken und schläfrig schlurfte er in sein Schlafzimmer, schloss dieses vorsichtshalber hinter sich ab und legte sich ins Bett.

In die Dunkelheit starrend, kreisten seine Gedanken nur um die Erinnerungsfetzen, die er so lange so sorgfältig vor sich selbst verschlossen hatte. Ob er ihnen nachgehen sollte? Frank war sich nicht sicher. Würde er diese verschlossene Truhe öffnen, wusste er nicht, ob er sie wieder schließen konnte. Die Angst vor dem, was in ihr schlummerte, war einfach zu groß.

Frank rieb sich über das müde Gesicht, zwang sich dazu, andere Gedanken zu finden. Er öffnete die Balkontür, um dem Rauschen des Meeres Einlass zu gewähren. Das stete Schwappen und Schäumen der Wellen beruhigte Frank. Es war wie ein Metronom, auf das er sich fokussieren konnte, bis die Müdigkeit sich erneut über ihn legte.

Kapitel 9

Du versuchst herauszufinden, wer ich bin, nicht wahr, Frank? Du bist bereits jetzt aus deinen gewohnten Mustern ausgebrochen. Es ist spannend zu sehen, wie sich Stück um Stück deine Schichten schälen. Das ist gerade erst der Anfang, Frank. Aber das ahnst du noch nicht. Ebenso wenig wie du ahnst, wer hinter diesem Horror stecken könnte. Doch du wirst es noch herausfinden, da bin ich mir sicher.
Nur Mut, Frank.

Frank erwachte früh am Morgen, obwohl er sich die halbe Nacht um die Ohren geschlagen hatte. Der Wind fing sich in seinen Gardinen und trug das Rauschen und den Duft des Meeres mit sich.

Er streckte sich, rieb sich die müden Augen und schob sich dann aus dem Bett. Sein rechter Fuß fand wie jeden Morgen in seinen Pantoffel. Frank stockte und starrte stirnrunzelnd auf den linken Pantoffel, den er offenbar nicht wie gewohnt direkt neben den rechten gestellt hatte. Wie jeden Tag.

Zu dem beklemmenden Gefühl in der Magengegend legte sich ein Gewicht auf seine Schultern. Frank schüttelte es ab. „Das liegt am Alkohol", murmelte er sich selbst beruhigend zu. *Und daran, dass Ximena in seinem Haus ermordet und er von einem Unbekannten bedroht wurde*, fügte er in Gedanken hinzu. Dabei fischte er mit dem Fuß nach dem Pantoffel und verließ das Schlafzimmer.

Noch vor seinem Kaffee nahm er das Smartphone vom Sideboard. Dort legte er es jeden Abend an dieselbe Stelle ab. Gestern hatte er kurz darüber nachgedacht, es bei sich zu tragen, doch der Drang, nicht von seinen täglichen Abläufen abzuweichen, war zu groß gewesen. Es war wichtig, dass er sie beibehielt, egal, was gerade um ihn herum geschah.

Zuerst wollte er sich vergewissern, ob seine Töchter seiner Bitte nachkamen. Er wählte Ashleys Nummer.

„Hey, Dad."

Allein die Tatsache, dass sie sich mit einem unbeschwerten Tonfall meldete, beruhigte Frank. Er fuhr sich über die Stirn, wo sich ein leichter Schweißfilm gebildet hatte, und lehnte sich gegen das Sideboard. „Hey, Kleines. Wie geht es euch? Seid ihr schon am Flughafen?"

„Dad, der Flug geht in fünf Stunden, was sollen wir jetzt am Flughafen?" Ashley lachte. Im Hintergrund war Courtneys leise Stimme zu hören.

Frank lief in die Küche und kniff sich in die Nasenwurzel. „Stimmt. Aber macht euch rechtzeitig auf den Weg, ja, Schätzchen? Du weißt doch, der Verkehr in L. A."

„Mach dir keine Sorgen. Wir kommen schon durch."

„Natürlich tut ihr das." Frank wischte ein unsichtbares Staubkorn von der Arbeitsfläche, die Ximena gestern noch geputzt hatte.

„Dad, hast du Mom inzwischen erreicht? Weiß sie, dass wir kommen? Ich kann sie nicht –"

„Hey, Dad." Offenbar hatte Courtney Ashley das Handy aus der Hand geschnappt.

„Oh, hey, Courtney. Wie geht's dir? Freust du dich, deine Mutter zu besuchen?"

„Dad, ist irgendwas vorgefallen, was wir wissen sollten? Du verhältst dich merkwürdig und jetzt zwingst du uns auch noch, zu Mom zu fliegen. Was ist los bei dir?" Courtney war die Direktere von beiden. Sie war Frank am ähnlichsten. Ashley besaß die diplomatischen und empathischen Eigenschaften ihrer Mutter, während Courtney ebenso wie Frank wie ein Rammbock durch eine Tür brach.

„Bei mir ist nichts los."

Courtney machte ein grunzendes Geräusch, das ihren Unglauben zum Ausdruck brachte. Um sie abzuwimmeln, musste Frank härtere Geschütze auffahren. „Hör zu, Courtney, ich habe letztens mit deiner Mutter gesprochen und sie hat mir gesagt, wie sehr sie euch vermisst. Ich habe mir gedacht, dass es doch eine schöne Überraschung ist, sie zu besuchen. Sie weiß, dass ihr kommt und freut sich. Sicherlich ist sie beschäftigt und bereitet gerade alles vor."

Schweigen breitete sich am anderen Ende aus, ehe ein Knistern und Rauschen ertönte und Ashley sich wieder meldete. „Sorry, Dad. Wir machen uns in ein paar Stunden auf den Weg. Ich schreibe dir eine SMS, okay?"

Typisch Courtney. Sie glaubte ihm nicht, das wusste Frank. Aber er war froh, dass sie wenigstens keine Diskussion vom Zaun brach. „Natürlich, mach das, Schätzchen."

„Bye, Dad."

„Bye. Ich liebe euch." Damit legte er auf. Das Smartphone legte er aber noch nicht weg. Er wählte erneut Bridgets Nummer. Vielleicht hatte er Glück, sie zu erreichen. Trotzdem war er sich sicher, dass sie seine Nachricht bereits abgehört hatte. Es war nicht untypisch für sie, dass sie manchmal so beschäftigt war und nicht an ihr Handy ging oder sich nicht zurückmeldete.

„Hallo, das ist die Mailbox von Bridget Smith. Ich bin gerade nicht zu erreichen, bitte hinterlassen Sie eine Nachricht nach dem Signalton. Ich melde mich dann alsbald zurück." Ein Pfeifton folgte. Manchmal durchbohrte die Tatsache, dass Bridget ihren Mädchennamen wieder angenommen hatte, Frank wie ein glühendes Eisen.

„Ja, hey, Bridget, Frank hier." Er räusperte sich. Noch immer lief er auf und ab und rieb sich dabei den Nacken. „Ich weiß nicht, ob du meine Nachricht erhalten hast. Die Kids sind auf dem Weg zu dir. Sie wollten dich endlich mal wieder besuchen. Sie können dich gerade nicht erreichen und fragen sich, ob du weißt, dass sie kommen werden. Meld dich doch bei ihnen, ja? Okay, bye dann."

Damit legte er auf. Er war sich sicher, dass Bridget bereits wusste, dass ihre Töchter kamen und sich freute, auch wenn sie sich nicht zurückmeldete. Aber Frank hatte jetzt keine Zeit, sich darüber den Kopf zu zerbrechen.

Wenn der Flieger startete, sollte Frank auf dem Weg in das Haus in den Hills sein. Diesen Gefallen würde er seinem Erpresser aber nicht tun. Er würde seine Töchter nicht in die Finger bekommen – aber ihn auch nicht.

Frank stellte die Kaffeemaschine an und galoppierte mit den Fingern über den Marmor der Küche. Dabei schwappten die Erinnerungen an seine Traumbilder zurück. Die Zeit würde er zu seinem Vorteil nutzen, um herauszufinden, wer ihn bedrohte.

Dennoch fühlte sich dieser Gedanke wie eine Gräte an, die ihm quer im Hals steckte und die er, sooft er auch schluckte, nicht herunterbekam.

Es war die Vergangenheit, die an Frank haftete wie das Blut an dem Stein aus seinen Erinnerungen. Doch es fühlte sich nicht so an, als wäre all das Teil von ihm. Frank wusste lediglich, dass es so war, ohne es je gelebt zu haben.

Er drückte auf den Knopf an der Maschine. Die Mühle mahlte, stoppte, ehe der Bildschirm anzeigte, dass die Kaffeebohnen leer waren. Frank krauste die Stirn. Zielsicher öffnete er einen Schrank, holte die Bohnen heraus und schüttete sie in den Behälter. Dann betätigte er erneut den Knopf und die Kaffeemaschine mahlte die Bohnen, brummte und röhrte, ehe sie die dunkelbraune Flüssigkeit in die Tasse spuckte.

Der Duft des Kaffees breitete sich aus, vermochte aber nicht wie sonst auch Frank in seine gewohnte Hochstimmung zu versetzen.

Alles wirkte dunkel und schwer, während draußen die Sonne höher und höher stieg und alles in ihrem goldenen Licht ertränkte.

Frank stand auf der Veranda. Der Dampf stieg aus der Tasse, zeichnete kleine Wirbel in die Luft. Die nach Meer riechende Brise strich ihm sanft um das Gesicht. Es hatte fast etwas Tröstliches.

Die dunkelblauen Wellen trugen das Licht der Sonne wie flüssiges Gold mit sich. Möwen kreischten und flatterten über dem seichten Wasser, wo wahrscheinlich tote Fische oder Quallen angeschwemmt worden waren.

Frank trank einen Schluck. Der Kaffee schmeckte fad. Die Wellen rollten an den Strand, rauschten und schäumten. Einige Meter entfernt stob ein Hund bellend durch die Dünen, gefolgt von seinem Besitzer.

Er trank einen weiteren Schluck, ehe er den Kaffee aus seiner Tasse von der Veranda in den feinen Sand plätschern ließ. Er konnte seinen Gewohnheiten und Routinen nicht nachgehen, so wichtig es auch war. Es schien ihm, als versuchte er, eine Tür in ihren Fugen zu halten, während das gesamte Haus um ihn herum einstürzte.

Er griff nach seinem Smartphone und wählte Stevens Nummer. Vielleicht hatte er endlich Neuigkeiten.

„Tut mir leid, Frank, ich bleibe dran. Maria Fernanda wird sich sicherlich melden. Sie hat sofort alle Hebel in Bewegung gesetzt. Schließlich läuft die einstweilige Verfügung noch und wenn es dieser ... dieser Danny ist, dann wird er sofort verhaftet und du hast wieder deine Ruhe."

Frank nickte, blickte dennoch missmutig durch die Fensterfront nach draußen. „Danke, Steven." Er ließ sich auf sein großes Sofa sinken, lehnte seinen Kopf zurück und starrte an die Decke, die von der Galerie freigegeben wurde.

„Geht es dir gut, Frank? Ist noch etwas passiert?" Steven klang ehrlich besorgt.

Stöhnend kniff sich Frank in die Nasenwurzel. „Ja, mir geht es gut. Es ist nur der Stress, das ist alles."

„Das kann ich verstehen. Ruf die Polizei, wenn es schlimmer wird oder er noch einmal aufkreuzt."

„Ich warte auf deinen Anruf." Frank versuchte, zuversichtlich zu klingen.

„Klar, bis dann."

Frank legte das Handy zur Seite, blickte in die Stille des Hauses, während sich unter ihm Ximenas Körper weiter in der Truhe zersetzte. Er schluckte schwer. Es würde nur noch eine Frage der Zeit sein, bis jemand hier auftauchen und nach ihr fragen würde.

Bei diesem Gedanken zog sich Franks Brust zusammen. Er durfte keine Zeit verlieren. Solange er sie noch hatte, musste er versuchen, seinem Erpresser einen Schritt voraus zu sein. Und er wollte nicht tatenlos herumsitzen und warten, bis Maria Fernanda herausgefunden hatte, wo dieser Danny steckte und was er machte. Außerdem musste Frank der Tatsache ins Auge blicken: Wenn Danny es letztendlich nicht war, hatte er wertvolle Zeit verschwendet, um anderen Anhaltspunkten nachzugehen. Er musste mit allem rechnen und damit auch der Vermutung Raum geben, die wie ein Dorn in seiner Brust steckte.

Frank griff erneut zu seinem Smartphone. Dieser Anruf würde ungefähr so angenehm sein, wie eine Klinge zu schlucken.

Kapitel 10

Es schien Frank wie eine Ewigkeit, in der er darauf wartete, dass im Haus seiner Schwester jemand ans Telefon ging. Das Freizeichen hallte in seinem Ohr wider wie ein Echo und versetzte ihn beinahe in eine Art Trance.

Vor sich hinstarrend, hielt er sein Smartphone ans Ohr und registrierte zunächst nicht, dass sich die zarte, zerbrechliche Stimme seiner Mutter meldete. „Hallo?"

Stille.

„Hallo, wer ist denn da?", krächzte sie.

Frank räusperte sich. „Hallo, Mom, ich bin es."

Stille.

Schnelles Atmen, dann erklang wieder seine Mutter, wie sie nach Worten suchte. „Oh ... äh ... F-Fletcher."

Franks Eingeweide fühlten sich an, als würden sie durch eine Mangel gedreht. Bebend atmete er ein und ignorierte das Brennen in seinen Augen. Hastig rieb er mit Daumen und Zeigefinger der anderen Hand die Tränen fort. „Nein, Mom, Fletcher ist ..." Er brach ab. So schwierig seine Beziehung zu seiner Mutter war, ertrug er es trotzdem nicht, ihr das Herz zu brechen. „Nein. I-Ich bin es, Frank."

Stille.

Wieder hektisches Nach-Luft-und-nach-Worten-Schnappen. „Oh … Oh ach so, ja. Frank." Es folgte das Dröhnen der Stille auf der anderen Seite der Leitung. Er hörte das zittrige Atmen seiner Mutter, während sie offenbar fieberhaft darüber nachdachte, welcher Frank sie anrufen mochte. Ihr entwichen leise nachdenkliche Geräusche, ein unverständliches Brabbeln, das alte Menschen irgendwann an den Tag legten, wenn sie nicht so recht wussten, was sie sagen sollten. „F-Frank?"

„Ja, Mom. Ich bin es, Frank, dein Sohn", hörte er sich selbst monoton wie ein Roboter sagen.

Wieder entstand eine Pause. Frank konnte hören, wie sie sich langsam in Bewegung setzte. „Frank … mein Sohn", wiederholte sie, als wäre sie begriffsstutzig – wobei sie es definitiv war. Die Demenz hatte ihr Gehirn schon vor Jahren befallen und fraß mehr und mehr davon auf.

An Frank erinnerte sie sich schon lange nicht mehr. Am Anfang hatte es ihn verletzt und sogar ein bisschen gekränkt. Doch inzwischen hatte er es akzeptiert. Dabei wünschte er sich immer noch, dass sie vor allem Fletcher vergaß und den damit zusammenhängenden Schmerz.

„Kannst du mir Sarah geben, Mom?"

„Sarah?", quietschte seine Mutter. „Ja, ja." Sie watschelte los, das konnte Frank an dem unkoordinierten Platschen ihrer Schritte hören. „Sarah", krächzte sie. „Sarah – Telefon."

„Wer ist denn dran, Mom? Etwa wieder dieser Vertreter?" Sarahs Stimme kam näher.

Ihre Mutter antwortete nicht. Ein Rauschen und Knacken ertönten, als der Hörer die Hand wechselte. „Ja, hallo?“

„Hey, Sarah“, sagte Frank und spürte wieder diese Gräte in seiner Kehle.

„Frank“, sagte sie und bemühte sich nicht darum, die Verachtung in ihrer Stimme zu unterdrücken. „Was verschafft uns denn die Ehre?“

„Wie geht es Mom?“, fragte Frank. Er wollte nicht mit der Tür ins Haus fallen, zumal er wusste, dass seine Schwester das hasste.

Offenbar hasste sie es aber ebenso, wenn er sich nach dem Befinden seiner Mutter erkundigte. „Ihr geht es gut, Frank. Ihr Gehirn ist zwar nur noch eine breiige Masse und sie muss wie ein Kind gefüttert, gewickelt und ins Bett gebracht werden, aber sonst geht es ihr gut.“

„Reicht das Geld, das ich schicke?“

Sarah seufzte. „Ja, Frank, das Geld reicht. Ihr würde es eher guttun, wenn ihre Familie sich mehr um sie kümmern und sie besuchen würde.“

Frank überraschten die bissigen Kommentare seiner Schwester nicht. Und vielleicht hatte sie sogar recht. „Sie vermisst mich wohl kaum, wenn sie scheiße noch mal nicht einmal weiß, wer ich bin.“

„Vielleicht würde sie sich erinnern, wenn du dich regelmäßig hier blicken lassen würdest“, zischte Sarah, woraufhin eine kurze Stille folgte. Frank hörte, wie sie auf leisen Sohlen den Raum wechselte und die Tür hinter sich schloss. „Du und dein Geld. Das ist einfach nichts wert, wenn die Hand, die sie gibt, kälter ist als die eines Toten.“

„Oh, aber wenn jeden Monat Geld auf dein Konto ein-
geht, meckert ihr nicht über die *kalte Hand*, die es verdient hat." Frank hob eine Braue, wohl wissend, dass
seine Schwester seine abschätzige Miene nicht sehen
konnte. „Aber so lyrisch wie du mich runterputzen
kannst, könntest du doch selbst ein paar Bestseller
schreiben, nicht?"

„Fick dich, Frank."

Er verdrehte die Augen. „Wie auch immer." Er holte
tief Luft. „Aber dein Gemecker darüber, dass ich nicht
komme, trifft sich gut. Ich hatte heute vor, vorbeizu-
kommen."

Sarah schnaubte. „Und jetzt, wo du dich herabwür-
digst, uns zu besuchen, müssen wir alle zu Hause sein
und springen, wenn der Herr es sagt?"

Franks Hand ballte sich zur Faust. „Hör mal, ich –"

Aber seine Schwester war noch nicht fertig. Sie lachte
hämisch auf. „Wir haben alle ein Leben, Frank, das
nicht wie ein Planet um deine Welt herumkreist",
zischte sie. „Was stellst du dir vor? Dass wir hier alle sitzen, warten und uns freuen, wenn du endlich mal aus
den schicken Hills zu uns gefahren kommst?" Ihre
Stimme nahm einen zynisch freudigen Tonfall an.
Dann kicherte sie wie ein kleines Kind, das erfahren
hatte, dass Ostern und Weihnachten auf einen Tag fielen. „Juhu, Frank Lamber kommt endlich zu Besuch. So
eine Ehre. Wir rollen den roten Teppich aus."

Offenbar hatte sich die Wut seiner Schwester schon
länger aufgestaut. Der Sarkasmus triefte förmlich
durch den Hörer. Er ließ sie gewähren, verdrehte seine
Augen und hielt seine Klappe. „Bist du fertig?", fragte er
gelangweilt.

Sarah atmete tief ein und wieder aus. „Was willst du, Frank?"

Er biss sich auf die Unterlippe. Sicherlich war seine Herangehensweise nicht sonderlich einfallsreich. Er hatte es klingen lassen wollen, als wäre er gerade in der Nähe gewesen. Aber Sarah war nicht dumm.

„Meine Mutter sehen."

Ein weiteres Schnauben.

„Was? Willst du mir das jetzt verweigern?" Er wusste, dass sie zu Hause sein würden. Sarah war lediglich zu stolz und zu stur, es zuzugeben.

„Natürlich nicht. Aber erwarte nicht zu viel von ihr. Besuch, den sie nicht einordnen kann, strengt sie an." Sie stöhnte entnervt. „Wann wirst du da sein?"

„So gegen Mittag."

„Fein, bis dann." Damit legte Sarah auf, ohne auf eine weitere Antwort von Frank zu warten.

Dieser umklammerte fester das Smartphone, schluckte seine Wut aber herunter. Eigentlich hatte er seine Schwester noch etwas fragen wollen, aber er hatte ihr nicht die Genugtuung geben wollen, die sie bei seiner Frage empfunden hätte.

Eine Stunde später saß Frank in seinem Auto und fädelte sich auf dem Highway in den zäh fließenden Verkehr ein. Er war umgeben von Geschäftsmännern und -frauen, die in ihren Wagen bereits jetzt wichtige Gespräche zu führen schienen. Manche schrien, andere gestikulierten wild. Andere trommelten nur unruhig auf ihrem Lenkrad herum.

Auch Frank umklammerte sein Lenkrad und presste seine Zähne aufeinander. Er würde wesentlich ruhiger sein, wenn er sicher sein konnte, dass seine Töchter in der Luft waren. Die Anspannung über seinen Besuch in Lake Isabella würde erst verfliegen, wenn er wieder nach L. A. zurückkehrte. Er zog Hämorrhoiden am Arsch einem Besuch bei seiner Schwester und seiner dementen Mutter jederzeit vor. Denn während seine Schwester keine Gelegenheit ausließ, um Frank daran zu erinnern, dass er ein Arschloch war, erkannte seine Mutter ihn nicht wieder. Schlimmer noch: In ihm sah sie seinen Bruder Fletcher, die seit Kindertagen nicht das beste Verhältnis gepflegt hatten.

Zu allem Überfluss stand Frank eine Konfrontation mit dem Teil seiner Vergangenheit bevor, den er am liebsten genauso vergessen hätte wie seine Mutter die Tatsache, dass sie ihn auf die Welt gepresst hatte. Doch Frank blieb nichts anderes übrig. Er musste etwas tun. Er musste herausfinden, wer ihn bedrohte und jedem Hinweis nachgehen. Und nur Sarah wusste vielleicht, wo *sie* war. Aber hätte er sie am Telefon gefragt, hätte sie wahrscheinlich einfach aufgelegt und das Telefon im nächsten Fluss versenkt.

Frank schlängelte sich durch den Verkehr, wobei er empörtes Hupen und Mittelfinger erntete. Irgendwann löste sich der Stau auf und er folgte der Interstate Five in Richtung Sacramento. Sein Weg führte ihn durch grüne Hügel und Santa Clarita. Die Vegetation wurde trister. Von der Interstate wechselte er auf die Neunundneunzigste.

Er ließ die Berge hinter sich und fuhr kilometerweit zwischen endlos scheinenden Feldern hindurch. In Bakersfield bog er scharf rechts ab und fand sich nach fast drei Stunden Fahrt in Lake Isabella zwischen sanften Hügeln und der flirrenden Hitze am Horizont wieder.

Hier zogen nur dürre Bäume, staubige Vorgärten und schmale Häuser an Frank vorbei. Auf den mit Maschendrahtzaun umgebenen Grundstücken standen Pick-ups oder Hunde liefen auf und ab und bellten Franks Auto hinterher, das ihrer Meinung nach nicht hierhergehörte. Und da hatten sie nicht unrecht.

Noch vor dem lächerlich kleinen Stadtkern des Kaffs bog Frank ab, rumpelte über eine von Schlaglöchern übersäte Straße, die im Erskine Creek endete. Eine Einöde am Fuße der Hügel, die den Ort umgaben.

Das Haus seiner Schwester, das gleichzeitig das Haus ihrer Kindheit war, lag am Ende der Straße, abgelegen von den Nachbarn. Einige wenige Bäume spendeten Schatten. Inzwischen war auch dieses Grundstück von einem Maschendrahtzaun umgeben.

Das blaue Häuschen thronte in der Mitte. Eine gepflegte Rasenfläche suchte Frank hier vergeblich. Seit Generationen wuchsen die Kinder hier zwischen Staub und Steinen auf.

Frank parkte vor dem Zaun und stieg aus dem Wagen. Sofort begrüßte ihn die Mittagshitze. Die Sonne hatte inzwischen ihren Höchststand erreicht und brannte auf ihn hinunter. Ab und an wehte ein laues Lüftchen, das sicherlich weniger von Abgasen belastet war, aber genug Staub aufwirbelte, der Frank nun im Hals kratzte.

Er hustete, schlug die Wagentür zu und öffnete das Tor, das auf wackeligen Rollen nachgab. Ein metallisches Quietschen ertönte.

Sarah trat bereits auf die Veranda. Mit verschränkten Armen stand sie da und musterte ihn mit einer verkniffenen Miene.

Frank trat auf sie zu. Der Dreck und die Steine knirschten unter seinen Schuhen. Er war noch nicht einmal fünf Minuten aus seinem klimatisierten Wagen ausgestiegen, da jagte die Hitze bereits die ersten Schweißperlen über Rücken und Stirn. Eine Abwechslung bot der Blick seiner Schwester. Der glich einer Eiswüste und sorgte beinahe dafür, dass die Hitze ihn nicht weiter weich kochte.

Das Verhältnis zu seiner Schwester war nie besonders herzlich gewesen. Sie war neun Jahre älter als Frank und hatte immer einen Teil seiner Erziehung übernehmen müssen. Während ihr Vater den ganzen Tag bei der Eisenbahngesellschaft und fast den ganzen Abend in einer Kneipe verbracht hatte, hatte sich ihre Mutter um den Haushalt und um Sarahs, Fletchers und Franks demente Großmutter kümmern müssen.

Sarah hatte Frank also schon in jungen Jahren an der Backe gehabt, ihn zum Kindergarten und in die Schule begleiten und ihm bei den Hausaufgaben helfen müssen. Zum Spielen mit den anderen Kindern hatte sie ihn auch immer mitgenommen, hinunter zum Fluss, der einzige Ort, an dem die Vegetation erblühte.

Während Sarah immer dafür hatte geradestehen müssen, wenn Frank sich mit einem der Nachbarsjungen geprügelt hatte, zu spät nach Hause gekommen war oder irgendwelche Blessuren wie banale Schrammen davongetragen hatte, war Frank stets in den Genuss des Nesthäkchen-Vorteils gekommen. Das letzte Kind.

Meistens gab es Franks Lieblingsessen und Franks Lieblingsdesserts und auch Franks Lieblingsshows im Fernsehen. Diese Dinge hatte er aber nicht bekommen, weil seine Mutter oder sein Vater ihn besonders liebgehabt hatten. Es war so einfacher gewesen, ihn ruhigzustellen.

Erst als Frank eigene Kinder hatte, hatte er darüber nachgedacht, wie schwer ihre Kindheit und Jugend die Beziehung zu seiner älteren Schwester belastet hatte. Die Tatsache, dass sie Frank immer vor Fletcher hatte beschützen müssen. Dass sie mehr die Rolle seiner Mutter als die der Schwester gespielt hatte, weil sie immer für ihn verantwortlich gewesen war. Er konnte es ihr nicht einmal verübeln.

Dennoch fragte er sich manchmal, ob alles anders gekommen wäre, wenn seine Mutter sich mehr an seiner Erziehung beteiligt hätte. Ob all das vielleicht nicht geschehen wäre, wenn Franks Vater sich liebevoll am Familienleben beteiligt hätte, anstatt mehrfach die Woche besoffen nach Hause zu kommen und lallend nach seinem Essen zu verlangen wie ein Dreijähriger.

Frank erklomm die drei Stufen zur Veranda, während um ihn herum Filme aus der Vergangenheit abspielten. Wie er auf dem staubigen Boden Fußball spielte oder irgendwelchen Insekten hinterherjagte. Sarah, die auf der Veranda im Schatten saß, ein Glas Limonade in der einen und ein Buch in der anderen Hand.

„Du bist gekommen", sagte sie und holte Frank in die Gegenwart zurück.

„Ja, ich bin gekommen." Er stand nun direkt vor ihr. Sie hatte sich stark verändert seit dem letzten Mal. Sie hatte zugenommen, und das Alter hatte ihre sonst straffe Silhouette einfallen lassen. Ihrem Gesicht nach zu urteilen, wirkte sie zwanzig Jahre älter als Frank –

dabei waren es neun. Ihr braunes Haar war grau meliert, und unter ihren Augen hatten sich dicke Tränensäcke gebildet. Ihre Falten stachen durch die Bräune ihrer Haut hervor.

Sarah musterte Frank kurz, während sie mit den Fingern auf ihrem Oberarm trommelte. „Hast dich kaum verändert", sagte sie und fasste sich dann ans Kinn. „Bisschen unrasiert vielleicht. Aber steht dir." So wie sie die Worte hervorspuckte, konnte Frank sehr gut erahnen, wie sie dieses vermeintliche Kompliment meinte. Übersetzt in ihrer Sprache hieß es vielmehr: *„Dein sorgen- und stressfreies Leben ist dir von Kopf bis Fuß anzusehen, du oberflächliches Stück Dreck. Während ich mit unserer Mutter, dem Matschhirn, in dem Kaff unserer Kindheit gefangen bin."*

Frank schluckte die Antwort hinunter. Er hätte es nicht einmal so nett formulieren können wie sie. Wie sollte er auch die lose Haut an ihren Armen, die tiefen Furchen und das struppige Haar in ein Kompliment verpacken? Was Frank an diesen Gedanken ängstigte und sich wie Säure durch seine Brust fraß, war, dass er wirklich nichts an ihr finden konnte, was er als schön empfand. Da war keine Liebe in seinem Blick. Früher hatte er sie geliebt. Er konnte sich nur allzu lebhaft an diese Zeit erinnern, als er als kleiner Junge stets zu ihr aufgeblickt und sie beinahe geliebt hatte, als wäre sie seine Mutter gewesen. Aber das war mit den Jahren und mit dem Dahinraffen ihrer Persönlichkeit verblasst.

Sarah wälzte gern die Schuld auf ihn ab, dass sie nichts aus ihrem armseligen Leben gemacht hatte. Ganz im Gegensatz zu ihr sah Frank die Schuld aber nicht bei sich. Schließlich hatte er oft genug angeboten, ihre Mutter in ein Pflegeheim zu verfrachten – ein gutes sogar, er konnte es sich schließlich leisten. Aber aus irgendeinem Grund hatte Sarah abgelehnt und sich diese Bürde auferlegt, um es ihm wieder und wieder unter die Nase zu halten.

Sarah war nicht dumm. Sie hatte durchaus das Potenzial in sich getragen, es weit im Leben zu bringen. Doch sie hatte sich lieber den gesellschaftlichen Strukturen gebeugt, einen Nichtsnutz als Mann geheiratet, um seine Kinder zu gebären, hinter ihren Ärschen aufzuräumen und für sie zu kochen. Oder war es von seiner Warte aus zu einfach, Sarah allein dafür verantwortlich zu machen?

„Die Kids sind noch in der Schule?", fragte er, um das Thema irgendwo anders hinzulenken.

Sarah nickte. „Ja, sie kommen in ungefähr einer Stunde nach Hause." Sie öffnete das Fliegengitter und die dahinterliegende Tür. Sie hielt inne und deutete mit dem Finger auf ihn. „Das hat hier einige Regeln", sagte sie und musterte ihn dabei genau.

„Die wären?" Frank mahlte mit dem Kiefer, ließ sich aber nicht anmerken, dass ihm ihre Art bereits jetzt auf den Sack ging.

„Du bist Frank. Du bist nicht Frank Lamber, ihr Sohn, sondern einfach ein Frank von früher. Ein alter Schulfreund meinetwegen." Sie bedachte ihn mit einem intensiven Blick, wobei für den Bruchteil einer Sekunde etwas in ihren trüben Augen glänzte. War das Mitleid? „Wenn sie denkt, du wärst Fletcher, dann bist du verfickt noch mal Fletcher, alles klar?"

Frank öffnete den Mund, um zu protestieren, doch Sarah fuhr ihm über den Mund. „Wenn wir ihr jetzt zu verklickern versuchen, dass sie eigentlich noch einen Sohn namens Frank hat, explodiert wahrscheinlich ihr Gehirn. Ich habe keine Lust, nachher die Scherben wieder aufzusammeln. Erinnerst du dich an das letzte Mal, als du sie besucht hast? Es hat fünf verschissene Tage gedauert." Sie holte tief Luft. „Das mache ich nicht noch einmal mit. Also schluck's einfach, Frank, tu mir den Gefallen, ja? Sie ist eine alte Frau. Ja, sie war 'ne Scheißmom, aber wer weiß, wie lange sie überhaupt noch auf dieser gottverdammten Erde hat. Willst du ihr dann noch das Herz brechen? Dann lass sie doch in dem Glauben, dass du Fletcher bist. Erkläre es ihr nicht."

Entnervt von ihrem Monolog sah Frank sie mit erhobenen Brauen an. „Bist du fertig?"

Sarah stöhnte. „Ja."

„Geht klar", murmelte Frank. „Soll ich die ausziehen?" Er blickte auf seine verstaubten Schuhe.

„Nicht nötig." Sarah winkte ab, während sie ins Haus eintrat.

Frank folgte ihr. Er setzte seine Sonnenbrille ab und blinzelte. Von dem grellen Sonnenlicht draußen drang nur wenig durch die zwei kleinen Fenster ins Wohnzimmer. Der Boden war mit dunkelrotem Teppich ausgekleidet, cognacfarbene Ledersofas bildeten eine Sitzgruppe um einen Eichen-Couchtisch. An der Wand dahinter befand sich eine schwarze Schrankwand, in der Bilderrahmen mit Kinderfotos, ein Kalender mit dämlichen Weisheitssprüchen, Geschirr und Gläser Platz fanden. Bücher gab es nur wenige. Sie waren in die unterste rechte Ecke gequetscht. Frank erkannte, dass es sich um die Bücher aus ihrer Kindheit handelte.

Es roch nicht wie früher. Damals hatte es immer nach dem billigen Parfum ihrer Mutter und nach Metall gerochen. Heute klebte der Gestank von Versagen und Frust im Teppich.

„Setz dich", sagte Sarah und bot Frank mit einer Hand einen Platz auf einem der Sofas an.

Frank ließ sich zwischen die fleckigen und abgewetzten Kissen sinken. Es roch muffig, und von der Küche her, in die er von hier blicken konnte, waberte ein kalter Zigarettengeruch herüber.

„Ma, wir haben Besuch", rief Sarah.

Kurz darauf hörte Frank das leise Schlurfen im Flur, ehe er nach Jahren seine Mutter das erste Mal ins Wohnzimmer wanken sah.

Er hielt die Luft an. Die Erinnerungen an seine Mutter zerbröselten wie trockene Erde vor seinem Auge. Vor ihm stand nicht mehr die quirlige Frau mit der Dauerwelle und dem gepflegten Äußeren, die sie einst mal gewesen war.

Vielmehr schwankte der Schatten ebenjener Frau auf ihn zu. Sie war hager, stand gebückt da, die Haut schlaff und faltig, das Haar kurz und platt. Der Blick wanderte verloren durch den Raum. Ein Schleier lag auf ihrem Blick. Der Schleier des Vergessens. Wusste sie überhaupt, dass das ihr Haus war? Hatte sie das, was Sarah ihr vor wenigen Sekunden herübergerufen hatte, schon wieder vergessen?

„Ma, setz dich doch", sagte Sarah.

Ihre Mutter blinzelte wie eine Eule. Mechanisch bewegte sich ihr Kopf in Sarahs Richtung. Wieder entglitten ihr diese leisen, hellen Töne. Sie schlurfte um den Couchtisch herum und ließ sich neben Sarah fallen.

Kaum hatte sie sich gesetzt, sank sie in sich zusammen, ihr Kopf wurde schwer, und die Lider senkten sich wie bei einer Puppe oder einem Roboter, dem der Akku versagt hatte.

Voller Unbehagen rutschte Frank auf seinem Platz hin und her, faltete die Hände in seinem Schoß und schluckte.

„Ma." Sarahs schrille Stimme ließ ihre Mutter wieder aufschrecken. Sie rüttelte sanft an ihrer Schulter. „Das ist Frank."

Mit glasigem Blick sah seine Mutter auf. Zunächst nahm sie ihn nicht wahr, und es dauerte, bis ihre Augen ihn erfassten. „Frank?" Ihre Stimme klang belegt. „Frank wer?"

„Er ist ein Freund von der Schule, Ma", schrie Sarah ihr überdeutlich ins Ohr.

Anne Lamber nickte langsam. „Ah, schön, schön." Sie rang sich ein Lächeln ab, das auf ihren schmalen Lippen zitterte, ehe sie wieder in sich zusammensackte.

Sarah schlug ein Bein über und warf Frank einen selbstgefälligen Blick zu. „Kann ich dir was anbieten? Einen Kaffee? Oder einen Drink?"

„Ich trinke nicht." Frank realisierte, wie er es vor allem für sich selbst betonte. „Ein Kaffee wäre gut."

„Klar." Sarah erhob sich und ging in die Küche, wo sie den Wasserkocher einschaltete und mit Tassen klapperte.

Frank erwischte sich dabei, wie er verstohlen zu seiner Mutter blickte, die noch immer dasaß wie eine lebensgroße Puppe. Er fragte sich, ob er etwas sagen sollte, ob er ihr etwas sagen konnte. Seine Mutter sollte ihm leidtun. Aber das tat sie nicht. Er hatte erwartet, dass es ihn traurig machen würde, wenn sie sich nicht an ihn erinnerte. Doch er empfand vielmehr Erleichterung. Sie hatte ihn vergessen und konnte ihn so auch nicht vermissen, was bedeutete, dass er kein schlechtes Gewissen haben musste.

Dennoch pulsierte in ihm der Drang, sich ihr anzunähern, obgleich er auch wusste, dass das, was ihm da gegenübersaß, nicht seine Mutter war. Nicht mehr. „Wie geht es Ihnen?", fragte er und erschrak nicht einmal darüber, wie leicht ihm das Siezen fiel.

Anne erwachte aus ihrer Starre. Zwar hing ihr Kopf noch, doch die Augen rollten in ihren Höhlen in seine Richtung. „Gut", sagte sie leise und lächelte höflich. „Sie sind von hier?"

Frank nickte. „Ja, ich bin von hier. Sarah ist eine alte Freundin, und ich dachte, ich sage mal Hallo."

Anne nickte langsam. „Das ist schön." Damit ließ sie ihren Blick wieder unbeteiligt im Raum verschwimmen.

„Es ist, als würde man mit einer aufziehbaren Puppe reden, nicht wahr?" Sarah lehnte im Rahmen der Küche, während hinter ihr der Kaffeekocher brodelte. „Sie sagt sogar meistens dasselbe. Viel Neues kommt da nicht." Sie lachte humorlos auf. „Guck mich nicht so an, Frank, der Arzt sagt, Sarkasmus ist eine gesunde Art, damit umzugehen." Sie wandte sich um.

Frank war sich sicher, dass ein Psychotherapeut das anders sehen würde, verkniff sich aber jeglichen Kommentar. Unrecht hatte sie nicht.

Während sich Sarah wieder abwandte und sich dem brodelnden Wasserkocher widmete, sah Frank wieder zu seiner Mutter. Anne blickte nun auf. Plötzlich wirkte ihr Blick nicht mehr so verklärt, und sie musterte ihn mit weit geöffneten Augen. „Ah", rief sie aus. Dann hellte ihr Gesicht weiter auf, und sie machte Anstalten, sich zu erheben. Sie streckte die Hände aus wie ein Kind, das auf den Arm genommen werden wollte. „Ah! Du bist wieder da! Mein Fletcher!" Sie gluckste vergnügt.

Frank spürte, wie sich seine Eingeweide zusammenzogen. Für seinen Bruder gehalten zu werden, war ungefähr so angenehm wie in Flammen zu stehen. Es löste Ekel in ihm aus und einen Widerwillen, dass Frank die Lippen aufeinanderpressen musste, um nicht zu widersprechen.

„Sarah", rief seine Mutter unterdessen voller Begeisterung. „Schau nur, wer uns da endlich wieder besucht."

Sarah steckte den Kopf aus der Küche und lächelte Anne Lamber zu. „Endlich ist Fletcher wieder da, nicht?"

Oh, wie Frank sie gerade hasste. Seine Hände ballten sich zu Fäusten, und sein ganzer Körper stand unter Strom. Er wollte am liebsten wegrennen. Sarah schien dies zu bemerken und funkelte ihn warnend an.

„Wie geht es dir, Fletcher?", fragte Mom.

Frank machte sich nicht die Mühe, sich ein Lächeln aufzuzwingen. Er würgte all seine Abscheu hinunter. „Gut, Mom, danke. Und dir?"

Wie ein Licht, das man dimmte, fiel Anne wieder etwas in sich zusammen, und ihr Blick glitt an Frank vorbei. „Gut, gut." Die Euphorie, die ihre Stimme gerade noch glockenklar hatte klingen lassen, verblasste.

Mit der nächsten Sekunde war Anne Lamber wieder wie vorher. Unbeteiligt vor sich hinstarrend. Und Frank war dankbar dafür.

Sarah goss den Kaffee auf, kam zurück und stellte einen vor ihm ab, während sie sich mit einer Tasse setzte. „Ich sag es dir, Frank, es ist, als hätte ich drei Kinder hier und Ma ist das Neugeborene, das permanent Aufmerksamkeit braucht, sich in die Hosen macht und gefüttert werden muss." Sie schlug ein Bein über, versank im verbrauchten Material des Sessels und schüttelte den Kopf. „Es ist eine Scheißarbeit, sag ich dir."

Frank trank einen Schluck, um den bissigen Kommentar auf seiner Zunge zu verbrühen. „Das kann ich mir vorstellen", sagte er und bemühte sich um einen neutralen Ton in seiner Stimme. Er hielt die Tasse in seinem Schoß und sah zu seiner Mutter, die verloren vor sich hinstarrte. „Wenn es dir zu viel ist, steht mein Angebot mit dem Pflegeheim nach wie vor." Das meinte er ernst. Er sah zu Sarah, die sich – wie jedes Mal – von diesem Vorschlag persönlich angegriffen fühlte.

„Willst du sie wirklich abschieben wie einen Köter in ein Tierheim?"

Frank ließ sich von ihrem Fauchen nicht beeindrucken. Er trank einen weiteren Schluck. Auch wenn er kein Fan ihrer gemeinsamen Mutter war, erzeugte die

Art, wie Sarah über sie redete, ein bohrendes Gefühl in seiner Brust. „Es gibt durchaus gute Einrichtungen, in denen sie sich sehr liebevoll um demenzkranke Patienten kümmern und sie fördern. Da nörgelt auch niemand darüber, sich um einen hilfebedürftigen Menschen zu kümmern." Er warf seiner Mutter einen Seitenblick zu, als könnte er den Augenblick verpassen, in dem sie ihm mit einem Blinzeln zu verstehen gab, dass er sie mitnehmen und in so ein Heim geben sollte. „Wie ich bereits gesagt habe, würde ich die Kosten übernehmen."

Sarah lachte humorlos auf. „Ich finde es immer wieder amüsant, wie du uns demonstrativ deinen Reichtum unter die Nase reibst." Sie rümpfte verächtlich die Nase. Der Fuß ihres übergeschlagenen Beines wippte immer schneller.

Frank kannte das. Ihre Wut steigerte sich ins Unermessliche. Er trank einen Schluck und sah ihr direkt in die Augen. Die Zeiten, in denen er sich von ihr als seine große Schwester hatte einschüchtern lassen, waren vorbei. „Ich reibe niemandem meinen Reichtum unter die Nase." Der Ton in seiner Stimme schwoll an. „Ich mache euch lediglich ein Angebot, das euer – *dein* – Leben erleichtern könnte."

Sarah machte eine wegwerfende Handbewegung. „Du sprichst immer von Erleichterung. Das ist unsere Mutter. Natürlich pflege ich sie."

„Weil du immerzu betonst, was für eine Last sie ist."

Sarah kniff die Augen zusammen. „Und das aus deinem Munde, Frank."

„Ich will euch doch nur helfen."

„Du würdest Ma helfen, wenn du dich hier ab und an mal blicken lassen würdest. Vielleicht hätte sie dann auch nicht vergessen, wer du bist", fauchte seine Schwester.

Ihre Mutter saß noch immer vollkommen unbeteiligt zwischen ihnen. Frank glaubte sogar, dass ihr Sabber aus dem Mundwinkel lief.

„Und jetzt kommst du einmal hierher und tust so, als wärst du der barmherzige Samariter. Der berühmte Frank Lamber. In der Öffentlichkeit stehst du immer aufpoliert da, aber niemand sieht, was unter deiner glänzenden Fassade steckt, was, Frank?"

Sarah wusste genau, welche Knöpfe sie drücken musste, um ihn aus der Reserve zu locken. Er stellte den Kaffee etwas zu unsanft auf dem Couchtisch ab, sodass die braune Flüssigkeit über den Rand schwappte. Seine Hände ballte er zu Fäusten, ließ sie aber auf den Knien liegen, während er tief ein- und ausatmete. Das war nun das zweite Mal in den letzten Tagen, dass jemand ihn andauernd auf seine makellose Fassade und den Dreck dahinter ansprach. „Und was machst du, Sarah? Du ziehst doch genau dieselbe Scheiße ab. Kümmerst dich so liebevoll um unsere Mutter, weil es dir so sehr am Herzen liegt." Sein Blick bohrte sich in Sarahs flammende Augen. „Aber in Wirklichkeit versteckst du nur dein gescheitertes Leben hinter dieser Aufgabe. Du hast es zu nichts gebracht und das nervt dich."

Sarah sprang auf, die Wangen gebläht, als hielte sie Gift zurück, das sie jede Sekunde auf ihn spucken konnte. „Dass du es wagst –" Sie hob einen Finger, während die Hand, in der sie die Kaffeetasse hielt, vor Wut zitterte. Dann deutete sie auf sich selbst. „Ich habe alles geopfert für meine Kinder – meine Familie.“

„Und das ist in Ordnung, Sarah, nur scheinst du nicht glücklich damit zu sein. Du hättest studieren, Karriere machen können. Aber jetzt reibst du es mir unter die Nase.“ Frank schnaubte, blickte dann zu seiner Mutter, die müde blinzelte.

„Warum streitet ihr Kinder euch denn? Sarah, hör auf, Fletcher zu piesacken, vertragt euch und geht im Garten spielen.“

Frank klappte der Mund auf, während Sarah ihre Tränen wegblinzelte und ungläubig auf ihre Mutter starrte. Diese blieb teilnahmslos sitzen. Ihre Lippen bebten. Offenbar war sie gerade durch den Streit in Franks und Sarahs Kindheit zurückgeworfen worden.

„Wir streiten nicht, Ma“, sagte Sarah dann mit bebender Stimme, wie sie es immer gesagt hatte, und sah dann zu Frank. Ihr Blick bat ihn, es gut sein zu lassen.

Er nickte, um ihr zu zeigen, dass er verstanden hatte.

Schweigen breitete sich aus. Eine Stille, in der der trockene Wind um das Haus herumpfiff. Zwischendurch seufzte Bridget leise, blieb jedoch einfach sitzen und starrte ins Leere.

„Was sind deine weiteren Pläne, wenn du wieder hier bist?“, fragte Sarah irgendwann und versuchte, unverfänglich zu klingen.

Frank wusste, dass sie die Frage mit einem Hintergedanken stellte. Allerdings musste er ihr in diesem Zusammenhang eine Frage stellen, um in seinen Ermittlungen weiterzukommen.

„Ich wollte einige alte Freunde besuchen“, sagte er und hielt ihrem bohrenden Blick stand.

Sie nickte langsam, musterte ihn einige Sekunden. „Holst wohl deine Vergangenheit auf, was?"

Nun war Frank es, der langsam nickte. *Wohl eher holt die Vergangenheit mich ein,* wollte er am liebsten antworten, schluckte die Worte aber hinunter – mit dem bitteren Geschmack der Tatsache, dass er noch immer nicht wusste, wer ihn da eigentlich bedrängte.

„Weißt du, ob Barbara noch hier wohnt?"

Sarah legte die Stirn in Falten. „Barbara?"

„Langley. Barbara Langley. Rotes Haar, Sommersprossen, dicke Hornbrille, zumindest damals. Sie war keine Schönheit, hatte schiefe Zähne."

„Ach, die Barbara." Sarah überlegte kurz. „Ja, die lebt hier noch. Sehr zurückgezogen, soweit ich weiß. Die ist doch so eine Verrückte." Sie musterte Frank und er sah den Zweifel in ihrem Blick. „Und die willst du besuchen?"

„Unter anderem, ja." Früher war sie nicht verrückt gewesen.

„Ihr hattet schon immer eine merkwürdige Verbindung, die ich nie verstanden habe."

Und da hatte sie recht. Doch niemand außer ihm und Barbara wusste, was hinter dieser Verbindung steckte.

Kapitel 11

Frank folgte der staubigen Straße, vorbei an den Nachbarhäusern, die er noch aus seiner Kindheit kannte. Die Sonne brannte auf ihn hinab. Über ihm kreiste ein Adler, dessen Schrei durch den gesamten Creek hallte.

Hand in Hand mit seinen Erinnerungen spazierte Frank hinab zum Kern River. Lebhaft sah er all die Jungen und Mädchen aus der Nachbarschaft, wie sie um ihn herumtanzten, rannten und lachten. Einige hielten lange Stöcke in den Händen, um sich einen Weg durch das hohe Gras zu schlagen.

Die Vegetation um Kern River bildete einen starken Kontrast zum Rest der kleinen Stadt. Hier war es grün und lebhaft. Das Plätschern des Wassers bildete zusammen mit dem Zirpen der Grillen und dem Rascheln der Eidechsen, die Frank aus dem Weg stoben. Die Melodie seiner Kindheit.

Büsche und Bäume spendeten Schatten vor den gnadenlosen Sonnenstrahlen. Eine leichte Brise wehte vom Fluss herüber.

Frank trat an das Ufer des Flusses heran. Er hatte ihn größer in Erinnerung mit einer schnelleren Strömung. So verhielt es sich mit vielen Dingen aus der Vergangenheit. Manche hatte man größer in Erinnerung, als sie wirklich gewesen waren. Schlimmer war es, wenn man Erinnerungen und Traumata in sich verborgen hielt, die man für kleiner erachtet hatte, bis man sich mit ihnen konfrontiert sah. Dann überragten sie einen wie der Schatten eines Hünen.

Vor Franks Augen verblassten nach und nach die Erinnerungen an die sonnigen, schönen Tage, an denen ihr Lachen vom Wind über den Fluss getragen wurde. Obwohl kein Wölkchen über den Himmel wanderte, schien es Frank, als braute sich über ihm etwas zusammen wie eine Gewitterfront.

Die sonnigen Erinnerungen schlugen um und nun stand er diesem Hünen gegenüber. Wie Donner blitzten die Bilder aus seinen Träumen vor seinem inneren Auge auf. Der Stein in seiner Hand. Das Blut, das auf den Boden tropfte. In seinen Ohren hallten das Schluchzen und die Schreie wider.

Wieder und wieder.

Frank presste die Hände auf seine Ohren. Aber die Stimmen fanden ihr Echo in seinem Kopf. Er sah Barbara vor sich. Das Mädchen mit der Hornbrille, den großen braunen Augen dahinter und den roten Haaren, die sie zu zwei Zöpfen gebunden hatte.

Angst spiegelte sich in ihrem Blick wider. Stolpernd rannte sie davon. Ihre Latzhose hing zerrissen von ihrem Körper hinab. Frank sah das Blut, das an den Seiten ihrer Innenschenkel hinablief.

Er folgte seiner Erinnerung, stapfte wie damals durch das hohe Gras, die Hände zu zitternden Fäusten geballt, während Barbaras vergangene Projektion hinter den Büschen verschwand. Aber er konnte sie noch hören. Ihr lautes, schnelles Atmen. Das Weinen und die Verzweiflung in ihrer Stimme.

Er folgte ihr die Böschung hinauf, jagte die blasse Erinnerung dieses Tages über die Straße, als das schrille Hupen eines Wagens ihn zurück in die Gegenwart riss.

Abrupt kam Frank zum Stehen. Blinzelnd starrte er auf den Pick-up, der nur Zentimeter von ihm entfernt an ihm vorbeirauschte.

„Pass doch auf, Idiot", hörte er den Fahrer fluchen.

Die Staubwolke, die der Wagen aufwirbelte, kratzte in Franks Hals. Hustend sah er sich um und überquerte dann die Main Road.

Es hatte sich nicht viel geändert. Lediglich einige Bars und Grill-Restaurants mehr, die sich an der Straße entlangzogen. Die kleinen unabhängigen Supermärkte hatten in all den Jahren den Kampf gegen Walmart, Kroger und Costco verloren.

Frank folgte dem schmalen Gehweg, beobachtete die Autos, die in Richtung Lake Isabella fuhren. Es kamen ihm nur wenige Menschen entgegen. Die meisten mieden die Hitze, besonders die älteren Leute.

So sah Frank nur einige Schulkinder, die in kleinen Gruppen an ihm vorbeischlenderten. Unwillkürlich fragte er sich, ob eine seiner Nichten gerade an ihm vorbeigelaufen war, wobei er sich zu den Gruppen umdrehte und nach einer Ähnlichkeit zu Sarah oder ihrem Versagermann in den Kindern suchte.

Vor dem Supermarkt kam er zum Stehen. Frank erinnerte sich an einen Metzger und einen Kiosk, die dem Kroger-Klotz hatten weichen müssen. Drei Gebäude hatte die Supermarkt-Kette verschlungen, damit nun über ihm der Name und der Slogan aufragen konnten.

Kroger – Fresh for Everyone

Lächerlich in Anbetracht der heutigen Inflation, dachte Frank sich. Inzwischen war es sogar für die Mittelschicht schwierig geworden, über die Runden zu kommen.

Frank trat durch die Schiebetüren und wurde vom sanften Supermarkt-Jingle begrüßt. Automatisch rieb er sich die Arme. Durch die Klimaanlage lag der Temperaturunterschied zu draußen bei gefühlten zehn Grad.

Vor ihm erstreckte sich ein riesiger Raum, in dem sich ein Labyrinth aus Regalreihen, Obst- und Gemüsetheken befand.

Sarah hatte ihm erzählt, dass sie keine Ahnung hatte, wo Barbara wohnte. Lediglich, dass sie in dem Supermarkt arbeitete und dort oft Regale ein- und ausräumte.

Vielleicht würde er sie gar nicht antreffen, dachte Frank. Doch sollte dem nicht so sein, würde er vielleicht herausfinden, wo sie lebte.

Wie ein Raubtier auf der Jagd strich er durch die Regalreihen, bis er am Ende eines Cornflakesregals innehielt.

In der Mitte des Gangs sah er eine groß gewachsene Frau. Ihr rotes Haar wirkte stumpf, nicht mehr seidig glänzend wie in ihrer Kindheit. Aber dennoch trug sie es lang und offen. Einige graue Strähnen durchzogen es. Die Sommersprossen, die großen Augen hinter der Hornbrille und die Latzhose. Frank wusste, dass er sie gefunden hatte.

Sie reduzierte gerade einige Waren und sortierte diese entsprechend im Regal. Dabei steckte sie die Zunge zwischen ihre Lippen wie damals, als sie am

Fluss konzentriert eine Angel ins Wasser geworfen hatte.

Frank tat so, als interessierten ihn die Unmengen an Müslivariationen, nahm eine Packung heraus und tat so, als läse er die Inhaltsstoffliste. In Wirklichkeit schielte er zu der Frau herüber, von der er sich sicher war, dass sie das Mädchen war, mit der er eine düstere Vergangenheit teilte.

Während sie die Schachteln neu anordnete und etikettierte, erhaschte er einen genaueren Blick auf sie. Noch immer besaß sie dieses unverkennbare Gesicht mit den Pausbacken und der Stupsnase, deren Spitze leicht nach oben gebogen war, wodurch ihre Lippen etwas angehoben und ihre Schneidezähne immer zu sehen waren. Nur besaß sie nicht mehr das Gesicht eines jungen Mädchens. Dieses war von der Sonne gegerbt, übersät von Sommersprossen. Die großen Augen blinzelten auffällig oft hinter den dicken Gläsern ihrer Brille.

Sie schien ihn nicht einmal zu bemerken. Frank wollte es dabei belassen. Er war ohne einen Plan hierhergekommen. Sicherlich war es taktisch nicht klug, sie direkt darauf anzusprechen. Doch eine Vorstellung, wie er nun feststellen konnte, ob sie diejenige war, die ihn bedrohte oder vielleicht mit jemandem zusammen unter einer Decke steckte, hatte er nicht.

Also stellte er die Müslipackung zurück ins Regal, ließ es sich aber nicht nehmen, an Barbara vorbeizuschlendern.

Diese schob gerade ihre Brille auf die Nase zurück, den Kopf in den Nacken gelegt, während sie auf die

Müslipackungen ganz oben im Regal blickte, die sogar für ihre Statur nicht ohne Hocker erreichbar waren.

Frank musterte sie. Die blasse Haut in ihrem Nacken, die unter ihrem Haar zum Vorschein kam und wahrscheinlich selten der Sonne ausgesetzt war. Sie griff nach einer Schachtel über sich. Dabei rutschten die Ärmel ihres Hemds nach unten und entblößten eine längliche weiße Narbe an ihrem Unterarm.

Ein Schauer ergriff Frank. Und der stammte sicher nicht von der Klimaanlage, die wie verrückt über den Köpfen der Kunden brummte. Für ihn gab es nur einen Grund, warum diese Narbe dort entstanden war. Der Magen drehte sich ihm um.

So lange hatte sie darunter gelitten. In diesem Moment wurde Frank bewusst, dass ebendiese Tatsache ihn in seiner Vermutung bestärkte: Barbara hatte verdammt noch mal ein sehr starkes Motiv.

Ohne sich noch einmal umzudrehen, verließ er den Gang und den Supermarkt, um im Café auf der Straße gegenüber einen Kaffee zu trinken. Sobald Barbara ihre Schicht beendete, würde er sie beschatten.

Das Café war eines dieser hippen Läden, die es zuhauf in Los Angeles gab. Pastellfarben, tiefgrüne Pflanzen und klobige Designermöbel. Dazu noch Latteart bei jedem Cappuccino oder Latte macchiato. Alles, um das junge Instagram-affine Klientel anzulocken, damit die Fotos mit Tags im Internet kursierten und kostenlose Werbung schalteten. Dass der Kaffee wie Pisse schmeckte, interessierte die meisten scheinbar nicht. Es ging nur um den Look, die Präsentation.

Mit einem Espresso und ein paar Cantuccini ließ sich Frank an dem langen Tisch vor der Fensterfront nieder.

Pisse, wie er geahnt hatte, stellte er nach dem ersten Schluck fest.

Er verzog das Gesicht, rieb sich über seinen Bart und zog sein Smartphone hervor. In einer Stunde erwartete sein Erpresser ihn in seiner Immobilie in den Hills, in der er viele Jahre mit seiner Familie gelebt und gestritten hatte. Frank blickte auf eine Nachricht, die er in der Zwischenzeit bekommen hatte. Sie war von Ashley.

Sitzen im Flieger. Wir melden uns, wenn wir gelandet sind.

Frank atmete auf und genoss für den Bruchteil einer Sekunde das Gefühl der Erleichterung. Wenn auch nur kurz, hob es das Gewicht von seinen Schultern. Nun konnte er sich darauf konzentrieren, wer ihn bedrohte, wer seine Haushälterin umgebracht hatte.

Vielleicht würde Barbara sich in dieser Zeit verraten. Oder vielleicht denjenigen kontaktieren, mit dem sie zusammenarbeitete.

Frank schlürfte an seinem Espresso und fragte sich, ob er Barbara – der kleinen, zerbrechlichen Barbara – so etwas zutrauen könnte. Er kam zu dem Entschluss, dass das Trauma, das in ihnen beiden wie ein Geschwür pulsierte, und die Zeit, die inzwischen vergangen war, ebenjenen Abgrund geschaffen hatten, vor dem Frank nun stand.

Er starrte direkt hinein, ohne zu wissen, wer hinter ihm stand, um ihn hineinzustoßen. Doch er spürte diese Präsenz, sie atmete ihm heiß in den Nacken.

Frank blinzelte, wischte die düsteren Gedanken fort und starrte auf den Ausgang des Krogers. Nach ungefähr einer halben Stunde, nachdem er sich hingesetzt hatte, glitten die Türen beiseite und Barbara trat in das grelle Sonnenlicht.

Hastig stand Frank auf und verließ das Café. Barbara blinzelte gegen die Sonne, während sie eine Schachtel Zigaretten aus ihrer Tasche fischte, einen der Stängel hinausklopfte und diesen anzündete. Dann folgte sie dem Weg die Straße hinauf.

Frank blickte sich kurz um, huschte über die Straße und folgte Barbara mit gebührendem Abstand.

Der Duft des frischen Zigarettenrauchs waberte hinter ihr her. Frank rümpfte die Nase, schloss etwas auf, als Barbara um eine Ecke bog. Sie verließ den Stadtkern und folgte einer schmalen Straße, an der sich einige Häuser reihten. Die Grundstücke hier waren kleiner und von niedrigen Mauern umgeben.

Vor einem Backsteinhaus machte Barbara halt, warf die Zigarette auf den Boden und trat sie aus, während sie den Rauch aus ihrer Lunge in die Luft stieß.

Dann fuhr sie sich kurz durch ihr rotes Haar, wohl um es zu ordnen, was allerdings keinerlei Erfolg zeigte. Räuspernd richtete sie ihr Hemd, zog die Ärmel über ihre Handgelenke und betrat das Haus.

Nachdem die Tür hinter ihr zugefallen war, blieb Frank vor dem Haus stehen und starrte auf das Schild, das im Vorgarten stand.

Dr. Estefania Thornton – Psychologin

Frank sah sich um. Er schien allein und unbeobachtet zu sein. Also betrat er das Grundstück, bog aber vom gepflasterten Weg ab, der zur Treppe führte, und schlich um das Haus herum. Der Garten war verdorrt. Büsche hatte man schon gar nicht mehr angepflanzt

und den Rasen hatte man offenbar vor einiger Zeit auf-
gegeben. Zwar lag noch ein Wasserschlauch auf dem
Boden, allerdings wirkte dieser, als hätte er bereits seit
Monaten kein Wasser mehr gesehen.

Kein Wunder, dachte Frank. Es regnete nur selten
hier und wenn man den dekadenten Wunsch hegte, Rasen in der Wüste zu pflanzen, dann musste dieser entsprechend bewässert werden.

„Wie geht es Ihnen, Barbara?", hörte Frank eine sanfte
Stimme aus einem der geöffneten Fenster dringen. Geduckt schlich er heran und presste sich an die Wand.

„Ganz in Ordnung", sagte Barbara. Ihre Stimme klang
fremd in Franks Ohren. Als Kind war diese immer piep-
sig gewesen und hatte ihn an Minnie Mouse erinnert.
Nun klang sie dunkel, beinahe männlich. „Diese Nacht
hatte ich wieder einen Albtraum."

„Haben Sie wieder von ihm geträumt?", fragte die
Therapeutin.

Barbara atmete schwer. „Ich träume jede Nacht von
ihm." Ihre Stimme brach. „Letztens habe ich seine
Schwester und seine Mutter gesehen – sie ist schwer dement. Aber ich könnte schwören, sie hat sich an mich
erinnert, als sie mich im Supermarkt gesehen hat."
Kurz folgte Stille. „Sie weiß nicht, was damals passiert
ist. Niemand weiß es", flüsterte Barbara, weil auch
nach all dieser Zeit die Worte diesen Raum nicht verlassen durften. „Aber manchmal ... Manchmal, da bilde
ich mir ein, dass die Menschen um mich herum es wissen könnten. Und dann sehe ich Scham in ihren Augen ... oder Mitleid ... Ekel."

„Wieso Ekel? Schließlich sind Sie das Opfer."

„Sie wissen doch, wie das läuft mit Menschen, denen dasselbe zugestoßen ist wie mir."

Die Therapeutin gab ein nachdenkliches Brummen von sich. „Hat diese Begegnung die Panikattacke ausgelöst, von der Sie mir letztens am Telefon berichtet haben?"

„Ja", krächzte Barbara. „Ich habe schon darüber nachgedacht, wegzuziehen."

„Ich verstehe. Aber ich muss Ihnen bestimmt nicht erklären, dass verschiedene Dinge in Ihrem Alltag eine Panikattacke triggern können. Das muss nicht unbedingt mit einer Person zusammenhängen, der man öfter über den Weg laufen könnte. Außerdem wollen wir, dass Sie heilen. Wir wollen nicht vor dem Problem davonrennen."

„Ich bin schon so lange davongerannt", sagte Barbara und ihre Stimme brach erneut. „Es holt mich immer wieder ein."

Frank lehnte mit dem Rücken gegen die Wand. Schweiß rann über seine Haut. In der Sonne fühlte er sich wie ein Spiegelei in der Pfanne. Seine Gedanken kreisten, wobei er sich langsam nicht mehr sicher war, ob er inzwischen nicht einfach dehydriert war. Immer wieder flammten die Erinnerungen an jenen Tag, nein, an jene Tage auf.

Ein Schwindel erfasste ihn und ein penetranter Piepton stach in seinen Ohren. Der Schmerz ließ ihn zusammenkrampfen. Vor seinem inneren Auge flackerte wieder der Fluss auf, der Stein in seiner Hand, das Blut.

Das Bild wackelte. Wechselte.

Barbara mit ihren großen, braunen Augen. Das Gesicht verdreckt und verweint, nach diesen grässlichen

Dingen, die ihr angetan worden waren. Wie Luftblasen drangen diese Bilder an die Oberfläche. Erinnerungen, die nicht seine waren.

„Ich hasse ihn dafür“, hörte er Barbaras Stimme. Sie klang nun fester, zwischen den Zähnen hervorgepresst. „Ich hasse das, was er aus mir gemacht hat.“

„Können Sie das konkretisieren?“

Frank wischte den Schweiß fort, der von seiner Stirn und Nasenspitze tropfte. Sein Herz pochte. Vielleicht war er auf der richtigen Spur.

„Ich habe so lange geschwiegen. Das hat mein Leben zerstört. Ich will Gerechtigkeit.“

Frank mahlte mit dem Kiefer. War es Barbara? Hatte Barbara sich geschworen, ihn zu bestrafen? Während ihr Leben offenbar die Hölle gewesen war, war seines – zumindest augenscheinlich – sorgenfrei und glamourös verlaufen. Sie hatte keine Ahnung, welches Trauma er davongetragen hatte.

„Sie haben gesagt, dass jemand Sie gerettet hat. Dass er –“

„Ich hasse ihn genauso. Denn er hat dafür gesorgt, dass ich über Jahre mit niemandem darüber geredet habe.“

„Verstehe.“ Stille folgte, in der Franks Gedanken rasten. Er wollte durch das geöffnete Fenster springen und Barbara damit konfrontieren, wollte sagen, dass er ihren perfiden Plan durchschaut hatte.

Doch er war wie festgeklebt, als wäre er eine Wachsfigur, die nun an der Mauer hinabschmolz.

„Wir müssen einen Weg finden, wie Sie Ihre Traumata verarbeiten, ohne uns auf die Gerechtigkeit zu fokussieren. Denn viele Dinge im Leben sind ungerecht.

Wir müssen einen Weg finden, wie wir trotz der Ungerechtigkeit weitermachen." Die Stimme der Therapeutin war plötzlich ganz nah, sodass Frank erschrocken zurückwich. Die Mauer war heiß. Er spürte die Hitze sogar unter seinem T-Shirt. Plötzlich schloss sich das Fenster.

Barbaras Stimme und die ihrer Therapeutin verstummten nun für ihn. Er hatte ohnehin genug gehört.

Einen Moment blieb er noch stehen, horchte nach, um sicherzugehen, dass er das gedämpfte Gespräch nun wirklich nicht mehr verstehen konnte. Dann stieß er sich von der Wand ab und schlich aus dem Garten wieder vor das Haus. Er würde mit etwas Abstand auf Barbara warten und sie dann zu Hause überraschen, um sie zur Rede zu stellen.

Kapitel 12

Es dauerte noch ungefähr eine Stunde, bis Barbara die Praxis ihrer Therapeutin verließ. Obwohl Frank sich im Schatten eines halbwegs grünen Busches einige Meter vom Haus entfernt herumgedrückt hatte, konnte er deutlich spüren, dass sich seine Haut spannte. Ein Sonnenbrand glühte auf seinen Wangen und in seinem Nacken.

Inzwischen fühlte sich seine Kehle so ausgetrocknet an wie der Boden in den meisten Gärten von Lake Isabella. Doch in ihm rumorte ein noch größerer Durst. Der Durst, herauszufinden, ob Barbara wirklich etwas mit dem Mord und den Drohungen zu tun hatte.

Frank hatte viel darüber nachgedacht, während er in der brütenden Hitze auf sie gewartet hatte. Schließlich war er zu dem Schluss gekommen, dass sie einen Partner haben musste, der jetzt sicherlich in dem Haus in L. A. wartete. Wenn Frank richtiglag, würde Barbara ihn sicherlich versuchen zu kontaktieren oder ihr Partner würde sie kontaktieren, um ihr zu sagen, dass Frank nicht aufgetaucht war.

In diesem Moment verließ Barbara das Haus. Wie schon vor dem Supermarkt blieb sie stehen, klopfte eine Zigarette aus der Schachtel, steckte sie sich zwischen die Zähne und zündete sie an.

Sie ging den Weg wieder zurück, den sie gekommen war. Frank löste sich aus dem Schatten und folgte ihr.

Nur kurz liefen sie an der Hauptstraße entlang, bogen dann in eine ruhigere Nebenstraße. Die Abstände zwischen den Häusern wurden größer und der Asphalt ging in staubige Straßen über.

Nicht ein einziges Mal drehte Barbara sich um oder bemerkte, dass Frank sie verfolgte. Vor einem Grundstück mit einem niedrigen morschen Holzzaun schnippte sie ihre Zigarette auf den Boden, trat den Stummel aus und erklomm die Veranda ihres Trailers. Sie öffnete das Fliegengitter, dann die Tür und verschwand im Inneren.

Frank sah sich kurz um. Niemand wanderte die einsame Straße hinab. Er hechtete über den Zaun, schlich auf die Veranda zu und zwängte sich zwischen Tür und einem geöffneten Fenster. Drinnen hörte er den Wasserkocher brodeln und Barbara mit Geschirr klappern. Ansonsten war sie still. Sie sprach mit niemandem, rief niemandem etwas zu. Frank war sich sicher, dass sie allein war. Dennoch wartete er. Vielleicht würde sie nun einen Anruf tätigen oder entgegennehmen.

Minuten strichen dahin, in denen Barbara sich ihren Kaffee oder Tee aufgoss und den Fernseher einschaltete. Nun plärrte die Stimme von Addison Clark nach draußen, die die Nachmittagsshow auf einem der hiesigen Nachrichtensender moderierte. Gerade sprach sie über die steigenden Immobilienpreise und gleichzeitig wachsenden Armutsviertel – besonders in L. A. – vergleichbar mit der Skid Row.

Frank knetete ungeduldig seine Finger, ehe er beschloss, Barbara zu überraschen. Er war sich sicher, dass er so die meisten Informationen aus ihr herausbekommen würde.

Also trat er vor die Tür, hob seine Hand und klopfte an den Rahmen des Fliegengitters.

Frank hörte, wie der Fernseher leiser gestellt wurde, dann ertönten Schritte und die Tür öffnete sich.

Nur noch das Fliegengitter stand zwischen ihnen. Barbara stand da und auch, wenn das schwarze Netz den Blick auf ihr Gesicht behinderte, konnte Frank deutlich erkennen, dass ihre Augen immer größer und die Falten auf ihrer Stirn und um ihren Mund immer tiefer wurden. Angst füllte ihren Blick. Ihre Lippen öffneten sich.

Zwischen ihnen säuselte der Wind. Der Staub in der Luft ließ Frank unwillkürlich husten, noch bevor er Barbara begrüßen konnte.

Diese fuhr zusammen, als realisierte sie just in diesem Moment, dass er tatsächlich real war. Die Tasse rutschte ihr aus der Hand und fiel mit einem dumpfen Klirren zu Boden. Gleichzeitig ergoss sich dampfendes Wasser über den Boden und ihre nackten Füße. Zischend sog sie die Luft ein. Schmerz verzerrte ihr Gesicht. Sie presste die Zähne aufeinander, ließ den Blick jedoch nicht von ihm ab.

Die Frage, ob sie ihn erkannte, hatte sich wohl erübrigt. Aber Lake Isabella war ein kleines Dorf. Wahrscheinlich kannte jeder den Bestsellerautor, der es in Los Angeles weit gebracht hatte.

Stirnrunzelnd blickte Frank zu Boden, dann zu Barbara auf. Obwohl sie sich verbrüht hatte, stand sie einfach da, das Gesicht zu einer Maske des Horrors verzogen und scheinbar unfähig, sich zu bewegen.

„Barbara", sagte Frank und räusperte sich, da noch immer der Staub in seinem Hals kratzte. „Darf ich reinkommen?"

Barbaras Unterlippe bebte. Leere trat in ihre Augen. Frank fragte sich, ob nun gar keine Hirnströme mehr ihren Kopf durchfluteten oder so viele, dass sie nicht mehr wusste, was sie tun sollte.

Frank beschloss, einfach einzutreten. Er würde sich nicht abwimmeln lassen.

Barbara wich zurück, hangelte sich an der Wand entlang, die in die Küche führte. In ihm brodelte es, als siedete kochendes Wasser in seiner Kehle. Hatte sie ihre Zunge verschluckt? Ein Teil in ihm wusste, warum sie so reagierte. Ein anderer Teil empfand ihre Reaktion als überzogen. Es war der Teil, der ihr an die Kehle springen und alle Informationen aus ihr herausschütteln wollte. *Mit wem arbeitest du zusammen? Warum willst du mir einen Mord unterjubeln? Was willst du von mir?* All diese Fragen brüllte er innerlich.

Stattdessen bückte er sich nach der Tasse, die lediglich in zwei Teile zerbrochen war, hob sie auf und stellte sie zu dem dreckigen Geschirr und den benutzten Töpfen, die in der Spüle überquollen und sich über die gesamte Arbeitsfläche verteilten.

Frank rümpfte die Nase. Der Geruch von vergammeltem Essen vermischt mit kaltem Zigarettenrauch erfüllte die Luft.

„Was willst du hier?", fragte Barbara heiser. Sie stand nun hinter ihrem Sessel und bohrte ihre Finger in die zerschlissene Lehne.

Frank blickte sich um und versuchte, dem Ausdruck des Ekels keinen Raum in seinem Gesicht zu geben. Auf dem Zweisitzer teilten sich Stockflecken und helle Stellen durch den ausgedünnten Stoff die Herrschaft. Der Couchtisch, der vor einem mit Staub überzogenen Röhrenfernseher stand, quoll über von zerknüllten McDonald's-Tüten, Flyern verschiedener Lieferdienste und einem Aschenbecher, der das Ausdrücken einer weiteren Zigarette unmöglich machte.

Ein kleiner Vitrinenschrank stand in einer dunklen Ecke, in dem Porzellanteller und vergilbte Bilder in Rahmen verstaubten.

Der Teppich war fleckig und trug maßgeblich zum unangenehmen Muff bei, der sich Frank in die Nase drängte. Nur langsam realisierte er, dass er in einem Scherbenhaufen stand – in Barbaras Scherbenhaufen. Sie hatte die Kontrolle über ihr Leben verloren. Das Trauma kontrollierte sie und ihr Leben. Und er konnte es ihr nicht verdenken. Denn sie teilten nicht dasselbe Trauma.

Er verstand, dass er als Gewinner aus der Sache herausgegangen war, während Barbara sich in ihrem verloren hatte.

Das wiederum bestätigte ihn in seinem Denken: Sie hatte allen Grund, sich an ihm zu rächen.

„Was – willst – du – hier?“ Barbaras Stimme klang gepresst. Sie wirkte wütend, aber das Zittern in ihren Worten verriet sie.

Frank musterte sie. „Bist du wirklich so überrascht, mich zu sehen?“ Er machte Anstalten, sich auf das Sofa zu setzen, ließ es dann aber angesichts der Flecken sein. „Oder hast du nur nicht damit gerechnet, dass ich dir auf die Schliche kommen würde?“

Barbaras Gesichtsausdruck entgleiste. Sie blinzelte. „W-Was?" Sie wrang den Saum ihres karierten Hemdes, als hätte es sich mit Wasser vollgesogen, das sie nun auswringen wollte. „Ich weiß nicht, wovon Sie … du sprichst."

Frank lachte bitter auf. „Komm schon. Die Anrufe? Die Drohungen gegen meine Töchter?" Den letzten Satz schrie er heraus. „Was willst du von mir?"

Barbara fuhr heftig zusammen und wich stolpernd zurück. Sie rang sichtlich nach Fassung und nach Worten, während in Frank die angestaute Wut und Verzweiflung in ihm brannte wie Magnesium, das mit Sauerstoff reagierte. Mit Wasser war dieser Brand nicht mehr zu löschen. Er konnte nicht mehr an sich halten.

„I-Ich will gar nichts von dir." Barbara wimmerte und hob die Hand. „Keinen Sch-Schritt weiter."

Frank blieb stehen. Seine Hände bebten. Er wollte sie schütteln. „Du bist es, nicht wahr? Mit wem steckst du unter einer Decke? Du hast bestimmt einen Komplizen."

„Wovon redest du?", krächzte Barbara. Tränen glänzten in ihren Augen. „Ich will, dass du verschwindest. Ich habe nichts mit dir zu schaffen. Du … Du und dein Bruder, ihr habt genug getan, um mein Leben zur Hölle zu machen."

„Und deswegen willst du dich an mir rächen."

Eine einsame Träne löste sich aus ihren großen Augen und rann über ihre Wange. „Nein", schrie sie verzweifelt. „Ich will wieder leben! Ohne Angst, dass mir jemand auflauert oder mir befiehlt, mit niemandem über das zu reden, was mir angetan wurde."

„Aber du hast geredet!"

„Was willst du von mir?“

„Ich will nichts von dir. Ich weiß gar nicht, warum du hier auftauchst.“

„Willst du Geld?“

„Ich will meine Ruhe!“, kreischte Barbara. „Ich will, dass du verschwindest. Jetzt sofort! Ich habe keine Ahnung, wer oder was dich bedroht, aber ich bin es nicht.“

Barbaras Wechsel von ängstlichem Reh zu fauchendem Puma schmeckte Frank nicht. Ihre Reaktion war nicht authentisch. Sie log ihn an. Er konnte es spüren. Er kam einen weiteren Schritt auf sie zu. „Ich habe dir nichts angetan“, sagte er heiser. „Ich war nicht derjenige, der –“

„Ich weiß, was du getan hast, Frank! Wie könnte ich es jemals vergessen? Ich habe es versucht, glaub mir. Aber mich zum Schweigen zu zwingen über das, was geschehen ist, ist mindestens genauso grausam wie das, was dein Bruder getan hat.“ Verachtung leuchtete in ihrem Gesicht auf. „Und während du dein Luxusleben geführt hast, bin ich zerbrochen, Frank.“ Sie zog ihr Smartphone aus der Hosentasche. „Und jetzt verpiss dich, bevor ich die Polizei rufe.“

Schweigend stand Frank da. Er wägte ab. Sagte sie die Wahrheit? Wusste sie wirklich nichts oder war das nur eine perfide Taktik, um ihn zu verscheuchen – weil sie wusste, dass er sich es nicht leisten konnte, mit der Polizei in Kontakt zu treten. Sie würden Fragen stellen, nachbohren und dann würde er ganz schnell anders dastehen.

Knurrend wich er zurück.

Barbara starrte ihn, ohne zu blinzeln, aus verweinten Augen an, das Handy hoch erhoben wie ein Schutzschild vor sich haltend.

911.

Die weißen Zahlen glühten auf dem Display. „Na los!", zischte sie. „Sieh zu, dass du dich davonscherst."

Zähneknirschend gab Frank klein bei. Er konnte es sich nicht leisten, von der Polizei verhört zu werden. „Wenn ich herausfinde, dass du es warst, komme ich wieder, Barbara! Und dann wirst du sehen!"

„Lass mich in Ruhe!", schrie Barbara unter Tränen.

Frank wich zurück, verschwand durch die Tür nach draußen, wo ihn das gleißende Sonnenlicht blendete. Er hob den Arm vor seine Augen, während Barbara im Inneren des Trailers wie ein Orkan tobte.

Sie schrie. Glas klirrte, Pfannen schepperten, etwas Großes krachte zu Boden.

Kurz sah Frank sich um, aus Angst, dass Nachbarn ihn gesehen oder das Geschrei mitbekommen haben könnten. Doch lediglich die Augenpaare von zwei Ziegen auf dem benachbarten Grundstück starrten ihn voller Argwohn an.

Hastig verließ Frank das Grundstück und kehrte zu seinem Auto zurück. Was sollte er jetzt nur tun?

Kapitel 13

1984

Frank hockte auf der Veranda, auf einem der verstaubten Biedermeierstühle, die Arme auf dem viktorianischen Holztisch gestützt. Seine Ma machte sich nicht die Mühe, eine Tischdecke auf ihm auszubreiten, denn dann würde sich dort ebenso der leichte Staubfilm niederlegen wie auf dem spröden Holz.

Franks Blick blieb an dem großen Krug vor sich haften, an den Tropfen, die an dem beschlagenen Glas hinabrannen. Zitronen, Eiswürfel und Minzblätter dümpelten träge vor sich hin. Das Eis säuselte leise vor sich hin, wenn es gegen das Glas schwappte.

Irgendwo in der Ferne des strahlend blauen Horizonts kreiste ein Adler. Sein Schrei gellte durch den Creek. Das Schrillen der Zikaden war nur noch ein Rauschen im Hintergrund, das Frank schon gar nicht mehr wahrnahm.

Er blickte zu den Nachbarshunden, die sich in den Schatten eines stillgelegten Traktors verzogen hatten und vor sich hin dösten, dann sah er die Straße hinab, wo der Wind nur Staubwolken vor sich hertrieb.

Frank nahm den Krug. Er war schwer, sodass seine schlanken Arme bebten, als er sich etwas Wasser in ein Glas goss.

Im selben Moment schwang die Tür auf. Fletcher stampfte nach draußen. „Bye, Ma, ich treff mich mit den Jungs", brüllte er ins Innere des Hauses.

Seine Mutter antwortete etwas, doch das verstand Frank nicht mehr, als Fletcher mit einem breiten Grinsen die Tür hinter sich zuschlug. Er pfefferte das Fliegengitter hinterher, sodass dieses laut gegen den Rahmen schepperte und wackelig wieder aufschwang. „Nett von dir, Frankieboy." Er riss ihm das Glas aus der Hand, trank es in einem Zug leer und spritzte den Rest des Wassers und Speichels in Franks Gesicht.

„Lass das!", schrie er, wollte aufstehen, um Fletcher von sich zu stoßen, doch dieser fing ihn mit der Hand an seinem Kopf ab und lupfte ihn zurück auf seinen Platz. „Aua." Frank schnaubte. „Ma!"

„Du bist 'ne kleine Petze, Frank", zischelte Fletcher, lachte auf und verließ die Veranda. Im Vorgarten lag sein Fahrrad. Er hob es auf, zeigte Frank den Mittelfinger und schwang sich auf sein Rad. „Bis später, Loser."

Damit radelte er davon, als würde er vom Teufel gejagt, und hinterließ eine meterlange Staubwolke.

Frank sortierte seine Haare und stöhnte frustriert. Man könnte meinen, dass es sich zwischen ihnen beiden um eine normale Beziehung zwischen einem elf- und vierzehnjährigen Bruder handelte. Doch dem war nicht so. Fletcher ließ keine Möglichkeit aus, Frank zu schikanieren, ihn wissen zu lassen, dass er nicht so viel von ihm hielt wie sein Vater.

Leider war der Umstand, dass Frank für sein Alter eher schmächtig gebaut war, keine Hilfe, um Fletchers

Attacken abzuwehren. Er stand in der Blüte der Pubertät, entwickelte Muskeln und den Willen, sich mit ihnen zu messen.

Frank blies geräuschvoll die Luft zwischen seinen Lippen aus, als sein Blick auf die Gruppe Jungs und Mädchen fiel, die sich aus dem Hitzeflimmern am Ende der Straße lösten.

„Wurde auch mal Zeit", rief Frank, stieß den Stuhl um und rannte von der Veranda in den Vorgarten zu seinem Fahrrad. Er stieg auf und schloss sich der Gruppe an, die etwas langsamer wurde.

„Hey, Frank", rief Cooper. Er war ein blonder, sommersprossiger Junge mit einer großen Zahnlücke zwischen den Schneidezähnen. Seine Beine und Ellenbogen waren meistens dreckig und übersät mit blauen Flecken, da er bevorzugt auf dem Boden spielte, überall hochkletterte und auch meistens herunterfiel.

„Hey, Leute." Wenn Frank seine Freunde sah, strahlte er.

Da war noch Jasper, ein pummeliger Junge mit braunen Haaren, der immer eine Latzhose trug. Seiner Ma gehörte ein Imbiss in der Stadt, in dem die Jungs ab und an etwas aßen.

Brandon war schlank und sportlich. Er hatte große dunkle Kulleraugen und schwarzes Haar. Er war Spezialist darin, immer alle zum Lachen zu bringen.

Und dann war da noch Barb. Das rothaarige Mädchen mit den Sommersprossen, das lieber zerschlissene Jungsjeans und Shirts trug. Ihre braunen Augen blinzelten Frank hinter ihren Brillengläsern zu. Sie war die Älteste, aber trotzdem die Schüchternste in der Gruppe.

Obwohl sie erst zwölf war, hatte die Pubertät sie in diesem Sommer eingeholt. Ihre Brüste wuchsen, was allen aufgefallen war, aber niemand zur Sprache gebracht hatte. Ebenso wie der flammend rote Flaum unter ihren Achseln und die Pickel in ihrem Gesicht. Sie versuchte vermehrt, den Brustansatz unter ihrer etwas zu großen Latzhose zu verbergen.

„Beeilen wir uns, Leute, bevor Barbs Haut die Sonnencreme absorbiert hat und sie rot wie ein Krebs wird." Brandon kicherte und schlug sich mit der Hand auf den Oberschenkel.

Alle lachten, auch Barb, was sich immer in einem verlegenen Schmunzeln äußerte. Manchmal fiel es Frank auf, dass er nicht wirklich greifen konnte, ob sie lachte, weil alle lachten, es ihr aber in Wirklichkeit unangenehm war, oder ob es einfach ihre Art war, ihre Belustigung so zurückhaltend wie möglich auszudrücken.

Die Truppe radelte los und erreichte bereits nach wenigen Minuten ihr Ziel: den Fluss.

Da heute Freitag war, durften die meisten ihrer Gruppe bis nach Sonnenuntergang wegbleiben. Außer Barbara. Sie musste vor Einbruch der Dunkelheit zu Hause sein, weshalb sie verabredeten, dass Frank sie nach Hause bringen würde.

Sie genossen also den heißen Sommertag, angelten, fingen ein paar Fische und ließen sie wieder frei, spielten Verstecken oder Fangen oder bauten Häuser aus Stöcken und Buschwerk. Sie trugen den lehmartigen Schlamm am Uferrand ab und wateten mit den Füßen im eisigen Wasser.

Wenn sie hungrig waren, holten sie ihre Snacks hervor und teilten sie. Wasser tranken sie meistens aus dem Fluss.

Als die Sonne langsam unterging, die Berge ihre Schatten auf den Fluss warfen und der Himmel über ihren Köpfen in Flammen stand, saß Frank mit Cooper, Brandon und Jasper am Ufer des Flusses. Das Plätschern des Wassers, das über die Gesteinsbrocken schnellte, vermischte sich mit dem Abendlied der Zikaden. Für Frank war es die schönste Melodie. Ein Sommerlied. Ein Lied der Freiheit.

„Ich krieg langsam Hunger", brummte Cooper.

Jasper nickte zustimmend.

„Wir können doch ein kleines Feuer machen und noch einmal Fische angeln und sie grillen."

„Gute Idee", sagte Coop und machte sich daran, seine selbst gebaute Angel vorzubereiten. „Müssen wir machen, bevor es dunkel wird, sonst sehen wir nichts mehr."

„Wo ist Barb eigentlich?", fragte Frank und ließ die Jungs in ihrer Euphorie verstummen.

Suchend blickten sie sich um.

„Keine Ahnung", sagte Brandon.

„Hab sie jetzt schon lange nicht mehr gesehen. Vorhin war sie dahinten und hat Blumen gesammelt", sagte Jasper mit seinem monotonen Tonfall.

Frank erhob sich und klopfte sich den Dreck von den Shorts. „Ich geh mal nachsehen und dann bringe ich sie nach Hause."

„Kommst du denn noch einmal wieder?", fragte Cooper, der sich mit Brandon bereits ans Ufer des Flusses gesetzt hatte.

Frank nickte. „Klaro." Er verabschiedete sich kurz, dann nahm er sich einen Stock und steuerte auf das hohe Gras zu, das er damit zur Seite schlug. Er war sich sicher, dass er Barbara hier finden würde, zwischen den Blumen liegend und verträumt in den Himmel starrend, die Andeutung eines Lächelns in ihren Mundwinkeln.

Er durchforstete die gesamte Fläche, fand jedoch nichts. Nicht einmal einen Hinweis, dass Barbara hier gewesen und Blumen gepflückt hatte.

Frank wandte sich zu seinen Freunden um. Aber sie alle hatten sich unten am Ufer des Flusses versammelt, sodass er nur Coopers blonden Haarschopf erkannte.

Frank zuckte die Schultern und lief weiter. Die Büsche wurden hier dichter, sodass Frank nur noch selten an einer Blume vorbeistreifte.

„Barb?" Frank schob sich zwischen weiteren Büschen und Sträuchern hindurch. Das Rauschen des Flusses wurde hier lauter. Er reckte seinen Kopf in Richtung Ufer. Vielleicht suchte sie dort nach Steinen, die vom Wasser vollkommen glatt geschliffen worden waren.

Doch auch dort war sie nicht. Dann fiel Frank etwas ins Auge. Etwas Bekanntes. Ein Fahrrad lag auf dem Boden, das hohe Gras wogte im kühler werdenden Wind darum.

Frank runzelte die Stirn. Es war Fletchers Fahrrad. Suchend sah er sich um, stapfte dann weiter durch das hohe Gras und stolperte durch ein Gebüsch.

Was er dann erblickte, ließ ihn in seiner Bewegung erstarren.

Er sah Barb und Fletcher. Dieser hatte seine Hand auf Barbs Mund gepresst. Sie hatte ihre Augen zusammengekniffen, Tränen bahnten sich ihren Weg durch den Dreck auf ihrer Haut. Ihr Haar hatte sich aus ihren Zöpfen gelöst.

Mit der anderen Hand hielt Fletcher Barbs Hände über ihren Kopf, während er sie vergewaltigte.

Frank wurde heiß und kalt. Panik schnürte ihm die Kehle zu. Er wollte schreien, wollte mit dem Stock, den er nun mit seiner Hand umklammerte, auf seinen Bruder einschlagen. Doch es war, als brächen starke Wurzeln aus dem Boden, die sich erst um seine Füße, dann um seine Beine und anschließend um seinen ganzen Körper wickelten. Sie schlangen sich um seine Brust, schnürten ihm die Luft ab.

Fletcher bemerkte ihn nicht, grunzte und stöhnte, während ihm der Schweiß von der Stirn fiel. Er starrte auf Barb, die noch immer die Augen fest verschlossen hielt.

Es war widerlich. Ekel überkam Frank, als übergösse man ihn mit einer stinkenden Pampe. Sein Bruder widerte ihn an. Das, was er Barb, seiner Freundin, antat, widerte ihn an. Sein nackter Arsch widerte ihn an. Sein animalisches Grunzen, dieser glasige Blick in seinen Augen, während Fletcher einem Trieb nachgab, von dem Frank wusste, dass er existierte, ihn aber selbst noch nie wirklich gespürt hatte. All das widerte Frank an. Denn auch, wenn er nicht ganz greifen konnte, was dort geschah, wusste er, spürte er es tief in sich, dass es falsch war.

Und da geschah es. Mit einem unüberhörbaren Würgen erbrach er sich auf seine Schuhe.

„Scheiße. Fuck." Augenblicklich ließ Fletcher von Barbara ab, fiel rücklings zu Boden, während er hastig versuchte, die Hosen über seinen Arsch zu zerren.

Barbara japste nach Luft, drehte sich hustend und keuchend auf die Seite. Unaufhörlich rannen Tränen über ihre Wangen. Sie kauerte sich zu einem zitternden Bündel zusammen.

Fassungslos starrte Frank seinen Bruder an, der inzwischen wieder auf seinen Beinen stand und die Hose zuknöpfte.

Mit einem kurzen Blick auf Barbara trat er über sie hinweg und stampfte auf Frank zu. „Was machst du hier?", zischte er zwischen zusammengepressten Zähnen hervor. „Bist du ein perverser Spanner?" Er hatte Frank an der Kehle gepackt und hob ihn langsam in die Höhe. Die Hormone, die durch seinen pubertierenden Körper strömten, hatten ihn in den letzten Jahren viel stärker werden lassen. Vor allem stärker als Frank.

Dieser krallte seine Hände nun um die Gelenke seines Bruders. Röchelnd trat er nach ihm.

„Du hast uns gestört, Perversling", sagte Fletcher und lachte humorlos auf. „Sie mag es so, weißt du? Du verstehst das noch nicht."

Frank starrte zu Barbara, die sich wild schluchzend auf ihre Knie stemmte. Blut rann an den Innenseiten ihrer Schenkel hinab.

Frank war vielleicht noch nicht alt genug, um Sex zu verstehen, wobei er seine Eltern bereits einmal dabei erwischt hatte, oder vielmehr seinen Vater, wie er auf seiner Mutter gelegen hatte, die dabei nur teilnahmslos an die Decke gestarrt hatte.

Aus den schmutzigen Filmen, die Jasper schon einmal eingeschaltet hatte, als seine Eltern nicht zu Hause gewesen waren, wusste er, dass das etwas war, was Mann und Frau gleichermaßen wollten.

Deswegen wusste Frank auch, dass das, was sein Bruder getan hatte, nicht richtig war.

„Du ... bist ... widerlich", krächzte Frank und stöhnte auf, als sein Bruder daraufhin noch fester zudrückte.

Das schleimige Lächeln wich und alles, was blieb, war sein verhärteter Kiefer und ein Feuersturm aus Zorn in seinen Augen. Er realisierte, dass Frank nicht dumm war – nicht das, was ihr Vater von Fletcher behauptete.

Mit jeder Sekunde, in der Franks Lungen der Sauerstoff verwehrt wurde, stieg seine Angst, dass sein Bruder ihn nun umbringen würde. Dass sein Bruder auf Nummer sicher gehen würde. Sein Puls pochte in seinen Ohren und er spürte, wie sich das Blut in seinem Kopf sammelte.

Nach ewig währenden Sekunden stellte sein Bruder ihn auf die Füße zurück und erlaubte ihm durch einen lockeren Griff, nach Luft zu schnappen. Diese hielt er sogleich an, als Fletcher ganz nah kam. Sein heißer Atem streifte sein Ohr und das erste Mal schien der sonst vertraute Geruch seines Bruders wie ein fremder Gestank in seiner Nase. „Ein Wort", flüsterte Fletchers vom Stimmenbruch verzerrte Stimme. „Ein Wort zu irgendjemandem und du bist tot. Ihr beide." Das Letzte sagte er laut, dann trabte er auf Barbara zu, die schützend die Hände hochriss und laut aufwimmerte.

Fletcher packte sie an ihren Haaren. Barbara schrie leise auf. „Halt deinen Mund", fauchte Fletcher. „Erzählst du irgendjemandem, was heute passiert ist, bringe ich euch beide um." Er stieß sie angewidert von sich. „Schlampe", sagte er und spuckte vor ihre Füße auf den Boden.

Barbara stand zitternd da, ihre Arme um ihren Oberkörper geschlungen, die Knie zusammengepresst. Da sah Frank, wie sich die Jeans ihrer verrutschten Latzhose dunkel verfärbte und der Urin an ihren Beinen entlang zu Boden rann.

Fletcher stampfte erneut auf Frank zu, der noch immer nicht fähig war, sich zu bewegen. Er stieß ihn zur Seite, sodass Frank auf den staubigen Boden fiel, und verschwand zwischen den Büschen.

Stille folgte. Lange Zeit geschah gar nichts. Es schien sogar, dass die Zikaden verstummt waren. Alles wirkte surreal auf Frank, als wäre er gerade aufgewacht, und er hatte keine Ahnung, wie er hierhergekommen war.

Er saß auf dem Boden, beobachtete die Gräser, die sich um ihn herum im Wind wiegten. Er sah Barbara nicht, aber er hörte sie schluchzen.

Er wusste nicht, wie lange er so dasaß, unfähig, sich zu bewegen. Seine Kehle brannte, schmerzte und er schmeckte den Staub auf seiner Zunge. Irgendwann reckte er seinen Hals, sah Barbara, die in Richtung Fluss humpelte.

Sein Herz schlug wild in seiner Brust. Langsam richtete er sich auf und stolperte ihr hinterher. Er holte sie ein, griff um ihren Oberarm, in der Absicht, sie zu stützen.

Barbara entfuhr ein Schrei und sie taumelte zur Seite, fiel beinahe, hätte Frank sie nicht wieder auf die Füße gezogen. „Es tut mir leid", flüsterte er. Es klang, als käme seine Stimme nicht aus seinem Körper, aber er hörte, wie brüchig sie war.

Es tat ihm leid. Es tat ihm leid, dass er sie erschreckt hatte, dass er sie so sah, in einem Moment, in dem sie offensichtlich voller Scham erfüllt war. Aber was ihm noch viel mehr leidtat, war das, was sein Bruder ihr angetan hatte, und dass er nicht bei ihr gewesen war, um es zu verhindern.

Erfüllt von Schuld und noch immer teilweise gelähmt von Angst, half er Barbara hinunter zum Fluss. Dort wuschen sie ihre Latzhose und ihre Beine.

Frank sah das Blut, wie es kleine Wirbel im Wasser zog, ehe es sich auflöste und fortgespült wurde.

Barbara wusch ihr Gesicht, ordnete ihr Haar. Dann suchten sie ihre Brille, die Fletcher ihr vom Gesicht gerissen haben musste. Dabei sprachen sie kein Wort. Niemand sprach ein Wort. Sogar die Zikaden schwiegen.

Frank half Barbara nach Hause. Sie beschlossen, dass sie ihren Eltern sagten, dass sie in den Fluss gefallen und deswegen so durchnässt sei. Ihre Mutter empfing sie mit Lockenwicklern im Haar und einer Zigarette im Mundwinkel in der Tür. Sie nickte, um ihrer Tochter zu bedeuten, dass sie reinkommen sollte, dann ein weiteres Mal, um Frank ihren Dank auszudrücken. Sie fragte nicht, was passiert war, warum ihre Tochter nass und zitternd vor ihrer Tür gestanden hatte. Sie sah sie nicht einmal richtig an, weswegen sie auch nicht fragte, warum ihre Tochter so blass und verweint war.

Nachdem die Tür ins Schloss gefallen war, machte Frank sich auf den Weg nach Hause. Fletchers Rad, das im Vorgarten lag, ließ Frank wissen, dass er da war.

Wie ein Geist schlich er an seinem Zimmer vorbei. An diesem Abend duschte er sich. Seine Mutter fragte nicht, wo er gewesen war und ob er Spaß gehabt hatte. Auch Sarah hatte nicht gemerkt, wie blass Frank aussah. Sie hatte neben Ma im Sessel gesessen, die Nase zwischen den Seiten ihres Buches vergraben.

Die ganze Nacht hatte Frank im Bett gelegen und in die Dunkelheit an seine Decke gestarrt. Er hatte damit gerechnet, dass jeden Moment die Polizei vor ihrem Haus stand, um Fletcher festzunehmen. Vielleicht sogar auch ihn, weil er sein Bruder war.

Doch es blieb ruhig, bis sein Vater irgendwann in den frühen Morgenstunden in das Wohnzimmer stolperte, sich lautstark über das kalte Essen lamentierte, rülpste, furzte und dann ins Bett ging, wo er nach nur wenigen Minuten unüberhörbar schnarchte.

Wie ein ungebetener Gast kroch eine Brise durch das geöffnete Fenster und ließ Frank frösteln, sodass er die Decke höher über seine Schultern zog. Tief vergrub er sich in den weichen Laken seines Bettes. Der vertraute Duft des Waschmittels hatte etwas Tröstliches. In der Ferne jaulten die Kojoten. Aber die Zikaden blieben stumm.

Kapitel 14

Frank tauchte aus seinen Erinnerungen auf, als hätte man ihn viel zu lang unter Wasser gedrückt. Seine Hände klammerten sich um das Lenkrad. Keuchend atmete er ein und aus, während er gegen die verschwimmende Sicht blinzelte.

Diese Erinnerungen legten sich wie kalte Finger um seine Kehle. So lange hatte er sie von sich schieben, verdrängen und in der Dunkelheit seiner selbst vergraben können. Es war nicht der eine Tag, an dem etwas in Frank zerbrach, sich etwas abspaltete. Es waren viele Tage, an denen dieser Teil von ihm abgetrennt wurde, und er abstarb. Dieser eine Tag hatte lediglich den Bruch verursacht, den Frank zunächst nicht bemerkt hatte. Es schmerzte ihn überall, dass er gar nicht spürte, wie sich die Ruptur durch seine Seele fraß.

Frank war bewusst, dass Barbara das schlimmere Trauma davongetragen hatte, dass ihre Wunden tiefer und ihre Narben wulstiger waren. Aber auch Frank hatte darunter gelitten.

Dennoch war es ihm gelungen, all diese Dinge in eine Flasche zu stopfen und diese zu verschließen. Offenbar hatte er den Druck unterschätzt, der sich in ihr aufgebaut hatte, während Frank ein Leben voller Erfolg, Geld und – zumindest eine Zeit lang – Familienglück geführt hatte.

Barbaras Leben hingegen war von Angst und dunklem Schweigen erfüllt gewesen, das sie langsam, aber sicher von innen ausgehöhlt hatte.

Und Frank wusste, dass er daran nicht unschuldig war. Er war mit ein Grund, dass Barbaras Flasche verschlossen blieb und letzten Endes in tausend Teile geborsten war.

Je mehr Frank darüber nachdachte, während er auf das Haus seiner Kindheit starrte, desto sicherer war er sich, dass Barbara etwas mit dem Mord an Ximena und den Drohungen zu tun hatte. Sie musste einen Komplizen haben, der in Los Angeles nach ihren Anweisungen handelte. Nur musste Frank sicher sein. Er musste sich sicher sein, bevor er dem Spuk ein Ende setzte.

Er starrte auf die Uhr. Es würde noch etwas dauern, bis er eine Nachricht von seinen Töchtern erhalten würde, dass sie sicher gelandet waren. Langsam trieb ihn der Hunger um und vielleicht sollte er sich ein Motel für die Nacht suchen. Denn es würde ihn sicherlich mehr Zeit kosten, herauszufinden, wie Barbara im Hintergrund die Strippen zog.

Frank startete den Motor und sah noch einmal auf das Haus seiner Schwester. Eine Gardine im Wohnzimmer regte sich. Wahrscheinlich stand Sarah am Fenster und atmete nun erleichtert auf, weil Frank das Auto auf die Straße lenkte.

Er könnte natürlich fragen, ob er einen Schlafplatz bei ihr bekäme, und vielleicht würde sie ihm trotz allem einen geben. Aber der Gedanke daran, seiner Mutter bei den Mahlzeiten gegenüberzusitzen, während sie nichtssagend in ihr Essen sabberte und Sarah nicht müde wurde zu betonen, dass er sich nicht an ihrem Leben beteiligte, steckte Frank wie ein Pflock in der Brust.

Er folgte den staubigen Straßen, weiter durch Lake Isabella hindurch, wo er am Stadtrand ein Motel fand, das zwischen Pinien und Fichten direkt am See lag.

Auf dem Weg dorthin hatte er sich in einem Steakhouse an einer Landstraße ein Steaksandwich und Pommes geholt. Als er seine Mahlzeit in seinem Zimmer verspeiste, waren die Pommes bereits kalt und das Sandwich war nur Mittelmaß. Das Fleisch war zu zäh, der Käse erinnerte eher an geschmolzenes Plastik.

Mit vollem Bauch legte Frank sich auf das Bett. Die Federn bohrten sich in seinen Rücken, sodass er gar nicht erst daran dachte, sich unter die Decke zu legen. Er blickte kurz auf sein Handy. Noch keine Nachricht von Ashley.

Während er auf dem kratzigen Bettüberwurf lag und dem Ventilator an der Decke dabei zusah, wie er sich langsam drehte, schweiften Franks Gedanken zu Fletcher. Normalerweise erlaubte er sich diese Gedanken nicht. Da war zu viel Ekel, zu viel Zorn, zu viel Schmerz ... zu viel Trauma.

Früher hatte Frank nie verstanden, warum Fletcher so gewesen war. Wütend, impulsiv und laut. Irgendwann hatte er realisiert, dass sein Bruder eigentlich nur verzweifelt um die Aufmerksamkeit seiner Eltern gebuhlt hatte – oder eher die seines Vaters, der zwar nur selten da war, aber wenn, dann war es Frank, der gute Noten vorwies und auch nie negativ bei den Lehrkräften aufgefallen war. Über die Jahre hatte Frank es perfektioniert, anwesend zu sein, ohne dass sein Vater von lautem Atmen oder Kauen genervt war. In seinem eigenen Zuhause war er die Spinne an der Wand, die da war, aber nicht sonderlich störte. Klein genug, um übersehen zu werden oder bei der man sich nicht die Mühe machte, mit einem Schlappen nach ihr zu schlagen.

Fletcher aber hatte sich nie gebeugt. Er war laut, er war wild. In den Augen seines Vaters war er ein Idiot, ein Nichtsnutz, der anderer Leute Zeit verschwendete, ein überflüssiges Maul, das gestopft werden und für das ein Zimmer bereitstehen musste. Und er verpasste keine Gelegenheit, Fletcher genau das spüren zu lassen. Eine Schwere legte sich auf Franks Brust. Er atmete dagegen an und lenkte seine Gedanken wieder zu Barbara. Sie war das Opfer gewesen. Fletchers Opfer. Vielleicht wollte sie sich nicht nur an Frank rächen, weil er sie gezwungen hatte, über die Ereignisse zu schweigen. Vielleicht wollte sie sich über Frank auch an Fletcher rächen, für das, was er ihr angetan hatte. Es wäre ja nicht das erste Mal, dass Frank unter seinem Bruder leiden musste.

Das Kreisen des Ventilators machte Franks Lider schwer. Immer wieder fielen ihm die Augen zu. Eine bleierne Müdigkeit legte sich auf ihn, umhüllte ihn wie eine warme Decke. Er würde nur einige Sekunden die Augen schließen und darüber nachdenken, wie er Barbara aufhalten konnte. Aber da war ja auch noch Danny. Franks Gesichtszüge verhärteten sich. Konnte es sein, dass Danny herausgefunden hatte, was niemand über Frank wusste? Konnte er dieses Geheimnis, das er nur mit Barbara gehütet hatte, gelüftet haben?

Bei diesem Gedanken lief ihm eine Gänsehaut über den Rücken.

Während seine Gedanken um diese beiden Menschen kreisten, driftete Frank in einen tiefen Schlaf, der aus Traum- und Erinnerungsfetzen bestand.

Frank schlief tiefer, als er es beabsichtigt hatte. Das Schrillen seines Handys riss ihn aus dem tiefen Sumpf, in den er sich geflüchtet hatte, um in die Schwärze der einbrechenden Nacht zu tauchen. Ein kalter Schweißfilm perlte auf seiner Haut. Orientierungslos sah er sich um.

Er blinzelte in Richtung Fenster, vor denen sich die vergilbten Gardinen in der seichten Abendbrise wiegten. Dahinter flackerte das Licht einer defekten Straßenlaterne auf dem Parkplatz.

Sein Handy neben ihm hüllte das Zimmer in ein schummrig-bläuliches Licht. Stöhnend rollte Frank sich auf die Seite. Mit schmalen Augen und zerknittertem Gesicht grabschte er nach dem Ding, das in dieser Sekunde verstummte.

Ächzend richtete Frank sich auf, entsperrte innerlich fluchend das Telefon nach mehreren Anläufen und blinzelte dem grellen Bildschirm entgegen. Ashley hatte versucht, ihn zu erreichen.

Unwillkürlich krampfte sich sein Herz zusammen und schlug schneller in seiner Brust. Ein mulmiges Gefühl breitete sich in seiner Magengegend aus. Frank schluckte und drückte mit zittrigem Daumen auf die Nummer seiner Tochter.

„Dad?" Ashleys Stimme schrillte und sein Herz kollidierte mit seinem Magen. Sie schluchzte, japste nach Luft, während sie immer wieder zu sprechen versuchte.

„Was ist los, Ash? Was ist passiert?" Franks Kehle fühlte sich rau und trocken an. Er saß nun kerzengerade in seinem Bett und verkrallte sich in den kratzigen Überwurf.

Ashley wimmerte. „Sie ist tot, Dad."

Mit einem Ruck schien die Welt stillzustehen. Um Frank herum verwandelte sich die Stille in eine dunkle Materie, die ihn langsam, aber sicher erdrückte. „W-Wer ist tot?", krächzte er. „Ashley", schrie er, als sie nach einigen Sekunden nicht antwortete. „Wer – ist – tot? Wo ist Courtney?"

Als hätte sie ihn gehört, erklang Courtneys tränenerstickter Schrei durch das Telefon. Er kroch in sein Ohr, krabbelte in seinen Körper, erschütterte ihn bis ins Mark und ließ Frank zusammenfallen, als implodierte er. Nur kurz wallte in ihm das warme Gefühl der Erleichterung auf, dass es seinen Töchtern gut ging. Aber diese kleine Flamme wurde von der Tatsache erstickt, dass er wusste, dass seine Ex-Frau, Bridget, nicht mehr am Leben war.

„W-Wo ist eure Mom?", fragte Frank und blinzelte stur die Tränen weg, die in seinen Augenwinkeln brannten. „Wo ist eure Mom?"

Bei dieser Frage schluchzte Ashley noch heftiger. Es zerriss Frank, seine Töchter so weinen zu hören.

„Mom ist tot, Dad." Sie schrie und am Ende versagte ihre Stimme.

Hätte er nicht auf dem Bett gesessen, wäre er zu Boden gestürzt. Aber auch so hatte Frank das Gefühl zu fallen. Er fiel ins Bodenlose, ohne dass ihn jemand auffing.

„Mom ist tot“, wiederholte Ashley und jedes Wort war wie ein Peitschenhieb. Frank zuckte zusammen, keuchte nach Luft. „Jemand hat sie umgebracht.“

Kapitel 15

Du bist nicht gekommen, Frank. Enttäuschend. Aber nicht überraschend, wenn ich ehrlich bin. Deshalb habe ich da schon mal etwas vorbereitet, würde jetzt irgendein dahergelaufener Fernsehkoch sagen und einen fertigen Braten aus dem Ofen holen.

Ich habe ebenfalls etwas vorbereitet für dich, Frank, weil ich wusste, dass du nicht kommen würdest. Mit deiner Arroganz stellst du dir selbst ein Bein.

Während du versuchst herauszufinden, wer ich bin, bin ich dir stets einen Schritt voraus. Dabei müsstest du nur meinen Forderungen nachkommen. Du müsstest mir einfach nur zuhören.

Aber du wirst dich noch beugen. Dafür werde ich sorgen. Jetzt trauern deine Töchter um ihre Mutter. Und irgendwie ist es deine Schuld, dass sie tot ist, Frank. Du bist für ihren Tod verantwortlich.

Du hättest mal sehen sollen, wie sie um ihr Leben gekämpft hat. Wirklich amüsant. Geröchelt hat sie. Hat versucht, das Blut aufzuhalten. Es strömte zwischen ihren Fingern, rot und warm, und ist auf den teuren, hellen Teppich getropft. So eine Schande aber auch. Wirklich schade drum. Der ist hin. Der Teppich – und deine Ex-Frau natürlich auch.

Nimmst du mich jetzt endlich ernst, Frank?

„Ich kann das so nicht mehr, Frank." Aus dem Nichts war Bridget Lamber bei der Zubereitung des Abendessens in Tränen ausgebrochen. Sie stand an der Kochinsel aus Marmor, eine Hand auf der Zucchini, die andere auf dem Messer. Ihre Schultern bebten, während heiße Tränen über ihre Wangen rannen. Sie hatte sie zur Hälfte geschnitten, während in der Pfanne bereits die Zwiebeln im Fett knisterten. Neben ihr stand ein Glas Wein. Sie liebte es, beim Kochen zu trinken.

Frank hatte es geliebt, ihr dabei zuzusehen. Das hatte sich aber in den letzten Jahren geändert. Wenn er nicht an seinem Schreibtisch im oberen Stock saß und konzentriert auf die Tasten hämmern konnte, lief er meistens unruhig durch das Haus. Wenn er an einem Roman arbeitete, schleppte er stets eine bleierne Müdigkeit mit sich.

In den letzten Jahren hatte sich das Verhältnis zu Bridget verändert. Sie stritten häufiger und aus irgendeinem Grund fühlte er sich nicht ganz wie er selbst. Als hätte immer etwas anderes die Hand am Steuer, wenn er mit ihr sprach. Oft hörte er sich selbst mit ihr reden, als wäre es nicht er, der mit ihr sprach.

Und so auch jetzt. Frank blickte auf, seine Lider vor Desinteresse halb geschlossen.

Bridget begegnete seinem Blick. Sie hatte die Lippen zusammengepresst, um die Schluchzer zu unterdrücken, die ihren Körper schüttelten. Ihre Nasenflügel blähten sich bei dem verzweifelten Versuch, ruhig zu atmen und gleichzeitig genügend Sauerstoff einzusaugen. Ihre Augen waren gerötet. Frank fiel auf, dass sie älter geworden war. Ihre Haut war nicht mehr so straff und feinporig. Das blonde, kurze Haar färbte sie inzwischen. Zitternd strich sie sich eine Strähne ihrer Föhnfrisur hinter das Ohr. Ihre Augen sahen Frank flehend an. *Antworte mir, bitte*, riefen sie stumm.

Frank klappte die Zeitung zu und hob eine Braue. „Was genau meinst du?" Er wusste, was sie meinte. Aber er fand, es war besser, wenn er so tat, als wäre er ahnungslos.

„All das hier." Bridget schluchzte und hob die Hände, eine umklammerte noch immer das Messer, dessen Klinge im Licht der Lampe funkelte.

Ein Flüstern drang an Franks Ohren. Flüssige Worte umspülten ungesagt die Gleichgültigkeit in ihm und ertränkten sie mit Wut. Er atmete tief ein und aus und verschränkte die Arme, während er Bridget abschätzig musterte. „Oh, du meinst das schöne Haus in den Hills und die Traumküche, die ich dir ermöglicht habe?"

Bridgets Lippen bebten und ein Wimmern brach hervor. Sie stützte sich auf die Arbeitsfläche und hatte Mühe, nicht zusammenzubrechen. „Siehst du?", sagte sie mit zittriger Stimme. „Das bist du nicht, Frank. Der Frank, den ich kenne, den ich geheiratet habe, hat so etwas nicht gesagt ... hätte nie so etwas gesagt. Was ist nur los mit dir?" Bridget riss die Pfanne vom Herd. Der Geruch von verbrannten Zwiebeln kitzelte in seiner Nase.

Er hörte, was sie sagte, und er wusste, dass sie recht hatte. Aber er konnte nicht einmal sich selbst die Frage beantworten. Es war, als beherbergte er eine permanente Dunkelheit in sich. Schweigend starrte er sie an. Auf seiner Zunge tummelten sich so viele Worte, die er sagen wollte. Dass es ihm leidtat. Dass er sich bessern wollte. Dass sie ihn nicht verlassen sollte. Doch sosehr er sich auch bemühte, seine Lippen waren wie gelähmt.

„Mir reicht es", sagte Bridget, trocknete sich die Hände an einem Küchentuch ab und schmiss es auf die halbe Zucchini. „Ich nehme die Kinder und werde zu meinen Eltern gehen. Ich habe lange genug versucht, diese Ehe zu retten. Aber dazu gehören immer zwei. Und du bist einfach nicht mehr derselbe, Frank. Der Erfolg ist dir zu Kopf gestiegen." Bridget eilte durch die Küche und stürmte fluchend die Treppe hinauf.

Frank saß reglos da. Er wusste, dass er sie aufhalten sollte. Ein Teil von ihm bettelte ihn förmlich an, sie nicht gehen zu lassen. Aber er saß einfach reglos da, während durch das geöffnete Küchenfenster eine laue Brise wehte. Normalerweise hörte er abends immer die Zikaden. Doch heute waren sie still.

Frank war wie betäubt. Er wusste nicht, wie lange er nun schon in die Dunkelheit seines Zimmers starrte. Ashley hatte auflegen müssen. Sie wurden von einem Notfallseelsorger betreut, das hatte der Polizist gesagt, der seiner Tochter das Handy abgenommen hatte. Er hatte keine Details genannt, da sie die Ergebnisse der Gerichtsmedizin abwarten mussten, doch er hatte ihm gesagt, dass Bridget bereits länger tot sein musste.

Seitdem brandeten mehr und mehr Erinnerungen auf ihn ein. Reue bohrte sich wie ein Dorn tief in seine Brust, sodass Frank nach Luft japste. Nach der Scheidung waren sie Freunde gewesen, sie hatten sich gut verstanden. Dennoch legten sich die Erinnerungen nun wie eine kalte Hand um Franks Hals und drückten zu.

Er war ein Arsch gewesen. Er hatte ein glückliches Leben gehabt und es weggeschmissen für seine Karriere und den Ruhm. Dabei hatte er nicht mehr gesehen, was für eine wundervolle Frau er an seiner Seite gehabt hatte. Die Frau, die seine Kinder unter größten Schmerzen auf die Welt gebracht hatte. Die Frau, die immer an seiner Seite gestanden hatte. Die Frau, die an ihn geglaubt und deshalb ihr eigenes Berufsleben hinten angestellt hatte. Mit der er nachts zu alten Klassikern durch die Küche getanzt war. Die er immer in den Pool geschubst hatte, wann immer sie im Urlaub ihr Hotel besichtigt hatten. Die Frau, die ihn mit seinen guten, aber auch seinen schlechten Seiten geliebt hatte. Die Frau, die ein wirklich seltsames Lachen gehabt hatte, aber das er so sehr liebte. Nun war diese Frau nicht mehr da.

Tot.

Ermordet.

Frank schüttelte sich und schluckte. Diese Gedanken krochen kalt unter seine Kleidung. Mit aufeinandergepressten Lippen kratzte er sich an seiner Schulter, so fest und so lang und in Gedanken verloren, dass er die Haut aufgekratzt hatte. Die Wunde brannte. Aber das war Frank egal. Es war das Einzige, worauf er sich konzentrieren konnte. Seine Gedanken schossen kreuz und quer durcheinander. Bridget war schon länger tot. War es nun ein Zufall oder hatte sein Erpresser etwas damit zu tun? Hatte Barbara etwas damit zu tun?

Der Polizist hatte nach Feinden seiner Frau gefragt. Frank hatte verneint. Sie hatte keine Feinde. Bridget war immer beliebt gewesen – im Gegensatz zu ihm. Aber sie waren schon so lange geschieden und führten zwei so unterschiedliche Leben. Was wusste er schon? Kurz hatte er mit dem Gedanken gespielt, dem Polizisten alles zu erzählen. Die Worte wären beinahe einfach über seine Lippen gesprudelt, hätte Frank diese nicht fest versiegelt.

Was hätte er dem Polizisten sagen sollen? Dass eine Leiche in seinem Keller liegt, die mit seinem Gürtel erwürgt worden war, mit seinen Fingerabdrücken darauf? Vor allem war es Frank gewesen, der die Leiche versteckt hatte. Sollte er von irgendeinem Unbekannten erzählen, der Frank bedrohte? Wer würde ihm glauben? So oder so würde er auch in Bridgets Fall in Verdacht geraten und sicherlich ein Alibi vorweisen müssen. Plötzlich erwischte es Frank eiskalt. Schließlich war er vor einigen Wochen in New York gewesen. Er hatte Bridget weder gesprochen noch getroffen. Aber konnte es sein, dass sein Verfolger ihn damals schon beschattet und die Möglichkeit abgepasst hatte, ihm diesen Mord auch unterzujubeln? Sicherlich würde es der Polizei reichen, wenn sie wussten, dass er in diesem Zeitraum zu Tode gekommen war. Der Polizist hatte gesagt, sie war schon länger tot. Frank wischte sich den kalten Schweiß von der Stirn und kaute auf der Innenseite seiner Unterlippe. Sein Magen verknotete sich. Das konnte doch alles nicht wahr sein. Wenn es so abgelaufen war, wäre es ein Leichtes, ihm dieses Verbrechen anzuhängen. Der Ex-Mann, dem der Unterhalt vielleicht zu teuer geworden und zufällig zum Zeitpunkt des Geschehens in der Stadt gewesen war. Frank wollte kotzen.

Er sprang auf. Er musste einen freien Kopf kriegen, er musste spazieren gehen oder duschen oder –

Sein Telefon schrillte erneut. Hastig stürzte Christian darauf zu, nahm den Anruf entgegen, ohne auf das Display zu sehen.

„Hallo?" Er keuchte.

„Du bist nicht gekommen, Frank." Wieder erklang diese verzerrte Stimme am anderen Ende der Leitung.

Frank sprang auf. Seine Hand klammerte sich um das Gerät, sodass er fürchtete, er würde es jeden Moment zerbrechen. „Du – hast – meine – Frau – umgebracht!", brüllte er heraus.

Stille folgte. „Ja, Frank, weil ich wusste, dass du nicht kommen würdest." Er lachte kurz auf. „Du sollst mich doch ernst nehmen."

Frank brodelte innerlich. Er lief auf und ab, um seine kribbelnde Wut aus seinen Gliedern zu entlassen. Er musste einen kühlen Kopf bewahren. „W-Wann hast du es getan?" Frank erwähnte bewusst nicht seine Reise nach New York. Er wollte dem Unbekannten nicht noch in die Karten spielen.

„Was denkst du denn? Als du vor ein paar Wochen in New York warst, natürlich." Er lachte tief und heiser. „Ist besser für dein Alibi."

Frank unterdrückte einen Schrei. Er musste ruhig bleiben, nachdenken und durfte nicht überstürzt sprechen. Vielleicht würde er so herausfinden können, wer hinter diesen Taten steckte. Doch er brannte lichterloh. Seine Gedanken rasten, sodass er keinen klaren fassen konnte. „Das Problem, das du mit mir hast, das solltest du mit mir klären. Lass meine Frau und Kinder aus dem Spiel!" Den letzten Satz brüllte er, dass ihm die Kehle wehtat. Mit dem Zeigefinger bohrte er sich selbst in die Brust.

„Ich werde nur zu deinem Problem, wenn du dich weiter gegen mich sträubst, Frank.“

„Was willst du von mir?“

„Ich will, dass du zu deinem Haus in den Hills kommst. Dort können wir alles Weitere besprechen.“

Frank lief auf und ab und fuhr sich durch sein Haar. Er schnaubte wie ein Stier. „Ich werde dich –“

„Du langweilst mich, Frank“, sagte der Anrufer gedehnt.

Konnte er eine Frauenstimme dahinter erkennen? Konnte es Barbara sein? Frank biss sich auf die Nägel, er war sich nicht sicher. „Wer bist du?“

Der Fremde lachte leise, was Frank angesichts des tiefen Kratzens eine Gänsehaut bescherte. „Befolge meine Anweisungen und du wirst herausfinden, wer ich bin.“

„Ich werde mich deinem Willen aber nicht beugen.“ Er keuchte und lachte hysterisch auf. „Nein, ich habe es satt. Meine Töchter sind in Sicherheit und ich werde dieses Handy jetzt zerstören. Dann musst du wohl persönlich aufkreuzen, wenn du etwas mit mir zu klären hast!“

Das erste Mal erzeugte er eine Reaktion. „Tu das besser nicht, Frank!“, zischte der Unbekannte hörbar zwischen zusammengepressten Zähnen. „Ich weiß genau, wo deine Töchter sind. Und glaube mir, ich muss nur mit dem Finger schnipsen und sie leisten deiner Ex-Frau Gesellschaft!“

Frank, der gerade sein Handy auf dem Boden zerschmettern wollte, hielt in seiner Bewegung inne. Bluffte er oder sollte er ihm glauben? Etwas in ihm sagte ihm, dass sein Gegenspieler viel mehr im Ärmel hatte, als ihm lieb war. Wollte er seine Töchter opfern, um es herauszufinden?

Zittrig atmete er aus. Denk nach, drängte er sich. Plötzlich flammte die Erinnerung an die gelöschte Anrufliste auf. Er wusste, wo seine Töchter waren. Ein eisiger Schauer schüttelte Frank. Er japste nach Luft. Natürlich! Wie hatte er so dumm sein können? Jetzt ergab es Sinn, wie er die Spuren seiner Anrufe hatte verwischen können. Er hatte Franks Handy gehackt. Und vielleicht nicht nur das. Das bedeutete, dass er tatsächlich wusste, wo seine Töchter waren. Schließlich bekam er alle Buchungsbestätigungen, konnte wahrscheinlich sogar die Telefonate abhören, jede SMS lesen.

Franks Kehle schnürte sich zu. „Du hast mich gehackt, richtig?“ Seine Stimme war nur noch ein Flüstern.

„Kann man so sagen, Frank“, antwortete der Unbekannte amüsiert.

Frank fühlte sich, als schwebte er im All. Ohne Sauerstoff, schwerelos und nicht fähig, die Richtung zu bestimmen, in die er sich bewegen wollte. Er hing einfach in der Luft und hatte gänzlich die Kontrolle verloren.

„Frank.“ Die Stimme zog seinen Namen in die Länge, als Frank bereits Minuten in Schweigen verfallen war. „Ich will deinen Töchtern wirklich nichts antun, aber ich werde, wenn ich muss.“ Ein genüssliches Kichern folgte, das Frank beinahe um den Verstand brachte.

Er erwachte aus der Starre. Mit einem Mal entlud sich seine ganze Wut. Aus einem Impuls heraus schlug er gegen die Wand. Ein Loch entstand im Rigips. Frank schrie auf. Ein Akt der Verzweiflung. Er fühlte sich in die Ecke gedrängt. Die Tatsache, dass er keinen Ausweg aus seiner Situation sah, machte ihn rasend. Drohend hielt er seinen Zeigefinger in die Höhe, als stünde sein Erpresser vor ihm. „Wenn ich dich finde, mache ich dich fertig.“

Der Anrufer lachte. Durch den Stimmenverzerrer klang es so dämonisch, dass sich die Härchen in Franks Nacken aufstellten.

Während der kurzen Stille, die sich ausbreitete, hörte Frank seinen Nachbarn gegen die Wand hämmern. „Ruhe“, drang seine erstickte Stimme zu ihm durch.

Fick dich, wollte er zurückbrüllen. Der ganzen Welt wollte er gerade den Mittelfinger zeigen.

Er dämpfte seine Stimme. „Ich will, dass du meine Töchter in Ruhe lässt.“

„Dann musst du tun, was ich dir sage, Frank. So sind die Regeln.“

Frank knirschte hörbar mit den Zähnen. Das Letzte, was er wollte, war ihm oder ihr geben, was er oder sie wollte. Aber wer auch immer ihn da am Telefon bedrohte, war so nah an Frank dran, dass er ihn berühren konnte, dass er ihn dort verletzen konnte, wo es wehtat. Dieser Jemand konnte Frank greifen und Frank konnte es nicht kommen sehen, konnte nicht sehen, wer ihm schaden wollte.

Er hatte bereits Bridget verloren. Frank blickte zu Boden, kämpfte die Tränen zurück, die sich bahn brechen wollten. Resigniert seufzte er und massierte mit Daumen und Zeigefinger seine Brauen. „Ich werde kommen.“

„Wunderbar. Ich freue mich, Frank. Dann sehen wir uns morgen.“

„Ich werde dich umbringen."

„Das bezweifle ich", sagte der Anrufer. „Ein neuer Versuch, also. Morgen um vierzehn Uhr in deinem Anwesen in den Hills. Solltest du wieder nicht kommen, werden es deine Töchter nicht überleben. Solltest du dieses Handy zerstören, damit ich dich nicht mehr erreiche, werden es deine Töchter nicht überleben. Tu nichts, was deine Töchter gefährden würde." Ohne auf Franks Worte zu warten, legte er auf.

Knurrend schleuderte Frank sein Smartphone auf das Bett, wo es einen kleinen Hüpfer vollführte. Frank ließ sich auf die Bettkante fallen. Die Federn quietschten unter seinem Gewicht. Seufzend vergrub er sein Gesicht in den Händen. Er war müde und rieb sich über die Augen.

Er würde gehen, um seine Töchter zu retten. Doch vorher würde er noch einmal bei Barbara vorbeischauen. Vielleicht würde er bei ihr einen Hinweis finden oder einen Komplizen.

Kapitel 16

1985

„Hey, Loser." Fletcher rempelte Frank mit seiner Schulter an, sodass dieser beinahe rücklings zu Boden krachte, hätte nicht einer von Fletchers dämlichen Freunden ihn aufgefangen, um ihn wiederum in die Arme seines Bruders zu schubsen.

Um sie herum strömten schwatzende Schülerinnen und Schüler in ihre Klassen. Spindtüren knallten, Kaugummiblasen platzten, Schuhe quietschten und Gelächter ertönte.

Frank hörte seinen Herzschlag in seinen Ohren pochen, während er seinem Bruder ins Gesicht sah. Dieser grinste fies und riss ihm den Rucksack vom Rücken. „Wollen wir mal schauen, was Mom dir so eingepackt hat."

„Dasselbe wie dir", krächzte Frank und wollte nach dem Rucksack greifen, doch Fletcher drückte ihn mit einer Hand an seiner Stirn von sich, sodass Franks Hände ins Leere griffen.

„Lass das", schrie er und versuchte, seinen Bruder daran zu hindern, seinen Rucksack zu durchwühlen.

Fletcher lachte und hob triumphierend die Papiertüte, in der Franks Pausenbrot steckte. „Danke." Er entleerte Franks Rucksack, sodass sich klappernd und

"

platschend seine Stifte, Bücher und Hefte auf dem Korridorboden zwischen den Füßen seiner Mitschüler ergossen.

Verschiedene Schuhe traten seine Sachen in alle Himmelsrichtungen.

Lachend rammte Fletcher Frank den Rucksack mit voller Wucht auf die Brust. Automatisch griff Frank danach, um Halt zu suchen. Doch Fletcher schubste noch einmal hinterher und so knallte Frank nun auf seinen Arsch.

Sein Bruder und dessen Freunde lachten und rempelten und drängten sich zwischen den anderen Schülern hindurch, bis sie um eine Ecke verschwanden.

Frank kniete auf dem Boden. Auf allen vieren robbte er zwischen den Beinen hindurch, um seine verstreuten Sachen aufzusammeln. Dabei erntete er spöttische, manchmal aber auch mitleidige Blicke.

Immer wieder blinzelte Frank die Tränen fort und würgte den Kloß in seinem Hals hinunter.

Fletcher benutzte ihn regelmäßig als Boxsack und seitdem er das vor all ihren Mitschülern tat, hatten auch Blake und Isaac und ihre Jungs aus dem Footballteam Freude daran, Frank das Leben in der Junior-Highschool schwer zu machen. Wobei zumindest Blake und Isaac für die nächste Zeit pausierten. Manchmal hatte Frank das Gefühl, dass auf seiner Stirn ein Freifahrtschein leuchtete:

Diesen Loser dürft ihr jederzeit fertigmachen.

Eilig stopfte Frank seine Sachen in den Rucksack, warf ihn sich über den Rücken und eilte in die Bibliothek der Schule. Eigentlich war es den Schülern verboten, ihre Pausen im Inneren des in die Jahre gekommenen Schulgebäudes zu verbringen, außer es regnete zu stark, was in Lake Isabella nicht so häufig vorkam.

Aber die Bibliothekarin Mrs. Bell, eine kleine pummelige Dame, die genauso streng wie herzlich war, verließ immer zu den gleichen Zeiten den Empfang, um auf die Toilette zu gehen.

Frank nutzte dieses Zeitfenster und schlüpfte durch die Tür hinein. Es war keine große Bibliothek. Der Muff des fleckigen und abgewetzten Teppichbodens, der wahrscheinlich zu seiner Anfangszeit in einem kräftigen Grasgrün gestrahlt hatte, vermischte sich mit dem Geruch der alten und neuen Bücher.

Mit gedämpften Schritten huschte Frank zwischen die Regale und kam an seinem Lieblingsplatz an. Er gesellte sich zu Shakespeare, Oscar Wilde, Poe, Kafka, Charlotte Brontë und Goethe. All diesen großartigen Schriftstellern und Schriftstellerinnen. Statt sein Pausenbrot, das Fletcher nun hatte, verschlang er also ihre Geschichten, träumte sich in andere Welten, erfreute sich an dem Klang der Worte und wünschte sich mit pochendem Herzen, irgendwann auch einmal so ein großartiger Autor zu werden.

Gerade als Frank sich mit Tolstoi niedergelassen hatte, hörte er, wie die Tür zur Bibliothek aufschwang. Wahrscheinlich kehrte Mrs. Bell gerade auf ihren Platz zurück.

Für einige Sekunden widmete Frank sich wieder den Zeilen, als sein Unterbewusstsein realisierte, dass die Tür zu lange gebraucht hatte, um nun mit einem leisen Klickgeräusch ins Schloss zu fallen.

Frank riss den Kopf in die Höhe. Das bedeutete, dass sich wahrscheinlich mehrere Personen durch die Tür ins Innere geschlichen hatten. Langsam, um kein Geräusch zu verursachen, klappte er das Buch zu, während er mit großen Augen auf den Mittelgang zu seiner Linken starrte.

Wie erstarrt harrte er im Schneidersitz auf dem Boden aus. Sein Herz raste. Ein Gewirr aus Schritten drang gedämpft vom Teppich an seine Ohren, leises Flüstern, das dazu bestimmt war, nicht gehört zu werden, krabbelte zwischen den Regalen hindurch.

Frank krallte sich an seinem Buch fest. Hatte Fletcher herausgefunden, wo er seine Pausen verbrachte? Oder hatten Blake und Isaacs Freunde ihn in der Bibliothek verschwinden sehen?

Die Schritte kamen näher. Frank wollte aufstehen und verschwinden, aber er war wie festgeklebt, während er mit raschem Atem und weit aufgerissenen Augen auf den Gang neben sich starrte.

„Frank", sagte eine ihm vertraute Stimme, und in der nächsten Sekunde traten Cooper, Jasper, Brandon und Barbara in den Gang.

Sie alle grinsten ihn an. Nur Coopers Lächeln schwand, als er bemerkte, wie verschreckt Frank dasaß, sich an das Buch klammerte und mit großen Augen auf seine Freunde starrte.

„Warum versteckst du dich noch immer hier, Frank?", fragte Jasper und kratzte sich den Kopf. „Blake und Isaac sind doch im Krankenhaus."

Cooper setzte sich zu Frank, wobei er mit gerümpfter Nase auf das Buch in seinen Händen starrte. Cooper las lieber Comics mit Superman und Batman.

Brandon lehnte lässig am Bücherregal, die Arme verschränkt. Er lachte. „Ja, die beiden Idioten sind der Beweis dafür, dass Dummheit wehtut."

Cooper, Jasper und Brandon lachten. Frank lächelte breit, wobei sein Blick Barbaras streifte. Sie rang sich zu einem Lächeln durch, das jedoch nicht ihre Augen berührte. Seit Fletcher über sie hergefallen war, lachte sie nicht mehr. Sie wirkte nunmehr wie ein Geist, der durch die Gänge wandelte. Für die anderen schien sie schon immer unsichtbar gewesen zu sein, doch nun verblasste sie auch vor Franks Augen mehr und mehr.

Das war auch einer der Gründe, warum Frank sich nicht in einer sicheren Gruppe mit seinen Freunden bewegte, sondern sich eher irgendwo versteckte. Er fühlte sich schuldig. Auf irgendeine dämliche Art und Weise fühlte er sich für Fletchers abartiges Verhalten verantwortlich. Es fiel ihm schwer, Barbs Blick standzuhalten, mit dem Wissen, dass sie beide die Polizei hätten verständigen können. Aber Frank wusste, dass auch Barb wusste, dass das Verfahren wahrscheinlich aus Mangel an Beweisen eingestellt werden würde. Abgesehen davon, dass man sie wahrscheinlich für ihre Vergewaltigung mitverantwortlich machen würde. Schließlich war sie ein Mädchen, allein unter Jungs, mit denen sie allein zu einem Fluss runtergefahren war. Was hatte sie denn erwartet? Jungs waren nun einmal Jungs. So sagte seine Mom es immer und zog im selben Atemzug über die Mädchen her, die sich in ihren Augen zu leicht bekleideten. Für sie wäre Barbs Latzhose schuld gewesen. Schließlich war diese zu kurz. Da konnte man es dem armen Jungen doch nicht verdenken, dass er auf

dumme Gedanken kam. Und dann, wenn sie ihn verpetzt hätten – wie Fletcher sagen würde –, hätte er
ihnen erst recht das Leben zur Hölle gemacht.

Bei diesen Gedanken brodelte Wut in Franks Adern.
Er ballte die Hände zu Fäusten und presste die Lippen
aufeinander. Weder Barbara war dafür verantwortlich,
was ihr angetan worden ist, noch Frank für das Verhalten seines Bruders. Beschämt wich er ihrem leeren
Blick aus. Aber er konnte nicht einfach ändern, was er
fühlte.

„Frank?" Coopers Hand auf seiner Schulter holte ihn
in die Gegenwart zurück.

Er blinzelte, während Cooper auf seine geballten
Fäuste starrte. Dann sah er ihm wieder ins Gesicht mit
einem fragenden Ausdruck in den Augen. Er hatte Barbara versprochen, mit niemandem darüber zu reden.
Aber Cooper war niemand, der sich aufdrängte. Er
hörte zu, wenn es ein Problem gab, aber niemals fragte
er direkt nach.

„Auf dem Flur wird herumerzählt, dass du die beiden
aufgemischt hast, weil sie dich immer ärgern", sagte
Jasper und sah wissbegierig zu Frank. „Stimmt das?" Er
lispelte leicht.

Frank runzelte die Stirn. Er musste die Frage zunächst sortieren. Blake und Isaac waren am vergangenen Wochenende von einem Unbekannten verprügelt
worden – mit einer Eisenstange. Offenbar hatte jemand
sie aus dem Hinterhalt angegriffen, sodass sie sich
nicht hatten wehren können.

Frank blinzelte, sah jeden von ihnen an. In all ihren
Gesichtern lag dieselbe stumme Frage: Hast du es getan,
Frank? Stimmt es?

Frank drückte sich in seinem Sitz etwas hoch und schnaubte erschrocken auf. „N-Nein", sagte er schnell und konnte die Empörung nicht ganz aus seiner Stimme verbannen. „D-Das w-würde ich niemals machen." Und das war die Wahrheit. So gern er Blake und Isaac so manches Mal eine verpasst hätte, sah er sich außerstande dazu, die beiden so zuzurichten, dass sie im Krankenhaus landeten. Weder traute er sich, jemanden zu schlagen, noch besaß er die Kraft dazu. „Aber ich bin diesem Unbekannten dankbar. Jetzt habe ich nur noch Fletcher am Hals", sagte er mit einem gequälten Lächeln, als wäre es tatsächlich etwas Erfreuliches.

„Vielleicht ist der dieses Wochenende dran." Brandon lachte.

Bei den anderen kehrte verunsichertes Schweigen ein. Sie schienen ernsthaft darüber nachzudenken, ob es möglich war.

Frank saß in seinem Auto vor Barbaras Haus. Er hatte die Scheinwerfer schon am Anfang der Straße ausgeschaltet. Wenn um diese Uhrzeit ein Auto über solch einsame Straßen fuhr, erhaschte dies immer Aufmerksamkeit.

Ungeduldig trommelte Frank auf dem Lenkrad herum. Worauf wartete er eigentlich? Er wusste es nicht. Seit er die Nachricht von Bridgets Tod erhalten hatte, bewegte er sich wie in Trance. Er funktionierte nur noch, während sich alles um ihn herum schwammig anfühlte.

Frank starrte durch die Windschutzscheibe auf das beleuchtete Fenster in Barbaras Traileranbau. Schemenhaft sah er, wie sie am Spülbecken stand. Sie zog hastig an ihrer Zigarette.

Ursprünglich hatte Frank vor, sie unter dem geöffneten Fenster zu belauschen. Nun saß er bereits geschlagene dreißig Minuten in seinem SUV und hing den Erinnerungen an ihrer Freundschaft nach.

Sie war unweigerlich zerbrochen. Frank blickte zum Fenster und sah nicht die verbrauchte, gealterte Barbara, sondern nur noch Barb. Das Mädchen mit den großen Augen hinter den dicken Brillengläsern, dem blassrosa Teint, der von Sommersprossen übersät war, und die roten Locken, die ihr feurig ins Gesicht fielen.

Frank tauchte auf. Er schüttelte den Kopf, schüttelte die Erinnerungen an Barb von sich. Sie war nicht mehr das unschuldige Mädchen, das er noch immer in ihr sah. Sie war nun eine potenzielle Bedrohung, eine Gefahr für seine Töchter.

Sein Herz klopfte schneller. Verbissen und darauf bedacht, kein Geräusch zu verursachen, öffnete er die Autotür und schlich geduckt über den trockenen, staubigen Boden zum Trailer.

Das Konzert der Zikaden schwoll an. Frank drückte sich unter das Küchenfenster, das einen Spalt geöffnet war. Frischer Zigarettengeruch drang nach draußen, vermischt mit dem Muff in Barbaras Zuhause.

Sie telefonierte noch immer. Hektisch atmete sie ein und aus, zog offenbar an ihrer Zigarette, ehe sie weitersprach. „Nein, nein. Er ist gegangen." Geschirr klapperte, während Frank unter dem Fenster hockte. Er starrte auf einen rechteckigen Lichtkegel einige Meter von ihm entfernt, den das Fenster auf den Boden warf. „Es war ein Schock, ihn zu sehen. Er hat mich bedroht." Eine kurze Pause entstand. „Nein, nein. Er kommt nicht mehr wieder." Wieder kurzes Schweigen, das von Geschirrklappern unterbrochen wurde. „Warum ich mir so sicher bin? Keine Ahnung. Aber ich weiß, er wird nicht kommen. Wenn er nicht in Schwierigkeiten geraten will, wird er nicht mehr kommen."

Frank schluckte. In ihm tobte die Wut. Seine Finger krallten sich in das Holz. Unter ihnen zerbröselte die Farbe. Nur ein dünner Faden hielt Frank an einer Leine, hinderte ihn daran, nicht in ihr versifftes Haus zu stürmen und seine ehemalige Freundin zur Rede zu stellen. Doch dieser Faden war stark, denn das Leben seiner Töchter hing daran. Etwas in ihm glaubte, dass Barbara es war, die ihm das Leben zur Hölle machen wollte. Und dieses Etwas wollte sie dafür umbringen. Aber weder hatte er Beweise noch konnte er sich sicher sein. Ein letzter Funken Zweifel blieb.

Also harrte Frank aus, biss sich auf seine geballte Faust und atmete tief ein und aus. Er durfte nicht überstürzt handeln. Schließlich hatte Barbara es selbst gesagt: Wenn er noch einmal auftauchte, würde es ihn in Schwierigkeiten bringen.

Ob sie nun hinter diesem Mysteriösen steckte oder nicht, Frank wusste, dass er gut daran tat, wenn er sich nun auf den Rückweg machte.

Er schlich zurück zum Auto, setzte sich hinein und startete den Wagen, ließ die Scheinwerfer aber ausgeschaltet. Eilig fuhr er auf die nächste befestigte Straße, wo er das Licht einschaltete und dann das Gaspedal durchdrückte.

Sein Wagen brüllte auf, machte einen Satz nach vorn und raste durch das beschauliche Lake Isabella in Richtung Highway.

Kapitel 17

Die Fahrt zurück hatte Frank fünf Stunden, mit mehreren Unterbrechungen und viel Kaffee, gekostet. Mitten in der Nacht lenkte er seinen Wagen auf die Auffahrt seines Anwesens.

Gläsern und beleuchtet ragte es über ihm auf. Angesichts des schrecklichen Geheimnisses, das in seinem Keller lauerte, ließ Frank seine Stirn auf das Lenkrad sinken. Er atmete tief ein und aus. Eine stumme Träne rann über seine Wange, während über ihn dieser Sturm an Scheiße zusammenbrach. In diesem Moment fühlte er sich hilflos. Das alles wuchs ihm über den Kopf. Vor seinem inneren Auge flammten Erinnerungen an seine Töchter auf. Zwei kleine blonde Wesen, die ihre Hände um einen einzelnen Finger geschlungen hatten. Ihr Lachen hallte in seinen Ohren wider. Er musste es für sie tun.

Mit einem Ruck setzte er sich auf, wischte die Träne fort und blickte entschlossen in den Rückspiegel. Seine Augen lagen tief in ihren Höhlen, begleitet von dunklen Schatten. „Ich werde herausfinden, wer du bist", knurrte er, dann verließ er das Auto.

Draußen zirpten die Zikaden und hinter dem Haus rauschte das Meer. Als Frank eintrat, empfing ihn zwar mit warmes Licht, aber auch eisiges Schweigen. Die Stille war ohrenbetäubend.

Die bleierne Müdigkeit ließ ihn glauben, dass seine Glieder tonnenschwer wären. Langsam schleppte er sich ins Wohnzimmer. Dort steuerte er sofort seine Minibar an. Das Glas klirrte, als er das Eis hineinfallen ließ und plätschernd den Whiskey darüber goss. Mit einem schweren Seufzen hob er das Glas an seine Lippen und ließ die herbe Flüssigkeit einen Moment auf seiner Zunge brennen, ehe er sie hinunterschluckte.

Er trank das Glas leer und goss sich ein weiteres ein. Damit ließ er sich auf das Sofa fallen. Er starrte hinaus in die Dunkelheit hinter den Scheiben seiner Villa. Unweigerlich glitten seine Gedanken zu Bridget.

Er verzog das Gesicht, als sich sein Herz schmerzhaft verkrampfte. Sie war tot. Die Mutter seiner Töchter war tot. In seiner Kehle brannte ein Schluchzen, doch er spülte es erneut mit Alkohol hinunter.

Frank holte sich einen weiteren Drink. Er wusste, er sollte nicht trinken. Andererseits wusste er aber auch nicht, wie er dieses Chaos um sich herum ertragen sollte.

Wer hatte seine Ex-Frau auf dem Gewissen und bedrohte das Leben seiner Töchter?

Franks Lider wurden schwer, während er an Barbara, aber auch an Danny dachte. Er kämpfte gegen den Schlaf an, der sich wie eine schwere Decke auf ihn legte. Er griff nach seinem Smartphone, um Steven anzurufen und ihn zur Eile zu drängen. Mit den Fingerspitzen berührte er sein Smartphone, doch der giftige Cocktail aus Müdigkeit und Alkohol war stärker. Franks Kopf kippte zur Seite und er fiel in einen tiefen Schlaf.

Das gemächliche Läuten der Türklingel hallte durchs Haus und sickerte Tropfen für Tropfen in Franks Bewusstsein. Immer wieder wechselte das Klingeln ins Klopfen an der Tür. Das Geräusch hallte in dem riesigen Wohnzimmer wider.

Frank blinzelte. Grelles Sonnenlicht blendete ihn, sodass er seine Augen kurz zukniff und sich durch sein müdes und zerknittertes Gesicht rieb. Der Bart kratzte. Es war untypisch für ihn, sich nicht zu rasieren.

Erneutes Klopfen.

Franks Lider flatterten. Das Sonnenlicht flutete das Wohnzimmer und die Küche. Hinter den Scheiben stürmten Wellen an den Strand, schäumten, und die Gischt glitzerte im Licht.

Stöhnend erhob er sich. Seine Muskeln brannten, die Knochen schmerzten.

Unter dem vehementen Klopfen und Klingeln schlurfte er in Richtung Tür. „Ich komme schon“, nuschelte er und öffnete die Tür.

Als er sah, wer auf der Türschwelle stand, war er mit einem Mal hellwach. Er riss seine Augen auf und blinzelte immer wieder, in der Hoffnung, dass die beiden Polizeibeamten sich auflösen würden. Augenblicklich verfiel sein Herz in einen schmerzhaften Galopp. Seine Kehle wurde trocken, und Schweiß bildete sich auf den Innenseiten seiner Hände.

„Officers.“ Frank räusperte sich und nickte den beiden zu, während er sich durch das Haar fuhr, das vermutlich zu allen Seiten abstand. „Was kann ich für Sie tun?“

„Guten Morgen, Mr. Lamber. Mein Name ist Officer Gutierrez und das ist mein Kollege Sanchez." Er nickte seitlich zu seinem Kollegen.

Gutierrez war hochgewachsen, breit gebaut, und Frank schätzte ihn um die dreißig Jahre. Er hatte die Hände in die schmalen Hüften gestemmt. Seine Sonnenbrille hatte er auf den Kopf mit den kurzen schwarzen Locken geschoben.

Sanchez nickte einmal. Er war kleiner, schlanker und wirkte nicht so gut trainiert wie sein Kollege, schien aber genauso alt.

Die beiden musterten ihn streng durch dunkle Augen. „Wir sind hier, weil Mr. Flores seine Mutter als vermisst gemeldet hat. Ximena Flores. Sie hat bei Ihnen als Haushälterin gearbeitet, richtig?"

Franks Herz machte einen Aussetzer. Die Luft blieb ihm im Hals stecken, als hätte sein Körper auf einen Schlag vergessen, wie er funktionierte. „Ja, Ximena arbeitet für mich", antwortete Frank hastig und dachte an seine Haushälterin, die im Keller in einer Truhe vor sich hin verweste. Innerlich mahnte er sich zur Ruhe. Er musste sich nun zusammenreißen und durfte sich nicht versprechen. „Ist etwas mit ihr?" Er bemühte sich um eine ahnungslos klingende Stimme.

„Wann haben Sie Ms. Flores das letzte Mal gesehen?", fragte Sanchez, während Gutierrez über Franks Kopf hinweg unverhohlen einen Blick ins Innere des Hauses warf.

Frank unterdrückte den Drang, die Tür hinter sich zuzuziehen. Gleichzeitig unterzog sein Kollege Sanchez Frank einer abschätzigen und argwöhnischen Musterung. Frank fühlte sich, als stünde er in Flammen. Doch er versuchte, sich nichts anmerken zu lassen. Er schluckte. „Vorgestern", sagte er dann. „Sie hat mich um einen freien Tag gebeten, und seit vorgestern habe ich sie dann nicht mehr gesehen."

Gutierrez musterte Frank, nickte langsam. „Verstehe." Er kratzte sich mit dem Daumen am Nasenflügel. „Also war gestern ihr freier Tag?"

„Was?" Frank blickte Gutierrez verdutzt an. „Oh. Nein. Am Wochenende hätte sie freigehabt." Seine Gedanken verhakten sich bei der toten Ximena in seinem Keller wie eine Jacke in einem Dornenbusch. Es war ihm kaum möglich, einen klaren Gedanken zu fassen. Immer wieder sah er ihr Gesicht vor sich, die Augen, die ins Nichts starrten.

Gutierrez kniff die Augen zusammen. „Verstehe, Sir. Haben Sie versucht, Kontakt zu Ms. Flores aufzunehmen, als sie nicht gekommen ist?"

Frank brach der Schweiß auf seiner Stirn aus. Ihm wurde heiß und kalt. Er durfte sich nicht verplappern und sich nicht bei einer Lüge erwischen lassen. Er setzte ein entschuldigendes Lächeln auf. „Ich war gestern sehr früh schon aus dem Haus und bin auch erst spätabends wiedergekommen."

Gutierrez notierte etwas in seinen Notizblock und sah dann auf. Sein Kollege Sanchez sah sich um, als vermutete er Scharfschützen in der Umgebung. Frank nutzte das kurze Schweigen. „Wollen Sie reinkommen? Auf einen Kaffee oder ein Glas Wasser?"

Gutierrez, noch immer schreibend, schüttelte den Kopf. „Nein, das sollte nicht allzu lange dauern", murmelte er.

Frank atmete kaum merklich auf. Genau darauf hatte er abzielen wollen. So wirken, als hätte er nicht seine tote Haushälterin im Keller zu verbergen.

„Ist das denn schon einmal vorgekommen, dass sie von der Arbeit ferngeblieben ist, ohne sich abzumelden?“

Frank zog die Mundwinkel nach unten und schüttelte langsam den Kopf. „Äh ... nein, sie war immer sehr zuverlässig.“

„Aber es hat Ihnen keine Sorgen bereitet, dass sie gestern nicht da war?“ Der Officer blickte von seinem Block auf.

Frank rieb sich den Nacken, folgte Sanchez’ Blick über die Auffahrt. „Um ehrlich zu sein, war ich gestern zu müde. Ich habe es nicht wirklich gemerkt. Es war ja alles sauber.“

Gutierrez hob seine Brauen, als verurteilte er Franks Gedanken.

Sein Kollege Sanchez deutete nun auf die Kameras. „Können wir einen Blick auf die Bilder werfen? Dann wissen wir, wann sie ungefähr gegangen ist und in welche Richtung sie ist.“

Ein kurzes Lachen entrang sich Franks Kehle, das in einem Husten endete. Angst brodelte wie Säure in seinem Magen. „Es hat leider ein technisches Problem gegeben und die Kameras zeichnen seit einigen Wochen nicht mehr auf.“ Er wusste, wie sich das in den Ohren der Officers anhören musste. Oder hörte es sich nur in seinen Ohren so verdächtig an? Weil er eine verdammte Leiche im Keller hatte? Frank saß tief in der Scheiße, wenn er nun ihr Misstrauen weckte.

„Verstehe“, sagte Sanchez.

Gutierrez seufzte und kratzte sich den Kopf. „Schade." Dann blickte er in Richtung Auffahrt. „Wann ist Ms. Flores denn gegangen, nachdem sie Feierabend gemacht hat?"

Frank fuhr sich durch sein Haar. „Sie geht immer so gegen Mittag oder auch Nachmittag, wenn sie alles erledigt hat." Er nickte, als wollte er es sich so noch einmal selbst bestätigen. „Um ehrlich zu sein, achte ich da nicht immer so darauf. Manchmal bin ich in meinem Atelier und male, wissen Sie, dann bekomme ich nichts mit." Frank lachte, während er sich die schweißnassen Hände an seiner Hose abputzte.

„Ist Ihnen denn noch etwas aufgefallen? Hat sie etwas erwähnt, wo sie hinwollte? Wollte sie einen Umweg machen oder war sie irgendwie anders?"

„Irgendwie anders", wiederholte Frank, um Zeit zu schinden, ehe er den Kopf schüttelte. „Nein. Sie hat nichts erwähnt und war wie immer. Sie hat sich auf den Geburtstag ihres Sohnes gefreut."

Sanchez kritzelte in seinen Notizblock und hob die Brauen. „Mag sein", murmelte er desinteressiert. Dann klappte er das kleine Heft zu. „Wir danken Ihnen fürs Erste. Wenn wir noch einmal eine Frage haben, kommen wir auf Sie zu."

Gutierrez reichte Frank seine Karte. „Falls Ihnen noch etwas einfällt, melden Sie sich jederzeit."

Frank mühte sich, das Zittern in seinen Fingern zu unterdrücken. Er nahm die Karte entgegen. „Danke, das werde ich", sagte er heiser und hob die Karte in die Höhe. „Ich hoffe, Sie finden Ximena."

„Das hoffen wir auch, Sir", sagte Gutierrez und tippte sich mit dem Zeige- und Mittelfinger zum Abschied gegen die Stirn. Die beiden Beamten verabschiedeten sich und schlenderten über die Auffahrt zu ihrem Streifenwagen.

Frank sah ihnen nach. Sie unterhielten sich angeregt und blickten immer wieder zu ihm und dem Haus. Heiße Schweißperlen rannen über Franks Stirn. Als sie den Motor starteten, stolperte er ins Innere zurück. Die Muskeln in seinem Gesicht zuckten. Es hatte ihn viel Kraft gekostet, seine Miene entspannt wirken zu lassen.

Frank atmete laut ein und presste die Hand fest auf seine Brust. Das Herz hämmerte dagegen.

Er wischte sich den Schweiß von der Haut. Von allen Seiten schienen sich die Wände zu nähern. Auf der einen Seite der Unbekannte, der ihn bedrohte, und auf der anderen die Polizei, die bei dem geringsten Verdacht sicherlich einen Blick in sein Haus werfen wollen würde.

Mit dem Rücken an der Wand glitt er zu Boden. „Beruhig dich", flüsterte er sich selbst zu und schloss die Augen, während er den Kopf an die kühle Wand lehnte. Er durfte keine Fehler machen. Wenn er nur genug Beweise und Hinweise hatte, um seinen Erpresser zu überführen – wenn er seinen Erpresser selbst überführte –, würde er die Polizei dazurufen können. Und dann würde er alles erklären.

Frank atmete gegen die Panik an, die seine Kehle zu zerquetschen drohte. Seine Hände zitterten. Es war zu viel. Es war alles zu viel. Wie sollte er das alles bewältigen?

Steven. Er hatte Steven letzte Nacht anrufen wollen. Frank sprang auf, wankte zurück ins Wohnzimmer und suchte nach seinem Smartphone, das auf dem Sofa lag.

Während er Stevens Kontakt in seinem Handy suchte, zitterten seine Finger noch immer. Ungeduldig lief er auf und ab, während er dem ewig dauernden Freizeichen lauschte. Dabei huschte sein Blick immer wieder sehnsüchtig in Richtung Strand. Die Morgensonne tauchte alles in goldenes Licht.

Frank sehnte sich nach einem Spaziergang, zu hören, wie die Wellen auf den Sand brandeten, und zu spüren, wie die Gischt sich auf sein Gesicht legte.

Plötzlich schien dieses Leben so weit weg zu sein. Frank wollte danach greifen, doch es löste sich vor seinen Augen in Rauch auf.

In diesem Moment durchströmte ihn Wut. Jemand wollte ihm all das kaputt machen. Jemand wollte ihm all das wegnehmen.

Ein schrilles Pfeifen riss Frank zurück. „Hey, hier ist Steven. Ich kann momentan nicht rangehen. Bitte hinterlass eine Nachricht nach dem Signalton – oder nicht." Ein weiteres Piepen.

„Hey, Steven", sagte er und fuhr seine aufgebrachte Stimme herunter. Er kniff sich in die Nasenwurzel, um sich besser zu konzentrieren. „Ähm ... ich bin es. Frank. Hast du schon etwas herausgefunden? Ruf mich bitte zurück. Danke, bye."

Kaum hatte Frank aufgelegt, meldete sich sein Magen zu Wort. Er hatte nur wenig gegessen. Sein Appetit hielt sich aber in Grenzen. Lustlos schlurfte er in die Küche, öffnete den Kühlschrank und holte eine große Packung Eier heraus.

Dann stand er minutenlang an seiner Kochinsel, starrte auf die Herdplatten, die er ungefähr so oft benutzt hatte wie einen Wischmopp. Es war nicht so, dass er nicht kochen konnte. Vielmehr zögerte er, weil der Gedanke, dass er sich Essen machte, während Ximena unter ihm von Stunde zu Stunde zerfiel, seinen Appetit erstickte wie ein Glas auf einer Kerze.

Frank schluckte, stellte die Eier zurück und sah auf die Uhr. Es war noch früh genug, weshalb er beschloss, das Haus zu verlassen und außerhalb zu frühstücken. Vielleicht kam er so auf andere Gedanken.

Während er ins Auto stieg, versuchte er, erst Ashley, dann Courtney zu erreichen. Doch auch die beiden gingen nicht an ihr Handy.

Für Frank wurde die Luft dünner. Er folgte den Straßen, die sich durch sanfte, grün bewachsene Hügel schlängelten, bis hinter einer Bergkuppel Los Angeles auftauchte.

Die Sonne spiegelte sich glutrot in den Gebäuden. Durch die ganze Stadt zogen sich Palmen, die in den Himmel emporragten. Umrahmt war L. A. von den Hills, an denen sich ein Prachtanwesen an das andere reihte und die beste Aussicht versprachen.

Frank verstand, warum diese Stadt so anziehend war. Auch er hatte sich blenden lassen von dem Glitzern der Lichter, dem Lifestyle und dem Lächeln der Leute, die es hier nach ganz oben geschafft hatten.

Inzwischen aber hatte Frank hinter die Fassade geschaut. Wenn man näher hinsah, war das Glitzern nicht mehr als das Flirren von Hitze in der Ferne. Eine

Fata Morgana. Hinter den grüne Detox-Smoothies schlürfenden Körpern verbargen sich ungesunde Schönheitsideale, die die Menschen in den Wahnsinn trieben. Und jedes gottverdammte Veneer-Lächeln hier war aufgesetzt.

Frank schloss die Hände fester um das Lenkrad. Sein Kiefer verhärtete sich, während er durch die Straßen fuhr, vorbei an unzähligen Villen von Schauspielern, Tech-Unternehmern und Investoren. Er lenkte den Wagen auf eine belebte Einkaufsstraße mit all den großen Luxusmarken.

Zwischendurch lockte ein Szene-Restaurant oder einer von den besagten Smoothie-Läden. Frank steuerte eine schmale Seitenstraße an. Dort befand sich ein kleiner, unabhängiger Sandwichladen.

Er betrat das Lokal. Der Duft von Kaffee, geschmolzenem Käse und gebratenen Eiern hüllte ihn in eine tröstende Umarmung. In der Auslage warteten Blaubeermuffins und Brownies darauf, verspeist zu werden.

Frank setzte sich an den schmalen Tisch direkt vor dem Fenster. Von dort aus konnte er in den kleinen Kräutergarten schauen, den das Lokal hegte und pflegte.

Die Kellnerin mit dem punkigen Look servierte ihm ein gebratenes Ei, ein Käse-Schinken-Sandwich und einen heißen, frisch aufgebrühten Kaffee.

Ihm lief das Wasser im Mund zusammen. Ausgehungert machte er sich über das Frühstück her, vergaß mit jedem Schluck, was gerade in seinem Leben geschah und wie es drohte auseinanderzubrechen. Nachdem er das Essen hinuntergeschlungen und seinen Kaffee geleert hatte, schrillte das Handy in seiner Hosentasche.

Hastig zerrte er es hervor. „Ashley", murmelte er atemlos, „wo seid ihr?"

„Wir sind in einem Hotel untergekommen." Ashleys Stimme klang zäh und heiser. Frank konnte hören, dass sie kaum geschlafen und die ganze Nacht geweint hatte. „Die Wohnung ist … ja … sie lag da ja schon eine Weile." Ashleys Stimme brach. „Wir müssen heute noch einmal auf das Revier und eine Aussage machen. Dann sagen sie uns bestimmt auch, welche Spuren sie sichern konnten, und vielleicht gibt es auch noch Obduktionsergebnisse. Dad, es ist so furchtbar …"

Ashleys Weinen hallte in Franks Ohren, ihre Worte drifteten in die Ferne und erinnerten nur noch an Meeresrauschen, während Frank in seinen Erinnerungen versank.

1999

Frank wachte an seinem ersten Arbeitstag früh auf. Während er auf der Terrasse seinen Kaffee trank, blickte er über den idyllischen Vorort, der von grünen Hügeln umgeben war. Für Frank war schnell klar gewesen, dass Altadena das Paradies für ihn war, das er nicht mehr verlassen wollte.

Weiße Einfamilienhäuser mit Schaukelstühlen auf der Veranda, gepflegte Vorgärten, Alleen, die von Palmen gesäumt waren, und alles war umrahmt von Wald und Bergen. Der perfekte Ort, um zu leben. Eine grüne Oase.

Die Sonne erhob sich glühend über dem verschlafenen Valley. Einzelne Nebelschwaden waberten über Dächer und Baumwipfel zwischen den Hügeln.

Frank nippte an seinem Kaffee, genoss den bitteren Geschmack auf seiner Zunge und atmete tief die frische, unverbrauchte Morgenluft ein. So sollte jeder Tag für ihn starten.

Nach seinem Kaffee fuhr er durch die Alleen zwischen den grünen und gepflegten Vorortgärten und parkte seinen Volvo auf dem Lehrerparkplatz der Dickson Highschool.

Er nahm seine Ledertasche vom Beifahrersitz, stieg aus und sah sich um. Wie jede Schule aus einem der reicheren Vororte verfügte diese über intakte Zäune, großzügige Sportplätze, einen gepflegten Park und sogar einen Gemüsegarten, den die Schüler nutzen durften.

Frank betrat den Korridor und mischte sich unter die Jugendlichen, die ihn entweder gar nicht beachteten oder neugierig beäugten. Genau diesen Blicken begegnete er, lächelte und grüßte freundlich.

Im Sekretariat sah eine kleine ergraute Frau über ihre Halbmondbrille. Ihre lilafarben geschminkten Lippen kräuselten sich zu einem Lächeln und die Falten in ihrem Gesicht vertieften sich. „Ah! Mr. Lamber, wir haben Sie erwartet.“

Sie schlug eine Sammelmappe auf den Tresen. „Ihr Willkommenspaket, damit Sie sich auch gut zurechtfinden. Die Rektorin Ms. Conroy ist schon ganz erpicht darauf, Sie zu begrüßen. Gehen Sie gleich durch in ihr Büro, ja?“

„Danke.“ Frank nahm die Mappe entgegen, wandte sich um und knallte direkt in einen Körper.

Ein überraschtes Keuchen drang aus einer zierlichen Frau. Gerade noch rechtzeitig hinderte Frank die schlanke blonde Kollegin daran, zu stürzen. Mit einem *Flatsch* landeten Mappen, Hefte und Zettel auf dem Boden.

„Oh! Oh nein, das tut mir leid. Ich bin so –"

„Verzeihung! Ich Idiot habe nicht hingesehen, wohin ich –", sagte Frank gleichzeitig und ließ die Frau los.

Sie lachte und strahlte ihn aus grünen Augen an. Ihre Haut war leicht gebräunt. Zarte Lachfalten umrandeten ihre Augen mit den langen Wimpern und sie trug mittellanges Haar. „Entschuldigung. Ich stürme immer so herein."

Frank, der seinen Blick nicht von ihrem Gesicht, dem Grün ihrer Augen und ihrem Lächeln abwenden konnte, lachte dümmlich und kratzte sich am Hinterkopf. „Nichts passiert." Augenblicklich bückte er sich nach dem Chaos zu ihren Füßen. Er räusperte sich, während er die Sachen zusammenklaubte und zu sortieren versuchte.

Die Frau bückte sich ebenfalls, um ihm zu helfen. Sie hockte vor ihm und grinste ihm verschwörerisch zu. „Sie sind der Neue, richtig?"

„Scharf kombiniert."

Sie lachte. „Das ist meine Spezialität." Sie hielt ihm mit einem noch breiteren Lächeln die Hand hin. Kein Ring, stellte Frank aus irgendeinem Grund erleichtert fest. „Bridget Smith. Biologie und Sport."

Frank hob anerkennend die Brauen. „Intelligent und sportlich. Freut mich. Frank Lamber. Englische Literatur und Kunst. Schnarchlangweilig."

Bridget lachte. Gleichzeitig erhoben sie sich. „Ach, nur ein bisschen", sagte sie, dann biss sie sich auf die Unterlippe. „Dann sehen wir uns ja jetzt öfter."

Ein merkwürdiges Kribbeln ging Frank durch Mark und Bein. Ihre Anziehungskraft war nicht zu leugnen. Nervös schluckte er. „Ja, freut mich.“

„Dad? Dad? Bist du noch da?“ Ashleys heisere Stimme riss Frank in die Gegenwart zurück.

Er blinzelte, rieb sich mit den Fingern über die feuchten Augen. „Ja.“ Er keuchte und bemühte sich, seine überquellenden Gefühle zu ersticken. „Ja, ich bin noch da.“

„Dad, du bist allein. Ich weiß, dass du Mom trotz der Scheidung immer geliebt hast.“

Franks Kehle wurde eng. Er schluckte gegen den Widerstand an. „Natürlich“, sagte er mit brüchiger Stimme und blinzelte gegen die Tränen an.

„Dad, komm nach New York. Du bist ganz allein.“

„Ich kann nicht“, sagte Frank wie aus der Pistole geschossen.

Kurzes Schweigen.

Frank hob den Finger für die Rechnung und tupfte sich mit der Serviette über den Mund.

„Was? Wieso kannst du nicht? Geht es dir gut, Dad?“

„Ja, es ist alles in Ordnung ... den Umständen entsprechend.“ Er räusperte sich, zerrte einige Dollarscheine aus der Geldbörse und legte sie zu dem Bon auf der Untertasse, die die Kellnerin ihm hingelegt hatte. Dankend nickte er ihr zu. „Ich muss noch etwas erledigen.“

Ashley atmete hörbar ein, um etwas zu entgegnen, als ein Rascheln ertönte. „Was könnte wichtiger sein als das hier? Mom ist gestorben, Dad!“ Courtneys schneidende Stimme erklang.

Frank presste die Zähne aufeinander. „Ich weiß", sagte er heiser. „Ich möchte kommen. Glaubt mir, bitte. Ich muss heute noch etwas erledigen und dann ... dann kann ich kommen. Ich setze mich heute Abend in den Flieger, ja?" Frank hatte keine Ahnung, ob er dieses Versprechen einhalten konnte, doch Courtneys Art hatte ihn schon immer zu überstürzten Versprechungen getrieben.

Ashley schaltete sich wieder ein. „Dad, was ist los mit dir? Du bist doch sonst nicht so."

„Er war schon immer so, Ashley", hörte er Courtney im Hintergrund maulen. „Es wird mal Zeit, dass du das begreifst."

Frank stieß den Atem aus. Mit dem Ellenbogen aufgestützt saß er zusammengesackt vor dem Fenster und kniff sich in die Nasenwurzel. „Courtney, ich komme, sobald ich kann."

„Was ist wichtiger als Mom? Sie ist tot, Dad!", schrie Courtney im Hintergrund.

„Beruhig dich", zischte Ashley und hielt mit einer Hand das Mikrofon zu. Nach einigen Sekunden hörte er Schritte und das Schließen einer Tür. Offenbar hatte Ashley den Raum gewechselt. „Dad, was musst du denn erledigen? Wir brauchen dich."

Frank spürte, wie es ihn innerlich zerriss, als bestünde er aus dünnem Papier. Wenn er nicht in dieser Lage stecken würde, wäre er schon längst in New York, um bei seinen Töchtern zu sein. „Ashley, Schätzchen, ich kann dir nicht sagen, was es ist. Aber es ist unheimlich wichtig, dass ich das zuerst erledige."

„Dad, vielleicht kennt Courtney dich so, aber ich nicht. Was ist los, Dad? Irgendetwas stimmt doch nicht.“

Frank wedelte mit einer Hand in der Luft. „Es ist alles in Ordnung. I-Ich erledige das wirklich schnell und bin dann bei euch.“

Erneutes Schweigen. Dann ertönte ein Seufzen. „Na schön“, sagte Ashley resigniert und Frank hasste sich, seine Töchter so im Stich zu lassen.

„Haltet mich auf dem Laufenden, ja?“

„Klar, Dad.“

Damit legten sie auf. Frank fuhr sich durch das Gesicht, dann erhob er sich wie ein Mann, der mit einem Wimpernschlag zwanzig Jahre gealtert war. Mit einem Blick auf die Uhr eilte er aus dem Laden, um sich auf den Weg zu seinem Anwesen in den Hills zu machen.

Kapitel 18

Ich sehe dich kommen, Frank. Es war zu erwarten, dass du dich zunächst sträuben würdest. Aber ich weiß auch, dass du alles stehen und liegen lässt, wenn es um deine Töchter geht, nicht wahr? Zu schade, dass sie die Sachlage gar nicht verstehen. Wirklich traurig.

Ich sehe, wie sich dein Wagen durch die schmalen Straßen die Hills heraufschlängelt. Ich sehe die Anspannung in deinem Gesicht. Ich sehe die Entschlossenheit in deinen Augen. Du hast die Hoffnung, dass du herausfinden wirst, wer ich bin, nicht wahr, Frank? Du willst den Verantwortlichen finden, der deine Haushälterin und auch deine Frau umgebracht hat. Die Antwort wird dich überraschen, da bin ich mir sicher.

Das Gatter öffnete sich, als Franks Wagen vorfuhr. Quietschend schob es sich zur Seite und gab den Blick auf die gepflegte Auffahrt frei. Ein Brunnen thronte in der Mitte, der von Buchsbaumkugeln gesäumt war.

Angst kletterte an ihm empor und kalter Schweiß legte sich auf seine Handinnenflächen. Halt suchend klammerte er sich an das Lenkrad. Er schluckte und starrte mit zusammengekniffenen Augen an dem Haus hoch. Große Fenster mit Metallstreben in Farmoptik gaben einen Blick auf Teile des Inneren frei.

Soweit Frank es beurteilen konnte, sah alles ruhig aus. Langsam stieg er aus dem Wagen. Er blickte sich um, ließ seinen Blick in den gepflegten Vorgarten und an der Grundstücksmauer entlangwandern.

Hier oben war es still. Lediglich das Zirpen der Zikaden begleitete die Ruhe und wirkte wie ein meditatives Summen.

Der Wind trug den Duft der Rosen zu Frank. Die weißen, üppigen Blüten wiegten sich in der Brise. Bridget hatte ihre Lieblingsblumen hier pflanzen lassen. Ein tröstliches Erbe, wie er nun feststellte.

Langsam lief Frank zu der breiten Haustür und gab den Code ein. Ein Piepen erklang, gefolgt von dem leisen Klicken des Türschlosses, das zur Seite sprang.

Frank drückte gegen die Tür, die sich um einhundertachtzig Grad drehte, und sofort stand er in einem weitläufigen, hellen Raum. Die Luft war frisch, Frank konnte riechen, dass sie unverbraucht war. Vollkommene Stille und das klinische Weiß der leeren Wände umgaben ihn.

Vor einer Fensterfront stand eine große Wohnlandschaft, an der Wand rechts befand sich ein Kamin und ein großer Flatscreen.

Aber Franks Blick klebte an dem Ausblick. Er hatte vergessen, wie atemberaubend dieser war. Wie ferngesteuert lief er zu den Schiebetüren und öffnete sie.

Von draußen kroch Wärme und Luft hinein, füllte das tote Haus mit Leben, versetzte die Atmosphäre in Schwingungen.

Frank trat auf die Terrasse. Wasser plätscherte im Pool. Dahinter erstreckten sich einige Meter grüner, frischer Rasen, ehe das Grundstück steil abfiel. Zwischen den Bergen hindurch konnte Frank auf das Zentrum von Los Angeles blicken. Noch funkelte das Sonnenlicht, das sich in den glatten Flächen der Wolkenkratzer spiegelte. Am Abend würde die ganze Stadt zu seinen Füßen liegen und ihn erneut mit dem Funkeln und Glitzern in ihren Bann ziehen wie ein geflüstertes Versprechen zwischen zwei Liebenden.

Aber dafür war Frank nicht hier. Er riss sich los und patrouillierte über das gesamte Grundstück und das Haus. Er suchte die unteren Räume ab. Die große Küche mit dem angrenzenden Esszimmer. Die Zimmer seiner Töchter, die noch immer so eingerichtet waren, als würden sie jeden Moment zur Tür hereinkommen und nach ihm rufen. Auch da erkannte er wieder den Unterschied zwischen den beiden. Courtneys Zimmer war geradlinig und pragmatisch. Es befanden sich nur Dinge darin, die sie brauchte. Auf dem Bett lagen ein Kissen und eine Decke. Der Schreibtisch war aufgeräumt. Auf dem Nachtschränkchen stand ein Foto, das sie und Ashley im Kindesalter zeigte. Die Farben in ihrem Reich waren dunkel gehalten. Sie besaß einen dunklen Schreibtisch, ein dunkles Bett und auch die Schranktüren passten sich diesem Ton an. Ashleys Zimmer dagegen war eine Farbexplosion, die eine Reizüberflutung hervorrief. Die Wände waren zugekleistert mit Postern von irgendwelchen Boybands, deren Namen heute eher die jüngere Generation kannte. Auf ihrem Bett reihten sich Kissen und Plüschtiere. Ihr Schreibtisch war ordentlich und an der Wand davor klebten unzählige Familienfotos und Fotos mit ihren Freunden aus der Highschool.

Frank trat an den Schreibtisch heran. Eines der Fotos stach ihm ins Auge. Es war ein Familienfoto, ein Selfie, wie er von Ashley gelernt hatte. Mit einem Lächeln erinnerte er sich an den Griechenlandurlaub. Bridget, Courtney mit einem typisch genervten vorpubertären Ausdruck auf ihrem pausbackigen Gesicht, Ashley – noch mit Zahnlücke – und er hatten ihre Köpfe zusammengesteckt, um diesen Moment festzuhalten. Es war ihr letzter Abend gewesen, den sie in einem Restaurant hatten ausklingen lassen. Bridget war angetrunken gewesen, was man an ihrem leicht schwammigen Grinsen und den geröteten Wangen erkannte. Aber Frank erinnerte sich mit einem Kribbeln im Bauch, dass er sich an diesem Abend neu in sie verliebt hatte. An diesem Abend hatten sie nach längerer Zeit wieder in ihrem Hotelzimmer getanzt und leidenschaftlichen Sex gehabt.

Einige Jahre darauf hatte Frank die Ehe ruiniert und einen Scherbenhaufen zurückgelassen.

Seufzend und mit niedergeschlagenen Lidern ließ er das Foto sinken. Er verließ gerade das Zimmer, als sein Handy klingelte. Frank blickte auf den Bildschirm. Eine unbekannte Nummer. Sein Kiefer verhärtete sich, ebenso wie der Griff um das Gerät. Doch als sein Daumen über dem Display schwebte, um den Anruf anzunehmen, ließ er noch einmal seine Hand sinken und atmete tief aus. Frank presste seine Lippen aufeinander. Bis jetzt schien er allein hier zu sein. Es würde ihn auch wundern, schließlich verfügte dieses Haus über eine Alarmanlage und ein Schloss, das man nur öffnen konnte, wenn man den Code kannte. Hier gab es keine geöffnete Hintertür, die man vom Strand aus erreichen konnte. Hier gab es niemanden, der die Tür öffnen konnte, wenn es klingelte.

Frank wollte aus der Ecke heraus, in die er gedrängt worden war. Vielleicht hatte er die Möglichkeit, das Telefonat zu seinen Gunsten zu drehen. Ein kaltes Lächeln erschien auf seinen Lippen. Dann nahm er den Anruf an. „Ich habe meinen Teil der Abmachung erfüllt", sagte er, während er die Galerie betrat, die über dem Eingangsbereich und Wohnzimmer verlief und die zwei getrennten Stockwerke miteinander verband. Seine Stimme hallte einsam durch das Haus.

Ein tiefes, verzerrtes Lachen kroch zur Antwort in sein Ohr. „Hallo, Frank, schön, dass du es geschafft hast."

„Ja, wirklich schön, mal wieder hier zu sein. Aber wo bist du? Ich dachte, wir treffen uns?" Frank blieb in der Mitte der Galerie stehen und ließ den Blick um sich schweifen. Falls er doch nicht allein war, würde er es mitbekommen.

„Ich fühle mich geschmeichelt, Frank." Der Unbekannte atmete tief ein, was Frank durch die Verzerrung eine Gänsehaut bescherte. „Leider schaffe ich es heute nicht."

Frank blinzelte, sein Mund klappte auf. So schnell er in seine Rolle geschlüpft war, so schnell fiel er nun wieder heraus. Er benötigte einige Sekunden, um sich zu fangen. „Schade. Ich hätte dich gern persönlich kennengelernt."

„Oh, Frank, du kennst mich besser, als du denkst."

Frank knirschte mit den Zähnen, während er immer wieder die Umgebung um sich herum prüfte. „Wer bist du? Und wenn du nicht hier bist, was mache *ich* dann hier?"

„Keine Sorge, Frank, dein Besuch ist nicht umsonst. Du musst nur in dein Arbeitszimmer gehen."

Frank zog die Brauen zusammen und blickte die Galerie hinab. Seine Hand klammerte sich an das Geländer. „Was soll ich im Arbeitszimmer?"

„Du wirst es schon sehen", sagte der Anrufer.

Widerwillig lief Frank auf die Tür zu, die in sein ehemaliges Arbeitszimmer führte. Er betrat das Zimmer. Leere gähnte in den Regalen an den Wänden. Früher hatten sich dort Bücher aneinandergereiht. Sein antiker Schreibtisch stand noch immer in der Mitte des Raumes auf die Fensterfront gerichtet. Frank trat an den Chesterfield-Sessel heran. Sein Blick glitt von der Aussicht über die Berge und auf L. A. zu dem Laptop auf dem Tisch. Diesen hatte er nach seinem Auszug nicht hiergelassen.

„Was soll das?", fragte Frank und betrachtete das aufgeklappte Gerät mit einem kritischen Blick.

„Kannst du es dir nicht denken, Frank?"

Frank runzelte die Stirn. „Nein." Wut brodelte in seiner Kehle. Er knirschte mit den Zähnen. „Komm endlich auf den Punkt. Ich habe nicht den ganzen Tag Zeit."

„Oh, ich fürchte, du wirst dir die Zeit nehmen müssen. Sehr viel Zeit." Die Stimme wartete auf Franks Antwort, doch der schwieg. „Schließlich dauert es, bis ein Roman fertig geschrieben ist."

Nur langsam tröpfelten die Worte in Franks Bewusstsein, vermischten sich, ehe sie sich nach einigen Sekunden wieder zusammensetzten, sodass Frank den Sinn begriff. Einen Roman schreiben? War es das, was der

Unbekannte von ihm wollte? Er schüttelte den Kopf und trat vom Tisch zurück, als drohte der Laptop vor ihm zu explodieren. „Nein. Auf keinen Fall!"

Ein Schnalzen ertönte. „Frank." Die Stimme zog seinen Namen in die Länge, dass es Frank vor Ekel schüttelte. „Ich dachte, du weißt inzwischen, dass du keine andere Wahl hast."

Frank hob die Brauen. „Oh doch. Ich habe das Schreiben aufgegeben und solange du nicht vorhast, mir hier eine Pistole an den Kopf zu halten, werde ich es nicht tun." Er schüttelte den Kopf, als wollte er es sich selbst noch einmal bestätigen. „Ich – werde – nicht – mehr – schreiben."

„*Dir* werde ich keine Pistole an den Kopf halten, Frank", antwortete der Unbekannte gelangweilt. „Aber an deine Töchter komme ich heran. Welche der beiden würdest du lieber opfern? Courtney oder die süße Ashley?"

Mit voller Wucht trat Frank gegen den Sessel, sodass dieser mit einem Ächzen zu Boden kippte. „Lass meine Töchter in Ruhe!", brüllte er und spürte, wie sich sein Gesicht zu einer teuflischen Maske verzerrte. „Lass mich in Ruhe!"

„Ach, Frank." Der Unbekannte seufzte. „Du kannst deine Ruhe haben, wenn du ein Buch geschrieben hast."

Franks Überlegenheit zerbröselte wie trockene Erde. Entfesselt war seine Wut. Wenn er nicht so aus dieser Ecke kam, dann würde er sich daraus kämpfen. Schreiend schlug Frank den Laptop zu und so fest auf ein Regalbrett, dass dieses herunterkrachte. Frank tobte. All die Wut, die Verzweiflung und Hilflosigkeit in ihm entfesselte sich in einem Sturm, in dem er Bretter zertrat, sie aus dem Regal riss und einen Beistelltisch durch den Raum schleuderte. Nach Atem ringend stand er inmitten des Chaos. Langsam kehrte Ruhe in seinem Inneren ein und mit ihr die Resignation. Seufzend schlug er den Blick nieder und ließ den Kopf hängen. „Warum willst du unbedingt, dass ich ein Buch schreibe?“

„Die Welt braucht deine Bücher, Frank.“

Frank sah auf und schüttelte den Kopf, kritisch auf die Welt vor ihm starrend. „Nein, die Welt ist gut ohne meine Bücher ausgekommen.“

„Wovor hast du Angst, Frank?“

„Der Preis ist einfach zu hoch.“

„Der Preis ist höher, wenn du nicht tust, was ich sage. Und denke nicht, dass ich nicht merke, wenn du nicht anfängst. Verarsch mich nicht, Frank. Deine Töchter werden diesen Preis bezahlen.“

Frank ballte die freie Hand zur Faust, schloss die Augen und presste die Lippen aufeinander. Er konnte nicht auch noch riskieren, eine seiner Töchter zu verlieren.

Seine Faust löste sich, die Schultern sackten zusammen und Franks Kopf hing noch tiefer. „Was soll ich schreiben?“

„Du bist doch ein Bestsellerautor. Dir fällt bestimmt etwas ein.“ Ein zufriedenes Seufzen erklang. „Viel Spaß, Frank.“

Frank legte auf. Ein lautes Brüllen entrang sich seiner Kehle, verhallte ungehört im Haus. So fühlte er sich. Ungehört. Allein mit dem Gewicht auf seiner Brust.

Wer steckte hinter dieser tiefen, verzerrten Stimme? Konnte es Barbara sein?

Frank richtete den Sessel wieder auf und ließ sich mit einem Stöhnen darauf fallen. Nein. Barbara war es nicht. Wieso sollte sie ihn ein Buch schreiben lassen? Dieses Motiv passte nicht zu ihr. Aber es passte sehr gut zu Danny, seinem Stalker.

„Sie müssen weiterschreiben! Ihre Bücher sind alles, was ich habe! Ich brauche Ihre Geschichten. Die Welt braucht Ihre Geschichten, Frank."

Dieser Satz hallte in seiner Erinnerung wider. Die vor Verzweiflung brechende Stimme brannte sich in seinen Kopf, spielte immer wieder von vorne ab wie ein Sprung in einer Vinylplatte. Frank starrte aus dem Fenster. Aber er betrachtete nicht die Aussicht mit den sanften begrünten Hügeln. Vor ihm spielte die Erinnerung wie ein Film ab. Danny, der auf ihn zustürzte. Der Wahnsinn, der in seinen Augen funkelte, der Schmerz in seinen Gesichtszügen, weil er ihn daran hindern wollte, in den Ruhestand zu gehen.

Die Originaltonspur zu diesem Film wechselte von Dannys verzweifelt brüchiger Stimme zu der tiefen, verzerrten des Unbekannten: *„Die Welt braucht deine Bücher, Frank."*

„Die Welt braucht deine Bücher, Frank."

„Die Welt braucht deine Bücher, Frank."

„Die Welt braucht deine Bücher, Frank."

Nun verschwamm seine Erinnerung zu der Stimme in Franks Kopf. Vor seinem inneren Auge sah er Danny. Wahnsinn glitzerte in seinen tief liegenden Augen. Ein böses Schmunzeln zuckte über seine Lippen.

Aber die Stimme passte nicht zu seinen Lippenbewegungen. Immer wieder wechselte das Gesicht von böse grinsend zu Verzweiflung und Schmerz.

„Die Welt braucht deine Bücher, Frank."

„Die Welt braucht deine Bücher, Frank."

„Die Welt braucht deine Bücher, Frank."

Mit einem Schlag tauchte Frank aus der Erinnerung auf. Er japste nach Luft, als hätte man ihn unter Wasser gedrückt. Verwirrt sah er sich um. Er brauchte einen Drink.

Obwohl er wusste, dass es unwahrscheinlich war, hier etwas zu finden, zog es Frank dennoch in die Küche und zum Kühlschrank. Überrascht hob er die Brauen, als er eine ungeöffnete Flasche seines Lieblingswhiskeys vorfand. Das musste Danny gewesen sein. Voller Misstrauen legte er die Stirn in Falten, dann sah er sich um, als könnte er hinter ihm stehen. Aber Frank war noch immer allein. Nur das leise Summen des Kühlschranks war zu hören.

Frank schluckte. Mit einer Hand klammerte er sich an der Tür des Kühlschranks fest. Er trat auf der Stelle. Schließlich wusste er, dass es absurd war, dieses *„Geschenk"* anzunehmen. Vielmehr fühlte er sich verhöhnt, aber gleichzeitig auch verführt. Danny schien um seine Dämonen zu wissen.

Frank schluckte, kämpfte so gegen das Brennen in seiner Kehle an.

Seine Finger bohrten sich in die metallene Ummantelung des Kühlschranks. Er sollte es nicht tun. Er durfte es nicht.

Aber schließlich war er bereits hier eingesperrt und sollte sich etwas widmen, das sein Leben zerstört hatte, da konnte er auch einfach ein Glas trinken, um sich besser zu fühlen. Ein Glas.

Nein. Frank senkte den Blick und schüttelte die Stimmen von sich. Nein. Was, wenn Danny genau darauf wartete und mit der Flasche den nächsten Mord beging – mit Franks Fingerabdrücken darauf? Oder er zielte darauf ab, dass Frank im Rausch des Alkohols die Kontrolle verlor. Er durfte ihm nicht noch mehr Druckmittel geben.

Ich könnte sie abwischen, dachte Frank, und starrte wieder sehnsüchtig auf die einsame Flasche in dem leeren Kühlschrank.

Nein. Frank kniff die Augen zusammen. Nein.

Nur einen Schluck.

Nein.

Er schlug den Kühlschrank zu, wandte sich um und lehnte sich stöhnend mit den Ellenbogen auf die Kochinsel, während er gleichzeitig seine Finger in den Haaren vergrub. Diese Scheiße hier machte ihn wahnsinnig. Wann meldete sich Steven endlich?

Frank zog sein Smartphone hervor und trat hinaus in die Hitze des Nachmittags, die von den Zikaden und dem gelegentlichen Zischen der Sprinkleranlagen begleitet wurde, wenn diese sich automatisch einschalteten.

Frank lauschte dem Freizeichen, ehe Steven sich endlich meldete. „Hey, Frank, entschuldige, dass ich mich noch nicht gemeldet habe", sagte Steven schläfrig.

Zähneknirschend stellte er sich vor, wie Steven sich mit einer seiner Liebhaberinnen zwischen Satinwäsche räkelte, während Frank in einem Morast aus Scheiße versank. Die Suppe stand ihm bis zum Kinn. Er brauchte Antworten. „Hast du etwas herausgefunden?“ Er keuchte, während er vor dem Pool auf und ab lief.

Steven brummte kurz. Ein Rascheln ertönte. „Wegen … wegen diesem Danny?“

„Ja“, sagte Frank zähneknirschend.

Ein angestrengtes Stöhnen ertönte, gefolgt von dem Klingen, als Eiswürfel in ein Glas gefüllt wurden. „Belästigt dich dieser Typ etwa immer noch? Ich dachte, er gibt vielleicht einfach auf.“

Ein bitteres Lachen kroch Frank wie Säure die Kehle empor. „Ja, er belästigt mich weiter und nein, der gibt nicht auf. Was hat deine Assistentin herausgefunden?“

Steven entkorkte eine Flasche, was er an dem hohlen Plopp erkannte, schüttete sich etwas ein und schlürfte hörbar in Franks Ohr. Dieser trat auf der Stelle. „Sie ist meine Anwältin“, antwortete Steven gemütlich. „Tatsächlich gestaltet es sich etwas schwieriger, diesen Danny zu finden. Offenbar hat er seine Identität verschleiert.“

Abrupt blieb Frank stehen und riss seine Augen auf. „Scheiße. Er hat was?“

„Ja, er scheint seinen Namen geändert zu haben. Oder – was aber in Anbetracht unserer damaligen einstweiligen Verfügung unwahrscheinlich ist – er hat damals unter einem falschen Namen gelebt und dich gestalkt und lebt jetzt unter seinem richtigen Namen. Tatsache ist, dass es etwas dauert, bis wir herausgefunden haben, unter welchem Namen er jetzt wo lebt. Du brauchst etwas Geduld, Frank.“

Frank biss sich auf die Innenseite seiner Wange. „Ich habe aber keine Zeit mehr“, knurrte er und trat ein

Steinchen in den Pool, das mit einem leisen Geräusch im Wasser versank.

Kurzes Schweigen entstand am anderen Ende der Leitung. „Was ist los, Frank? Wenn er dich so übel bedroht, dann geh doch zur Polizei. Du musst nicht darunter leiden."

Frank rieb sich über seine müden Augen. „Das geht nicht." Er seufzte. „Ich kann nicht zur Polizei gehen."

„Warum nicht, Frank? Was hat er gegen dich in der Hand?" Steven lachte. „Du hast ja wohl kaum Dreck am Stecken, mit dem man dich erpressen könnte, oder?"

Frank kratzte sich den Nacken. „Er bedroht das Leben meiner Töchter. Reicht das nicht?" Bewusst verschwieg er Bridgets Tod. Das würde nur noch mehr Fragen nach sich ziehen und Steven würde ihn dann erst recht dazu drängen, zur Polizei zu gehen. Aber das war nicht möglich – noch nicht. Frank hatte sich selbst schon zu sehr in die Scheiße geritten, indem er seine Haushälterin in seinem Keller versteckt hatte, als wäre er es gewesen, der sie umgebracht hatte. Nun musste er seinem Erpresser, Danny, einen Schritt voraus sein und seine Töchter außer Gefahr wissen, bevor er die Polizei hinzuziehen konnte.

Steven seufzte gedehnt. „Frank, diese Dinge auf eigene Faust zu lösen, das –"

„Ich weiß, dass das nicht gut ist", zischte Frank gereizt. Dann atmete er einmal tief durch und fuhr sich über sein abgekämpftes Gesicht. „Tut mir leid, Steven. Ich bin gestresst. Wenn du herausgefunden hast, wer dieser Danny ist und wo er wohnt, meldest du dich sofort, okay?"

„Natürlich, Frank, aber du musst mir versprechen, dass du dich nicht in Gefahr bringst. Der Typ könnte gefährlich sein."

„Ich weiß", knurrte Frank und blickte wütend zwischen den Hügeln auf L. A. hinunter, während über ihm die Wolken träge über den blauen Himmel zogen.

„Weißt du denn, was er von dir will?"

Frank starrte düster auf das Wasser unter ihm. Vertrocknete Blätter trieben wie kleine Boote vor sich hin. „Er will, dass ich ein Buch schreibe."

Steven stutzte hörbar und verfiel in ein langes Schweigen. Frank lauschte den Zikaden. „Er will ... Er will, dass ... dass du ein Buch schreibst? Und dafür macht er diesen Aufwand? Ich verstehe nicht ganz, was das soll."

Frank kniff sich in die Nasenwurzel. „Ich auch nicht, Steven, ich verstehe es auch nicht."

„Halt mich nicht für blöd, aber dann mach doch erst einmal, was er von dir will. Ich meine, Scheiße, er könnte von dir verlangen, dass du jemanden umbringst oder von der Brücke springst." Steven lachte trocken auf. „Aber ein Buch schreiben tut ja niemandem weh. Das verschafft uns die Zeit, herauszufinden, wer er ist."

In Frank krampfte sich alles zusammen. Sein Innerstes wollte sich nach außen stülpen. Saure Galle stieg in ihm auf. Am liebsten hätte er Steven angeschrien, dass er doch genauso gut wissen musste, dass er das nicht konnte. Dass es jemandem wehtun würde, wenn er wieder zu schreiben beginnen würde. Aber er schluckte die brennende Wut herunter. „Vielleicht hast du recht",

sagte er langsam und wünschte, er könnte seiner eigenen Lüge glauben. „Ich erwarte deinen Anruf."

Kapitel 19

2009

Mit schmerzenden Gliedern erwachte Frank mit dem Gesicht auf seinem Schreibtisch. Vor ihm stand der aufgeklappte Laptop und summte vor sich hin. Orientierungslos hob er seinen Kopf und sah sich um. Er musste eingeschlafen sein. Hatte er die ganze Nacht durchgearbeitet? Krampfhaft versuchte er sich daran zu erinnern, was er gemacht hatte, was er geschrieben hatte, aber es wollte ihm nicht einfallen.

Frank blinzelte auf die Flasche Rotwein und das leere Glas, das offenbar umgefallen war. Langsam stellte er es wieder hin und sah sich um. Einige Bücher waren aus dem Regal gerissen und zu Boden geschleudert worden. Ausdrucke von seinem Manuskript lagen verstreut auf dem Teppich.

Frank erhob sich langsam von seinem Bürostuhl. Stöhnend streckte er seinen Rücken durch und seine Arme aus. Er fühlte sich, als hätte ihn ein Lastwagen überrollt.

Er schlich aus seinem Arbeitszimmer und trat in die Stille des Hauses. Mit gerunzelter Stirn sah Frank sich um. Es war zu still.

Kurz warf er einen Blick in die Zimmer von Courtney und Ashley. Etwas an ihnen war anders, aber er konnte nicht ganz einordnen, was. Mit misstrauischem Blick überquerte er die Galerie und nahm die Treppen nach unten. Alle Türen und Fenster waren geschlossen. Kein Geräusch drang von außen nach innen.

„Bridget?" Franks Stimme hallte einsam durch das große Haus.

Keine Antwort. „Ashley? Courtney? Ms. Meyers?"

Nicht einmal die Haushälterin schien anwesend zu sein. Frank schlurfte in die Küche. Alles war sauber, beinahe steril. Das Obst lag geordnet in einer Schale auf der Kochinsel.

Am Kühlschrank hingen gemalte Bilder der Kinder, Fotos und Postkarten von Freunden. Als Frank genauer hinsah, stach ihm ein gelber Zettel ins Auge, der normalerweise nicht dort hing.

Eilig umrundete er die Insel und zupfte das Blatt von der Tür.

Frank, ich bin bei meinen Eltern. Ich halte das nicht mehr aus. Wir kommen zurück, wenn du das Buch fertig geschrieben hast. Ich habe Ms. Meyers so lange beurlaubt.

Ich liebe dich, Bridget

Frank schluckte und ließ den Zettel sinken. Was hatte er getan? Als könnte die Küche eine Antwort darauf geben, sah er sich um. Gab es Spuren, die darauf hinwiesen, was er getan haben könnte?

Auf seiner Suche eilte er ins Wohnzimmer. Aber auch hier war alles wie sonst. Durch die Schiebetür trat Frank nach draußen und fuhr sich über das müde Gesicht. Die Sonne blendete ihn, wärmte seine Haut.

Während er den weißen Kondensstreifen betrachtete, der sich über den wolkenlos blauen Himmel zog, versuchte er sich fieberhaft daran zu erinnern, was geschehen war. Hatte er zu viel getrunken? Er wusste es nicht. Hatte er Bridget oder den Kindern etwas getan? Das würde er nie tun. Oder?

Was er aber wusste, war, dass er nicht immer er selbst war, wenn er an einem Projekt arbeitete. Er verwandelte sich in dieses Workaholic-Monster, das mit einem Tunnelblick nur noch die Arbeit sah. Wenn er eine Geschichte schrieb, dann vereinnahmte diese ihn mit Haut und Haaren. Er wurde zu seinen Protagonisten. Dachte wie sie, manchmal redete er wie sie. In diesem Prozess schlief er meist zu wenig und trank zu viel. Oft litt er auch unter Filmrissen.

Seufzend ließ sich Frank auf eine der Liegen sinken und fuhr sich durch das abstehende Haar. Das Plätschern des Pools war die einzige Melodie an diesem heißen Nachmittag. Die Zikaden blieben stumm.

Frank kehrte in die Gegenwart zurück. Er saß an seinem Schreibtisch. Sein Zeigefinger liebkoste das kühle Metall des Laptops vor ihm, streichelte über die Tasten, die zu Anfang seiner Karriere seine engsten Vertrauten gewesen waren, bis sich sein ganzes Schaffen in einen Dämon verwandelt hatte, der Besitz von ihm ergriffen hatte. Zum Ende seiner Karriere war Frank nicht mehr er selbst gewesen. Er hatte seine Ehe zerstört, die Beziehung zu seinen Kindern gefährdet. Obwohl er alles besessen hatte. Die schönen Häuser, die Autos. Er war zu allen wichtigen Events eingeladen worden. Seine Bücher waren über die Leinwände geflimmert und dadurch hatte Frank die wichtigsten Leute im Showbiz kennengelernt. Frank war nicht glücklich gewesen. Er hatte sich wie eine leere Hülle gefühlt, eine Marionette, die von ihrem Puppenspieler bespielt wurde.

Als Frank diese Verbindung gekappt hatte, war es zu spät. Bridget hatte ihn verlassen und seine Kinder wollten die erste Zeit nicht mehr mit ihm sprechen. Es hatte ihn einige Jahre gekostet, diese Beziehung zu retten, und auch die Beziehung zu Bridget hatte er zuletzt kitten können, sodass sie Freunde gewesen waren.

Franks Finger verkrampften sich über der Tastatur und eine unsichtbare Schnur drückte seine Kehle zu. Tränen brannten in seinen Augen. Er konnte nicht rückgängig machen, was er getan hatte. Doch dass man ihn nun zwingen wollte, sich wieder diesem Dämon, seinem Puppenspieler, zuzuwenden, fühlte sich an, als steckte man ihn in eine Zwangsjacke. Und am Ende würde er sogar seine Stimme verlieren.

Stunden hatte Frank hier nun ausgeharrt. Vor dem Fenster hatte sich der Himmel inzwischen wie ein purpurnes Tuch über die Hügel und den Stadtkern von Los Angeles gelegt. Im wachsenden Zwielicht funkelten die Lichter der Stadt.

Frank versuchte noch einmal, Ashley zu erreichen. Doch sie nahm nicht ab. Seufzend schob er das Handy zurück in seine Tasche. Er wollte nicht schreiben. Und auch wenn er gewollt hätte, worüber sollte er schreiben? Die Tage seines Schriftstellerdaseins waren gezählt. Er hatte bereits die Möglichkeit durchgespielt, nur so zu tun, als würde er hier ausharren, um zu schreiben, bis Steven die Informationen für ihn gesammelt hatte. Doch dann war Frank der Gedanke gekommen, dass dieser Typ den Laptop gehackt hatte, so wie er es mit dem Telefon gemacht hatte. Dann würde er sehen können, was Frank tat oder eben nicht tat. Also würde er wohl oder übel irgendetwas schreiben müssen, damit seine Töchter sicher blieben. Aber was?

Seine Gedanken schweiften zu der Flasche Whiskey, die genauso einsam in dem Kühlschrank unten lag wie er hier oben. Nur ein kleiner Schluck. Vielleicht würde ihm dann etwas einfallen.

Frank schlurfte durch das leere Haus. Auf der Galerie hielt er inne, sog die goldenen Sonnenstrahlen ein, die durch das Fenster über der Haustür einfielen. In der Küche öffnete er den Kühlschrank. Ohne weiter darüber nachzudenken, schraubte er die Flasche auf, roch an dem scharfen Getränk und trank aus der Flasche, da keine Gläser im Haus waren.

Als er den Kühlschrank wieder schloss, starrte er auf die nackte Tür. Seine Finger berührten das kühle Metall. Vorbei waren die Tage, als noch Fotos und gemalte Bilder seiner Töchter Platz daran gefunden hatten. Das Haus war eine leere Hülle, die ihn umfing, ohne jegliche Wärme. Franks Brust fühlte sich an, als steckte sie in einer Schraubzwinge.

Er trank einen weiteren Schluck. Er sollte darüber schreiben. Vielleicht sollte er einfach eine Biografie schreiben. Darüber, wie all diese kleinen Weggabelungen zu dieser Situation geführt hatten – dem Scheißhaufen, in dem er steckte.

Frank seufzte, setzte ein weiteres Mal an, als plötzlich sein Handy klingelte. Hastig zog er es hervor. Sein Herz raste.

Es war Ashley. „Hey, Schätzchen, geht es dir gut?“, fragte er, wobei sich seine Stimme überschlug.

Ashley zögerte kurz, was Frank nervös machte. „Ashley?“

„Ja, Dad, mir geht es gut … den Umständen entsprechend.“

„Natürlich“, sagte Frank und fuhr sich durch das Haar. „Wo seid ihr gerade?“

„Ich stehe gerade vor einem Restaurant. Wir waren auf der Wache und haben den ganzen Tag nichts gegessen.“ Im Hintergrund schrillten Sirenen und das Hupen von Autos.

„Okay. Hey, Ashley, geh doch rein und telefoniere drinnen. Bleib bei Courtney.“

Ein kurzes Schweigen. „Ist schon okay, Dad.“

Frank schloss die Augen und presste die Lippen aufeinander. Kurz atmete er tief ein und aus. „Nein, nein. Ist nicht okay. Geh bitte rein.“

„Dad.“ Ashley seufzte entkräftet. „Dad, ist alles okay? Ich meine, du leidest auch unter Mamas Tod, das tun wir alle, aber warum benimmst du dich so, als wären wir in Gefahr?“

Frank stutzte, zögerte, während er fieberhaft nach einer sinnvollen Antwort suchte. „Da läuft noch ein Mörder frei herum, Ashley. Was ist, wenn er es auf euch abgesehen hat?“

„Die Polizei geht von einem missglückten Raubüberfall aus. Wenn ich ehrlich bin, wissen wir drei, dass Mama aber auch einige Liebhaber hatte. Also, das kann die Polizei auch nicht ausschließen.“ Sie atmete hastig ein und aus. Scheiße, rauchte sie etwa? „Aber du kommst mir schon die ganze Zeit komisch vor. Du wolltest so dringend, dass wir zu Mom gehen. Und jetzt wirkst du komisch. Dad, sei ehrlich, trinkst du wieder?"

Frank blickte erschrocken auf die Flasche und schob sie von sich. „Nein, Schätzchen, nein, das tue ich nicht."

„Dad", sagte Ashley und zog wieder an der Zigarette. Entweder gab sie sich keine Mühe, es zu vertuschen, oder sie dachte, sie wäre gut darin. Aber es war deutlich zu hören. „Ich weiß, dass du lügst. Deine Stimme klingt heiser. Genau wie damals."

Frank hörte den Schmerz in ihrer Stimme. Resigniert ließ er den Kopf hängen. Zittrig atmete er durch den geöffneten Mund ein, während er beschämt auf seine Hand blickte. „Gut", sagte er. „Ich trinke wieder."

„Was ist los, Dad? Bist du in Schwierigkeiten?"

„Nein. Ich habe nur Angst, dass euch etwas zustößt. Ich will euch nicht auch noch verlieren." Seine Stimme bebte, sein Innerstes zerbrach bei dem Gedanken.

„Uns wird nichts passieren, Dad."

„Versprich mir, dass ihr aufeinander achtgebt", flüsterte Frank.

„Das tue ich", hauchte Ashley zurück. „Bitte, hör auf zu trinken, Dad. Kommst du noch?"

Frank schloss die Augen. „Ich kann noch nicht. Aber ich werde, sobald es mir möglich ist."

„Dad –"

„Ich muss auflegen", sagte Frank, als er es nicht mehr ertrug, seine Tochter so sehr zu enttäuschen. Also legte er auf und trank einen weiteren kräftigen Schluck, ließ die brennende Flüssigkeit seine Kehle hinabrinnen.

Wut brodelte in seinem Bauch. Wut auf sich selbst, dass er seine Töchter enttäuschte und in Gefahr brachte. Er ballte die Hände zu Fäusten.

Frank stapfte durch das Haus zum Laptop. Dann klappte er ihn auf. Er wusste nun, worüber er schreiben wollte.

Brittany Westwood

Wenn Brittany auf eine Ader gestoßen war, die zu einer Geschichte führte, spürte sie immer dieses heiße Kribbeln in ihrem ganzen Körper. Meistens raubte es ihr den Schlaf. Oft lag sie dann wach, aus Angst, etwas zu verpassen. Ihr Kontakt hatte nicht alle ihre Fragen beantworten können. Im Gegenteil. Die Erzählungen über Frank Lamber hatten noch so viele mehr aufgeworfen. Kaum jemand wusste etwas über seine Vergangenheit. Nicht die Menschen, die hier mit ihm gelebt und gearbeitet hatten. Ihr Kontakt stammte aus dem inneren Kreis der Lambers. Eine Freundin seiner Ex-Frau Bridget Lamber. Von ihr hatte sie erfahren, dass die Scheidung und später auch sein Karriereende unmittelbar mit dem Schreiben zusammenhingen. Die Freundin berichtete über eine düstere Seite, die Franks Schaffen zutage beförderte.

Gierig leckte Brittany sich über die trockenen Lippen, während sie ihren Wagen über die viel befahrene Autobahn lenkte. Am Horizont glühten die Wolken über der untergehenden Sonne.

Brittany spürte, dass diese Ader in Richtung Lake Isabella pulsierte. Dort vermutete sie, auf Franks Abgrund zu stoßen. In dem Ort, in dem er aufgewachsen war, würde sie Antworten auf ihre Fragen finden. Da war sie sich sicher.

Die Aufregung bebte in ihrem ganzen Körper. Brittany zog eine Zigarette hervor und steckte sie sich an, während sie über die Freisprechanlage Claras Nummer wählte.

„Lass mich raten", sagte diese sofort, nachdem sie abgenommen hatte. „Du kommst nicht zum Abendessen."

Brittany pustete hektisch den Rauch aus. „Es tut mir leid, Babe. Ich bin da an etwas dran."

„Ja, ich weiß, Schatz." Claras Lächeln war deutlich zu hören. „Wie lange wirst du weg sein?"

„Ich weiß es nicht. Ich will versuchen, mit seiner Familie und alten Schulkontakten zu sprechen. Es kann sein, dass es etwas Zeit in Anspruch nimmt."

„Pass auf dich auf", sagte Clara nur. „Ich liebe dich."
„Ich dich auch."

Brittany legte auf und war gespannt, auf welche Antworten sie in Lake Isabella stoßen würde.

Kapitel 20

Wenn es um deine Töchter geht, tust du alles, nicht wahr, Frank? Besonders deine süße Ashley. Die süße Ashley. Ich hab sie im Fokus. Aber keine Sorge, Frank. Gerade bin ich zufrieden mit dir. Wie fleißig du tippst. Ja, ich kann es sehen und gleichzeitig den seidenen Faden halten, an dem deine Töchter hängen. Schnipp, schnapp. Mit nur einer Bewegung kann ich dir alles nehmen, Frank. Jag mir nicht nach. Versuch nicht herauszufinden, wer ich bin. Ich bin dir einen Schritt voraus. Ich bin ein Schatten, dein Schatten, Frank, und in der Nacht verschmelze ich mit der Dunkelheit. Du kannst mich nicht fangen. Du kannst mich nicht greifen. Ich bin dir voraus, Frank. Versuch es gar nicht erst.

Frank wusste nicht, wie lange er am Laptop gesessen hatte. Wie in seiner Erinnerung wachte er auf. Speichel war auf die Tastatur getropft. Neben ihm stand die fast leere Whiskey-Flasche.

Blinzelnd blickte er auf. Durch das Fenster sah er die Stadt, die funkelnden Lichter, die im Schoß der zwei Hügel erstrahlten. Ein kleiner Fleck Licht, der seine Augen anzog wie Motten.

Sehnsüchtig hing er an dem Funkeln und Glitzern. In diesem Moment wünschte er sich, wieder mit naiven, unverbrauchten Augen und den alten Sehnsüchten im Herzen auf diese verfluchte Stadt blicken zu können.

Aber er sah nur noch den Fluch, den sie über ihn gebracht hatte.

Frank nahm sich die Flasche, schlurfte nach unten, schob die Terrassentür auf und stellte sich vor den Pool. Mit verklärtem Blick starrte er auf Los Angeles.

Er schwankte, verzog angewidert das Gesicht und hob die Flasche an die Lippen. Was war nur aus ihm geworden? Er hob die Arme. Würde es beendet sein, wenn er starb? Das fragte er sich schon länger. Frank ließ sich nach vorn fallen.

Mit einem lauten Platschen umfing ihn das Wasser, das silbrig im Licht der Lampen schimmerte. Es schwappte über seinen Kopf hinweg. Frank genoss die Schwerelosigkeit. Mit ausgebreiteten Armen trieb er auf der Wasseroberfläche und starrte mit großen Augen auf den Boden des Pools. Eine Luftblase nach der anderen stieg aus seiner Nase auf. Niemand würde ihn retten. Niemand würde kommen.

1985

Im Vergleich zu seinem Schulalltag war der Weg nach Hause nicht so ein Spießrutenlauf. Frank lief mit Coop und Barb nach Hause, während die meisten anderen Kinder, die Frank den Schulalltag erschwerten, den Bus nehmen mussten oder einen anderen Weg nahmen. Der Einzige, der seinen Nachhauseweg noch mit Steinen zur Hölle pflastern konnte, war sein eigener Bruder Fletcher. Dieser lungerte aber meistens noch nach der Schule mit seinen Idiotenfreunden hinter dem Schulgebäude herum und rauchte heimlich Zigaretten.

Frank verpetzte ihn nie. Er wusste, dass Fletcher ihm sonst die Prügel seines Lebens verpassen würde, sobald Mom und Sarah das Haus zum Einkaufen verließen.

Frank hakte seine Daumen unter die Träger seines Rucksacks und schloss zu Barb und Cooper auf, die etwas schneller die staubige Straße entlangliefen.

„Sollen wir uns heute Abend wieder am Creek treffen?", fragte Cooper mit dem unbeschwerten Schwung in seiner Stimme. Dadurch klang er immer gut gelaunt. Grinsend blinzelte er in den leuchtend blauen Himmel, an dem nur vereinzelte Wölkchen zu sehen waren.

„Klar", sagte Frank und kickte einen Stein vom Weg auf ein ausgedörrtes Grundstück. Feiner Staub wirbelte auf.

„Und du, Barb?" Cooper grinste das rothaarige Mädchen an, die ihren Blick zu Boden gerichtet hielt.

Nervös steckte sie sich eine Strähne hinter das Ohr. „Nein. Ich kann nicht. Ich muss meiner Mom helfen."

Während Frank bewusst Barbaras Blick mied, sah Coop sie zerknirscht an. „Schade, Barb. Du warst schon lange nicht mehr dabei. Wir vermissen dich da. Stimmt's, Frank?"

Frank riss den Kopf hoch. „Ja. Ja, sehr", nuschelte er hastig und sah nun doch flüchtig in Barbs Richtung. Ihre Augen schwammen in Tränen. Frank wusste, dass sie wollte. Aber Frank wusste auch, dass sie traumatisiert war. Er warf ihr einen entschuldigenden Blick zu, wie er es seitdem immer tat. Er fühlte sich schuldig. Wofür genau, wusste er aber auch nicht. Er konnte Fletcher nicht daran hindern, die Dinge zu tun, die er tat. Aber die Blutsverwandtschaft zu ihm beschämte ihn und gab ihm das Gefühl, als wäre er dabei gewesen.

Barb senkte ihren Blick. Das tat sie nun immer. Wahrscheinlich lag es daran, dass Frank Fletcher ähnlich sah. Vielleicht fühlte Frank sich auch deswegen schuldig. Dass Barb jedes Mal, wenn sie ihn ansah, ihr Trauma erneut durchleben musste. Bei diesem Gedanken wurde Frank schlecht.

Die drei Freunde schwiegen die letzten Meter, bis sie an einer Kreuzung standen. Frank musste rechts abbiegen. Die anderen beiden wohnten in den Siedlungen weiter oben und mussten nach links.

„Also dann. Bis später, Frank", rief Coop. „Komm, Barb."

Barbara murmelte eine Verabschiedung und trottete Cooper hinterher.

Einige Sekunden sah Frank den beiden nach und ihn überkam ein Gefühl, dass er sie vermisste. Tatsächlich aber vermisste er das Gefühl, das er empfunden hatte, bevor Fletcher diese Scheiße gebaut hatte. Ein Gefühl der Unbeschwertheit. Das hatte Fletcher ihm genommen. Sein eigener Bruder.

Frank schob seine Fäuste in die Hosentasche, wandte sich um und kickte erneut einen Stein von der Straße.

Er setzte seinen Weg nach Hause fort, als ihm plötzlich der Stein, den er gerade von sich getreten hatte, vor die Füße geworfen wurde.

Frank blieb stehen. Seine Stirn legte sich in Falten, als er auf den Stein zu seinen Füßen blickte. Dann wandte er den Kopf zur Seite und trotz der Hitze rann ihm ein eisiger Schauer über den Rücken.

Mit einem teuflischen Grinsen trat Fletcher hinter einem klapprig aussehenden Holzschuppen hervor. Natürlich von seinen Anhängern Dick und Doof begleitet, die dümmlich lachten.

„Na, sieh mal einer an“, flötete Fletcher. „Mein kleiner Loser-Bruder auf dem Weg nach Hause.“

Trotz der Angst, die sich wie eine kalte Faust in seinen Magen bohrte, straffte er seine Schultern und hob die Brauen, um seinen Bruder von oben bis unten zu mustern. Er wusste, dass er das hasste und seine Schikanen anfachte, aber Frank hatte ohnehin nichts zu verlieren. Er würde ihn nun fertigmachen – so oder so. „Was willst du, Fletcher? Du hast mich heute schon in der Schule gepiesackt. Reicht das nicht?“

Wie ausgehungerte Hyänen umkreisten die drei Frank, der sich mühte, das Zittern in seinen Gliedern zu unterdrücken. „Ach, Frank.“ Fletcher seufzte und zupfte an seinem Rucksack, sodass Frank das Gleichgewicht verlor und ein Stück nach hinten taumelte. Da stieß er gegen Clarks Wampe. Mit einem düsteren Lächeln blickte er auf Frank herunter. „Frank, Frank, Frank“, sagte er gedehnt, ehe Fletcher vor ihm stehen blieb und ihm tief in die Augen starrte. Kurz erschrak Frank, als er glaubte, einer älteren Version seiner selbst in die blauen Augen zu starren. „Ich kann dich nicht ausstehen.“ Er presste die Zähne aufeinander und ein hämisches Lächeln zuckte auf seiner Wange.

Frank schluckte gegen den Widerstand in seinem Hals an, der ihm das Atmen erschwerte. „Weil ich klüger bin und Dad mich nicht für einen Idioten hält?“ Frank bemühte sich, dass seine Stimme nicht brach, konnte aber nicht verhindern, dass sie am Ende in einen schiefen Ton rutschte.

Fletcher hob seine Oberlippe, zeigte seine Zähne wie ein knurrender Hund. Dann stieß er mit seiner Stirn gegen Franks. „Hast dir Mut angesoffen, Frankieboy, oder warum bist du scheißfrech, hä?"

Frank ballte seine Hände zu Fäusten. Er wollte seinem Bruder so sehr ins Gesicht schlagen. Aber er war in der Unterzahl. „Es ist doch egal, was ich tue oder sage. Du findest immer einen Grund, mich deswegen zu schikanieren."

„Schikanieren? Was redet der da?", rief Dick von hinten mit seiner dümmlich tiefen Stimme.

Fletcher warf ihm über Franks Kopf hinweg einen genervten Blick zu und verdrehte die Augen, ehe er wieder seinen Bruder taxierte. „Du atmest, das reicht." Dann, bevor Frank etwas erwidern konnte, nickte er Dick und Clark zu.

Die beiden kicherten, packten Frank an den Oberarmen, hoben ihn hoch und trugen ihn von der Straße in Richtung Schuppen.

„Hey", schrie Frank. „Was macht ihr mit mir? Lasst mich los!" Er strampelte mit den Füßen, in der Hoffnung, einen von ihnen zu erwischen, doch vergebens. Die beiden waren größer, stärker und schmerzunempfindlich, wie es schien.

Fletcher öffnete die Scheunentür. Dick und Clark trugen Frank hinein, der nun noch lauter schrie und strampelte.

„Es hört dich eh keiner, Frank", rief Fletcher gelangweilt, während er die Scheunentür schloss.

Es roch nach Heu, Katzenpisse und dem Motoröl der großen Traktoren, die hier untergebracht waren. Über ihnen knarzten die Balken und der Wind fauchte durch die Lücken der Bretter, durch die ab und an Sonnenlicht brach.

„Lasst mich los", schrie Frank, den nun die Panik erfasste. Wild strampelte er, trat um sich und spuckte Clark ins Gesicht.

Die beiden waren wie Roboter. Es schien sie nicht zu interessieren. Vor einer Tonne stellten sie Frank ab.

Fletcher schlenderte auf sie zu. „Du bist 'ne Nervensäge, Frank." Ohne Vorwarnung holte er aus und verpasste ihm einen Faustschlag ins Gesicht.

Ein stechender Schmerz durchfuhr sein Jochbein. Frank stöhnte auf. Tränen rannen über seine Wangen. Erneut sauste Fletchers Faust in sein Gesicht. Dieses Mal fester. Er traf seine Lippe.

Warme Flüssigkeit quoll aus der Platzwunde, lief Franks Kinn hinab und tropfte rot auf den Boden und sein Shirt.

Frank stöhnte. Heiße Tränen liefen ihm über die Wangen. Er schluchzte. Seine Kehle schmerzte. „Lass mich doch bitte in Ruhe." Er wimmerte.

Fletcher lachte und Dick und Clark stimmten mit ein. Noch einmal holte er aus und bohrte seine Faust in Franks Magen.

Er schrie erstickt auf und krümmte sich. Seine Knie gaben nach und er wäre zu Boden gegangen, hätten Dick und Clark ihn nicht festgehalten.

Der Schmerz brannte in seinem Bauch und strahlte in seinen gesamten Körper aus. Übelkeit überkam ihn.

„Los", blaffte Fletcher. „Stopft ihn da rein."

Lachend wuchteten die beiden Jungs Frank in die Tonne. Panisch blockierte Frank mit gespreizten Beinen den Versuch, ihn in das dunkle, enge Behältnis zu quetschen.

Die Tonne wackelte, während die Jungs rangelten und versuchten, Franks Beine vom Rand zu lösen. Mit aller Kraft wehrte er sich, strampelte, schrie und versuchte, sich aus den unnachgiebigen fleischigen Händen zu befreien.

Schließlich gelang es ihm, die Tonne umzutreten. Mit einem dumpfen Geräusch ging sie zu Boden und kullerte im Staub hin und her.

Frank schrie, während Dick und Clark schnauften und ächzten.

„Stopp", rief Fletcher. „Das reicht. Setzt ihn ab."

Frank japste nach Luft. Noch immer pochte der Schmerz in seinem Gesicht. Aber er merkte nicht viel davon, denn das Adrenalin, das sein rasendes Herz durch seinen Körper jagte, versetzte seinen Körper in einen Ausnahmezustand.

Fletcher stellte die Tonne wieder auf. „Lasst ihn los."

Frank riss sich aus den bohrenden Griffen. Tief atmete er ein und aus. Langsam gab die Panik nach, die seine Brust wie einen Schraubstock umklammerte.

Fletcher musterte Frank, der sich mit dem Ärmel das Blut von der Lippe wischte. Der eisenhaltige Geschmack breitete sich auf seiner Zunge aus. Gerade wollte er dazu ansetzen, ihm etwas zu sagen, als Fletcher ohne ein weiteres Wort ausholte und ihm erneut ins Gesicht schlug.

Mit einem Schlag wurde um Frank herum alles schwarz. Seine Beine gaben nach. Frank prallte auf den staubigen Boden auf, danach umhüllte ihn Schwärze.

Frank wusste nicht, wie lange er bewusstlos gewesen war. Als er wieder zu sich kam, hörte er seinen schweren Atem in seinen Ohren dröhnen. Um ihn herum war es dunkel. Seine Gliedmaßen kribbelten. Eingequetscht lag er da, seine Haut berührte kühles Plastik.

Frank benötigte einige Sekunden, um zu realisieren, dass sie ihn k. o. geschlagen und dann in die Tonne gesteckt hatten. Seine Beine waren merkwürdig abgeknickt, er lag in dem Gefäß, dabei konnte er nicht sagen, ob sich der Deckel an seinem Kopf oder zu seinen Füßen befand.

Mit Wucht kam die Panik wieder zurück. Sein Atem ging schneller, pochte wie ein Trommelschlag in seinen Ohren. Frank konnte nichts sehen. Es war dunkel, pechschwarz und irgendwie hatte er das Gefühl, dass die Luft in diesem Behälter bereits verbraucht war.

Seine Brust wurde immer enger. Panisch stemmte Frank sich gegen die Wände. Über ihm. Neben ihm. Er trat gegen das Ende der Tonne, trommelte über seinen Kopf, wo er den Deckel vermutete. Nichts bewegte sich.

„Hilfe!", schrie Frank und wusste, dass seine Schreie von seinem Gefängnis verschluckt wurden. „HILFE!"

Er trat erneut gegen die Wände. Die Tonne wackelte träge, schien aber gegen einen Widerstand zu stoßen.

Schluchzend rollte Frank sich zusammen. Nicht einmal sein pochendes Gesicht tat so weh wie der Schmerz, den Fletchers Schikanen in seinem Inneren verursachten. Was hatte er ihm getan?

Wütend wischte Frank sich die Tränen von der Wange. Er musste hier rauskommen. Würde er darauf warten, dass jemand ihn hier finden würde, würde er verdursten oder noch viel schlimmer: ersticken.

Inzwischen glaubte er sogar, dass Fletcher genau das beabsichtigte. Würde er ihn hier herausholen, wenn Frank zu lange brauchen würde? Oder würde er einfach Franks Portion essen und irgendeine Lüge erfinden?

Er konnte sich nicht darauf verlassen, dass sein Bruder doch noch tief in seinem Inneren ein Gewissen hatte.

Er musste sich selbst helfen. Niemand würde ihn retten. Niemand würde kommen.

Tief atmete er gegen seine Schluchzer an, beruhigte seinen hämmernden Herzschlag und setzte sich in Bewegung. Er drehte sich nach links, dann nach rechts, sodass die Tonne schwankte. Sie schwang von links nach rechts, prallte aber an beiden Seiten gegen einen Widerstand.

Kurz überlegte Frank. Wenn er ausreichend wackelte und die Tonne in Schwingungen versetzte, würde sie vielleicht irgendwann genügend Schwung erreichen, dass sie über eines der Hindernisse hinüberrollte.

Frank biss sich auf die schmerzende Unterlippe und stieß sich gegen die Wand, dann mit dem Schwung zu der anderen Seite und schaukelte die Tonne.

Wie ein Pingpong wackelte diese nun zwischen den beiden Gegenständen hin und her, gewann an Schwung, sodass Frank schon bald Mühe hatte, das Tempo mitzuhalten, in dem er sich gegen die Wände stemmte.

Doch nach einigen Minuten, die ihm den Schweiß auf die Stirn trieben, spürte er, wie er mit einem Rumpeln auf den Gegenstand rollte.

Frank verlor das Gleichgewicht, prallte vom Schwung zurück, sodass die Tonne wieder an ihren Platz zurückrollte und den Schwung verlor.

Frank schrie frustriert auf. Sein Herz zog sich zusammen. Die Dunkelheit und die Enge, die Hitze, die verbrauchte Luft. All das löste eine markerschütternde Panik in Frank aus. Er musste hier raus. Frank glaubte, jeden Moment zu ersticken.

Er versuchte es erneut und versetzte die Tonne in Schwung. Frank schlingerte in der Tonne herum, während sie immer heftiger von links nach rechts schaukelte.

Mit einem triumphierenden Aufschrei schaffte er es erneut, die Tonne auf den Widerstand zu bewegen. Sie kippte wieder herunter, doch Frank verlor dieses Mal nicht den Schwung, nutzte ihn noch einmal, um dann beim nächsten Mal mit der Tonne über den Gegenstand zu rollen.

Nun kullerte der Behälter, riss Frank mit, sodass ihm schwindelig wurde, und prallte gegen etwas Hartes.

Frank keuchte auf. Der Deckel fiel ab und Sonnenlicht umfing ihn.

Hustend und nach Luft japsend krabbelte er aus seinem Gefängnis. Feiner Staub wirbelte auf und tanzte im Licht der Strahlen, die durch die Ritzen der Bretter brachen.

Frank sah sich um. Offenbar hatten sie ihn an den Reifen des Traktors geschoben und dort mit Ziegelsteinen fixiert.

Wut brodelte in ihm auf. Mit geballten Fäusten suchte er nach seinem Rucksack und fand ihn wenig später in einer Ecke. Den Inhalt hatten sie auf dem sandigen Boden ausgeleert.

Während Frank verletzt und mit Schmerzen im Gesicht seine Sachen zusammenklaubte, säuselte der Wind durch die Scheune. Über ihm knarrten die Balken. Die Stille um ihn herum war erdrückend.

Kurz sah er sich um. Über ihm raschelte etwas im Heu. Frank presste sich den Rucksack gegen die Brust, ehe er die Scheune durch die Tür verließ.

Blutend und dreckig schleppte er sich über die Straße. Gnadenlos brannte die Sonne auf ihn herab. In der Ferne bellten Hunde und in jeder Ecke zirpten die Zikaden.

Über ihm wanderten die Wolken träge über den blauen Himmel, hüllten Frank ab und an in Schatten, sodass der Schweiß auf seiner Stirn etwas abkühlte.

Seine Lippe pochte, sein Magen fühlte sich noch immer komisch an vom Schlag, und die Stelle unter seinem Auge schwoll langsam an.

Nach einer halben Stunde erreichte Frank endlich das Haus seiner Eltern. Eilig stieß er die Tür auf, schleuderte seinen Rucksack auf den Boden und rannte in die Küche.

Dort saßen Sarah, seine Mom und Fletcher am Tisch. Während seine Mom und Sarah bei seinem Anblick erschrocken aufsahen und die Löffel in die Suppenteller sinken ließen, aß Fletcher unbekümmert weiter mit einem leichten Schmunzeln in seinen Mundwinkeln.

Frank stürzte zum Waschbecken, nahm sich ein Glas, füllte es und kippte den Inhalt mit gierigen Zügen hinunter. Die Prozedur wiederholte er zweimal, ehe er sich zu Sarah und Mom umwandte.

Diese blinzelten ihn erschrocken an. „Was ist passiert?", fragte seine Mom bestürzt und musterte das Blut auf seinem Shirt. Langsam erhob sie sich. „Bist du verletzt?"

„Ist das Blut?", sagte Sarah spitz und schlug sich die Hand vor den Mund.

Fletcher riss sich grinsend etwas vom Brot ab und beobachtete die Show.

Franks Mom griff unsanft an sein Kinn, um seinen Blick von Fletcher zu sich zu lenken. „Was ist passiert?", fragte sie erneut.

Stumme Tränen rannen über seine Wangen, zogen Wege durch sein von Dreck und Blut verschmiertes Gesicht. Er blinzelte, atmete gegen den Widerstand in seiner Kehle an, während er die Lippen aufeinanderpresste. Seine zu Fäusten geballten Hände bebten.

Während Sarah und seine Mom auf ihn einredeten, was Frank nur wie ein Rauschen im Hintergrund wahrnahm, starrte er stumm auf Fletcher, der lachend und grinsend sein Brot in die Suppe tupfte und sich Stück für Stück in den Mund schob.

Hass brodelte in Franks Kehle wie kochendes Wasser. Er biss sich so fest auf die Unterlippe, dass erneut Blut über sein Kinn lief. Rasende, blinde Wut rauschte wie flüssiges Feuer durch seine Adern.

Er hasste Fletcher. Er hasste, was er mit ihm machte und dass er auch noch Spaß dabei empfand.

Mit zitterndem Finger zeigte er auf ihn. Diesem verging das Lachen und er funkelte ihn warnend an. „Fragt doch ihn", kreischte Frank schluchzend. „Fragt Fletcher, was mit mir passiert ist."

Sarah schien nicht allzu überrascht zu wirken. Sie kniff ihre Augen zusammen und begegnete Fletchers Blick, der sich in einem unschuldigen Gesicht übte.

Wohingegen seine Mom verwirrt lachte und fragend zwischen den Brüdern hin und her sah. „Wie meinst du das, Schätzchen? Was hat Fletcher damit zu tun?"

„Ich hab gar nichts gemacht", rief der und sah seine Mutter an wie ein Hund, der nach Essen bettelte. „Wir haben mit einem Stein gekickt und Frank ist über seine eigenen Füße gestolpert. Er hat behauptet, dass ich das gewesen bin, und geschmollt."

Franks Mom atmete beruhigt auf und setzte ein sanftes Lächeln auf. Fletcher erwiderte es, bis sie sich umdrehte, und er Frank mit einem drohenden Funkeln bedachte.

Aber ihm war es egal. Er wollte sich nicht mehr von ihm schikanieren lassen. Er wollte nicht mehr schweigen. „Er lügt!", brüllte er.

„Na, na. Beruhige dich erst einmal." Seine Mutter wollte ihm mit einem nassen Lappen das Blut vom Gesicht wischen, doch Frank riss sich unter Schmerzen los. „Mom, er lügt! Er schikaniert mich schon monatelang! Er hat mich mit Dick und Clark in eine Tonne in eine Scheune gesperrt und vorher hat er mich verprügelt! Ich bin nicht gefallen."

Als filterte seine Mutter alles, was Fletcher getan hatte, aus Franks Worten, schnalzte sie mit der Zunge, griff erneut nach seinem Kinn und tupfte über seine

Lippe. Schmerz zuckte durch seinen Kiefer. „Warum sollte dein Bruder so etwas tun?“

„Mom, ich glaube, Frank –“, rief Sarah dazwischen.

„Ich habe ihm nie etwas getan. Es sind die anderen Kinder in der Schule. Ich mache gar nichts.“

„Siehst du, Frank“, sagte seine Mutter beschwichtigend.

Doch der Unglaube in Moms verklärtem und naiven Blick machte Frank rasend. Umständlich riss er sich los, schob seine Mutter von sich. „Er lügt, Mom, siehst du es nicht? Hörst du mir nicht zu?“ Seine Stimme brach vor Wut, die seinen gesamten Körper erbeben ließ. „Er ist der Teufel.“

„Hörst du, wie er mich nennt, Mom?“, krächzte Fletcher.

Seine Mom hob drohend den Zeigefinger. „Du hörst sofort auf, deinen Bruder zu beleidigen, Frank.“

„Mom.“ Sarah versuchte, Frank beizustehen, doch als Fletcher ihn breit angrinste, knallten ihm alle Sicherungen durch.

Mit einem Hechtsprung sprang er auf den Tisch und kratzte Fletcher durchs Gesicht bei dem Versuch, ihn zu packen. Aber Fletcher wich zurück. Er schwankte mit seinem Stuhl rückwärts, konnte sich noch so gerade halten.

Frank aber stürzte sich auf ihn. Rangelnd gingen die beiden zu Boden.

„Hört auf!“, schrie Sarah.

„Frank! Fletcher!“, kreischte Mom.

Frank landete einen kläglichen Schlag auf Fletchers Oberarm, als dieser seine Arme schützend über seinen Kopf riss. Frank hatte sich noch nie geprügelt. Er hasste es, gewalttätig zu werden. Aber sein Bruder machte ihn so wütend. „Du bist ein blödes Arschloch!", brüllte Frank und schlug mit der flachen Hand auf Fletchers Arme ein. Dieser lachte laut, ließ es aber absichtlich wie ein Weinen klingen, um seine Mutter noch weiter gegen Frank aufzubringen. „Lass mich endlich in Ruhe! Lass alle in Ruhe, die du schikanierst. Du bist ein Idiot! Ein Loser." Frank wusste, dass die Schläge seinem Bruder nicht schadeten. Es amüsierte ihn vielmehr. Zwar war Frank ihm körperlich unterlegen, aber seine wahre Waffe war seine Zunge. Frank wusste genau, was er sagen musste, um durch Fletchers Panzer zu stoßen. „Deswegen hasst Dad dich auch so! Weil du ein Versager bist! Du bist dumm und du wirst es nie zu etwas bringen!"

Noch bevor das letzte Wort seine Lippen verlassen hatte, hatte Fletcher Frank von sich gestoßen und war auf die Beine gekommen.

Paff!

Fletchers Faust krachte erneut in Franks Gesicht.

Frank sah Sterne vor seinen Augen tanzen. Für einen kurzen Moment drang das Geschrei seiner Mutter und seiner Schwester nur gedämpft an seine Ohren. Wie ein Blitz durchzuckte ein Schmerz Franks Kiefer. Er taumelte zurück.

Fletchers Maske war gefallen. Zornig starrte er ihn an. In seinen Augen funkelte ein wütendes Feuer, das direkt aus der Hölle zu stammen schien.

Fletcher streckte seine Finger, um sie erneut zu Fäusten zu ballen. Bevor sie noch einmal aufeinander losgehen konnten, schob sich Sarah zwischen sie. „Es reicht jetzt", schrie sie hysterisch. „Was ist in euch gefahren?"

Mom zog Frank zurück, als wäre er das Problem. Wütend wollte er sich losreißen, doch ihr Griff war eisern. „Es reicht jetzt, ihr beiden."

„Wir beide?", kreischte Frank. „Er tyrannisiert mich, Mom. Er tyrannisiert jeden! Du kannst jeden fragen!" Die Worte sprudelten nur so aus Frank hervor. „Sogar meine Freunde greift er an. Er ist ein Monster. Wenn ihr wüsstet, was er –" Frank brach ab. Sarah sah ihn mit großen Augen fragend an, während Fletcher hinter ihr ihn wütend anfunkelte. „Verrat es und du bist tot", formten seine Lippen stumm.

„Wenn wir *was* wüssten, Frank?" Sarahs Blick durchbohrte ihn voller Erwartung.

Frank stand an einer Klippe. Zu seinen Füßen ein Stein, den er im Begriff war, ins Rollen zu bringen. Die Wut, die seinen Blick vernebelte, lichtete sich nur langsam. Aber als Frank in den Abgrund blickte, sah er all die Felsen, die dieser kleine Stein auf seinem Weg anstupsen würde. Weiter unten konnte er ein Mädchen mit roten Haaren erkennen. Wenn er diesen Stein ins Rollen brachte, würde Barb unter dem Gewicht der Felsen zerquetscht werden.

„Wenn wir was wüssten? Raus damit!", rief Sarah nachdrücklich.

Fletcher funkelte Frank drohend an.

In der Küche war es still. Nur Franks und Fletchers schnelle Atemzüge hallten von den dünnen Wänden wider.

Sarahs Blick durchbohrte Frank. Er sah zu Boden. „Raus damit, Frank."

Er wusste nicht, was er sagen sollte. Hilflosigkeit, Zorn und Ohnmacht schwappten über ihn herein.

Kopfschüttelnd taumelte er zurück. „Ich gehe mich waschen", murmelte er und sperrte sich im Bad ein.

Für den Rest des Tages verkroch er sich in seinem Zimmer. Niemand kam, um nach ihm zu sehen. Weder seine Mutter noch Sarah.

In der Nacht lag er in der Dunkelheit. Nur das fahle Mondlicht fiel durch das geöffnete Fenster, durch das ab und an eine seichte Brise wehte und das Konzert der Zikaden hineintrug.

Irgendwann dämmerte Frank weg und driftete in einen leichten Schlaf. Doch schon nach kurzer Zeit weckte ihn das leise Klicken des Schlosses. Noch bevor er sich aufrichten und realisieren konnte, was geschehen war, drückte ihn jemand in die Matratze seines Bettes.

Über ihm ragte Fletchers Gesicht mit einem Ausdruck des Wahnsinns auf. Mit einer Hand drückte er Frank in die Kissen, mit der anderen hob er die Klinge eines Messers.

Frank stockte der Atem. Er hielt die Luft an, während Fletcher sich weit zu ihm herunterlehnte. Sein vertrauter Duft nach Holz und Moschus kitzelte in seiner Nase. Übelkeit stieg in ihm auf. Sein Geruch war nicht der Duft nach Heimat. Für Frank bedeutete es Angst.

Fletcher grinste, während seine Augen wie Kohlen glühten. „Wenn du mich verraten solltest, Frank, lynche ich nicht nur dich! Dann geht es auch deiner kleinen Barb an den Kragen", zischte er wie eine Schlange. „Wage es nicht, irgendwem davon zu erzählen. Du bist allein, Frank. Niemand hilft dir. Niemand rettet dich!"

Wie gelähmt starrte Frank seinen Bruder an. Er saß über ihm, das Messer erhoben. Die Klinge funkelte im

Mondlicht. Sein Herzschlag raste in seinen Ohren. Er hielt die Luft an, konnte nicht mehr atmen, aus Angst, dass ein einziger Atemzug Fletcher dazu bringen würde, das Messer in Frank zu rammen. Also starrte er ihn schweigend an. Die Sekunden dehnten sich zäh wie Minuten aus, bis Fletcher von ihm abließ und sein Zimmer verließ, ohne ihn noch einmal anzusehen.

Frank lag noch immer da. Unfähig, sich zu bewegen, starrte er an die Decke, wie er es eben getan hatte. Das Singen der Zikaden war verstummt. Franks Welt war verstummt.

Als Frank die Luft nicht mehr anhalten konnte, riss er seinen Kopf über die Wasseroberfläche und japste nach Luft. Keuchend und hustend paddelte er zum Rand des Beckens. Die Flasche war zu Boden gesunken und dümpelte am Grund des Pools vor sich hin.

Frank lehnte sich auf den Rand. Wasser tropfte von seinen Haaren und den Wimpern. Er lauschte seinem schnellen Atem, dem hastigen Herzschlag in seinen Ohren.

Er durfte nicht gehen. Nicht, bevor er seine Töchter in Sicherheit wusste. Er kämpfte sich aus dem Becken und ins Innere des Hauses. Die Kleidung würde er aufhängen müssen. Ob er noch irgendwo Ersatzkleidung hier finden würde? Frank durchstreifte die Zimmer und fand tatsächlich im Keller noch einige Kartons und Kisten mit aussortierter Kleidung.

Er erinnerte sich daran, dass Bridget sie hatte spenden wollen, wegen der Trennung aber nie dazu gekommen war. Frank fand ein Leinenhemd und eine bequeme Leinenhose. Er ignorierte den leicht muffigen

Geruch. Dann schlurfte er nach oben und legte sich in Ashleys Bett in der Hoffnung, etwas Schlaf zu finden. Doch die aufgewühlten Erinnerungen geisterten wie der Staub in seiner Heimatstadt in seinem Kopf umher. Fletcher und seine Worte waren allgegenwärtig.

Du bist allein.

Niemand wird dir helfen.

Niemand wird dich retten.

Du bist allein.

Wie in jener Nacht waren die Zikaden verstummt und Frank vermisste ihr zartes Abendlied.

Kapitel 21

Frank erwachte. In seinem Körper schmerzte ihn jeder Knochen, jeder Nerv.

Während er sich Nacken und Schultern massierte, wischte er sich den eingetrockneten Speichel aus den Mundwinkeln. Er hatte sich gestern noch einmal an den Laptop gesetzt – und war erneut dabei eingeschlafen.

Mit müden Augen blinzelte er aus dem Fenster. Rötliches Sonnenlicht flammte über die grünen Hügel, verschlang das Licht der Stadt in ihrem Schoß. Dünne Nebelschwaden waberten über das Tal. Auf den Gräsern glitzerte der Morgentau golden im Licht der aufgehenden Sonne.

Stöhnend lehnte Frank sich in seinem Sessel zurück und berührte mit zwei Fingern das Touchpad seines Notebooks. Es reagierte sofort und sprang an. Das bläuliche Licht stach in seinen Augen. Kurz kniff er sie zusammen, rieb sie sich mit Daumen und Zeigefinger, ehe er einen Blick auf den Bildschirm warf.

Nachdem er die letzten Seiten überflogen hatte, stellte er fest, dass er sogar Brauchbares geschrieben hatte. Ein merkwürdiges Gefühl der Zufriedenheit machte sich in ihm breit. Er schloss die Augen und klappte den Laptop zu. Nein, nein. Das war nicht gut. Das war gar nicht gut.

Müde und steif richtete er sich auf. Sein Magen knurrte. In seinen zusammengewürfelten Klamotten schlurfte er nach unten. Dabei waren seine noch müden Sinne gespannt. Dieses Haus war für viele Jahre sein Zuhause gewesen, ein sicherer Hafen. Seit dieser Terror nun losgegangen war, fühlte er sich nicht einmal hier sicher. Alles schien fremd, hinter jeder Ecke vermutete Frank die nächste Bedrohung.

Diese Anspannung, die ihn in einen Alarmzustand versetzte, hielt nun so lange an, dass inzwischen seine Kiefer- und Nackenmuskulatur schmerzte.

Ohne einen wirklichen Grund zu haben, warf Frank einen Blick in den Kühlschrank. Natürlich war er leer.

„Du hättest wenigstens für Essen sorgen können, Arschloch!", rief er laut und blickte dabei verloren durch das Haus, das nunmehr einer leeren Hülle glich. Vielleicht hatte dieses Schwein irgendwo Kameras installiert, durch die er ihn beobachtete.

Das Vibrieren des Handys auf der marmornen Kochinsel riss ihn aus seinen trägen Gedanken. Frank wirbelte herum und stürzte sich auf das verdammte Ding. „Hallo?" Er stöhnte atemlos in den Hörer.

„Guten Morgen, Frank, alles okay bei dir?" Es war Steven.

Frank entspannte sich, ließ die Schultern hängen und fuhr sich über seinen Bartschatten. „Guten Morgen, Steven. Ja, alles okay", murmelte er. „Hast du etwas herausgefunden?"

Eine kurze Pause folgte. „Ja, allerdings", sagte sein ehemaliger Agent langsam.

Seine Worte waren der Strom, der seinen Körper wieder unter Spannung setzte. Jeder Muskel, jede Sehne war zum Zerreißen gespannt. „Mach es nicht so spannend. Wer ist es?“, zischte Frank.

Steven atmete hörbar ein, zögerte kurz. „Frank, ich muss dich etwas fragen, bevor ich dir diese Information gebe.“

Frank mahlte mit dem Kiefer, presste die Zähne aufeinander.

Steven räusperte sich. „Was gedenkst du mit dieser Information zu tun? Du gehst doch zur Polizei, oder? Ich meine, wenn dieser Typ dich stalkt, dann musst du zur Polizei. Vielleicht hat er seinen Namen geändert, um nicht mit dieser einstweiligen Verfügung in Konflikt zu kommen oder besser gesagt, nicht aufzufallen, sollte ihn jemand aufgreifen.“ Steven machte eine kurze Pause. Im Hintergrund klingelte ein Telefon. Offenbar war er schon im Büro. „Der Typ ist gefährlich.“

„Das bin ich auch, wenn man mich in die Ecke drängt“, knurrte Frank. „Gib mir die Information, Steven.“ Er blinzelte, um das Brennen in seinen Augen zu unterdrücken. Die Müdigkeit steckte ihm in jeder seiner Fasern und sein Nervenkostüm war äußerst dünn. Es rieb unangenehm, engte ihn ein und Steven schnürte es mit seinem Zögern noch fester zu. „Bitte.“

„Gut, Frank, du bist ein erwachsener Mann. Aber reite dich nicht in die Scheiße, hörst du?“

„Keine Sorge.“ Frank starrte wie hypnotisiert durch die Fensterfront, über den Pool hinweg auf die Stadt, die langsam durch das flammende Sonnenlicht zum Leben erwachte, während er hier Stunde um Stunde zu Staub zerfiel.

„Gut." Steven raschelte mit Papieren. „Also, es war gar nicht so leicht, diesen Danny ausfindig zu machen – oder wie er sich jetzt nennt: Tucker Rowland."

„Tucker Rowland?", brummte Frank, noch immer auf die Nebelschwaden starrend, die wie Geister gefangen zwischen den Hügeln waberten.

„Yep. Keine Ahnung, ob er noch mehr Identitäten hat. Danny hatte zu viel Dreck am Stecken. Schulden, jede Menge einstweilige Verfügungen und sogar einen Haftbefehl. Er scheint kein unbeschriebenes Blatt zu sein." Papier raschelte. „Schwere räuberische Erpressung. Ziemlich lange Liste. Das scheint dein Mann zu sein, Frank. Hat er sich denn noch einmal bei dir gemeldet? Weißt du inzwischen, warum er will, dass du ein Buch schreibst?"

Frank fühlte sich, als driftete er immer weiter ab. Die Kulisse vor ihm glitt immer weiter nach hinten, als zöge ihn etwas in einen Tunnel. „Hast du eine Adresse?", fragte er mechanisch, ohne auf Stevens Fragen einzugehen.

Dieser räusperte sich erneut. „Ja. Aber du willst doch nicht hinfahren, oder, Frank?"

„Gib mir die Adresse, Steven."

„Coallane 321, West Hollywood 90038. Frank, du hörst dich nicht gut an, tu mir den Gefallen und –"

„Danke." Damit legte Frank auf und würgte Steven ab.

Mit einem Mal war er wieder im Hier und Jetzt. Er riss seinen Blick von der Skyline los und wandte sich um. Mit schnellen Schritten durchquerte er das Zimmer, schnappte sich im Vorbeigehen seine Autoschlüssel von der Kücheninsel und verließ das Haus.

In ihm brodelte die wilde Entschlossenheit, diesem Spuk ein für alle Mal ein Ende zu bereiten. Während er über die Auffahrt lief, sah er sich kurz um.

Die Rosen wiegten sich im Wind, der zu dieser fortgeschrittenen Morgenstunde noch kühl war. Frank riss die Autotür auf, setzte sich und startete den Motor.

Mit quietschenden Reifen raste er von der Auffahrt auf die Straße, die sich durch die sanften Hügel schlängelte. An Frank rauschten Mauern und meterhohe Tore vorüber, hinter denen sich ebenfalls millionenschwere Anwesen verbargen.

Die Sonne kletterte höher über den Horizont und die Wärme ihrer Strahlen löste die Nebelschwaden auf.

Nach einer Stunde über den Freeway, der ihn ins Zentrum von L. A. führte, parkte er seinen Wagen an einem Gehweg einer ruhigeren Straße. Der Verkehr, durch den er sich ebenfalls hatte kämpfen müssen, kroch zäh dahin.

Bevor er sich auf die Suche nach Danny oder Tucker – oder wie auch immer er sich nannte – machte, musste er etwas essen.

Er hatte nun vor einem ihm vertrauten Supermarkt geparkt. Diesen Laden hatte er schon immer geschätzt. Alle Produkte stammten aus regionalem Anbau, waren von bester Qualität und gerade verzehrte es ihn nach ihren verpackten Schinken-Rührei-Sandwiches.

Bei diesem Gedanken knurrte Franks Magen. Eilig betrat er den Laden. Ihm entgingen nicht die abschätzigen und empörten Blicke, die ihn in jede Regalreihe verfolgten.

„Kann ich Ihnen helfen, Sir?", fragte plötzlich ein junger Mann hinter ihm.

Frank wandte sich um und musterte ihn. Er trug eine dunkelgrüne Schürze, auf der das Logo des Ladens gestickt war. Das Einzige, was Frank sauer aufstieß, war seine Visage. Frank kniff die Augen zusammen. Das Grinsen des Mannes wirkte affektiert und war das Öl, das auf Franks Feuer tropfte. Doch er zügelte sich. Frank sah sich verloren um und kratzte sich am Kopf. „Äh … ja, tatsächlich können Sie mir helfen. Sie hatten doch einmal diese … äh … Sandwiches … diese –"

Der Mann, der laut seinem Namensschild Derek hieß, fiel ihm ins Wort. „Ich muss Sie bitten zu gehen, Sir."

Frank blinzelte. „Bitte was?"

Dereks affektiertes Lächeln zitterte. In seinen Augen konnte er die Abscheu sehen, mit der er ihn bedachte. „Ich muss Sie bitten, den Laden zu verlassen", sagte er nun überdeutlich.

Frank klappte der Mund auf, dann wieder zu. „Ich habe verstanden, was Sie gesagt haben. Nur verstehe ich nicht ganz, was Ihr Scheißproblem ist, Jungchen!", knurrte Frank lauter zurück und trat einen Schritt auf ihn zu. Er blickte sich um und sah scheue Blicke an beiden Enden des Ganges. Getuschel erhob sich. „Hab ich etwas falsch gemacht?"

Derek hob eine Hand, um den Abstand zu wahren. „Sir, d-das hier ist ein … Laden für gehobenes K-Klientel. Gehen Sie, bitte!"

Frank, der den stotternden Mitarbeiter mit seinen Schritten den Gang entlanggedrängt hatte, blieb abrupt stehen. Er weitete seine müden Augen. „Gehobenes Klientel?", wiederholte er wutentbrannt. Sein Blick fiel auf die anderen Besucher des Ladens und die Mitarbeiter an den Kassen. Da war ein älterer Herr, der ihn fassungslos und beinahe angewidert ansah. Eine Frau an der Kasse hielt eine Artischocke in der Hand und war vollkommen in ihrer Bewegung erstarrt, ebenso wie die Kassiererin, deren unsicherer Blick hin und her huschte.

Franks Blick traf auf eine spiegelnde Fläche bei den Gemüseinseln, die aus zusammengeschobenen Kisten bestanden und das Gemüse in grotesken Pyramiden präsentierten.

Dahinter, zwischen den polierten Äpfeln, wie sie nur Schneewittchen gesehen hatte, und den fein säuberlich aufgestapelten Kohlköpfen – die Kohldiät schien nach wie vor der letzte Schrei zu sein – stand er. Frank Lamber, Bestsellerautor.

Tatsächlich war Frank zunächst verwirrt. Er hatte schon länger nicht mehr in den Spiegel gesehen. Als er den Mitarbeiter vor ihm ebenfalls auf der Spiegelfläche erblickte, realisierte er langsam, dass dieser Typ in dem von Motten zerfressenen Leinenhemd und der mit Stockflecken überzogenen Leinenhose er selbst war. Aber seine Klamotten waren nicht einmal das Schlimmste.

Was Frank noch mehr erschrak, waren seine rot unterlaufenen Augen, sein unregelmäßig wachsender Bart und die dunklen Augen. Dazu sah er um Jahre gealtert aus. Die Furchen auf seiner Stirn und an seinen Wangen hatten sich noch tiefer in die Haut gegraben. Dabei hatte er sich lange Zeit daran erfreuen können, jünger auszusehen, als er eigentlich war.

In dem Laden herrschte vollkommene Stille. Nur das sanfte Dudeln der Supermarktmusik plärrte aus den

Lautsprechern und rückte diese Szene in ein groteskes Licht.

„Gehobenes Klientel", knurrte Frank leise zu sich selbst und mahlte mit dem Kiefer, während er den Blick von seinem Spiegelbild abwandte.

Er sah zu Boden, dann zu den noch immer konsterniert dreinblickenden Kunden an der Kasse. Schließlich fing sein Blick wieder den jungen Mann vor ihm ein. Franks Hände ballten sich zu Fäusten, was zur Ursache hatte, dass sich Dereks gesamter Körper anspannte.

Mit vor Wut zitternden Fingern riss Frank schließlich sein Portemonnaie hervor. „Wissen Sie, wer ich bin?" Er zerrte einige Hundert-Dollar-Scheine heraus und ließ sie zu Boden regnen. Unter normalen Umständen hätte er so etwas nie getan. Er verachtete Menschen, die so etwas taten. Doch sein Nervenkostüm riss nun ein ums andere Mal. „Hier. Reicht Ihnen das für ein Scheißsandwich und ein Wasser?" Frank warf die Hände in die Luft. Derek versuchte, etwas zu sagen, doch Frank schnitt ihm das Wort ab. „Ich bin ein Scheißbestsellerautor. Ich muss nicht mehr arbeiten und dann muss ich mir hier so etwas wegen meinem Äußeren anhören?"

Derek fiel unmerklich in sich zusammen. Er blinzelte, als finge er jeden Moment an zu weinen. „Es tut mir leid, Sir. Ich dachte –"

Frank machte sich keine Mühe, sein Geld aufzusammeln. „Sie haben sich gar nichts gedacht." Er spuckte ihm die Worte vor die Füße. „Wo sind die Sandwiches?"

Stumm zeigte Derek den Gang hinunter in Richtung Kühlregale. Noch immer herrschte eine gespenstische

Stille in dem Laden, während die Musik fröhlich vor sich hin spielte.

Schniefend eilte Frank zu den Kühlprodukten und nahm drei abgepackte Sandwiches und einige Regale weiter ein Wasser heraus.

Auch die Kunden, die sich in diesem hinteren Teil des Ladens aufgehalten hatten, hatten seinen Ausraster mitbekommen. Ihre Blicke brannten wie Schürhaken auf seiner Haut. Alle schienen wie schockgefrostet, starrten ihm lediglich nach.

Frank stampfte zur Kasse, wo der Betrieb langsam wieder Fahrt aufnahm. Jedoch sagte niemand ein Wort, als raubte Frank diesen Laden gerade aus.

Die Artischocken-Frau bezahlte hastig mit ihrer Karte, warf Frank einen wirschen Blick zu, ehe sie ihre Tüten nahm und aus dem Laden flüchtete.

Das Piepen der Kasse ertönte, hallte in seinen Ohren wie Kanonenschüsse.

Piep.

Piep.

Piep.

Die Kassiererin mit dem Nasenpiercing und den Dreadlocks kassierte den Mann vor ihm ab.

„Zwanzig Dollar und fünfundachtzig Pennys", sagte die Frau namens Mindy. Unverhohlen musterte sie Frank. „Sie sehen scheiße aus", sagte sie gelangweilt, als sie ihre Hand aufhielt, um das Geld entgegenzunehmen.

„Sie auch", entgegnete Frank, nahm seine Sandwiches und das Wasser. „Mein Geld liegt in Gang drei bei Derek." Er wandte sich zum Gehen, hielt aber kurz inne. „Stimmt so." Damit verließ er den Saftladen.

Schnaubend setzte er sich ins Auto und fiel augenblicklich über das erste Sandwich her. Bis jetzt hatte er gar nicht gemerkt, wie ausgehungert er gewesen war. Wie ein Raubtier riss Frank große Stücke aus dem Baguette, schlang sie nach nur wenigem Kauen herunter. Soße lief ihm übers Kinn und an den Mundwinkeln herunter. Hastig trank er etwas Wasser, von dem er definitiv auch zu wenig getrunken hatte.

Als er aufgegessen hatte, tippte er die Adresse über den Touchscreen seines Cockpits ein. Gerade als er losfahren wollte, klingelte sein Handy.

Gehetzt starrte er auf das Display. Unbekannte Nummer.

Erneut brannte die elektrisierende Wut in seinen Muskeln. Blitzschnell grabschte er nach dem Gerät und nahm ab. „Was willst du jetzt?", blaffte er. „Wenn du mir etwas zu essen besorgt hättest, hätte ich das Haus nicht verlassen müssen."

Stille folgte. Eine Stille, die lauter nicht sein konnte. „Guten Tag, Mr. Lamber, Officer Gutierrez hier", meldete sich dann der Anrufer. „Ist alles in Ordnung?"

Frank schloss die Augen. Er war so ein Idiot!

„Officer Gutierrez", rief er und bemühte sich, weniger wie ein Wahnsinniger zu klingen. Das erforderte aber, dass er lächelte, um freundlich zu wirken. Mit Blick in den Außenspiegel stellte Frank fest, dass er dabei noch irrer aussah als in dem Supermarkt. „Entschuldigen Sie. Ich dachte, Sie wären jemand anderes." Er räusperte sich. Peinlich berührt von seinem zweiten Ausraster. Dabei hatte der Tag erst angefangen.

„Ich rufe noch einmal bezüglich Ximena Flores an."

„Oh." Frank tat überrascht. Warum hätte er auch sonst anrufen sollen? „Ist sie inzwischen wieder aufgetaucht?", fragte er, wohl wissend, dass das unmöglich war.

Gutierrez seufzte. „Leider nein. Ihr Sohn ist überzeugt, dass seine Mutter irgendwo auf dem Weg von Ihrem Haus nach Hause verschwunden sein muss. Fakt ist, dass Sie die letzte Person sind, die Ximena Flores lebend gesehen hat." Er machte eine kurze Pause. Vielleicht weil er erwartete, dass Frank etwas dazu sagte, doch er schwieg. Seine Hand umklammerte das Lenkrad. „Deswegen würde ich gerne noch einmal mit Ihnen sprechen. Persönlich. Wann kann ich Sie antreffen?"

Frank überkam eine Gänsehaut. Das Letzte, was er wollte und brauchte, war ein Cop in dem Haus, in dessen Keller Ximena Flores verweste. „I-Ich bin leider gerade außer Haus", sagte Frank schnell. „Wie wäre es, wenn ich auf dem Rückweg im Präsidium vorbeischaue?"

Kurzes Schweigen. „Natürlich. Haben Sie die Adresse?"

„Ja, die sollte ich haben."

„Rufen Sie vorher durch, bevor Sie kommen."

„Natürlich. Bis später dann." Damit legte Frank auf.

Das hatte ihm gerade noch gefehlt. Er hustete laut auf. All die Ereignisse um ihn herum schnürten sich um seine Kehle und drückten ihm die Luft ab. Er rieb sich den Hals, als könnte er sich so Linderung verschaffen.

Dann versuchte er, sich mit einigen tiefen Atemzügen zu beruhigen. Sie verdächtigten ihn sicher nicht. Oder doch? Er würde einfach ihre Fragen beantworten. Sie hatten nichts gegen ihn in der Hand. Oder hatte sein ominöser Erpresser einen anonymen Hinweis bei der Polizei hinterlassen? Bei diesem Gedanken überschlug sich Franks Magen und er spürte, wie das Sandwich sich einen Weg seine Kehle hinauf bahnte.

Nein, nein! Er würde jetzt nicht kotzen! Tief atmete er ein, trank einen Schluck Wasser und startete dann den Motor. Zuerst musste er sich aber um Danny kümmern.

Entschlossen blickte er mit seinen geröteten Augen in den Rückspiegel. Dann könnte er ihn vielleicht sogar zur Polizei mitnehmen. Oder zumindest diese ganze Scheiße aufklären. So hätte dann auch Ximenas Sohn die Möglichkeit, seine Mutter zu beerdigen und anständig um sie zu trauern.

Frank startete den Motor und fuhr los.

Brittany Westwood

Brittany fuhr die staubige Straße hinab. Einige Schlaglöcher ruckelten den Wagen durch und schaukelten sie hin und her. Sie war früh aufgestanden, hatte sich einen mittelmäßigen Kaffee aus dem Café in der Nähe des Motels geholt und zwei weitere für Sarah Boyle und Anne Lamber. Letzteren hätte sie sich sparen können. Wie sich herausstellte, war Anne stark dement und schlief noch.

Sarah Lamber war alles andere als begeistert über Brittanys Besuch gewesen. Das war sie gewohnt. Viele Menschen standen Journalisten kritisch, wenn nicht sogar aggressiv gegenüber. Besonders, wenn es um ein Familienmitglied ging.

Doch bei Sarah war es mehr die Tatsache, dass sie über ihren Bruder hatte reden müssen.

Brittany hatte viel erfahren. Frank und seine Geschwister hatten viel durchmachen müssen. Eine labile Mutter, ein Säufer-Vater, der auch nicht vor Schlägen zurückscheute, bescheidene Verhältnisse. Endgültig zerrüttet wurde die Familie mit dem Tod des Bruders Fletcher. Auch wenn dieser ein Tyrann gewesen war, der es vor allem auf Frank abgesehen hatte, hatte sein Tod einen dunklen Schatten über die Familie geworfen.

Leider hatte Sarah nicht detaillierter auf Frank eingehen können. Der Kontakt war irgendwann abgebrochen. Sie hatte keine Ahnung über die Gründe des Ehe-Aus und Karriereendes gehabt. Dafür aber hatte sie Brittany sehr mit der Information geholfen, dass Frank vor einem Tag vor ihr ebenfalls dagewesen war und nach seiner alten Schulfreundin Barbara Langley gefragt hatte.

Es hatte etwas gedauert, aber Brittany hatte mit den spärlichen Informationen Franks alte Freundin ausfindig machen können.

Nun parkte Brittany ihren Wagen vor einem Trailer mit angebauter Veranda. Der Wind trug die Wärme des herannahenden Vormittags mit sich und wirbelte Staub in feinen Tornados auf.

Langsam stieg Brittany aus dem Wagen, nahm die Sonnenbrille ab und sah sich in der trostlosen Nachbarschaft um. In der Ferne bellte ein Hund.

Sand und Steine knirschten unter ihren Schritten, als sie auf den Trailer zulief.

Hinter den Fenstern wirkte noch alles ruhig. Trotzdem beschloss Brittany, laut gegen den Rahmen des in Mitleidenschaft gezogenen Fliegengitters zu klopfen.

Zunächst rührte sich nichts im Inneren. Brittany spähte durch das Küchenfenster, erblickte jede Menge Chaos und dreckiges Geschirr. Das Fenster war etwas geöffnet, und so drängte das leise Plärren eines Fernsehers nach draußen.

Brittany klopfte ein weiteres Mal. Durch die Tür drang ein gedämpftes Husten, dann näherten sich Schritte.

Die Tür auf der anderen Seite des Fliegengitters öffnete sich, und eine Frau mittleren Alters lugte misstrauisch hinter der Tür hervor. Ihr rotes Haar war unordentlich, das blasse, mit Sommersprossen übersäte Gesicht wirkte zerknittert. „Hallo?" Sie besaß eine ziemlich tiefe Stimmlage, die – vermutlich durch den Schlaf – heiser klang.

„Guten Morgen, Ms. Langley. Mein Name ist Brittany Westwood. Ich arbeite für die *L. A. Times* und schreibe einen Artikel über Frank Lamber. Man sagte mir, dass Sie beide befreundet waren und –"

Der müde und argwöhnische Gesichtsausdruck wich der Angst. Barbara Langleys Augen weiteten sich, ehe sie hektisch die Tür schließen wollte. „I-Ich will nicht über ihn reden."

Brittany reagierte schnell. Sie öffnete das Fliegengitter und drückte mit ihrer Hand gegen die Tür. Dabei setzte sie ein sanftes Lächeln auf. Diese Reaktion löste wieder dieses Kribbeln aus. Sie spürte das Vibrieren in ihrem Bauch. Sie war auf der richtigen Spur. Sie war da an etwas dran, und sie durfte jetzt nicht klein beigeben. „Bitte, Ms. Langley, ich will Ihnen nichts Böses." In Brittanys Kopf überschlugen sich die Fragen. Warum reagierte Barbara beim Thema Frank so ängstlich? Was verband sie mit ihm? „Ich möchte nur über Ihre Kindheit mit Frank Lamber reden. Ich werde Sie nicht namentlich nennen und in meinem Artikel auch nicht zu sehr ins Detail gehen. Ich möchte mir nur ein Bild machen von dem Frank, der er war, bevor er Bestsellerautor wurde."

Barbara, die versucht hatte, die Tür zu schließen, hielt nun inne. Ihren Blick hatte sie zu Boden gerichtet, während sie offensichtlich mit sich zu kämpfen schien. Mit der freien Hand rieb sie sich über das Gesicht. Dabei rutschte der Ärmel ihres abgewetzten Morgenmantels nach unten und entblößte eine längliche Narbe an ihrem Unterarm.

Brittany stockte der Atem. Sie schluckte. Was war nur mit Barbara geschehen? Und wieso konnte sie nicht anders, als daran zu denken, dass das Ganze mit Frank zu tun hatte? „Ms. Langley", sagte Brittany sanft, sodass die verängstigte Frau ihr in die Augen blickte.

Sie knetete ihre Unterlippe und wirkte plötzlich wie ein Kind. Es verging eine Ewigkeit, in der sie sich nur ansahen. Die eine bittend, nach Informationen lechzend. Die andere mit Angst und Zweifel in ihrem Blick.

Doch irgendwann veränderte sich etwas in Barbaras Augen. Kurz schloss sie ihre Lider, atmete einmal tief ein und aus und gab dann ihren Widerstand auf.

„Scheiß drauf", sagte sie und öffnete die Tür. „Kommen Sie rein. Es wird Zeit, dass ich es endlich erzähle.

Passen Sie auf, stolpern Sie nicht über den Stapel Zeitungen.“

„Danke.“ Damit trat Brittany ein und schloss die Tür hinter sich.

Kapitel 22

Frank kannte die Coallane nicht. Aber West Hollywood war eigentlich nicht das Viertel, in dem Leute mit immensen Schulden und keinem geregelten Einkommen lebten.

Die Straße war halbwegs belebt, gesäumt von Palmen, deren Blätter sich sanft in der Vormittagsbrise wiegten. Mehrere Wohnkomplexe, erbaut im Stile der grünen Architektur, wie man sie jetzt immer öfter sah, ragten in den Himmel. Versetzte Balkone, weiße Fassaden, die sich mit saftig grünen Moosflächen abwechselten.

Jedes Wohnhaus besaß mehrere Appartements, einen paradiesisch begrünten Innenhof und Eisentore. Ein Statussymbol, um die Exklusivität dieser Immobilien zu unterstreichen.

Wenn er ehrlich war, hatte er Danny eher in einem der heruntergekommenen Viertel von L. A. gesehen. In einer verschlagenen Hütte oder einem der baufälligen Gebäude in der Innenstadt, wo man alle paar Meter über einen Junkie stolperte.

Frank hatte am Straßenrand geparkt und sah sich um. Inzwischen brannte die Sonne auf den Asphalt herunter und flimmerte am Horizont. Er stand auf der anderen Straßenseite gegenüber dem Wohnkomplex, in dem Danny unter dem Namen Tucker Rowland lebte.

Hinter ihm befand sich ein veganer Coffeeshop, der von digitalen Nomaden aus allen Nähten platzte. Frank blickte sich kurz um, als erhoffte er sich, Dannys hagere Erscheinung irgendwo zwischen ihnen auszumachen.

Aber vergeblich.

Frank überquerte die Straße und betätigte einen roten Knopf an einer der Steinsäulen neben dem Tor.

Dieses bewegte sich nun quietschend zur Seite. Wie Frank gedacht hatte: ein Statussymbol. Mehr nicht. Es trug nicht zur Sicherheit bei. Jeder konnte hier ein und aus gehen.

In der Mitte des Innenhofs befand sich ein kleiner Teich, in dem orangefarbene Kois schwammen. Bambus, Schilf und Bonsais bildeten eine Oase der Ruhe.

Zu Franks Linken befanden sich die Wohneinheiten eins bis zehn. Zu seiner Rechten elf bis zwanzig. Er bog nach rechts ab. Steven zufolge musste Dannys Wohnung im dritten Stock liegen. Kurz hielt er inne und sah sich um, bis er eine versteckte Treppe entdeckte.

Frank folgte dem Weg, vorbei an zwei Wohneinheiten im zweiten Stock, dann erklomm er eine nächste Treppe in den dritten.

Dort hielt er vor der Tür inne. Frank atmete tief ein. Sein Herz schlug schneller in seiner Brust. Kalter Schweiß perlte von seiner Stirn, sammelte sich in seinen Handinnenflächen.

In Frank wirbelten Tausende Gefühle durcheinander. Am liebsten wollte er die Tür eintreten, diesen Vollidioten am Kragen packen und alles aus ihm herausschütteln. Er wollte sein Gesicht zu Brei schlagen, dafür, dass er seine Frau und Ximena Flores getötet hatte und seine Töchter bedrohte. Ganz davon zu schweigen, dass er all das so begangen hatte, dass er Frank die Schuld in die Schuhe schieben konnte.

In ihm brodelte der Zorn, und er bebte am ganzen Körper. Kurz schloss er die Augen. Nein! Er musste jetzt ruhig bleiben, sein Verstand musste geschärft sein. Wenn er mit jemandem zusammenarbeitete, der seine Töchter im Blick hatte, durfte Frank keinen Fehler machen.

Noch einmal atmete er tief ein und aus. Dann klopfte er.

Stille.

In der Ferne bellte ein Hund. Der Duft feuchter Erde stieg Frank in die Nase.

Im Inneren der Wohnung tat sich nichts. Er klopfte noch einmal. Daraufhin ertönte eine männliche Stimme hinter der Tür.

Das metallene Schaben eines Riegels und das Klicken eines Schlosses erklangen, ehe sich die Tür öffnete.

Frank stand wie gebannt da. Sein Körper bebte vor Anspannung. Mit weit aufgerissenen Augen starrte er in den Türspalt, der sich nun vor ihm auftat. Sein Herz raste. Sein Atem stockte.

Doch als er das Gesicht erblickte, wich die Anspannung, und seine Schultern fielen in sich zusammen.

Er starrte nicht in ein hageres Gesicht mit zurückliegenden Augen, die immer einen flehenden Ausdruck in sich bargen.

Der Mann vor ihm schien Mitte zwanzig zu sein, hatte braunes Haar, grüne Augen mit einem selbstbewussten Schimmer und schmale Lippen. Ein Mundwinkel zuckte, als er Frank musterte. Kaum merklich rümpfte der Mann die Nase.

Frank sah aus wie ein Penner. Wahrscheinlich ärgerte der Mann sich gerade, dass das Tor das Gesindel der Straße nicht von diesem neu gebauten Wohnkomplex fernhielt. „Ich spende nicht", brummte der Mann und wollte die Tür gerade schließen, als Frank seine Stimme wiederfand und einen Schritt vorschnellte, um die Tür aufzudrücken.

Brüskiert starrte der Mann ihn an, öffnete seinen Mund, wohl um Frank eine Hasstirade entgegenzuschleudern, doch der war schneller. „Ich bin auf der Suche nach einem Tucker Rowland. Wohnt der hier?"

Der Mann entspannte sich sichtlich, öffnete die Tür einen Spalt mehr und lehnte sich mit verschränkten Armen in den Rahmen. „Tucker Rowland?" Nachdenklich zog er die Mundwinkel nach unten. „Sagt mir gar nichts." Er kratzte sich am Hinterkopf. „Ich wohne seit ungefähr einem Jahr hier. Vor mir hat irgendein Deutscher hier gewohnt. Aber von einem Tucker habe ich hier noch nie was gehört. Sorry, Mann."

Frank presste wieder die Hand gegen die Tür. „Moment. Wie kann ich Ihren Vermieter kontaktieren? Der weiß doch sicherlich mehr."

Seufzend unterdrückte der Mann ein Augenrollen, warf einen abschätzigen Blick auf Franks Hand, die noch immer auf der Tür lag, als ahnte er, dass sie dort einen unschönen Fleck hinterlassen würde, ging dann aber ins Innere der Wohnung. „Moment."

Nach einigen Sekunden kam er wieder zurück, während er mit dem Daumen über das Display seines Smartphones wischte. „Ah, hier." Er ließ Frank die

Nummer unter dem Namen *Andrews* in seinem eigenen Handy abtippen. Dann hob er die Brauen. „War's das? Ich hab noch zu tun.“

Frank nickte schnell. „Danke, Sie haben mir sehr geholfen.“

Der Mann nickte unbeeindruckt. „Na dann.“ Damit ließ er die Tür vor Franks Nase ins Schloss fallen.

Dieser aber konnte nur auf die Nummer auf dem Display starren. Sofort tippte er das grüne Telefonsymbol an und hielt sich das Gerät ans Ohr.

Es dauerte einige Sekunden, bis sich eine tiefe, geschäftig klingende Stimme meldete. „Hallo?“

„Spricht da Mr. Andrews?“

„Ja, wer sonst?“, brummte er genervt. „Wer ist da?“, fragte er nach einer kurzen Pause.

Frank räusperte sich und trat den Rückweg zum Innenhof an. „Guten Tag. Hier spricht Frank Lamber, ich stehe hier gerade vor einer Ihrer Wohnungen. Ich wollte einen alten ... Freund von mir besuchen.“ Diese Worte gingen ihm nur schwer über die Lippen. Inzwischen schwelte ein unbändiger Hass in ihm, der sich wie Säure durch seine Arterien fraß, wenn er auch nur an diesen Namen dachte. „Er scheint hier aber nicht mehr zu wohnen. Sein Name war Dan- äh ... Tucker Rowland.“

„Tucker Rowland?“, rief der Mann an der anderen Leitung und lachte kühl auf. „Hab'n Sie Kontakt zu ihm?“

Frank blieb kurz stehen, starrte verdutzt in den Himmel, über den weiße Wolken zogen. „Äh ... nein, sonst wüsste ich sicherlich, wo er wohnt.“

„Tucker Rowland schuldet mir noch fünf Monatsmieten, dieser verdammte Bastard. Hat sich einen Mietvertrag mit gefälschten Gehaltsabrechnungen ergaunert und steht bei mir in der Kreide." Der Mann nuschelte etwas, sodass Frank konzentriert zuhören musste.

Er zog die Brauen zusammen. „Wissen Sie denn, wo er jetzt wohnt oder wohnen könnte?"

Ein Brummen ertönte. „Warten Sie mal." Ein hohles Klong verriet Frank, dass er den Hörer weggelegt hatte.

Es folgte ein Schnaufen im Hintergrund, das Schaben von Ordnern, die aus Regalen gezogen wurden, vermutete er, dann das Rascheln von Papier. Offenbar blätterte er zügig in den Dokumenten. „Ah, da haben wir es", rief Mr. Andrews und nahm wieder den Hörer auf. Er atmete schwerfällig. „Also, Mr. – äh ... hab Ihren Namen vergessen."

„Lamber." Frank stand inzwischen neben dem Koi-Teich und trat nervös auf der Stelle.

„Mr. Lamber. Nachdem die ersten Mahnungen ins Haus geflattert sind, hat Ihr Freund einen Bürgen angegeben. Bei dem ist aber auch nichts zu holen. Aber vielleicht hilft der Ihnen weiter, diesen Rowland zu finden. Und wenn Sie ihn finden, Ihren Freund, richten Sie ihm von mir aus, dass er sich ficken soll."

„Keine Sorge", sagte Frank und mahlte mit dem Kiefer. „Das werde ich."

Mr. Andrews grunzte. „Hört sich aber nicht an, als wäre er Ihr Freund."

„Sagen wir es mal so", sagte Frank langsam. „Ich habe auch noch eine Rechnung mit ihm offen."

Bereitwillig hatte Mr. Andrews Frank die Adresse des Bürgen für Tucker Rowland aka Danny gegeben. Er hoffte inständig, dass er mit dieser Adresse nun Danny würde aufspüren können, um ihm endlich das Handwerk zu legen.

Bevor Frank losfuhr, beschloss er, sich einen Kaffee in dem veganen Hipster-Lokal zu besorgen. Seine schlaflosen Nächte forderten ihren Tribut und er hatte eine etwas längere Fahrt vor sich.

Frank betrat das Café und wurde vom Duft frisch gerösteter Kaffeebohnen und getoasteter Bagels begrüßt. In dem Laden herrschte ein hoher Geräuschpegel. Die Gespräche der hauptsächlich arbeitenden Gesellschaft, die über ihre Kopfhörer an irgendwelchen Calls teilnahmen, bildeten das allgegenwärtige Hintergrundgeräusch. Dazu mischten sich das Klappern von Geschirr, das Brummen der Kaffeemaschinen und das Kreischen der Milchaufschäumer. Zwischendurch wurde eine Bestellung in den Raum gerufen.

„Flat White für Jenny und ein Grilled Avocado Bagel“, rief die Kassiererin. Ihr Haar war kunstvoll in eine Frisur gesteckt. Ein buntes Tuch diente als Stirnband. Sie nahm freundlich die Bestellung der beiden Frauen vor Frank auf, während ihr Kollege im Hintergrund hektisch die Bestellungen zubereitete. Dabei bediente er drei Siebdruckmaschinen auf einmal, sprang vom Milchaufschäumer zu dem Becherstapel und zur Ausgabe.

„Guten Morgen, Sir, was kann ich für Sie tun?“ Die Kassiererin namens Alicia – das entnahm er ihrem Namensschild – grinste ihn freundlich an.

„Ja, guten Morgen“, murmelte Frank und studierte die Karte, während er die Hände in seiner Leinenhose vergrub. Nach einigen Sekunden stellte er fest, dass er mit der Auswahl maßlos überfordert war. Seit wann gab es so verflucht viele Arten, Kaffee zuzubereiten?

„Ich nehme einen Cappuccino." Er warf einen Blick in die Auslage, in der es allerhand veganes Gebäck gab. „To go, bitte", fügte er hastig hinzu.

„Gerne, Sir, mit welcher Milch hätten Sie den Cappuccino gern zubereitet?"

Frank blinzelte Alicia verwirrt an. „Normale Milch."

Alicia lachte. „Sir, das hier ist ein veganes Lokal. Wir haben Haselnussmilch, Cashew, Soja, Mandel, Macadamia und Hafermilch."

Frank spürte, wie sein Puls in die Höhe ging. Er wollte nur einen verdammten Cappuccino. „Ich nehme Mandelmilch."

„Gern." Sie tippte auf dem Display herum. „Möchten Sie noch Vanillearoma dazu?"

„Nein."

„White Foam, Double Foam, wir haben auch Cold Foam." Alicia lächelte und sah ihn fragend an.

Frank sog die Luft zwischen den Zähnen ein und ballte die Hände in seiner Hosentasche zu Fäusten. Ruhig, Frank, ruhig. „Ich möchte wirklich nur einen stinknormalen Cappuccino ohne Schnickschnack, wenn es geht." Er sprach ruhig, doch unterschwellig bebte seine Stimme.

Alicias Lächeln bröckelte für den Bruchteil einer Sekunde. Dann wurde es noch breiter. „Natürlich, Sir." Sie hielt einen Becher und Stift in die Höhe und sah ihn durch halb geschlossene Lider an. „Name?"

„Was?" Er blinzelte verwirrt.

„Ihr Name, Sir." Als Frank dann für einige Sekunden nicht reagierte, weil er sich nicht erklären konnte, was das mit dem Namen sollte, fügte sie hinzu: „Für den Becher?" Sie seufzte. „Damit mein Kollege die Bestellungen nicht durcheinander schmeißt."

„Ach so." Frank räusperte sich und unterdrückte den Drang, die Augen zu verdrehen. „Frank."

Ohne aufzusehen, kritzelte sie seinen Namen auf einen Pappbecher und stellte ihn dann zu ihrem Kollegen herüber. „Kommt gleich."

Frank bedankte sich, bezahlte und trat an die Ausgabe. Alicias Kollege sprang zwischen den Kaffeemaschinen hin und her. Zuerst stellte er ein hohes Glas mit einem Iced Coffee und eine große Cappuccinotasse hin. „Frappuccino mit Haselnussmilch und Cappuccino Ristretto mit Cold Foam für Melissa und Jarvis", brüllte er gegen den Lärm an.

Alles in diesem Laden zerrte Frank an den Nerven. Die Lautstärke, das Klappern und dieses scheißunbekümmerte Lachen der Gäste. Währenddessen schweiften seine Gedanken zu Danny. Wenn man ihn festnehmen würde, würde er dann eingewiesen werden? Würde man ihn für unzurechnungsfähig halten?

Mit den Fingern trommelte Frank auf dem Tresen. Plötzlich riss das Vibrieren seines Smartphones ihn aus der angespannten Trance. In der Hoffnung, etwas Neues von Ashley oder Courtney zu hören, holte er hektisch das Handy hervor. Wieder eine unbekannte Nummer. Vielleicht wieder der Officer?

Frank blickte auf. Weder wollte er den Anruf seines Erpressers noch den von Officer Gutierrez hier vor all den Leuten annehmen. „Hey, wo bleibt mein Cappuccino?", drängte er.

„Chillax, ist in der Mache", rief der Barista, nahm den mit Kaffee gefüllten Becher und eine Kanne mit aufgeschäumter Milch und stellte sich vor Frank. Dann kippte er sachte die Milch in den Kaffee. Latteart nannte man das, so hatte Frank es von Ashley gelernt.

Das summende Smartphone in seiner Hand hielt sich wie eine heiße Kohle. „Ich brauch kein dämliches Latte-Herz", knurrte er, lehnte sich über den Tresen, grabschte dem Barista unter dessen Protest den Kaffee aus der Hand, sodass sich etwas Cappuccino über Franks Hand und Hose ergoss.

Der Barista rief ihm noch etwas nach. Einige Gäste, die Franks Eile mitbekommen hatten, musterten ihn mit argwöhnischen Blicken.

Er stürzte aus dem Lokal und nahm dabei den Hörer ab. Sein Puls raste inzwischen schmerzhaft in seiner Kehle. Völlig außer Atem blieb er vor dem Eingang des Cafés stehen, nicht fähig, etwas zu sagen. Lediglich sein verzerrter Atem hallte in seinen Ohren wider. Dann sprach der Anrufer.

„Hallo, Frank."

Franks Angst schlug in Wut um. Er blickte sich kurz um, ob auch niemand in Hörweite war. „Was willst du wieder von mir?", zischte er.

Mit hastigen Schritten überquerte er die Straße, stellte den Becher auf das Dach und entriegelte das Auto. Dann stieg er ein und schlug die Tür zu. „Ich habe mir etwas zum Essen geholt. Wenn ich verhungere, kann ich dir dein Scheißbuch nicht schreiben." Inzwischen war jedwede Geduld aus Franks Körper gewichen.

Sein Erpresser lachte. Der Stimmenverzerrer ließ es wie das Lachen in einem Horrorfilm klingen.

„Frank, wir wissen beide, dass du nicht nur wegen des Essens herausgefahren bist. Du hättest dir etwas bestellen können, nicht?"

„Und wennschon." Frank starrte düster durch die Windschutzscheibe die Straße entlang. Einige Fußgänger überquerten diese. Ein SUV schlängelte sich zwischen den am Straßenrand parkenden Autos hindurch.

„Es wäre mir lieber, wenn du aufhören würdest, deine Zeit zu verschwenden. Du wirst mich nicht finden, Frank."

Frank erstarrte. Sein Atem stockte und mit einem Mal war jeder Muskel in seinem Körper zum Zerreißen gespannt. Seine Finger umklammerten fester das Lenkrad, sodass das Leder knarzte. „Wer sagt, dass ich dich finden will?", knurrte Frank hinter zusammengebissenen Zähnen hervor. Dabei blickte er sich zu allen Seiten um. Verfolgte er ihn etwa? War er immer in seiner Nähe, ohne dass Frank es überhaupt bemerkte? Vielleicht hatte er einen GPS-Tracker an seinem Auto angebracht.

„Verkauf mich nicht für dumm, Frank. Ich weiß, wo du bist, und ich kenne auch deinen nächsten Schritt, aber ich frage mich, Frank, warum du immer noch nicht verstanden hast, dass ich dir immer einen Schritt voraus bin."

Frank lachte verbittert auf. Inzwischen pulsierte so viel Hass in seinem Körper, dass er glaubte, sein Speichel wäre potenziell tödlich. „Ach ja? Kann ich dich dann ab sofort Danny nennen?"

„Du kannst mich nennen, wie du willst", sagte die tiefe Stimme mit einem amüsierten Unterton. „Aber du wirst mich nicht einholen, Frank."

War das ein Geständnis? War Frank also auf der richtigen Spur? Er leckte sich über die trockenen Lippen.

„Es ist besser, wenn wir unseren Plan Schritt für Schritt durchführen, Frank."

„Unseren Plan." Frank mahlte mit dem Kiefer und blickte angewidert immer wieder zu allen Seiten. Inzwischen ließ ihn dieses heiße Kribbeln, dass jemand ihn beobachtete, nicht mehr los. „Ich hab einen eigenen Plan." Er drückte den Startknopf, sodass der Motor ansprang.

„Frank, du solltest aufpassen – für die Sicherheit deiner Töchter."

„Wieso zeigst du dich mir nicht?"

„Alles zu seiner Zeit, Frank. Aber jetzt musst du mein Buch schreiben, wie du es schon einmal gemacht hast."

„Ich scheiß auf dein Buch!"

„Sag das nicht, Frank." Diese Aussage schien seinen Erpresser wütend zu machen. Seine Stimme wurde dunkler, bedrohlicher.

„Dann zeig dich mir, du Feigling." Frank hatte Mühe, sein Handy nicht zu zerbrechen. Sein Blick huschte noch immer hin und her, scannte jeden Passanten, der an seinem Auto vorbeilief.

„Frank." Danny sprach mit ihm, als wäre er ein nerviges Kleinkind, dem man zum wiederholten Male sagen musste, dass es sich benehmen sollte.

„Wovor hast du Angst?"

„Ich habe keine Angst, Frank."

„DANN ZEIG DICH MIR! LASS MEINE TÖCHTER IN RUHE UND ZEIG DICH MIR!" Frank schrie so laut, dass seine Kehle schmerzte. Tränen der Wut stiegen in seine Augen, seine Stimme brach. Er hielt den Druck nicht mehr aus. Er fühlte sich, als wäre er in einem Raum gefangen, in dem die Wände immer näher kamen.

„Ich fahre jetzt los."

„Tu das nicht."

Frank legte auf und atmete tief durch. Sein Herz krampfte sich zusammen. Wenn er nur schnell genug war. Wenn er Danny schnell genug fand, konnte er vielleicht seine Töchter retten.

Frank löste die Handbremse, setzte mit einem Ruck zurück, als plötzlich über ihm ein leises dumpfes Geräusch erklang.

Verwirrt sah er nach vorn, da sah er auch schon seinen Cappuccino, der sich über seine Windschutzscheibe ergoss.

„FUUUUUUUUUUUCK!" Wie ein Wahnsinniger schlug er auf das Lenkrad ein, hämmerte wie wild um sich, boxte gegen die Sonnenblende und schrie, bis seine Stimme ihm den Dienst versagte.

Frank presste die Zähne aufeinander. In seinem Blick funkelte unbändiger Zorn. Sein Fuß stieß auf das Gaspedal, der Motor jaulte auf und er riss das Lenkrad herum. Dann raste er los.

Kapitel 23

Du machst einen Fehler, Frank. Das war nicht der Plan, dass du nach mir suchst. Du sollst dich an den Plan halten und dieses Buch schreiben. Unser Buch.

Du siehst noch nicht das große Ganze, Frank. Aber das ist okay. Du wirst es noch sehen. Egal, wie sehr du dich dagegen wehrst.

Ich bin ehrlich, Frank. Es ist unhöflich, dass du einfach so auflegst. Ich habe das Sagen. Ich bestimme. Ich habe die Kontrolle, Frank! Das hat Konsequenzen. Dein Ungehorsam muss bestraft werden.

Frank hatte sich zwei Stunden lang durch den Verkehr gequält und war nun in einem unsäglich heruntergekommenen Vorort von L. A. gelandet. Langsam fuhr er durch die Straße, in der sich die Wohnadresse des Bürgen von Danny oder Tucker Rowland befand.

Halb zerfallene Häuser standen auf verbranntem Rasen. In den Gärten türmte sich Müll und Schutt. Die Fenster waren mit Spanholzplatten vernagelt, der Putz blätterte ab. Die meisten Dächer wiesen Löcher auf, in einigen Vorgärten harrten angekettete Hunde in der prallen Sonne aus. Diesen Menschen sollte man jegliches Recht entziehen, ein Tier zu besitzen.

Langsam hielt Frank vor der Adresse und blickte durch das Beifahrerfenster zu dem baufälligen Gebäude.

Die Veranda hatte man provisorisch mit Wellblech überdacht. Allerdings sah die Konstruktion nicht sonderlich stabil aus. Eine Säule fehlte, die andere war schief, und die dritte hatte einen länglichen Riss im Holz.

Die Stufen waren abgesackt. Eines der Fenster war eingeschlagen. Ein Gardinenfetzen hatte sich an der scharfen Kante des zerborstenen Glases verheddert und flatterte im Wind. Die Scherben lagen noch auf den von Staub übersäten Holzdielen der Veranda. Es war mit einer Holzplatte vernagelt worden. Darauf hatte jemand seine laienhaften Graffitiskills gesprüht. Oder war das ein Gangzeichen? Frank wusste es nicht. Das andere Fenster, das sich rechts von der Tür befand, war von einer dicken Staubschicht überzogen.

Durch den hinteren Teil des Gartens zog sich eine Stromleitung. Der Mast wirkte schief und baufällig.

Frank stieg aus dem Wagen. Inzwischen war es heiß geworden. Die Sonne brannte gnadenlos auf den Asphalt, flimmerte am Horizont.

Frank schirmte seinen Blick vor den Strahlen mit der Hand ab und blickte zur Tür. Das Fliegengitter schwenkte im Luftzug, knallte dabei immer wieder gegen den Holzrahmen.

Nur widerwillig löste Frank sich von der Stelle, auf der er stand, und folgte dem Weg zum Haus. Der Briefkasten war aus der Erde gefallen und quoll über von Briefen. Soweit Frank sehen konnte, auch einige Briefe von Ämtern und Gläubigern.

Als Frank die Veranda betrat, ächzte das Holz unter seinen Schritten und bog sich spürbar, sodass er fürchtete, dass die Dielen unter seinem Gewicht nachgeben könnten.

Er räusperte sich, dann klopfte er an den Türrahmen. Ob hier überhaupt noch jemand wohnte? Die Stille im Haus ließ nicht darauf schließen.

Es roch nach gammeligem Katzenfutter. Fliegen summten um Frank herum. In der Ferne erklang das Bellen von Hunden, wurde dann von einem elektrischen Geräusch verschlungen. Eine Kettensäge.

Plötzlich knarrte es und Frank bemerkte, wie sich die Tür einen winzigen Spalt öffnete. Wie Scheinwerfer lugte ein großes, helles Augenpaar aus der Dunkelheit des Hauses hervor. „Ja?", sagte eine Frau mit zittriger Stimme.

Frank lehnte sich etwas nach links, um einen Blick auf die Frau zu erhaschen. „Guten Tag, sind Sie Francine Edgar?"

Der Reaktion nach zu urteilen, war sie es, denn ihre ohnehin schon großen Augen waren nun weit aufgerissen. „Wer will das wissen?"

Frank rang sich trotz seiner innerlich brodelnden Spannung ein Lächeln ab. Er räusperte sich. „Ich bin Frank Lamber. Keine Sorge, ich bin gar nicht Ihretwegen hier. Ich bin ein alter Freund von Tucker und ich suche nach ihm. Wohnt er hier?"

Die Frau starrte Frank an. „Ich kenne keinen Tucker."

Frank stutzte, krauste die Stirn. „Äh ... gut, dann kennen Sie ihn vielleicht unter seinem anderen Namen. Danny?"

„Danny?" Ihre Augen weiteten sich noch mehr – ganz zu Franks Verwunderung, war er doch sicher gewesen, dass das nicht mehr möglich war.

„Ja, genau. Danny. Den suche ich. Wohnt der hier?" Franks Lächeln schmerzte inzwischen auf seinen Wangen und begann zu zucken. Sein Puls raste vor Aufregung.

Kurz faselte die Frau etwas Unverständliches vor sich hin. Dann öffnete sie die Tür einen Spalt mehr. Der Geruch von altem Schweiß schlug Frank entgegen, sodass er seinen Mund öffnete, um nicht durch die Nase atmen zu müssen.

Vor ihm stand eine winzige, zierliche Frau. Trotz der Hitze trug sie einen für sie viel zu großen Strickpullover. Die Ärmel hatte sie über die Ellenbogen geschoben. An ihren Armen waren überall rote Flecken und aufgekratzte Stellen zu sehen. Sie kratzte sich unaufhörlich an ihrem Unterarm. Ungeziefer? Drogen?

Ihr Gesicht war eingefallen, faltig und ebenfalls von blutigen Stellen überzogen. Ihr blondes Haar war mit grauen Strähnen durchzogen, fettig und stand in alle Richtungen ab.

„Nee", antwortete sie leise. „Nein, der wohnt hier nich. Hat noch nie hier gewohnt." Sie musterte Frank durch wässrig blaue Augen. „Wie hießen Sie noch mal?" Sie kratzte sich am Hinterkopf und verzog dabei das Gesicht vor Schmerz.

„Frank Lamber."

Francine schien zu überlegen, dabei bewegten sich ihre aufgeplatzten Lippen, als spräche sie mit sich selbst. Tatsächlich meinte Frank, immer wieder ein leises Flüstern aus ihrer Richtung zu hören. „Den Namen habe ich schon einmal gehört. Sie sind ein Freund?"

„Ja", antwortete Frank knapp. Er war sich sicher, dass das nahelag. Schließlich war Danny obsessiv gewesen und hatte sicherlich das ein oder andere Mal von ihm gesprochen. Dazu war Frank sich auch sicher, dass Francine sich aber wahrscheinlich nicht den Kontext gemerkt hatte. Der Name kam ihr bekannt vor. Ob nun ein Bestsellerautor, der ihren Bekannten mit einer einstweiligen Verfügung von sich fernzuhalten versuchte, oder ein Freund. War praktisch das Gleiche. Man hatte den Namen gehört.

Francine fuhr fort, sich an den Armen zu kratzen und nickte, dann wischte sie sich mit dem Ärmel über die Nase und schniefte.

„I-Ich habe die Adresse von seinem ehemaligen Vermieter bekommen." Dass er dem Unmengen an Geld schuldete, ließ er besser unerwähnt. „Und ich hatte gehofft, dass Sie wissen, wo er aktuell wohnt. Ich wollte ihn so gern einmal wiedersehen. Um der alten Zeiten willen." Und um ihm endlich das Handwerk zu legen.

Francine nickte. „Ja, nein. Verstehe." Sie atmete tief ein und aus. „Also der hat hier nie gewohnt, wissen Se. Er ist ... Er ist tot, wissen Se?"

Wie nach einem Schlag ins Gesicht stand Frank da. Er konnte nicht atmen, blinzelte Francine an, als hätte eine fleischfressende Amöbe sein Gehirn verspeist. „Wie bitte? Ich dachte, Sie hätten gesagt, er sei gestorben?", wiederholte Frank, in der Hoffnung, dass das nicht wahr war.

Francine riss sich mit den Zähnen Haut von ihrer Unterlippe und nickte. „Danny ist tot." Sie hob die Schultern. „Seit drei Jahren ungefähr. Hat sich weggehängt, wissen Se."

Frank starrte blinzelnd in die Dunkelheit, die hinter Francine lag. Danny war tot. Seit drei Jahren. Diese Erkenntnis sickerte nur langsam in sein Bewusstsein. „Wie kann das sein? Er ... Er ist tot? Wirklich? Wieso gab es keinen Vermerk bei den Behörden?" Vor einer Drogensüchtigen brauchte Frank nicht mit dieser Information hinter dem Berg zu halten.

Francine beachtete das auch gar nicht. Sie schniefte. „Danny und ... was sagten Se, war der Name? Tucker? Auf jeden Fall waren das nicht die einzigen Namen. Zum Schluss war er –", sie biss sich auf die Unterlippe und starrte nachdenklich nach oben, „– war er Edward Vawnworth oder so ähnlich."

Frank spürte, wie er wieder in diesen Tunnel gezogen wurde. Ohne sich zu bewegen, entfernten sich Francine und ihr Haus von ihm, wurden immer kleiner, während die Welt über ihm wie eine gigantische Welle brach.

„Danke", sagte er, ohne Francine anzusehen und ohne zu beachten, dass sie noch weiter vor sich hin brabbelte. Wie ferngesteuert machte Frank auf dem Absatz kehrt und lief zum Auto, dessen Dach und Windschutzscheibe noch immer vom Cappuccino besudelt waren.

Er öffnete die Wagentür, setzte sich und blieb einfach regungslos sitzen, während er geradeaus ins Nichts starrte.

Er war sich so sicher gewesen, dass Danny für die Anrufe verantwortlich war. Er hätte schwören können, dass *er* ihn hatte erpressen wollen. Es hatte alles gepasst. Die Obsession, der Wahn, die Drohungen, die Tatsache, dass er ihn zwang, ein Buch zu schreiben und so viele Details über Frank wusste. Es wäre die perfekte Rache gewesen.

Aber Danny hatte sich das Leben genommen. Ein wirscher Gedanke flatterte in Franks Kopf herum wie eine orientierungslose Fledermaus. Hatte er sich seinetwegen das Leben genommen? War dieser Gedanke arrogant und egozentrisch?

Ja, beschloss Frank.

Diese Erkenntnis hatte ihn nun vollkommen aus den Fugen getreten. Er hatte das Gefühl, schwerelos in einem luftleeren Raum zu schweben, unfähig, sich in irgendeine Richtung zu bewegen. Davon abgesehen, dass er überhaupt nicht wusste, wohin er sich bewegen sollte.

Steven. Er musste Steven anrufen.

„Frank, ich hoffe, du hast gute Neuigkeiten? Hast du ihn gefunden?", ertönte Stevens Stimme aus der Sprechanlage des Autos.

„Nein", sagte Frank atemlos.

„Ist alles okay?"

„Danny ist tot." Es sprudelte einfach aus Frank heraus.

Es folgte Stille.

Frank lenkte den Wagen auf den viel befahrenen Highway.

„Was?", fragte Steven ungläubig. „Nein, wie soll das möglich sein?"

„Er hatte mehrere Identitäten und hat offenbar seine Spuren sehr erfolgreich verwischt. Seine letzte war

wohl unter dem Namen Edward Vawnworth bekannt."
Frank atmete mehrmals tief ein. Er fühlte sich, als
stünde er kurz vor einer Panikattacke. „Steven, kannst
du für mich herausfinden, ob dieser Edward Vawnworth wirklich Danny war und ob es stimmt, dass er
sich umgebracht hat? Es ist wirklich wichtig."

„Frank, ich finde das für dich heraus. Aber findest du
nicht, du solltest die Polizei einschalten? Du scheinst irgendwie tief in der Scheiße zu stecken. Warum rufst du
nicht die Polizei an, es ist ja nicht so, als hättest du auch
noch eine Leiche im Keller, oder?"

Frank schwieg.

„Oder?"

„Natürlich nicht", erwiderte Frank mit einigem Zögern. Sein Magen verkrampfte sich. „Aber ich kann die
Polizei nicht rufen. Er weiß alles. Ich habe meine Töchter jetzt schon mit dieser Aktion mehr in Gefahr gebracht als beabsichtigt. Aber mir gehen langsam die
Ideen aus, wer dieses Arschloch sein könnte."

„Ich werde das prüfen, Frank. Und ich werde noch
einmal schauen, wer noch Grund haben könnte. Wir
hatten ja in der Vergangenheit des Öfteren mal Klagen
am Hals mit Lektoren, Verlagen und Einzelpersonen."

„Danke, Steven", sagte Frank und fühlte sich mit einem Schlag müde.

„Schon gut."

Sie legten auf und Frank beschloss, auf das Präsidium
zu fahren, bevor er in das Haus zurückkehrte, um seinem Erpresser zu geben, was er wollte. Vielleicht hatte
die Polizei neue Hinweise.

Der Gedanke, dass es auch Hinweise gegen ihn sein könnten, bescherte ihm eine Gänsehaut. Frank schüttelte sich und nahm die nächste Ausfahrt.

Kapitel 24

„Danke, dass Sie sich Zeit genommen haben", sagte Officer Gutierrez und bat Frank, Platz zu nehmen.

Sie saßen in einem beengten, kahlen Verhörraum, in dem sich nichts als drei Stühle und ein Tisch an einer Wand befanden. Schräg gegenüber an der Decke erfasste ihn das Auge einer Überwachungskamera. Das rote Lämpchen signalisierte Frank, dass sie ihn aufzeichnete.

Ihm wurde heiß. Schweiß trat ihm auf die Stirn. Sie erfasste jede seiner Bewegungen, seine Mimik. Sie würde ihn dabei filmen, wie er log.

„Gerne", sagte Frank heiser und räusperte sich. „Wie kann ich noch helfen?"

Gutierrez saß locker auf seinem Stuhl, einen Arm über die Lehne gelegt, mit der anderen Hand mit einer Zigarettenschachtel spielend. Er musterte Frank intensiv. Was konnte er inzwischen in Erfahrung gebracht haben? „Sie sehen ... nicht gut aus. Geht es Ihnen gut?"

„Nein", sagte Frank. „Ein paar familiäre Probleme." Er fand, dass es wahrscheinlich weniger klug war, Gutierrez von dem Todesfall seiner Frau zu berichten. Das konnte man ihm vielleicht negativ auslegen.

Gutierrez nickte langsam, drehte die Schachtel zwischen den Fingern. „Verstehe." Er legte die Schachtel auf den Tisch. „Wollen Sie was trinken? Einen Kaffee oder Wasser?"

„Ein Kaffee wäre nett." Frank bemühte sich um ein Lachen. „Meinen Cappuccino habe ich aus Versehen auf meinem Auto vergossen."

Gutierrez erhob sich. „Weiß nicht, ob Sie das danach noch nett finden. Das ist eine ziemliche Plörre."

Er verließ das Verhörzimmer und kehrte nach einigen Minuten zurück. Frank mied den glühenden Blick der Kamera, konnte das Wippen seines Beins aber nicht unterdrücken. In ihm geschah so viel, und er schaffte es kaum, all diese überbordenden Gefühle zurückzuhalten. Frank glaubte, bald zu explodieren.

„Danke", sagte er und nahm den Pappbecher mit dem Kaffee entgegen. Gutierrez hatte recht, stellte Frank nach einem Schluck fest, der Kaffee schmeckte wie Pisse.

„Gut, wir haben Sie noch einmal um ein Gespräch gebeten, weil wir nicht so ganz schlau aus dem Verschwinden werden." Gutierrez lehnte die Arme auf den Tisch und gestikulierte, während er redete. „Sie war an diesem Tag bei Ihnen, bat Sie um einen freien Tag für den Geburtstag ihres Sohnes. Wissen Sie, wann sie in den Feierabend gegangen ist?"

Frank schüttelte langsam den Kopf. „Nicht genau, nein. Sie macht alles fertig, nimmt sich so viel Zeit, wie sie braucht, und geht dann."

„Da wird sich ja eine ungefähre Zeit eingependelt haben."

Frank sah an die Decke, an der das Neonlicht surrte. „Das müsste gegen Nachmittag gewesen sein. So um drei ist sie meistens mit allem fertig."

Gutierrez spitzte die Lippen und nickte nachdenklich. „Verstehe. Sie wohnen etwas abseits. Da bei Ihnen die Kameras nicht funktioniert haben und die ersten fünf Kilometer Ihrer Straße nicht mit Kameras ausgestattet sind, haben wir einen großen blinden Fleck. Fakt ist aber, dass die Kameras auf der Hauptstraße der Gemeinde Ximena an diesem Tag nicht erfasst haben. Und soweit wir von ihrem Sohn wissen, geht sie immer denselben Weg. Können Sie sich erklären, warum sie an diesem Tag von ihrem gewohnten Weg abgewichen ist? Hat sie etwas erwähnt oder gesagt? Auch wenn es noch so beiläufig gewesen sein mag?"

Franks Kehle schnürte sich zu. An die Kameras auf der Straße hatte er nicht gedacht. Fieberhaft dachte Frank nach. Es war besser, wenn er davon nichts wusste. Er war zu müde, um sich eine Lügengeschichte auszudenken. Wer log, brauchte einen klaren Verstand und ein gutes Gedächtnis. Und da seines gerade im Überlebensmodus arbeitete, hatte es keine Kapazitäten für weitere Verkomplizierungen. Frank räusperte sich. „Nein. Sie hat nichts erwähnt, zumindest nicht dass ich wüsste. Wissen Sie, manchmal bin ich nicht der beste Zuhörer."

Gutierrez sah ihn lange aus dem Augenwinkel an. Es war ihm deutlich anzusehen, wie es in ihm arbeitete. „Okay." Eine kurze Pause. „Ist Ihnen bewusst, dass Sie der Letzte sind, der Ximena Flores lebend gesehen hat? Wir haben keine weiteren Zeugen, die sie gesehen haben. Wir wissen, dass sie bei Ihnen gewesen sein muss, was Sie uns ja auch bestätigen. Aber danach ist sie wie vom Erdboden verschluckt. Irgendwas scheint zwischen Ihrem Haus und der Hauptstraße passiert zu sein. Wir haben aber auf diesen ganzen fünf Kilometern keine Spur gefunden." Gutierrez sah Frank mit erhobenen Brauen an.

Das Leuchten der Kamera in der Ecke brannte wie ein Laser auf seiner Haut. Frank wünschte, er könnte den Rinnsal Schweiß auf seiner Stirn verschwinden lassen. Er schluckte, denn er wusste, was Gutierrez zwischen den Zeilen sagte. *„Irgendwas ist faul an dir, aber ich habe keine Beweise, um dich konkret darauf anzusprechen."*

Frank durfte sich nicht versprechen. „Ich kann es mir nicht erklären, was passiert sein könnte, Officer. Ximena hat seit Jahren für mich gearbeitet. Wir haben ein vertrauensvolles, fast familiäres Verhältnis gepflegt. Sie konnte ein und aus gehen, wie es ihr passte, das habe ich nicht überwacht."

„Wissen Sie, ob es vielleicht jemanden gab, der sie verfolgt oder bedroht hat?"

Frank schüttelte den Kopf. „Nein." Er verfiel in Schweigen und spürte, wie sich die Kreise um ihn herum enger zogen. Ihm wurde heiß und kalt. Dann kam ihm ein Gedanke, um den Fokus von sich zu lenken. Er sah auf. „D-Da fällt mir ein. Ich hatte einen Stalker." Sicherlich hatte er nicht die Sprache auf Danny bringen wollen. Grundsätzlich wollte er gar nicht hier sein. Aber bevor er der Polizei überhaupt etwas von seiner prekären Situation erzählte, musste er sicher sein, dass er Beweise vorlegen konnte, die ihn entlasteten, um nicht als Mörder dazustehen. Da schien ihm Danny eine gute Ausflucht, um die Ermittler etwas zu beschäftigen. Und ganz gelogen war es ja nicht. Außerdem wussten die Behörden sicher nicht, dass er tot war.

Offenbar schluckte Gutierrez den Köder, denn er blickte interessiert auf. „Sie hatten einen Stalker?"

Frank nickte eifrig. „Ja, einen gewissen Danny. Danny … Bricks, glaube ich. Aber das ist schon länger her. Es besteht eine einstweilige Verfügung gegen ihn. Er hat sich, soweit ich weiß, auch nicht mehr blicken lassen … wobei ich in letzter Zeit schon das Gefühl hatte, dass ich beobachtet werde. Mir ist aber nie jemand aufgefallen. Vielleicht ist sie ihm in die Arme gelaufen." Frank schluckte und sammelte sein schauspielerisches Können. „Jetzt, wo ich so darüber nachdenke … Ich hoffe, dass Ximena ihm nicht über den Weg gelaufen ist."

„Kannte sie Ihren Stalker?"

Frank nickte. „Ja, sie hatte das damals mitbekommen."

„Also könnte sie ihn wiedererkannt haben."

„Ja, sie wusste, wie er aussieht."

Gutierrez rieb sich nachdenklich über das Kinn. „Das ist eine interessante Information." Er schwieg kurz, dann sah er Frank direkt an, die Augen zu Schlitzen verengt. „Dann ist es ganz schön nachlässig, dass Ihre Kameras nicht funktionieren, finden Sie nicht?"

„Die werden momentan wieder instand gesetzt", antwortete Frank schnell. „Es ist leider eine längere Zeit nicht aufgefallen. Wir haben uns … sicher gefühlt." Frank lächelte bedauernd.

Gutierrez schürzte leicht seine Unterlippe. Aus zusammengekniffenen Augen musterte er ihn, so als wägte er ab, ob er ihm glauben konnte oder nicht.

Frank saß da, seine Haut glühte, sein Puls raste.

Dann brummte der Officer leise vor sich hin. „Gut", sagte er nach einer Weile. „Das war es erst einmal. Wir werden mal schauen, ob wir diesen Danny finden. Danke, Mr. Lamber. Falls Ihnen noch etwas einfällt, kontaktieren Sie uns." Er erhob sich.

Frank tat es ihm gleich. Erleichterung durchströmte ihn und schlug sich bei ihm mit einem Lächeln nieder. Er drückte Gutierrez die Hand. „Das werde ich. Einen schönen Tag noch."

Er trat durch die Tür, die Gutierrez ihm geöffnet hatte, auf den langen, klinisch weißen Korridor. Überall liefen Beamte von einem Raum in den nächsten, während Frank den Flur hinablief. Er hatte Mühe, seine Schritte zu zügeln. Stur starrte er geradeaus auf die Tür. Der Ausgang. Die Freiheit.

Es kam ihm vor, als bewegte er sich nur in Zeitlupe auf die Tür zu, die nach draußen führte. Die meisten Beamten, die an ihm vorbeigingen, beachteten ihn gar nicht – und doch schien es Frank, als sähe ihn jeder an, als durchbohrte jeder ihn mit nur einem Blick, als wüsste jeder, was er in der Truhe in seinem Keller verbarg.

Der Schweiß rann ihm an Gesicht und Rücken hinab. Sein Herzschlag pulsierte gedämpft in seinen Ohren. Inzwischen war die Hitze, die ihn umgab, unerträglich.

Nach einer gefühlten Ewigkeit erreichte er die zweiflügelige Tür. Kurz bevor er sie aufstieß, wandte er sich noch einmal um. Gutierrez stand am Ende des Korridors. Die Hände in die Hosentaschen vergraben, den Blick auf ihn gerichtet wie ein Raubtier, das nur darauf wartete, dass Frank einen Fehler machte.

Er schluckte, wandte sich um und stieß die Tür auf.

Gleißendes Sonnenlicht brannte in seinen Augen. Das aus hellem Kalkstein erbaute Präsidium war von hohen Palmen gesäumt, die sich im heißen Nachmittagswind wiegten.

Mehrere Polizeiwagen parkten vor dem Gebäude. Es herrschte reges Treiben von Polizisten in Uniform, aber auch von Zivilisten.

Frank blickte in den Himmel, auf dessen Cyanblau nur einige weiße Tupfer zu sehen waren.

Da klingelte sein Handy. Frank nahm es zunächst gar nicht wahr. Verloren stand er auf der Treppe, während um ihn herum die Menschen das Gebäude verließen oder betraten. Irgendwo in seinem Hinterkopf hörte er das drängende Ticken einer Uhr. Ihm lief die Zeit davon.

Das Klingeln des Handys erstarb. Frank konnte nur schwer atmen. Bekam er gerade eine Panikattacke? Fuck. Oder einen Herzinfarkt?

Brittany Westwood

Die Ereignisse überschlugen sich. Nach dem Gespräch mit Barbara hatte sie sich sofort wieder auf den Weg zurück nach L. A. gemacht. Dabei hatte sie an nichts anderes denken können als an das, was Barbara ihr erzählt hatte. Ihre Gedanken kreisten um das Trauma dieser Frau. Ihr Herz brach für sie. All die Jahre hatte sie geschwiegen, diesen dunklen Abgrund, dieses fürchterliche Geheimnis, die Scham und den Schmerz allein auf ihren Schultern getragen und war Stück für Stück daran zerbrochen.

Brittany stieß frustriert die Luft aus. Ihre Hände umklammerten das Lenkrad fester. Das Leben war nicht fair. Immer wieder sah sie diese Schicksale. Menschen, besonders Frauen, deren Leben für immer zerstört waren. Auf der anderen Seite dann die Täter, die oft nur eine Strafe für einige Jahre erhielten, während ihre Opfer ihr ganzes Leben mit den Folgen kämpfen mussten.

Sie hatte nun einige Erkenntnisse aus Barbaras Erzählungen gewinnen können. Brittany hatte sich Franks Abgrund genähert. So nah, dass sie dessen Schwingungen spüren konnte, die Dunkelheit, die darin lauerte, und es bebte in Brittanys Eingeweiden. Es fühlte sich an wie eine subtil brodelnde Angst, bei der man nicht wusste, wovor man sich fürchtete.

Bestärkt wurde das Gefühl über die Insider-Nachricht, die sie auf ihrem Weg zurück erhalten hatte: Franks Haushälterin, eine Ximena Flores, war verschwunden – und von Frank Lamber höchstpersönlich zuletzt gesehen worden. Diese Information wummerte in ihr wie ein eigener Puls. Ihr Bauchgefühl meldete sich. Ein allgemeines Unwohlsein, das sie dazu brachte, die zehnte Zigarette aus der Schachtel zu klopfen und sich zwischen die Lippen zu stecken, während sie den Wagen auf den Parkplatz des Polizeipräsidiums lenkte.

Die Fragen in ihrem Kopf benötigten Antworten. War Frank in diesem Vermisstenfall nun ein Verdächtiger?

Sie parkte, kramte in ihrer Tasche nach einem Feuerzeug, fand eines, zündete sich die Zigarette an und suchte dann in den chaotischen Weiten nach ihrem

Presseausweis, den sie dann obenauf legte, damit sie nicht am Empfang danach suchen musste.

Dann stieg sie aus, stieß den grauen Dunst in Richtung des klaren blauen Himmels.

Während sie nun auf das Präsidium zueilte, tippte sie eine Nachricht an ihre Vorgesetzte bei der L. A. Times. Djamila wartete auf die Story, die Brittany eigentlich bereits morgen abgeben musste. Diese Tatsache durchzuckte ihren Kopf wie ein Blitz.

Hey, Djamila,
bitte entschuldige meine Abwesenheit und dass ich nicht sofort geantwortet habe. Ich bin da an etwas dran. Mein Bauchgefühl sagt mir, dass die Story größer ist als zuerst angenommen. Du vertraust mir doch, oder? Du weißt, dass ich immer recht behalte.
Liebe Grüße
Brittany

Gerade als sie die Nachricht senden wollte, stieß sie mit jemandem zusammen.

Brittany ließ beinahe ihr Handy fallen, stolperte seitlich, fing sich wieder und riss den Kopf herum. „Entschuldigung", murmelte sie. „Ich habe nicht –" Sie brach ab, als sie Frank Lamber erblickte – oder eine abgewrackte, elendige Version von ihm. Er sah scheiße aus. Er trug ein Leinenhemd und eine Leinenhose, die aussahen, als hätten sich Motten daran zu schaffen gemacht. Auf dem hellen Stoff hatten sich einige Flecken ausgebreitet von nicht identifizierbarer Herkunft. Ein großer Fleck stammte höchstwahrscheinlich von Kaffee.

Was aber schlimmer als seine Kleidung war, war sein verquollenes Gesicht. Es wirkte eingefallen, die Falten gruben sich tief in seine knittrige Haut und der Bart wuchs unregelmäßig. Das feine grau melierte Haar stand zu allen Seiten ab und Franks Augen waren rot und verquollen.

Frank hatte ebenfalls eine Entschuldigung gemurmelt, als nun auch er innehielt. Seine Augen weiteten sich vor Überraschung. Ein Lächeln brachte er nicht mehr zustande. Er öffnete den Mund, schloss und öffnete ihn wieder. „'tschuldige.", Die Worte stolperten über seine Lippen. „Hab nicht hingesehen."

Brittany hob ihr Handy. „Ebenfalls nicht." Sie rang sich zu einem Lächeln durch, wandte sich zum Präsidium um und sah Frank an, als fragte sie sich, was er hier verloren hatte. „Geht es Ihnen gut? Ist etwas passiert?"

Frank rieb sich den Nacken, während sein Blick über den Parkplatz wanderte. Er wirkte zerstreut und nervös. So gar nicht wie der Frank, den sie vor wenigen Tagen noch interviewt hatte. Hatte das etwas mit Ximena Flores' Verschwinden zu tun?

„Ach, ich … ich … meine Haushälterin ist verschwunden … und ich wollte … wollte der Polizei helfen." Er lächelte gestelzt und Brittany kniff die Augen zusammen. Sie glaubte ihm kein Wort.

Doch sie bewahrte gute Miene zum bösen Spiel. „Das ist ja furchtbar. Dann hoffe ich, dass sie gefunden wird." Sie räusperte sich und spürte das Prickeln auf ihrer Haut. Seine Anwesenheit löste ein Gefühl aus, als krabbelten Tausende Ameisen über ihre Haut. Sie räusperte sich. „Ich muss dann mal rein."

Franks Blick war bereits wieder glasig. Mechanisch wandte er sich um, ohne etwas zu sagen, ohne sich zu verabschieden, und taumelte die Treppe hinunter.

Frank

Wie ein Roboter zwang Frank sich, die Treppen hinunterzugehen und den Parkplatz bis zu seinem Auto zu überqueren. Sein Herz raste. Die Begegnung mit Brittany hatte ihn erschreckt. Wieso war sie da? Verfolgte sie ihn? Hatte sie von Ximena bereits gehört und stürzte sich nun auf jede neue Erkenntnis über Frank wie Fliegen auf Kothaufen? Dieser Gedanke schnürte ihm die Luft ab. Sie sollte nicht sehen, was Frank so lange verborgen hatte. Niemand sollte das.

Kurz bevor er das Auto erreichte, klingelte das Handy erneut.

Zuerst setzte er sich in den Wagen. Dann blickte er auf das Display. Als er Ashleys Namen las, nahm er hastig ab. „Kleines", sagte er etwas außer Atem.

„Alles okay, Dad?"

„Wie geht es dir und deiner Schwester? Ist alles in Ordnung? Seid ihr in Sicherheit?"

„Uns geht es gut, Dad, soweit die Umstände es zulassen."

„Ja", sagte Frank leicht versonnen. „Hör zu, Ashley, es ist besser, wenn ihr nicht mehr über mein Handy anruft. Ich besorge mir ein –"

„Was? Wieso das denn?"

„Lass mich ausreden, Ashley“, entgegnete Frank streng. „Es ist wichtig, dass ihr nicht immer in demselben Hotel bleibt. Bucht euch heute Nacht woanders ein. Ins *Four Seasons*, wenn es sein muss. Ich überweise euch das Geld. Benutzt ... Benutzt nicht meine Kreditkarte, schreibt mir nicht, wo ihr gebucht habt, und erwähnt es nicht am Telefon.“ Frank wusste, dass er damit mehr als verrückt in den Ohren seiner Töchter klingen musste. Aber wenn der Unbekannte jederzeit abrufen konnte, wo sich seine Töchter befanden, dann würde er sie nie in Sicherheit wissen können. Vielleicht würde er ihm so einen Schritt voraus kommen.

Ashley verfiel in Schweigen, dann schien sie das Mikrofon mit ihrer Hand abzudecken. Er hörte gedämpft ihre Stimme. Offenbar diskutierte sie mit Courtney.

„Dad, geht es dir auch wirklich gut? Du klingst verändert. Vielleicht solltest du –“

Sie wurde abgewürgt. „Hey, Dad.“ Courtneys kühl klingende Stimme. „Du machst Ashley Angst. Könntest du vielleicht weniger ... verrückt sein? Wir machen gerade eine schwere Zeit durch.“

„Ich bin nicht verrückt, ich muss –“

„Was auch immer.“

Kurz folgte wieder Stille, dann ein Rascheln und Gerangel um das Smartphone. Ashley zischte etwas Unverständliches.

„Ashley? Bist du wieder dran? Gibt es etwas Neues?“

„Nicht wirklich. Die Polizei kommt nicht weiter mit ihren Ermittlungen.“ Sie seufzte. „Sie haben die Überwachungskameras vom Wohngebäude gecheckt. Moms Mörder hat sich als Hausmeister ausgegeben. Er wusste genau, wo die Kameras sind und wie er sich drehen musste, damit sie sein Gesicht nicht erfassen. Dann hat er sich Zutritt zum Hausmeisterbüro verschafft, seine Kleidung angezogen und Mom so dazu gebracht, die Wohnungstür zu öffnen." Ihre Stimme brach. „Auf keinem der Bänder ist zu erkennen, wer das sein könnte."

Frank schlug die Lider nieder. „Das tut mir leid, Ashley."

Sie schluchzte und es brach ihm das Herz. „Dad, ich möchte dich holen kommen. Ich glaube, dir geht es nicht so –"

„Nein", rief er schroffer als beabsichtigt.

„Was?" Ashley klang empört und verwirrt zugleich.

„Nein", sagte er daraufhin sanfter. „Ich ... Ihr solltet dort bleiben. Bei eurer Mutter, euch Kraft geben. Das ist besser so."

„Und du solltest hier bei uns sein, Dad."

Franks Inneres zerriss in tausend Stücke. Er biss sich auf die Unterlippe. „Ich ... Ich kann nicht."

„Dann komme ich dich holen, Dad."

„Nein, Ashley, du bleibst bitte da. Ich ... I-Ich komme, sobald ich kann."

Im Hintergrund hörte Frank wieder Courtney keifen.

„Ich muss jetzt auflegen, Kleines. Denkt daran: Wechselt das Hotel. Bye." Bevor Ashley noch etwas erwidern konnte, legte er auf. Wenn er könnte, würde er seine Töchter in die entlegensten Ecken der Erde schicken, um sie zu beschützen.

Aber Frank wusste auch, dass er nun an seinen Laptop zurückkehren musste. Das war gerade alles, was er tun konnte, um sie zu beschützen, während er mit der Suche nach seinem Erpresser wieder bei null anfing.

Kapitel 25

Erneut schrillte das Handy und riss Frank aus seinen Gedanken. Mit müden Augen stierte er auf den Bildschirm seines Laptops. Er hatte kaum etwas zu Papier gebracht. Der Gedanke, noch ein Wort zu tippen, war ungefähr so erfreulich wie die Vorahnung darüber, dass man kotzen musste.

Aber jetzt musst du mein Buch schreiben, wie du es schon einmal gemacht hast, Frank.

Was wollte sein Erpresser damit erreichen? Danny konnte ausgeschlossen werden. Er war tot. Außer Steven fand noch etwas anderes heraus, was seine Person betraf. Fieberhaft dachte Frank über Barb nach. Sie hatte definitiv ein Motiv, sich in irgendeiner Form an ihn zu rächen. Aber würde sie es so aufziehen? Warum sollte sie wollen, dass er ein Buch schrieb? Schließlich gab sie ihm keine inhaltlichen Vorgaben, wie: Gestehe, was du in der Vergangenheit getan hast.

Frank schüttelte den Kopf. Sein Handy. Er musste an sein Handy gehen.

Seine Augen brannten vor Müdigkeit, seine Fingergelenke schmerzten und er ertrug das Klingeln des Smartphones nicht mehr. Jedes Mal versetzte es ihn in einen Schockzustand, der vergleichbar damit war, dass sein Körper vollständig unter Strom stand. Langsam kam ihm der elektrische Stuhl wie ein Massagesessel vor.

Träge blickte er auf das Display. Es war Steven. „Hallo, Steven."

„Hey, Frank. Ich hab noch einmal etwas recherchiert." Er machte eine kurze Atempause. „Es gab tatsächlich einen Edward Vawnworth, der *zufällig* genauso aussah wie unser lieber Freund Danny. Er hat es also perfektioniert, Identitäten zu erfinden und parallel mit ihnen zu leben. Aber der Totenschein über Edward Vawnworth ist echt. Hat sich in einer Wohnung erhängt, die er ebenfalls mit gefälschten Dokumenten angemietet und nicht bezahlt haben muss. Man hat ihn erst nach ein paar Wochen gefunden. Er hat keinen Abschiedsbrief hinterlassen. Mich wundert es, dass die Behörden nicht hinter seine Machenschaften gekommen sind. Aber na ja, das ist nicht unser Problem. Fakt ist: Danny als dein Erpresser ist zu hundert Prozent vom Tisch."

„Ja, das ist er wohl", sagte Frank zähneknirschend.

Steven schnaubte. „Tut mir leid, Mann. Hast du denn schon einen Verdacht, wer es noch sein könnte?"

Frank verfiel in ein ausgedehntes Schweigen, während er seine Gedanken durchforstete. Dabei drängte sich immer wieder der Satz auf, den sein Erpresser bei ihrem letzten Telefonat gesagt hatte.

Alles zu seiner Zeit, Frank. Aber jetzt musst du mein Buch schreiben, wie du es schon einmal gemacht hast, Frank.

Nahm man die Perspektive von Danny ein, ergab der Satz Sinn. Er hatte immer einen absurden Anspruch auf Franks Bücher gelegt. Für ihn waren seine Bücher überlebenswichtig gewesen. Es waren *seine* Bücher gewesen. Doch mit Dannys Ausscheiden als Verdächtiger, sah Frank diesen Satz nun aus einer anderen Perspektive. Dieses Mal betrachtete er das Zitat auf eine ironische Art und Weise.

„Alles zu seiner Zeit, Frank. Aber jetzt musst du mein Buch schreiben, wie du es schon einmal gemacht hast, Frank", sagte er.

„Was?"

„Das hat er zuletzt unter anderem zu mir gesagt. ‚*Aber jetzt musst du mein Buch schreiben, wie du es schon einmal gemacht hast, Frank.*' Was interpretierst du daraus?"

Steven schien zu überlegen. Er schwieg. Frank glaubte zu hören, wie er mit den Fingern über seinen Tisch trommelte. „Was war damals noch einmal? Nachdem du deinen ersten Roman veröffentlicht hattest?"

Frank zog die Brauen zusammen. „Ich weiß nicht, was du meinst." Mit dem Kiefer mahlend blickte er über den Rand seines Laptops auf die sanften Hügel. Inzwischen senkte sich die Sonne und tauchte alles in einen rötlichen Schein.

„Wie kannst du das vergessen haben? Wir hatten doch damals diesen Prozess am Hals von einem anderen Autor, der behauptet hatte, dass du sein Buch geklaut hättest."

In Frank dämmerte es. Wie die Wellen an seinem Strandhaus brandeten langsam die Erinnerungen auf, trugen mehr und mehr Bilder aus der Vergangenheit mit sich, hüllten Frank ein und zogen ihn mit sich.

„Was hat das zu bedeuten?", fragte Bridget, die sich in ihre Lieblingsecke auf dem Sofa unter der Hermès-Decke eingekuschelt hatte. Frank hatte sie ihr vor einigen Jahren zu Weihnachten geschenkt.

Er schnaubte auf, schaltete den großen Flatscreen-Fernseher aus und beförderte die Fernbedienung unsanft auf den Glastisch vor ihm. Ihren Platz nahm nun ein neues Whiskeyglas ein. „Bullshit!"

Frank nippte an dem rauchigen Getränk und starrte in das Feuer, das im Kamin unter dem Fernseher prasselte. Auf dem Sims thronten silbrig glänzende Bilderrahmen mit Fotos ihrer Kinder darin. Familienfotos. Fotos, als sie Babys waren. Und auch ein Foto aus Bridgets Kindertagen fand sich dort. Nur Frank hatte keine von sich aufstellen wollen. Das lag zum einen daran, dass er die Zahl der Familienfotos an einer Hand abzählen konnte und diese furchteinflößend gestellt waren. Außerdem ertrug er Fletchers Visage nicht.

Um keine Fragen von Ashley und Courtney beantworten zu müssen, lenkte er das Thema immer kategorisch auf etwas anderes. Etwas Erfreulicheres.

Er trank einen weiteren Schluck, spülte die bittere Erinnerung mit dem scharfen Geschmack des Whiskeys herunter. Nach wie vor spürte er den Blick seiner Frau auf sich. Indem er langsam seinen Kopf zu ihr drehte, fing er ihn auf. „Ich werde verklagt."

Bridget zog die Decke etwas höher über ihre Brust und blickte ihn erschrocken an. „Verklagt? Aber warum?"

„Angeblich basiert mein Debüt auf der Idee dieses Mannes." Er deutete mit der Hand auf den schwarzen

Bildschirm. „Boyd Miller. So ein Schwein." Wütend kippte Frank den Rest des Glasinhalts seine Kehle herunter. Dann stand er auf und schritt durch das große Wohnzimmer zu seiner Minibar, wo er mit seinen Flaschen herumklapperte. „Steven hat schon einiges über ihn in Erfahrung gebracht."

„Ich glaube, du hast genug getrunken heute."

Frank ignorierte Bridgets Einwurf und kehrte mit einem halben Glas zurück. „Er ist ein erfolgloser Autor und kämpft seit Jahren um Anerkennung. Gleiches Genre. Die Idee seines aktuellen Projekts, das er noch nicht veröffentlicht hat, ist ähnlich – soweit Steven Einsicht darin gewinnen konnte. Aber woher hätte ich denn diese Idee stehlen können? Ich kenne ihn doch gar nicht."

Auf Bridgets Lippen kräuselte sich ein Lächeln. Sie erhob sich, setzte sich neben ihn und zog das Glas aus seiner Hand. Dann legte sie die Decke auch um seine Schulter. Ihre Wärme umfing ihn und löste ein heißes Kribbeln in seiner Brust aus. Er lehnte sich an sie, atmete ihren Duft nach Rosen und teurem Parfum ein. Das erste Mal seit Wochen fühlte er sich wieder wie er selbst. Wenn er schrieb, ging das irgendwie verloren und es fühlte sich an, als drifteten sie auseinander.

„Du hast hart gearbeitet und ich weiß, dass du von niemandem stiehlst oder kopierst. Es ist deine Bestimmung, Autor zu sein." Sie küsste ihn sanft auf die Wange. „Ich glaube, dass das der Preis ist, den man mit Erfolg zahlt. Jeder versucht, ein Stück vom Kuchen abzuhaben. Aber du wirst sehen, das wird sich aufklären."

Und es hatte sich aufgeklärt. Monate später hatte das Gericht Boyd Millers Klage abgewiesen. Frank steckte

Hals über Kopf im Schreibprozess seines neuen Romans, den Steven bereits bei einem weiteren Verlag untergebracht hatte und der ebenfalls ein Bestseller zu werden versprach.

Dennoch ließ Boyd Miller es sich nicht nehmen, ihn noch einmal aufzusuchen.

2001

„Du warst super, Schätzchen", sagte Frank und küsste Ashley auf das blonde Haar.

„Hast du gesehen, wie ich den *drop shot* gespielt habe?", fragte sie aufgeregt und spielte noch einmal die Bewegung mit der Sporttasche in ihrer Hand durch.

„Du hast deine Gegnerin dominiert! Ich bin stolz auf dich." Frank lachte und genoss den Gang durch die sonnengeflutete Allee. Autos standen am Gehweg geparkt. Palmen säumten ihren Weg und streckten sich hoch in den blauen, wolkenlosen Himmel. Die Luft roch nach dem Harz von Pinien, die im angrenzenden Park standen. Von dort konnte man über das Geländer auf den Strand und den Santa Monica Pier blicken, wo verschiedene Attraktionen und ein Riesenrad lockten.

„Dad, wenn du mich fragst, habe ich mir den größten Oreo-Milchshake verdient."

Frank lachte schallend auf, schlang seinen Arm um ihre Schultern und drückte seine Tochter fest an sich. „Den hast du dir definitiv verdient."

„Entschuldigung." Ein Mann joggte über die Rasenfläche des Parks auf sie zu.

Frank war es inzwischen gewohnt, von Fremden angesprochen zu werden. Mit einem Lächeln wandte er sich zu dem Mann um. Frank schätzte ihn auf sein Alter, aber er wirkte wesentlich älter. Seine hagere Gestalt ließ sein Gesicht faltig und eingefallen aussehen. Unter seinen Augen zeichneten sich Schatten ab und sein dünnes Haar war vollständig ergraut. Als Frank den Mann erkannte, gefror sein Lächeln und fiel in sich zusammen. Boyd Miller.

Reflexartig schob er Ashley hinter sich. „Haben Sie mir aufgelauert?", fragte er wütend.

Boyd Miller lächelte und entblößte dabei seine von Kaffee – und wahrscheinlich auch vom Zigarettenkonsum – vergilbten Zähne. „Hab Ihnen nicht aufgelauert. Hab Sie zufällig gesehen und dachte, ich sag mal Hallo."

Frank musterte den Mann. In seinen Eingeweiden machte sich ein flaues Gefühl breit. Er misstraute ihm. Schließlich hatte er gegen Frank verloren. Wieso sollte er da freundlich auf ihn zukommen? „Guten Tag", sagte Frank dennoch, ergriff die Hand des Mannes mit ausgestrecktem Arm, um den Abstand zu wahren.

Boyds Lächeln wurde breiter. Er schielte über den Rand seiner runden Brille. Mit einem Mal wurde sein Griff fester. Er zerquetschte Franks Knöchel und zog ihn nun mit einem festen Ruck an sich.

Erschrocken stellte Frank fest, dass Boyd stärker war, als er aussah. Er hielt die Luft an.

Boyd dachte nicht daran, ihn loszulassen. Mit einem schäbigen Grinsen lehnte er sich weiter vor und hauchte seinen heißen, übel riechenden Atem in Franks Gesicht. „Und? Wie schmeckt der Erfolg so, den Sie anderen zu verdanken haben?", zischte der Mann.

„Dad?", krächzte Ashley verängstigt hinter ihm.

Mit einem festen Ruck entriss sich Frank Boyds Griff und trat zurück. „Alles in Ordnung, Ashley." Er drückte ihr den Autoschlüssel in die Hand. „Geh schon einmal vor. Verriegele das Auto."

„Ja, ein schönes Auto fahren Sie." Boyd leckte sich über die Zähne. Speichel sammelte sich in einem Mundwinkel. Schwer atmend stand er Frank gegenüber, sein Körper wirkte gespannt, als bereitete er sich auf einen Angriff vor.

Frank trat einen weiteren Schritt zurück, beobachtete aus dem Augenwinkel, wie Ashley sich ins Auto flüchtete, die großen Augen auf ihn gerichtet. Beschwichtigend hob Frank seine Hände. Der Puls raste unter seiner Haut. „Hören Sie, ich habe nie etwas von irgendjemandem geklaut. Ich weiß, was Sie tun, Boyd, Sie haben das schon öfter gemacht. Das hat mein Agent mir erzählt. Alle Jahre wieder hängen Sie sich an ein erfolgreiches Debüt und behaupten, es entstamme Ihrer Feder. Aber das ist gelogen."

Boyd schmatzte, schnaubte und prustete. „Typisch, dass Sie das sagen. Wissen Sie, wie viele Verlage und Agenten ich angeschrieben habe? Sicherlich haben die meine Ideen geklaut. Sicherlich hat Ihr Agent Ihnen diese Idee untergeschoben. Ich weiß es."

Frank schüttelte den Kopf. „Was sind Sie? Der Aluhutträger unter den Autoren? Konzentrieren Sie sich aufs Schreiben und hören Sie auf, mich zu belästigen." Frank deutete mit dem Zeigefinger auf Boyd, der mit einem spöttischen Grinsen sein Kinn hob. „Und wagen Sie es ja nicht, mich oder meine Familie noch einmal zu belästigen. Das werden Sie bereuen", zischte er. Damit wirbelte er herum. Er wollte sich diesen Stuss aus dem fauligen Maul dieses Idioten nicht mehr anhören.

„Ja, rennen Sie nur weg, Frank. Ich kenne die Wahrheit! Schreiben Sie nur weiter meine Bücher. Aber ich werde mir irgendwann holen, was mir zusteht!“ Je weiter Frank sich entfernte, desto lauter schrie er ihm die Worte hinterher. „Hören Sie? Ich hole mir alles zurück!“

Frank wandte sich im Gehen um und nickte mit einem sarkastischen Lächeln auf den Lippen. Dabei hob er die Hand zum Abschied.

Boyd wischte sich mit dem Ärmel über den Mund und funkelte Frank voller Hass an, ehe er ihm seinen krummen Rücken zudrehte und wieder im Park verschwand.

Frank bemerkte die Menschen, die auf den Decken und Parkbänken entspannt hatten und wie sie die beiden mit großen Augen beobachtet hatten.

Tief atmete er durch, beruhigte sein wild schlagendes Herz und löste die Hände, die er zu Fäusten geballt hatte.

„Geht's dir gut, Dad? Wer war das?“

Frank rang sich zu einem Lächeln durch. „Es geht mir gut, Schätzchen. Mach dir keine Sorgen.“

„Frank? Bist du noch dran?“

Frank schüttelte den Kopf und blinzelte. „Ja. Ja, ich bin noch dran. Entschuldige.“ Er rieb sich über das müde Gesicht. „Ja, ich erinnere mich. Boyd Miller, richtig?“

„Ja, genau. Miller war sein Name.“

Frank lehnte sich in seinem Stuhl zurück und schloss die Augen. „Ich habe mich gerade an den Tag erinnert, als er mir aufgelauert war. Da hat er ... Er hat behauptet, dass du als Agent mir die Ideen von seinem Buch zugespielt hättest.“

Steven lachte schallend auf. „Das hast du mir damals gar nicht erzählt, Frank. So ein Schwachsinn.“

Frank schwieg. War es Schwachsinn? Inzwischen traute er sich selbst und seinen Erinnerungen nicht mehr über den Weg. Hinzu kam, dass die Erinnerungen an den Schreibprozess zu seinem Bestseller einem schwarzen Loch glichen. Der Grund, warum er sich nicht wirklich an diese Zeit erinnerte, war, dass er nicht er selbst gewesen war. Hatte Steven ihm also damals Änderungsvorschläge basierend auf den Ideen zu Boyds Manuskript zukommen lassen? So subtil, dass Frank es lange nicht für möglich gehalten hatte?

Inzwischen war Stevens Lachen verstummt. „Frank, das glaubst du doch nicht wirklich, oder?“

Frank kniff sich in die Nasenwurzel und stöhnte. „Steven, ich weiß inzwischen gar nicht mehr, was ich glauben soll. Ich weiß nur, dass ich will, dass die Scheiße aufhört. Ich will dieses Buch nicht schreiben. Ich will meine Ruhe, verdammt noch mal.“

Nun war es Steven, der schwieg, ehe er sich räusperte. „Das kann ich verstehen, Frank, aber du musst mir glauben. Ich nehme meinen Job als Agent sehr ernst. Ich würde niemals ... Ich habe niemals die Ideen eines anderen in deine Projekte geschleust. Ideen ähneln sich. Es ist schwer, das Rad neu zu erfinden.“

Frank seufzte und sah auf das rötliche Funkeln des Sonnenlichts, das sich in den Wolkenkratzern fing. Die

Stadt brannte. Sollte er Steven glauben? Konnte er überhaupt irgendjemandem vertrauen? „Ich hab nur ein Problem", sagte er unbeabsichtigt laut.

„Was denn?"

„Wieso sollte Boyd sich nach all den Jahren so eine Scheiße ausdenken, um sich an mir zu rächen, wenn ich nichts von ihm gestohlen habe? Weil seine Klage abgewiesen wurde? Es wurden immer wieder Klagen von ihm abgewiesen. Hat er die anderen Autorinnen und Autoren auch gestalkt?"

Stille dehnte sich aus.

„Hör zu, Frank, ich weiß es nicht. Aber langsam pisst es mich an, dass du glaubst, dass dieser Schwachkopf tatsächlich einen Grund dafür hat, dich zu belästigen. Ich hab diesem Loser nichts zukommen lassen, okay? Und warum er dich nach all den Jahren belästigt? Woher soll ich das wissen? Er ist wahrscheinlich hirnverbrannt und von Neid zerfressen."

Frank biss sich auf die Unterlippe, um die Worte zurückzuhalten. Seine Finger ballten sich zu einer zitternden Faust. Sosehr es ihn ärgerte: Er brauchte Steven und seine Kontakte. „Vielleicht hast du recht", sagte Frank in einem versöhnlicheren Tonfall.

„Vielleicht." Steven lachte abfällig auf.

„Kannst du mir helfen? Ein letztes Mal?"

Steven sog gedehnt die Luft ein. „Ich helfe dir, Frank. Scheiße. Aber das ist dann wirklich das letzte Mal."

„Danke."

„Ich melde mich, sobald ich mehr weiß."

Sie legten auf. Mit glasigen Augen starrte Frank in Richtung Fenster. Doch er betrachtete nicht die Landschaft vor sich, sondern das Spiegelbild des Schattens, der er nur noch war.

Frank war Boyd nun ähnlicher, als ihm lieb war. Dunkle Schatten unter den eingefallenen Augen. Sein Bart wucherte vor sich hin und er hatte es geschafft, in den letzten Tagen um zehn Jahre zu altern.

Ein kurzer Benachrichtigungston kündigte eine SMS an und riss Frank von seinem wenig anschaulichen Anblick weg. Er starrte auf den Bildschirm seines Smartphones. Durch das Aufleuchten erkannte er, dass Ashley ihm geschrieben hatte.

Seufzend entsperrte er den Bildschirm.

Hey, Dad.
Es dauert noch, bis die Polizei Mom zur Bestattung freigibt. So lange komme ich wieder zurück nach Los Angeles, um dich zu holen.
Courtney bleibt in New York. Versuch nicht, mich davon abzuhalten.
Ashley

„Verdammte Scheiße", knurrte Frank. Das Letzte, was er wollte, war, eine seiner Töchter hier in L. A. in Gefahr zu wissen.

Mit zitternden Fingern wählte er die Nummer seiner Tochter.

„Die Person, die Sie anrufen, ist aktuell nicht zu erreichen. Versuchen Sie es später noch einmal."

„Shit", schrie Frank und knallte das Smartphone auf den Tisch.

Kapitel 26

Ich habe dir gesagt, dass du aufhören sollst, nach mir zu suchen, Frank! Merkst du, wie du die Kontrolle verlierst? Du verlierst über alles die Kontrolle. Über deine Verbündeten. Deine Töchter. Sogar über dich selbst, Frank.

Wenn deine Tochter kommt, werde ich sie mir schnappen. Wenn deine Tochter kommt, verschlinge ich sie mit Haut und Haaren. Denn du tust nicht, was du sollst. Du tust nicht, was ich dir sage, Frank. Das ist ein Problem. Du solltest mehr auf mich hören. Aber das lernst du schon noch.

„Dad, hör auf, mich nonstop anzurufen", zischte Courtney genervt am anderen Ende der Leitung.

Franks Wut entlud sich in einem Impuls, der wie Feuer in seiner Faust brannte. Ohne darüber nachzudenken, schlug er gegen die Kühlschranktür. „Ich versuche seit zwei Stunden, euch zu erreichen!", brüllte er. „Warum ist Ashleys Handy aus? Wo ist sie? Sie ist doch noch nicht am Flughafen."

Courtney, die ebenfalls seit Stunden mit Abwesenheit glänzte, schwieg eine geschlagene Minute. „Ashley ist noch hier, Dad. Es gibt keinen Grund, mich so anzubrüllen", antwortete sie beinahe gelangweilt.

Wie immer ließ sie ihn die Kälte spüren, mit der sie ihn seit Jahren strafte. Oft fragte Frank sich, ob er Ashley zu oft bevorzugt behandelt hatte oder ob es einfach

Courtneys Wesen war, ihm vorzuhalten, dass er und ihre Mom sich getrennt hatten. Sie gab ihm die Schuld daran, dass alles zerbrochen war. Sie hatte besonders unter der Trennung gelitten und unter der Tatsache, dass sie beide nie wirklich einen gemeinsamen Nenner gehabt hatten, wie es bei Ashley der Fall war. Und sie hatte recht. Es war Franks Schuld. Er war nicht zu ihren Fußballspielen gekommen wie zu Ashleys Tennisturnieren. Er hatte sie nie angefeuert wie Ashley. Er hatte sie geliebt. Ohne jeden Zweifel. Aber er war nicht mit ihr nach einem langen Tag in Courtneys liebstes Fast-Food-Lokal gegangen, um dort ihren Lieblingsmilchshake zu kaufen. Zum ersten Mal realisierte Frank, dass er nicht einmal wusste, ob Courtney Milchshakes überhaupt mochte und wenn ja, welche Sorte am liebsten. Was war er nur für ein Vater? Ihm wurde schlecht, als er realisierte, dass er ein beschissener Vater war – zumindest für Courtney.

„Gib mir Ashley“, zischte Frank herrischer als beabsichtigt.

„Sie will dich nicht sprechen.“

Frank kniff die Augen zusammen und unterdrückte den Schrei, der seine Kehle aufsteigen wollte. „Hört auf mit diesen Spielchen. Sie soll nicht herkommen. Bleibt in New York. Ihr beide.“

„Ich habe schon versucht, sie davon zu überzeugen, hierzubleiben. Du bist es, der seinen Arsch hierher bewegen sollte.“

Einmal mehr hasste er es, dass sie sein Mundwerk geerbt hatte. „Ich will gerne, Courtney, ich will gerade nichts anderes als bei euch sein. Aber ihr müsst mir vertrauen und in New York bleiben.“

„Ashley ist so stur wie du. Ich kann sie nicht abhalten. Wenn du mich fragst, ich würde nicht kommen, Dad."

„Danke, Courtney. Das ist mir tatsächlich bewusst. K-Kannst du jetzt bitte Ashley ans Telefon holen." Er ignorierte den scharfen Schmerz in seiner Brust, den ihre Worte auslösten.

Courtney verdeckte die Sprechmuschel mit ihrer Hand. Gedämpft hörte sie sie reden. Es folgte eine Pause, dann sprach sie wieder, ehe sie die Hand vom Handy nahm. „Sie will nicht. Und sie wird kommen, egal, was du sagst."

Frank stöhnte. „Was soll ich denn noch tun, damit sie verdammt noch einmal in New York bleibt?"

„Du kannst nichts tun, Dad. Sie wird kommen. Was ist denn los mit dir? Hast du Probleme oder so?"

Franks Gedanken rasten. Seine Lippen zitterten. Die Wahrheit lag auf ihnen. „Ja", sagte er. „Ja, ich habe Probleme. Aber ich kann nicht darüber reden."

Würde er ihnen die Details eröffnen, würden sie ihm nicht nur sagen, er sollte die Polizei verständigen, sie würden es vielleicht sogar selbst tun. Das konnte er nicht riskieren. Doch wie konnte er nun verhindern, dass Ashley zurück nach Hause kam?

Courtney zögerte. „Was ist los, Dad? Du verhältst dich so merkwürdig. Rede mit uns."

„Nein, das geht nicht. Aber du musst Ashley daran hindern, herzukommen."

„Dad, ich –"

„Nein, du musst!"

„Hör zu, Dad, Ashley ist eine erwachsene Frau und ich habe wirklich keinen verfickten Bock mehr, mit euch beiden zu diskutieren. Mom ist tot! Können wir …

Kannst *du* nicht endlich mal Verantwortung übernehmen und für deine Töchter da sein, damit Ashley nicht nach L. A. kommen muss, um dich zu holen?" Nun brüllte sie und es wirkte, als spräche sie längst nicht mehr nur mit Frank, sondern auch mit Ashley, die offenbar im selben Raum war wie sie.

Bevor Frank noch etwas antworten konnte, legte sie auf.

Frank starrte auf den Bildschirm. „Fuck!", brüllte er und wählte noch einmal ihre Nummer. Aber jetzt war auch ihr Handy ausgeschaltet. „FUUUUUUUCK!"

Frank kauerte sich zwischen den Küchenschränken in der Hocke zusammen. Seine Hände umklammerten seinen Kopf, als müsste er verhindern, dass er explodierte. Tränen sprudelten heiß aus seinen Augen hervor und rannen in Strömen über seine Wangen. Diese ganze Situation schlang sich wie eine Schnur um seinen Hals, die sich enger und enger zuzog. Er konnte nicht mehr atmen. Die Last drohte ihn zu erdrücken.

Kapitel 27

Keuchend wachte Frank auf. Er war zusammengekauert auf dem Sessel vor dem Schreibtisch eingeschlafen. Der Laptop summte vor sich hin. Frank rieb sich das müde Gesicht, vollkommen orientierungslos, wo er sich nun befand. Eine bleierne Müdigkeit steckte in ihm. Hatte er nicht geschlafen? Wie spät war es? Vielmehr kam ihm all das wie ein Filmriss vor.

Verwirrt ließ Frank den Blick über den Schreibtisch wandern. Er schien nicht getrunken zu haben. Wie auch? Den Whiskey, der sich im Haus befunden hatte, hatte er bereits geleert. Trotzdem fühlte er sich wie nach einer durchzechten Nacht. Sein Mund war trocken, ebenso wie seine Kehle. Durst. Er hatte Durst.

Schmatzend streckte Frank seine schmerzenden Gliedmaßen. Einmal mehr erinnerte sein Körper ihn daran, dass er nicht mehr dreißig war.

Er streckte den Kopf hin und her und ließ die Sehnen in seinem Nacken knacken. Wie spät war es eigentlich? Mit brennenden Augen starrte er auf die Uhrzeit auf seinem Laptop. In der letzten Nacht hatte er einige Seiten zustande gebracht, bis er sich irgendwie verloren hatte. Dabei erinnerte Frank sich nicht daran, sich in den Sessel gekauert zu haben. Vielmehr war es so, dass er nicht über die letzten Erinnerungen hinauskam, wie ein plötzlicher Cut – ein Filmriss. Er wusste noch, wie er apathisch dagesessen hatte. Der Blick klebte regelrecht an den Worten auf dem Bildschirm, hatten jedoch getanzt, als würden sie ihn verspotten. In der Dunkelheit hinter den Fenstern hatte L. A. im Nachtgewand geglitzert wie eine Diamantenkette im Blitzlichtgewitter. Frank erinnerte sich nicht daran, so müde gewesen zu sein, dass er seine Augen nicht mehr hatte offen halten können. Nur diese eine Szene waberte wie Nebel in seinem Kopf, was danach folgte, war Schwärze.

Nervös blickte Frank sich um. Hektisch leckte er sich über seine trockenen Lippen, suchte nach etwas in diesem Raum. Etwas, das ihn verraten würde. Ging es etwa wieder los?

Diese Frage stellte er sich unterbewusst schon länger. Aus Angst hatte er sich aber nicht eine Sekunde erlaubt, sie bewusst zu denken. Diese Frage nach der Kontrolle.

Blinzelnd sah er sich um. Nichts Verräterisches, soweit er es beurteilen konnte.

Zittrig atmete Frank ein und aus, während er einen kontrollierenden Blick auf sein Handy warf. Es versetzte ihm einen Stich, als er realisierte, dass es bereits Nachmittag war. Später Nachmittag. Wie hatte er so lange geschlafen? Hatte sein Körper unter all dem Stress nachgegeben?

Das Nachrichtensymbol blinkte. Sofort war Frank hellwach. Er setzte sich auf, entsperrte den Bildschirm und öffnete die Nachricht. Sie war von Steven.

Hey, Frank,

Frank sprang auf. Wie ein Motor auf Hochtouren stolperte sein Herz. Eilig klaubte er seine Autoschlüssel
vom Tisch und flüchtete aus dem Arbeitszimmer. Im
Flur schritt er an einem Spiegel vorbei. Nur kurz hatte
er auf sein vorbeihuschendes Selbst geblickt, ehe er abrupt innehielt und einige Schritte zurücktrat, um sich
genauer zu betrachten.

Mit gerunzelter Stirn starrte er einem rasierten Frank
entgegen, der sich offenbar geduscht und die Haare gemacht hatte. Anscheinend hatte er auch in der letzten
Nacht neue Kleidung gefunden. Ein kariertes Hemd
und eine zerschlissene Jeans, die aber noch gut genug
waren, um sie anzuziehen.

Frank schluckte. Er konnte sich nicht daran erinnern,
dass er sich angezogen hatte. War er so müde gewesen?
In ihm begehrten mehrere Gedanken wie schrillende
Sirenen auf.

Doch Frank konnte und wollte jetzt nicht darüber
nachdenken. Er riss seinen Blick von seinem Spiegelbild los und durchschritt die lange Galerie, die in der
Leere des Hauses schwebte. Unten in der Küche stürzte
er ein Glas Wasser hinunter.

Er wischte sich mit dem Ärmel über den Mund. Dann verließ er das Haus, startete den Motor und raste in Richtung Stadtzentrum.

Er würde dem Ganzen nun ein Ende bereiten, bevor sein Erpresser erfuhr, dass Ashley auf dem Weg zurück war. Vielleicht schaffte er es, noch bevor sie hier landete.

Kapitel 28

Er hatte länger benötigt, als ihm lieb war, um über den Highway ins Zentrum von L. A. zu gelangen. Nun bog er in die etwas ruhigere Seitenstraße ein in dem Künstlerviertel mit malerischem Blick auf den Pier, das Meer und den weitläufigen Strand, die immer wieder zwischen Häuserfronten hervorblitzten. Heute war es heiß, sodass der Strand vor Badegästen beinahe überquoll.

Im Auto rauschte die Klimaanlage. Trotzdem schwitzte Frank. Die Schweißperlen rannen von seiner Stirn hinab. Sein Puls raste unter seiner Haut. Er spürte es, er war nah dran. Oder spürte er gerade eher eine andere Katastrophe nahen? Schließlich sollte er nicht nach ihm suchen, und er hatte es zuvor mehr als deutlich gemacht, dass er Frank dafür bestrafen würde.

Frank parkte den Wagen zwischen zwei Autos am Straßenrand und blickte die Häuserreihe entlang. Sie waren sauber verputzt, hoben sich von der gegenüberstehenden Häuserfassade aus Backstein mit ihrem grünen, blauen und gelben Anstrich ab.

Frank fasste die grüne Häuserfassade ins Visier. Dort befand sich Boyd Millers Buchhandlung. Seine Finger umfassten das Lenkrad fester, bis seine Knöchel weiß hervortraten. Dieses Mal gab es kein subtiles Gespräch, kein vorsichtiges Herantasten.

Frank öffnete das Handschuhfach und betrachtete den kleinen Handrevolver, den er sich in der Vergangenheit angeschafft hatte. Es war gefährlich, sich als reicher Mann so frei in einer so großen Stadt zu bewegen, in der der Kontrast zwischen Arm und Reich wie Licht und Schatten unweigerlich miteinander verschmolzen war. Nur war er sich nicht mehr sicher, wer auf der Schattenseite und wer auf der Seite des Lichts stand. Für ihn war alles verschwommen.

Er griff nach der Waffe. Kalt und schwer lag sie in seiner Hand. Doch sie gab ihm die Sicherheit, die er brauchte. Entschlossen blickte er in den Rückspiegel. Trotz der Tatsache, dass seine Haare und sein Bart wieder ordentlich waren, wirkte er noch immer abgekämpft. Seine Augen waren blutunterlaufen und auf seiner Stirn glänzte der Schweiß. Dunkle Schatten zeichneten sich unter seinen Augen ab.

Seine Finger umschlossen die Waffe fester. Boyd Miller. Nach all den Jahren. Nach all den Stunden und Tagen, die er nun in Angst verbracht hatte, war er es gewesen, der Frank das Leben zur Hölle machen wollte – gemacht hatte.

Erst hatte dieser seine Haushälterin umgebracht, dann seine Frau und bedrohte nun das Leben seiner Töchter. Frank hatte genug. Er würde nicht zulassen, dass er seinen Töchtern auch nur ein Haar krümmen würde. Dieser Spuk fand hier und jetzt ein Ende.

Frank riss die Tür auf, hatte dabei nicht auf den Verkehr geachtet und sah nur, wie ein Auto gerade noch auswich. Wütendes Hupen zerriss die Stille in der Straße, Reifen quietschten, ehe der Motor erneut aufjaulte.

Erschrocken fuhr Frank zusammen. Beinahe hätte er den Abzug an der Waffe betätigt. Bewusst nahm er den Finger vom Abzug, schob sich dann mit hastigen Blicken zu allen Seiten den Revolver in den hinteren Hosenbund und zog dann sorgfältig sein Hemd darüber.

Frank eilte den Gehweg bis zu der kleinen Buchhandlung hinab. Dort blieb er vor der Glasfront stehen. Außen war das Gebäude modern saniert worden. Fenster und Türen im Industriallook, während im Inneren die Einrichtung der einer antiken Bibliothek glich.

Frank starrte seinem Spiegelbild entgegen. *„Tu es“*, flüsterte eine leise Stimme in seinem Kopf. *„Jetzt. Bevor alles zu spät ist.“*

Seine Hände ballten sich zu Fäusten. Ein kalter Schauer erfasste ihn, und er wusste nicht, warum. Entschlossen atmete er ein und aus, dann drückte er die Klinke nach unten und betrat den Laden.

Das sanfte Tönen einer Glocke kündigte sein Kommen an. „Guten Tag“, rief eine Frau von oben.

Franks Blick folgte dem Ruf, doch er sah niemanden. Nur mit Büchern vollgestopfte Regalreihen.

„Hallo“, sagte er heiser und erklomm die Treppe. Das Holz ächzte und knarrte unter seinen Schuhen, als er sich wie ein Raubtier nach oben vorarbeitete.

Frank wusste, dass das nicht richtig war. Schließlich hatte die Mitarbeiterin nichts damit zu tun. Doch inzwischen schien für ihn sogar sein eigener Schatten eine Bedrohung.

Als Frank den Absatz der Treppe erreicht hatte, trat ihm eine Frau mittleren Alters entgegen. Sie trug einen langen Plissee-Rock, der ihren breiten Hüften schmeichelte. Auf ihrem weißen T-Shirt prangte ein Schriftzug „*Books are my refuge*“.

Die Frau mit den blonden Locken und der übergroßen Hornbrille lächelte Frank herzlich an. Aber Frank war nicht entgangen, dass ihre Augen für den Bruchteil einer Sekunde voller Irritation gefunkelt hatten. Schließlich wirkte Frank mehr wie jemand, der tagelang nicht geschlafen hatte – oder wie jemand, der auf der Suche nach dem nächsten Schuss war. „Was kann ich für Sie tun, Sir?“, fragte sie nun und wahrte einen gebührenden Abstand.

Es roch nach alten und neuen Büchern. Frank erhaschte einen Blick auf einige Klassiker. Aber er suchte nicht nach Büchern, sondern nach dem Mann, der sie besaß, so wie er damals Anspruch auf sein Buch erhoben hatte. Und nun wollte er es wieder tun. Frank räusperte sich. „Ich suche den Geschäftsführer. Ist Boyd Miller da?“

Das Lächeln der Frau bröckelte kaum merklich. Sie blinzelte. „Mr. Miller genießt einen freien Tag, Herzchen.“

Herzchen. Sie war ein Herzchen-Mensch, dachte Frank und versuchte sich ebenfalls in einem Lächeln. „Wo kann ich ihn denn finden?“

Die Herzchen-Dame lachte kurz auf, als verwirrte sie die Frage. „Entschuldigen Sie, ich glaube nicht, dass Mr. Miller an seinem freien Tag behelligt werden möchte. Kann ich eine Nachricht hinterlassen?“

Frank kämpfte seine Wut herunter, die in seiner Kehle brodelte. Dieser Mann hatte sein Leben lang andere behelligt und belästigt. „Ich bin ein alter Freund.“

Franks Lächeln wurde breiter – gleichsam mit dem wachsenden Misstrauen der Verkäuferin. Sie trat einige Schritte zurück, als spürte sie die düstere Aura, die Frank umgab. Ungläubig musterte sie ihn. „Ich hab mich gefragt, was Boyd so macht, und dachte mir, ich statte ihm mal einen Besuch ab."

Die Verkäuferin kniff die Augen zusammen, leckte sich über die geschminkten Lippen und spannte sich an. „Aha. Nun, ich fürchte, dass Mr. Miller heute auch nicht mehr erscheinen wird. Vielleicht kann ich ihm Grüße ausrichten." Sie nickte lächelnd, als wollte sie Frank umgehend loswerden.

Ein drückendes Schweigen dehnte sich aus, das von einem leisen *Ping* unterbrochen wurde. Kurz zog er sein Smartphone hervor und überflog Stevens Nachricht. Er hatte die Privatadresse gefunden.

Frank lächelte düster und überwand die letzten Meter, die sie gerade so mühsam zwischen sie gebracht hatte. „Dann versuche ich es bei Boyd zu Hause."

Die Frau war klein und musste den Kopf in den Nacken legen. Sie schluckte. „Ja, vielleicht hält er sich da auf."

„Danke und schönen Tag noch", sagte Frank gedehnt.

„I-Ihnen a-auch", entgegnete sie.

Langsam wandte Frank sich um, dann verließ er den Laden. Mit jedem Schritt spürte er das kalte Metall der Waffe an seinem Rücken.

Also würde er Boyd Miller zu Hause aufsuchen müssen. Ein weiteres Mal ertönte die Glocke, als er die gemütliche Buchhandlung verließ.

Während er zu seinem Auto zurückkehrte, brannte die Sonne auf seine stark schwitzende Haut. Frank kratzte sich. Er roch übel, wusste nicht einmal, wann er sich das letzte Mal gewaschen hatte.

Keuchend ließ er sich auf den Fahrersitz fallen, startete den Motor und raste davon. Im Zentrum fädelte Frank sich in den spätnachmittäglichen Verkehr ein. Nervös trommelte er auf seinem Lenkrad, während er gehetzt nach einer Möglichkeit Ausschau hielt, um die Spur zu wechseln. Ihm lief die Zeit davon, er spürte es.

Inzwischen war seit seinem Besuch in der Buchhandlung schon wieder eine halbe Stunde vergangen. Seitdem spürte Frank das Jucken und Kribbeln in seinem Nacken.

Hinter ihm ertönte Hupen, neben ihm setzte sich die Schlange etwas schneller in Bewegung. Frank nutzte die Unaufmerksamkeit eines Fahrers aus, drückte das Gaspedal durch, riss das Lenkrad herum und schob sich in die freie Lücke.

Nun kroch er etwas schneller dahin. Aber noch immer nicht schnell genug. Über ihm ragten die Wolkenkratzer in die Luft. Ein Hubschrauber zog seine Kreise am blauen Himmel. Die Sonne reflektierte sich in der verglasten Front eines Gebäudes und blendete Frank, sodass er die Augen zusammenkniff, ehe er die Blende herunterklappte.

Plötzlich riss ihn das Klingeln seines Handys aus seinen wirren Gedanken. Unbekannte Nummer.

Franks Herz, das ohnehin schon viel zu lange mit rasender Geschwindigkeit vor sich hin galoppierte, durchfuhr seine Brust mit einem schmerzhaften Ruck, ehe es noch schneller klopfte.

Mit zittrigen Fingern nahm er den Anruf entgegen.

„Hallo, Frank." Die verzerrte Stimme scheuerte wie Schmirgelpapier über seine Haut.

Frank schüttelte sich. „Was willst du?", fragte er atemlos.

Der Unbekannte am anderen Ende der Leitung atmete tief und zittrig ein und aus.

Franks freie Hand klammerte sich um das Lenkrad, während er seine Schultern bewegte, um so das Gefühl, dass der Atem ihn durch das Telefon streifte, von sich schütteln zu können. „Frank, ich glaube, ich hatte mich klar und deutlich ausgedrückt, oder nicht?"

Frank presste die Lippen aufeinander.

„Ein Vögelchen hat mir gezwitschert, dass du mich wieder suchst." Er schnalzte mit der Zunge, wie man es bei Kindern tat, die eine Dummheit begangen hatten. „Ich habe dir die Chance gegeben, es zu lassen, Frank. Aber du hörst nicht auf mich." Seine Stimme schwoll an. Er sprach nun mit gefletschten Zähnen. „Du kannst es nicht lassen, Frank, oder? Du suchst nach mir. Dabei solltest du schreiben – oder nicht?"

„Ich will dein dämliches Buch nicht schreiben, hörst du? Ich bin durch damit." In Franks Kopf ratterten die Gedanken. Ein Vögelchen hatte es ihm gezwitschert? Er lenkte den Wagen weiter durch den zäh fließenden Verkehr, während er versuchte, ruhig zu atmen. Die Buchhändlerin in Millers Geschäft hatte gesagt, sie würde ihn informieren. So würde es sich erklären, dass Miller nun wusste, dass er auf dem Weg zu ihm war. „Du bist Boyd Miller, richtig?", schrie er. Er wollte ihn verunsichern, wollte diesen Vorteil nun nutzen.

Ein mitleidiges Lachen ertönte. „Es ist nicht wichtig, wer ich bin."

„Oh doch", sagte Frank und konnte nicht verhindern, dass er den Speichel, der sich in seinen Mundwinkeln sammelte, gegen die Scheiben spuckte. Die Wut entfesselte sich nun wie ein Feuersturm. „Es ist sehr wichtig, Boyd. Denn ich habe jetzt endlich herausgefunden, wer du bist! Und weißt du, warum es so wichtig ist, zu wissen, wer du bist?"

„Warum, Frank?", entgegnete der Anrufer gelangweilt.

„Weil ich jetzt zu dir kommen werde und dann klären wir das. Dann zerquetsche ich dich wie eine kleine Kakerlake, hörst du? Du hast mich jetzt genug terrorisiert. Ich habe dir nichts getan. Aber du ... Du und dein Wahn, nur weil du ein verfickter Loser bist, der nicht *einen* erfolgreichen Roman geschrieben hat." Frank brüllte lauter und lauter. Sein Gesicht war rot angelaufen, die Ader an seiner Schläfe pulsierte. Das Blut rauschte in seinen Ohren. „Du hast Ximena umgebracht – und meine Frau." Frank drosch auf das Lenkrad ein. „Du hast verfickt noch einmal meine Frau umgebracht, du elendiger Perversling! Und du bedrohst das Leben meiner Töchter! Ich werde jetzt kommen und dir den Kopf abreißen. Ich werde vorbeikommen und dann werde ich dich langsam ... ganz langsam ausbluten lassen." Franks Blick huschte über den Rückspiegel. Und als er den Wahn in seinen Augen funkeln sah, den Schaum in seinen Mundwinkeln und die wild pulsierenden Adern an Kopf und Hals, wusste er, dass er in seinen Abgrund blickte. Er hatte die Polizei nicht rufen wollen, weil er Angst hatte, für den Mord an Ximena verantwortlich gemacht zu werden. Aber jetzt wollte er die Polizei nicht mehr einschalten, weil er dem dunklen Verlangen in sich nachgeben und seinem Widersacher die Kehle aufschlitzen wollte. Er wollte ihn vernichten. „Also sag mir jetzt, wo du bist, und ich mach dich fertig.“

Einige Minuten dehnte sich das Schweigen an der anderen Leitung aus. „Wow, Frank, ich bin beeindruckt. Jetzt spürst du, mit welcher Wut ich es all die Zeit zu tun hatte.“ Ein amüsiertes Lachen ertönte. „Gut, Frank, ich nehme die Herausforderung an. Zufällig bin ich gerade in deinem schönen Strandhaus, das du dir durchs Schreiben hattest leisten können. Es stimmt mich fast nostalgisch. Und ich bin auch nicht allein hier, Frank. Du bist herzlich eingeladen.“

Frank wollte gegen das Lenkrad boxen. Wie schaffte es dieser Kerl, überall in sein Eigentum einzudringen? „Du machst mir keine Angst, du elendiger Versager.“

„Schön. Ich erwarte dich, Frank.“ Noch bevor Frank ihm die nächste Tirade entgegenbrüllen konnte, hatte er aufgelegt.

Frank schleuderte sein Handy auf den Beifahrersitz. Es prallte vom Polster ab, knallte gegen das Armaturenbrett und fiel in den Fußraum. Aus Frank brach ein Schrei der Verzweiflung, der Wut und der Hilflosigkeit hervor und versank in einem Hupkonzert mehrerer Autos.

Nachdem er die Tränen fortgeblinzelt und sich umgesehen hatte, realisierte er, dass er der Grund für das Hupen war. In all seiner Rage war er offenbar stehen geblieben.

Hastig nahm Frank den Fuß von der Bremse und holte auf, wobei er beinahe mit einer wütend gestikulierenden Autofahrerin zusammenstieß, die ihn gerade überholen und vor ihm einscheren wollte.

„Dann fahr doch", rief Frank und fuchtelte mit der Hand herum.

Die Frau zeigte ihm den Mittelfinger und setzte sich dann mit quietschenden Reifen vor ihn.

Kalter Schweiß rann Franks Stirn hinab. Er atmete schwer und konnte sich kaum auf den Verkehr konzentrieren.

War sein Erpresser wirklich in seinem Haus? Oder war das eine weitere Masche, um ihn in eine Falle zu locken?

Frank war hin- und hergerissen. In ihm flammte eine kalte Angst auf, dass Boyd Miller nur Zeit gewinnen wollte, um sich aus seinem eigenen Haus aus dem Staub machen zu können ... oder Beweise zu vernichten. In Franks Kopf spielte ein Film ab, wie Boyd Miller in seinem Arbeitszimmer Papiere von einem Board riss und in den Papierschredder warf und Daten von den Überwachungskameras löschte, die er vielleicht überall bei Frank angebracht hatte.

Nein, Frank sollte die Zeit nutzen, um Boyd zu Hause einen Besuch abzustatten. Wenn er nicht dort wäre, könnte er noch immer seiner Einladung in Franks eigenes Haus folgen.

Er setzte also seinen Weg fort und kroch im langsamen Tempo über die verstopften Straßen, als nach einigen Minuten sein Handy erneut klingelte.

Es war Courtney. Mit gerunzelter Stirn nahm Frank ab. „Courtney, was ist los?"

„Dad, ist Ashley bei dir angekommen? Ich habe noch nichts von ihr gehört."

Brittany Westwood

Brittany Westwood war früh am Morgen von Clara mit einem Kuss und einem Koriander-Avocado-Apfel-Smoothie geweckt worden. Eigentlich bevorzugte Brittany einen starken Kaffee – und inzwischen eine Zigarette dazu – aber Clara zuliebe machte sie mit. Konnte ja nicht schaden – zumindest nicht so sehr wie die verdammten Zigaretten.

Nachdem sie geduscht, gefrühstückt und Clara sich auf den Weg zur Arbeit gemacht hatte, kündigte das Summen ihres Handys eine Nachricht an.

Ohne auf das Display zu sehen, wusste Brittany, was auf sie wartete, und es jagte ihren Puls in die Höhe. Theoretisch war heute der Tag der Abgabe für den Artikel über Frank Lamber.

Brittany zog ihr Smartphone hervor.

Hey, Sweetheart, hast du Zeit für ein Treffen? Djam

Brittany schluckte gegen den Widerstand in ihrer Kehle. Das war nicht gut. Das war gar nicht gut. Wenn Djamila sich treffen wollte, dann würde es ein ernstes Gespräch werden. Das letzte Mal, als sie sich persönlich mit ihrem Kollegen Max getroffen hatte, war er einen Tag später gefeuert worden.

Brittany wurde heiß und kalt. Der Schweiß brach ihr auf der Stirn aus und sie atmete tief ein und aus.

Wie wäre es heute zum Lunch?

Die Antwort kam so schnell, dass es Brittany die Luft abschnürte.

13 Uhr. Foodtastic.

Mit zittrigen Fingern umklammerte Brittany ihr Handy. Ruhe bewahren. Sie musste Ruhe bewahren. Bis zum Treffen blieben ihr noch einige Stunden. Diese würde sie nutzen, um so weit wie möglich an dem Artikel zu arbeiten. Doch die Story war noch immer voller Lücken. Sie hatte vieles über Frank herausgefunden, aber da waren noch immer so viele unbeantwortete Fragen. Sie wollte ihn darauf ansprechen. Vielleicht war er dann bereit, über seine Abgründe zu sprechen, und dieser Artikel würde nicht irgendein oberflächliches Porträt sein, sondern ein Fenster.
Sie saß überpünktlich an einem Tisch in einer sehr ruhigen Ecke auf der Terrasse von *Foodtastic*. Das Restaurant lag auf dem Sunset Strip, der immer viel befahren war. Doch die Terrasse war vollkommen von grünen exotischen Pflanzen umschlossen. Bambus, Palmen, verschiedene Büsche und die Blätter der Bananenbäume schluckten nicht nur den Lärm, der von der Straße herrührte, sondern schirmten auch den Blick von außen ab. Lampen und Laternen baumelten sanft in der lauen Brise und tauchten besonders abends die Terrasse in ein atmosphärisches Licht.

Brittany hatte sich selbst ein Glas Weißwein bestellt, für Djamila eine Cola, und wartete nun, dass ihre Vorgesetzte auftauchte.

Ihre Beine wippten nervös unter dem Tisch, während sie ihre schweißnassen Hände aneinanderrieb und das beschlagene Glas begutachtete.

Als ihr Blick in Richtung Terrassentür glitt, trat gerade Djamila hindurch. Wie immer sah sie fantastisch aus. Sie hatte volle Lippen, einen perfekt geschwungenen Eyeliner über ihren dunklen Augen. Ihr Kopftuch kombinierte sie stets stilbewusst. Heute trug sie einen babyblauen weit geschnittenen Blazer, dazu die passende Anzughose. Ihr hochgeschnittenes Oberteil war weiß und passte sich dem Kopftuch an.

Wie immer rauschte sie regelrecht zwischen den Tischen und Stühlen hindurch. Sie war eine erfolgreiche Frau, die von einem Termin zum anderen in ihrem Kalender hetzte. Was Brittany aber an ihr bewunderte, war die Tatsache, dass sie das mit einer Eleganz tat und immer einem freundlichen Lächeln auf dem Gesicht.

Dieses breitete sich auf ihren Lippen aus, als sie am Tisch ankam und sich setzte. „Oh, vielen Dank, dass du die Cola bestellt hast." Sie keuchte gehetzt und stürzte das Getränk zur Hälfte hinunter. „Hast du schon etwas zum Essen bestellt?"

„Nein", antwortete Brittany und spürte den unangenehmen Druck in ihrem Magen. „Ich hab auf dich gewartet."

„Gut", sagte Djamila und winkte den Kellner heran. Sie bestellten.

Brittany empfand keinen Hunger, wollte Djamila aber nicht allein bestellen lassen, um ihre Nervosität, die ihr den Magen verknotete, zu überspielen. Darum bestellte sie einen Caesar Salad, während Djamila sich für einen vegetarischen Auflauf entschieden hatte.

„Wie geht es dir, Brittany?" Djamila lächelte. Es war ein ehrliches Lächeln, ebenso wie es eine ehrliche Frage war.

Brittany trank einen Schluck von ihrem Wein. Er schmeckte süß, konnte aber nicht den bitteren Geschmack auf ihrer Zunge übertünchen. „Ich weiß, du meinst es nur gut, Djamila, aber was gibt es? Ich weiß, dass die Frist ab –"

„Oh, okay, du willst den Small Talk überspringen." Sie gluckste, wurde dann aber ernst. Sie faltete ihre Hände und stützte ihr Kinn auf ihnen ab. „Klär mich mal auf. Du wolltest eine Story über Frank Lamber bringen. Du hast ein Interview mit ihm geführt und jetzt sagst du mir, du bist an einer Sache dran. Du weißt, dass ich eins auf den Deckel kriege, wenn du die Story heute nicht ablieferst, oder? Ich kann nicht immer die Hand über dich halten, nur weil du glaubst, du wärst da etwas Großem auf der Spur."

Brittany atmete tief ein, dann lehnte sie sich vor. „Aber ich bin etwas Großem auf der Spur, Djamila! Habe ich dich jemals enttäuscht? Ich weiß, dass heute die Deadline ist. Aber ich muss nur noch eine Sache erledigen und dann schreibe ich den Artikel fertig. Er wird großartig, glaub es mir. Ich werde heute die ganze Nacht daran arbeiten." Schweiß rann von ihrer Stirn. „Ich kann es heute noch schaffen ... Ich ..."

Djamila musterte Brittany scharf. „Was musst du denn noch erledigen? Du hättest den Artikel schon längst abliefern sollen. Heute Morgen, um genau zu sein.“

„Ich weiß. Aber vertrau mir. Ich werde gleich nach diesem Treffen zu Frank Lamber fahren und ihn mit meinen Erkenntnissen konfrontieren, und dann werde ich sehen, was –“

Djamila rümpfte die Nase. „Und wenn er nicht da ist? Carry Voss steigt mir bereits aufs Dach. Und mal ganz nebenbei: Sie kennt Frank Lamber ziemlich gut. Denkst du wirklich, dass sie Luftsprünge über diese Story machen wird – was auch immer du da herausgefunden haben willst?“ Djamila trank einen großen Schluck. „Abgesehen davon verstehe ich deine Obsession gerade nicht. Was hat dieser Lamber dir getan, dass du dich an ihm festbeißt wie ein Terrier?“

Brittany fiel in die Lehne und stieß die angehaltene Luft aus. Sie starrte in ihr Weinglas. „Ich weiß es nicht“, sagte sie und biss sich auf die Unterlippe. „Es war das Gespräch. Wir haben von Abgründen geredet und als ich dann von seinen Abgründen wissen wollte, hat er komplett dicht gemacht.“

Djamila schnaubte. „Verständlicherweise. Er praktiziert, was man ihm jahrelang beigebracht hat.“

„Ja, aber es war die Art, wie er mich abgeschmettert hat.“ Brittany griff in die Luft. Ihr Kiefer verhärtete sich. „Er war so verflucht arrogant. Scheiße.“ Sie zog eine Zigarette hervor und zündete sie an.

„Du rauchst?“ Djamila hob die Brauen, als könnte sie nicht glauben, was sie da sah.

„Diese ganzen letzten Tage haben mich total aufgewühlt. Und jetzt sitzen wir hier. Scheiße.“ Sie zog hastig an der Zigarette und stieß den Rauch aus. „Du willst mich kündigen, oder? Du hast das Gleiche mit Max gemacht."

Djamila zog die Brauen zusammen. „Quatsch. Ich wollte dir in den Arsch treten. Aber wenn du die Erwartungen, die du jetzt bei mir und Carry Voss geweckt hast, nicht erfüllst, dann kann ich meine Hand auch nicht mehr über dich legen."

Brittany schluckte, zog an ihrer Zigarette, trank einen Schluck. „Kannst du mir noch etwas Zeit verschaffen? Ich kann es dir morgen früh schicken."

Djamila krauste die Stirn. „Brittany, Honey, mache keine Versprechen, die du nicht halten kannst."

Brittany blickte sie ernst an. „Ich werde es halten." Damit stand sie auf.

Djamila blickte auf und sah sie fragend an. „Wo gehst du hin? Wir haben doch Essen bestellt."

„Ich habe keinen Appetit und ich sollte mich ranhalten."

Kapitel 29

Hast du wirklich geglaubt, ich lasse dich ungestraft davonkommen, Frank? Hast du wirklich geglaubt, dass ich die Möglichkeit nicht ergreife, sobald sich deine Tochter in den Flieger setzt? Du hättest ihr Gesicht sehen sollen, als sie realisiert hat, dass sie auf dich hätte hören sollen.

Sie ist hier bei mir, Frank. Du hättest das Buch schreiben sollen und nicht deine Zeit damit verschwenden, nach mir zu suchen. Ich sagte doch, dass ich dir immer einen Schritt voraus bin, Frank.

Jetzt solltest du dich wirklich beeilen. Noch lebt sie. Aber sie hat große Angst und blutet auch ziemlich stark. Hab ihr wohl etwas zu fest auf den Kopf geschlagen.

Die Wellen rauschen hier so schön, Frank. Vielleicht wird es das Letzte sein, was deine Tochter hören wird.

Frank lief es eiskalt den Rücken hinunter. Mit einem Mal war seine Kehle trocken und fühlte sich an, als hätte er Sand geschluckt. „Wie meinst du das? Wann ist Ashley denn geflogen?"

„Hat sie sich noch nicht bei dir gemeldet?"

Frank spürte den Stress, der an den Sehnen in seinem Nacken zerrte. „Wann ist sie losgeflogen?", knurrte er.

„Der Flieger ging um zwölf Uhr mittags."

Die letzten Worte seiner Tochter hallten in seinem Kopf nach. Wieder fühlte er sich, als zöge ihn etwas in einen Tunnel. Das Licht, die Welt, wie er sie kannte, wurde immer kleiner, entfernte sich, während um ihn herum nur Dunkelheit und Stille hereinbrach. Seine Hände umklammerten das Lenkrad. Das Gefühl des kühlen Leders unter seinen schweißnassen Fingern gab ihm Halt. Sie hätte schon längst da sein müssen. Der Flieger war bereits vor Stunden gelandet. Wieso hatte sie sich nicht bei ihm gemeldet?

Als Frank plötzlich ein Gedanke durch den Kopf schoss, riss er weit die Augen auf. Der Schweiß tropfte von den Brauen auf seine Wangen.

„Dad? Was ist los? Warum antwortest du nicht? Ist etwas passiert? Was ist los mit dir? Du verhältst dich so verdammt komisch –"

Frank legte auf. In diesem Moment war er ganz klar. Er trat auf die Bremse.

Erneut erklang Hupen hinter ihm.

Ohne eine Sekunde zu zögern, riss Frank das Lenkrad herum und trat nun das Gaspedal durch. Der Motor jaulte auf.

Mit einem Satz sprang der Wagen nach vorn. Grelles Quietschen verschlang das Hupen der anderen Autofahrer, als Frank sich einen Weg über zwei Spuren in den Gegenverkehr bahnte.

Dort riss er das Auto herum, raste durch zwei freie Lücken auf die Highwayauffahrt.

Deswegen war Boyd Miller in Franks Strandanwesen. Er hatte Ashley abgefangen und sie dorthin verschleppt.

Franks Herz raste schmerzhaft in der Brust mit dem Auto um die Wette.

Trotz der Panik, die in ihm aufstieg, musste Frank sich zügeln. Wenn er nun von der Highway-Patrol aufgegriffen wurde, weil er zu schnell fuhr, konnte er seiner Tochter auch nicht helfen. Außerdem war das Letzte, was er jetzt wollte, mit der Polizei in Kontakt zu kommen.

Zu seinem Glück war der Verkehr auf dem Highway weitestgehend fließend. In wenigen Minuten hatte er es aus dem Zentrum der Stadt geschafft und ließ nun die Sonne hinter sich, die sich glitzernd in den Hochhäusern spiegelte.

Über ihm färbten sich die Wolken pfirsichfarben.

Ein paar Minuten später fuhr Frank über die ruhigeren Landstraßen, die zu den abgelegeneren Wohnvierteln führten.

Nach einer halben Stunde erreichte er endlich die Auffahrt zu seinem gläsernen Anwesen, das das goldene Sonnenlicht auffing.

Kein Auto stand auf der Auffahrt. Frank zog die Stirn kraus. Wie hatte Boyd Miller Ashley hierhergebracht? Oder hatte er sich inzwischen wieder aus dem Staub gemacht?

Bei diesem Gedanken ergriff ihn die kalte Angst, dass er Ashley bereits etwas angetan haben könnte und nun Frank eine weitere Falle stellte.

Doch das war ihm inzwischen egal. Alles, was zählte, war das Leben seiner Tochter.

„Ashley." Er keuchte atemlos, als er den Wagen vor der Tür hielt.

Mit zitternden Fingern fummelte er nach dem Gurt, fluchte laut, als er ihn nicht auf Anhieb öffnen konnte, und stürzte dann beinahe auf allen vieren aus dem Auto.

Er ließ die Tür offen stehen und raste zur Haustür.

Nervös fummelte er nach dem Schlüssel in seiner Hand, entriegelte das Schloss und riss die Tür auf. Drinnen begrüßte ihn das Piepen der Alarmanlage.

Sofort tippte er seinen Code ein. Dann blieb nur noch Stille zurück.

Vollkommen außer Atem sah Frank sich um. Er blickte in Richtung Küche, wo die Schiebetür zur Terrasse geöffnet war. Eine sanfte Brise wehte ins Haus und trug das Rauschen des Meeres mit sich.

Zu diesem Klang gesellte sich das verzerrte Rasen seines Herzschlags in Franks Ohren. Der Schweiß rann unaufhörlich über seine Schläfen, die Wangen, tropfte von seinem Kinn.

Sein gesamter Körper bebte unter der Anspannung. Er presste die Lippen zusammen. Sollte er nach Ashley rufen? Oder direkt nach Boyd?

Prüfend blickte Frank in sein Wohnzimmer. Es war leer. Er ließ den Blick über die Galerie schweifen. Auch dort befand sich niemand.

Als Frank seine Augen jedoch zu Boden richtete, erfasste er die kleinen Blutstropfen, die zur Treppe führten.

Der Puls hämmerte unter seiner Haut. Wie mechanisch angetrieben, folgte er der Spur.

Sein Atem hallte in seinen Ohren wider, als er einen Schritt nach dem anderen die Treppe erklomm, darauf bedacht, kein Geräusch zu verursachen.

Oben angekommen, horchte er noch einmal. Nichts.

Zu seinen Füßen führte die Blutspur weiter die Galerie entlang.

Das erste Mal wurde Frank schwindelig, als er in die unteren Räume blickte. Zittrig atmete er ein, während er sich durch die drückende Stille seines Hauses kämpfte.

Kurz sah er durch die Fensterfront. Der Strand lag vor ihm in seinem verführerisch weißen Gewand, während die Wellen ihn umgarnten.

Franks Finger krampften sich um das Geländer. Plötzlich ertönte ein Schluchzen. Es klang erstickt.

Erschrocken hielt Frank inne, ehe er in der nächsten Sekunde, ohne weiter nachzudenken, losrannte.

Er raste zu seinem Büro, riss die Tür auf und stolperte in den Raum.

Ein Laut der Verzweiflung entrang sich seiner Kehle. Frank schlug die Hände vor den Mund. Seine Knie gaben nach, sodass er auf allen vieren auf den Teppich aufschlug.

Eine Welle der Erleichterung schwappte über ihn. Gleichzeitig krampfte sich sein Herz zusammen, als er in Ashleys weit aufgerissene Augen starrte.

Boyd Miller hatte sie mit einem Stofftuch geknebelt und die Hände mit Kabelbindern hinter ihrem Rücken gefesselt. Wut pulsierte wie Säure durch seine Adern.

In Ashleys blondem Haar klebte Blut. Es war über ihre Schläfe, die Wange und den Hals geflossen und bereits getrocknet.

Aber sie lebte. Das war alles, was zählte.

„Gott sei Dank", flüsterte Frank. „Du lebst. Gott sei Dank." Immer wieder flüsterte er diese Worte wie ein

Mantra, sodass sein Puls sich nach einigen Sekunden ein wenig beruhigte.

Erleichtert krabbelte er auf seine Tochter zu.

Doch ihre Reaktion ließ ihn innehalten.

Unter ihrem Knebel schrie sie erstickt auf. Panisch drängte sie sich gegen das Bücherregal, versuchte, von Frank wegzukommen.

Er streckte die Hand nach seiner verängstigten Tochter aus. Sie keuchte panisch auf, als bedrohte er sie mit einer Waffe.

„Ashley", flüsterte er. „Ich bin es. Dein Vater. Ich bin hier. Du bist in Sicherheit." Eine einsame Träne rann über seine Wange.

Zwar beruhigte sie sich langsam, aber sie betrachtete ihn noch immer mit Panik in den Augen und Misstrauen, das sich in den Falten zwischen ihren Brauen abzeichnete.

Durch ihre geblähten Nasenflügel stieß sie die Luft aus, sog sie geräuschvoll wieder ein. In einem schnellen Takt.

„Ich bin es. Daddy." Franks Augen füllten sich mit Tränen, während er weiter auf seine Tochter zukrabbelte.

Sie zog ihre Beine an, wimmerte verzweifelt. Tränen strömten über ihre Wangen. Ihre Augen fixierten Frank, schimmerten voller Angst. Frank arbeitete sich weiter vor.

Ashley schrie gedämpft auf, weinte und jaulte.

„Okay. Shhh. Ist schon gut. Daddy ist hier!"

Mit zitternden Fingern griff er nach Ashleys Knebel. „Shhh. Ich bin da. Schon gut. Schon gut."

Ashley presste die Augen zusammen, als fürchtete sie, dass er sie nun umbringen würde. Ihr zarter Körper wurde von unkontrollierbaren Schluchzern geschüttelt. Sie musste vollkommen unter Schock stehen.

Endlich konnte er ihr den Knebel entfernen. „Schon gut, meine Kleine." Er lächelte, lehnte sich vor, um Ashley in seine Arme zu ziehen. „Ich bin so froh, dass –"

Aber Ashley rückte – die Hände noch immer auf dem Rücken gefesselt – von ihm ab. „What the fuck, Dad?", kreischte sie mit zittriger Stimme. Unaufhörlich flossen Tränen über ihre Wangen. Fassungslos starrte sie ihn durch ihre hellblauen Augen an.

Frank ließ langsam die Arme sinken. „Was? Beruhige dich, Schätzchen. Du stehst unter Schock. Ich bin es."

Ashley musterte Frank intensiv. Ihr Brustkorb hob und senkte sich im schnellen Takt ihrer Atmung.

Er blinzelte. Sie war offensichtlich verwirrt. Für Erklärungen war aber nun keine Zeit.

Noch einmal lehnte er sich vor. Er wollte die Fesseln lösen. Aber sobald er sich ihr näherte, fuhr Ashley zusammen und keuchte panisch auf. Fest presste sie die Lider zusammen. Ihre Mascara war verlaufen, zerfloss schwarz auf ihrer Wange. „Bitte." Sie wimmerte.

„Ashley, wir müssen hier weg. Wenn er wiederkommt ... Weißt du, wo er hin ist?", fragte er mit gedämpfter Stimme.

Ashleys schmerzverzerrtes Gesicht löste sich in eine Maske voller Fassungslosigkeit auf. Intensiv musterte sie ihren Vater, presste sich dabei noch an das Regal in ihrem Rücken.

Sie schluckte. „Dad, was meinst du damit, wenn er wiederkommt?" Sie schüttelte den Kopf, als könnte sie nicht greifen, was hier gerade geschah.

„Boyd Miller", knurrte Frank und wandte sich zum Schreibtisch, um die Schere zu nehmen. Damit krabbelte er wieder auf Ashley zu. „Hat er dich abgefangen? Egal. Erzähl es mir nachher. Erst einmal hole ich dich hier raus."

Ashley zitterte, als hätte man sie unter Strom gesetzt. Frank bemerkte, dass sie sich auf die Unterlippe biss, während er die Kabelbinder an ihrer Hand durchtrennte.

Als sie frei war, blieb sie dennoch sitzen und massierte ihre Handgelenke, an denen sich die Plastikfesseln in die Haut gebohrt hatten.

Fragend sah sie ihn an. Inzwischen hatte Frank sich erhoben und reichte ihr die Hand. Zögerlich ergriff sie sie, ließ sich auf die Beine ziehen, distanzierte sich aber sofort wieder.

Ihr Blick huschte in Richtung Tür. „W-Wer ist Boyd Miller?", fragte sie mit brüchiger Stimme.

„Dieser ... dieser Kerl, der das hier getan hat. Er terrorisiert mich seit Tagen. Deswegen wollte ich nicht, dass ihr herkommt. Er bedroht nicht nur mich. Er hat eure Mom getötet und er will euch etwas antun." Frank griff noch einmal nach der Hand seiner Tochter.

Doch diese entzog sich, stolperte rücklings. Sie starrte ihn mit großen Augen an, als würde sie ihn nicht wiedererkennen. „Dad, was redest du da?" Ihre Stimme war kaum mehr als ein Flüstern.

„Na, dieser Kerl“, rief Frank mit wachsender Ungeduld aus. „Erinnerst du dich an diesen Kerl, der uns nach deinem Tennismatch aufgelauert hat?“

Ashley sah Frank an. In ihren zitternden Gesichtszügen spiegelte sich so viel Angst und Misstrauen. Woher kam dieses Misstrauen, fragte er sich.

„Dad.“ Ihre Stimme brach und erneut quollen Tränen aus ihren Augen hervor. Mit bebenden Fingern fuhr sie sich über das Gesicht. „Dad, es … es … das hier …“, sie deutete auf die Platzwunde an ihrer Stirn, „… d-das warst du.“

„Jetzt komm, wir müssen –“, sagte er zeitgleich.

Als er ihre Worte verstanden hatte, starrte er sie an. „Was?“

Ashley schob sich seitlich von ihm weg in Richtung Tür. „Das warst du, Dad.“ Erneut fluteten Tränen ihre Augen. „Ich verstehe nicht, was hier vorgeht.“ Sie atmete schwer ein und aus. „Aber das warst du. Du hast mich hierhergebracht.“

„Ich?“

Frank taumelte zurück. Seine Finger gruben sich in seine Haare. Ungläubig starrte er Ashley an.

Ihr Bild verschwamm angesichts der Tränen, die seine Augen fluteten. Er schüttelte den Kopf, taumelte rückwärts, bis er gegen das Regal hinter ihm stieß. „Was?“, fragte er. „Ich?“

In Ashley schlug etwas um. Wut funkelte in ihren Augen. „Ja, du, Dad. Du hast mich entführt.“ Sie atmete gequetscht ein.

Franks Finger lösten sich aus seinen Haaren, glitten über sein Gesicht. „Nein, nein, nein, nein.“ Mit den Handballen schlug er sich immer wieder gegen die

Stirn. „Nein, nein, nein. Bitte sag mir, dass das nicht wahr ist." Er brüllte die letzten Worte, sodass Ashley erschrocken zurückstolperte und gegen die halb geöffnete Tür knallte.

Gleichzeitig sank Frank schluchzend zu Boden und vergrub das Gesicht in seinen Händen. Mit der Erkenntnis schlug eine Welle des Horrors über ihn hinweg. Atemlos wimmerte er in seine Handflächen, spürte den Schmerz und die Verzweiflung in sich wie einen reißenden Strudel.

Bis zuletzt war er sich sicher gewesen, dass er sich voll und ganz des Abgrunds, an dem er gestanden hatte, bewusst gewesen war. Er hatte dort gestanden und war sich sicher gewesen, dass er diesen versiegelt hatte.

Was er nicht realisiert hatte, war, dass der Abgrund ihn bereits verschlungen hatte. Die Tatsache war, dass er in der Dunkelheit dieser Tiefe stand und von unten zu sich hinaufsah.

Er hatte es ahnen müssen. Aber er war zu arrogant gewesen, um die Warnzeichen zu deuten. Oder hatte er es geahnt? Hatte er gemerkt, dass sich ein Schatten hinter ihm in der Dunkelheit erhoben hatte? Wollte er es vielleicht nicht wahrhaben? Hatte er einfach die Augen geschlossen? Vor diesen kleinen Ungereimtheiten in seinem Alltag. Die Tage, an denen er aufgewacht war und sich gefühlt hatte, als hätte er nicht geschlafen. Die Hausschuhe. Die Kaffeetasse, die er nicht exakt an der Stelle abgestellt hatte, wie er es immer tat. Er hatte es auf Ximena geschoben. All das war außer Kontrolle geraten. Und Frank hatte es nicht gemerkt … oder ignoriert? Die Nächte, in denen die Zikaden geschwiegen hatten.

Umgehend wurde er in einen Strudel aus Tausenden Gedanken und Erinnerungsfetzen gerissen. Die Telefonate, der Videocall. Er kannte Ashleys Trainingszeiten. Somit kannte auch *er* sie. Hatte er sich alles eingebildet? Es war alles so real gewesen!

Niemals hatte er gedacht, dass dieses Ausmaß möglich war. Dass der Feind in seinem Inneren, mit dem er sich denselben Körper teilte, ihn so hatte reinlegen können. Plötzlich kam Frank sich so unfassbar naiv vor. Naiv, dass er geglaubt hatte, er hatte diesen ungewollten Teil, diesen Dämon, dieses Geschwür, im Keim erstickt.

Tatsächlich hatte er ihm wie einer Flamme den Sauerstoff entzogen, indem er seine Karriere beendet hatte. Das hatte ihn geschwächt, ihm die Macht über Frank genommen. Aber er hatte Frank auch im Glauben gelassen, dass er ihn ein für alle Mal besiegt hatte. Stattdessen hatte er sich nur in die Schatten zurückgezogen, seine Wunden geleckt und Pläne geschmiedet.

Und Frank hatte nichts geahnt und sogar geglaubt, dass seine Halluzinationen real gewesen waren. Das erklärte, warum keine eingehenden Anrufe auf seinem Smartphone verzeichnet worden waren. Er hatte geglaubt, gehackt worden zu sein.

Über ihm brauten sich mehr und mehr Erinnerungen und Gedankenfetzen zusammen. Wie ein Blitz erschien vor seinem inneren Auge plötzlich das Bild des Mannes nahe der Skid Row, den er beinahe umgefahren hatte.

Als stünde dieser nun wieder vor seiner Motorhaube, mit seinen gekrümmten Fingern auf ihr ruhend, sah er lebendig vor sich, wie das milchige Auge in seiner Höhle umhergewandert war, während das gesunde ihn fixiert hatte. Das breite, lückenhafte Lächeln jagte ihm erneute Schauer über den Rücken. *„Ich sehe euch"*, hatte er gekrächzt und gekichert. *„Ich sehe euch!"*

Immerzu hatte er es gesagt und durch Frank hindurchgestarrt.

„Ich sehe euch!"

„Ich sehe euch!"

„Ich sehe euch!"

Frank erschauderte. Hatte dieser Mann es geahnt? Hatte dieser Mann Franks Abgrund gesehen? Schließlich kannte er sich sicherlich mit Dämonen aus. Mit seinen eigenen und denen auf der Skid Row. Oder hatte er eine Art Hellsicht, die ihm Franks Abgrund offenbart hatte wie ein Buch, das man aufschlug.

Wie ein Hagelsturm prasselten all diese Erkenntnisse auf ihn ein.

Ein Schrei der Wut und der Hilflosigkeit gellte durch den Raum.

Ashley, die gerade noch so gewirkt hatte, dass sie hatte fliehen wollen, wagte sich nun zögerlich einige Schritte in den Raum vor. „Was ist mit dir, Dad?" Wie ein einzelner Sonnenstrahl brach Mitgefühl durch die angstverzerrte Miene seiner Tochter. Trotz dem, was er getan hatte, war da noch immer die Liebe und die Hoffnung seines Kindes, dass er ihr nichts antun würde.

Dabei wusste sie nicht, dass sie längst nicht mehr allein waren.

Kapitel 30

Da staunst du, nicht wahr, Frank? Zugegeben, ich hätte es perfektionieren müssen, mich in dein Leben zu schleichen. Es gab definitiv Zeichen, dass ich zurück war. Aber zum Glück war es deine Arroganz, die dich blind gemacht hat. Du dachtest, dass du es überwunden hattest. Du dachtest, du wärst mir überlegen. Und jetzt sieh dich an, Frank. Sieh dich an. Heulst wie ein Baby. Ich spüre deine Angst. Ich kann sie schmecken auf meiner Zunge. Und sie ist sogar noch intensiver als die Angst um deine Kinder. Denn du weißt, wozu ich fähig bin. Wozu du fähig bist. Wozu wir fähig sind.

Es ist an der Zeit, dass ich zurückkehre, Frank. Du hast mich lang genug in den Abgründen deiner selbst eingesperrt. Aber da gehöre ich nicht hin. Ich will frei sein. Du hast mir das alles zu verdanken. Du hast es mir zu verdanken, dass du in deinem Strandhaus leben und morgens mit deiner Tasse Kaffee auf das Meer starren kannst. Das war mein Verdienst, Frank. Und das wissen wir beide nur zu gut. Ich hole mir jetzt, was ich verdiene. Ich nehme mir jetzt, was du mir die ganze Zeit verwehren wolltest.

Heute, 14 Uhr, Frank.

Ich saß auf einer der Liegen im Garten. Ich hatte den Morgen damit verbracht, mich zu duschen, frisch zu machen und neu einzukleiden. Ich hatte noch eine Jeans und ein kariertes Hemd in den Altkleidersäcken gefunden.

Jetzt war ich rasiert, meine Haare ordentlich nach hinten gelegt und auf meinen Lippen lag ein zufriedenes Lächeln. Ich hatte die Hände in meinem Schoß gefaltet und blickte über das grüne Tal und die Hügel, in denen andere Prachtanwesen thronten wie hochnäsige Könige.

Hier, dachte ich, hier fühlte ich mich wie ein König. Hier, wo der Horizont sich blau über mir spannte, und zu meinen Füßen lag Los Angeles wie eine Frau, die mich anbetete. Ich wünschte, ich hätte jemals eine Frau gehabt, die sich vor mich niederwarf. Aber das Glück blieb mir nicht vergönnt. So ein Jammer. Niemand wusste, dass ich existierte. Niemand, außer Frank und Barb. Bridget hatte es gewusst und sie hatte mich verabscheuungswürdig gefunden. Aber der hatte ich es gezeigt. Das hatte ich schon so lange tun wollen.

Ich drehte die Daumen in meinen gefalteten Händen. Nun wartete ich, während Frank schlief – oder er dachte es zumindest, dass er das tat. In den letzten Monaten hatte ich es perfektioniert, immer dann die Kontrolle über ihn zu übernehmen, wenn er eingeschlafen war. Wenn ich mich dann zu gegebener Zeit wieder an den Ort begab, an dem Frank „eingeschlafen" war, bemerkte er es gar nicht, dass ich in dieser Zeit aktiv gewesen war – er war am nächsten Morgen lediglich unausgeruht. Mir entglitt ein triumphierendes Kichern.

Genauso würde es ihm später gehen, wenn er wieder am Laptop „aufwachte". Inzwischen ging es mir gar nicht mehr unbedingt darum, ein Buch zu schreiben.

Ich hatte Gefallen daran gefunden, Frank – diesem arroganten, aufgeblasenen Rentner – eines auszuwischen. So lange hatte er mich unterdrückt, weggesperrt. Aber damit war nun Schluss.

Jetzt wartete ich. Um mich herum war es still. Die Zikaden konnte ich nicht hören. Für mich war es meistens still. Ich hörte nicht, wie Frank es tat. Geräusche aus der Natur, Hintergrundgeräusche wie Verkehr und Gespräche konnte ich nicht hören. In meiner Welt regierte die Stille, die ich mit dem Schreiben immer zu lindern versucht hatte. Aber inzwischen ging es nicht mehr darum, den Klang in meine trostlose Welt zu bringen.

Inzwischen wollte ich die Macht zurück, die ich all die Jahre gespürt hatte. Die Frank mir all die Jahre gewährt hatte. Wenn er geschrieben hatte, hatte ich existiert. Ich war da gewesen. Ich war nicht nur die abgespaltene Persönlichkeit von Frank Lamber. Ich war Frank Lamber – wenn auch ein anderer. Aber durch seine – unsere – Bücher, das, was ich geschaffen hatte – nicht Frank –, war ich auch da gewesen. Jemand gewesen. Doch ich, dieser Teil in Frank, war anders gestrickt. Ich ließ mir nichts gefallen. Ich war aggressiv und es dürstete mich oftmals nach Gewalt. Vor so vielen Jahren hatte ich mich von Frank abgespalten, um ihn zu beschützen. Für ihn war das lange Zeit okay gewesen. Bis er diese Bridget traf. Er hatte mich versteckt, verdrängt, geleugnet. Zum Schreiben hatte ich Auslauf bekommen.

Als Frank dann in Rente gegangen war, verkümmerte dieser ungesehene Teil in ihm. Ich verkümmerte. Er erstickte mich regelrecht. Da er mir das Schreiben verwehrte, nahm er mir all meine Sinne. Stück um Stück.

Doch nun würde ich mir alles zurückholen. Stück um Stück.

Just in diesem Moment vibrierte Franks Smartphone. Es war Ashley.

„Wundervoll", sagte ich mit einem kühlen Lächeln und nahm den Anruf entgegen. „Ashley, mein Liebling." Ich wusste, wie Frank mit seiner Tochter sprach und imitierte ihn, damit sie keinen Verdacht schöpfte. Für mich war sie nicht meine Tochter. Sie war das Druckmittel, das Frank in die Knie zwang und mir beschaffte, was ich wollte: Freiheit. Existenz. Macht.

„Hey, Dad, ich bin wieder auf sonnigem Boden." Ihre Stimme klang erleichtert. Frank würde es jetzt freuen. Ich aber empfand nichts dergleichen. „Ich bin gerade gelandet. Ich muss noch durch den Security-Check, kannst du mich abholen?"

„Aber natürlich, Liebes. Ich mache mich sofort auf den Weg."

„Danke, Dad. Geht es dir gut?"

Kurz zögerte ich. Klang ich anders, dass sie fragte? „Mir ... mir geht es besser. Ich komme dich schnell holen, damit dir nichts geschieht."

„Bis gleich, Dad."

Ich legte auf. Einen Fuß nach dem anderen nahm ich von der Liege, drehte mich, um mich von ihr erheben zu können. Dann schlenderte ich zum Rand des Pools und blickte auf Los Angeles.

Die Stadt der Engel, erbaut auf saurem Boden. Und unter ihr – direkt die Hölle.

Mit einem breiten Lächeln schlenderte ich gemächlich zum Auto. Wenn ich wach war, wenn ich am Steuer in diesem Körper saß, genoss ich jedes Detail.

Ich genoss die hellen Farben, die in meinen Augen schmerzten, weshalb ich eine Sonnenbrille bevorzugte, um nicht allzu schnell zu ermüden. Ich liebte das Gefühl des Leders im Auto. Lächelnd strich ich über das Lenkrad und lachte, als das Auto unter mir vibrierte, nachdem ich den Motor gestartet hatte.

Die Fahrt zum Flughafen kostete mich eine Stunde. Vor dem Flughafen war immer viel Verkehr. Ich lenkte den Wagen in Richtung Arrival und parkte an einem Seitenstreifen.

Dort stieg ich aus und holte eine Schachtel Zigaretten hervor, die ich unter dem Beifahrersitz vor Frank versteckt hielt. Ich klopfte eine heraus und zündete sie an.

Drei Zigaretten lang stand ich da, an den Wagen gelehnt, die Füße an den Bordstein gestemmt, während ich die Menschen beobachtete, die kommen und gingen. Ich hatte das rege Treiben an Flughäfen schon immer genossen. Ein steter Puls.

Menschen, die ein Wiedersehen feierten und sich umarmten und küssten – die Venen. Die Arterie – Menschen, die sich unter Tränen verabschiedeten. An diesen Orten vermischten sich Schmerz und Freude in der Luft. Dabei genoss ich besonders den Schmerz.

Für mich war das nicht weiter verwunderlich, warum ich mich dem Schmerz so hingezogen fühlte, schließlich war ich durch ihn geboren worden.

Ich schnippte die letzte Zigarette auf den Boden, trat darauf und löschte die Glut. Als in diesem Moment Ashley durch die elektrischen Türen nach draußen trat, wedelte ich den Rauch in der Luft fort.

Ich konnte sehen, dass sie geweint hatte. Der Schmerz haftete an jedem Zentimeter ihres Körpers. Ihre ungewaschenen blonden Haare hatte sie zu einem unordentlichen Dutt gebunden. Die Haut war fleckig und teils gerötet. Unter ihren Augen zeichneten sich dunkle Schatten ab.

Auf ihre trockenen Lippen trat ein breites Lächeln und ihre Augen leuchteten für einige Sekunden auf, als sie mich erblickte. Wenn sie wüsste, wer ich wirklich war. Wenn sie wüsste, wer sich hinter der Fassade ihres Vaters wirklich verbarg wie ein Wolf im Schafspelz. Sie wäre schreiend davongelaufen.

Trotz ihres schnellen Gangs erkannte ich, dass sie eine gebrochene Frau war. Ein Kind, das den Schmerz über den Verlust seiner Mutter in sich trug.

Wenn sie wüsste, dass es der Mörder ihrer Mutter war, der vor ihr stand – dann würde sie verdammt noch einmal nicht so grinsen.

Ich öffnete meine Arme, spielte den Vater, der seine Lieblingstochter in eine Umarmung schloss. Sie flüchtete sich hinein. „Dad", murmelte sie in den Stoff meines Hemdes. „Du siehst furchtbar aus."

Ich lächelte. Ihre Ansicht amüsierte mich tatsächlich. „Wir tragen das Gewand der Trauer", antwortete ich.

Kurz löste sie sich ein Stück von mir, um mich anzusehen. Sie musterte mich mit einem schiefen Lächeln und zusammengekniffenen Augen. „Schreibst du wieder?"

Ich atmete ein und vergaß für einige Sekunden wieder auszuatmen. Wie kam sie auf diese Behauptung? Ich blinzelte.

Ashley lachte. „Du sprichst immer so, wenn du an etwas schreibst. So geschwollen", erklärte sie dann. „Das Gewand meiner Trauer wiegt schwer auf meinen Schultern", äffte sie mich nach, wobei sie ihre Stimme tiefer verstellte.

Wie albern, dachte ich. Aber Frank hätte darüber gelacht. Also lachte ich, schlang meinen Arm um ihre Schultern und drückte sie an mich. „Wie war dein Flug?" Ich nahm ihre Tasche an mich und hievte sie ins Auto.

„Er war ganz angenehm. Ich hab etwas schlafen können. Durch die Sache mit Mom …" Sie brach ab und schälte sich aus ihrer Jacke. „Und wegen dir konnte ich auch nicht schlafen. Du hast uns echt Angst gemacht." Sie warf das Kleidungsstück auf die Rückbank, ehe sie sich auf den Beifahrersitz plumpsen ließ.

Ich setzte mich wieder hinter das Steuer und startete den Motor. „Wie geht es Courtney?" Eigentlich interessierte es mich nicht, aber ich wollte das Thema in eine andere Richtung lenken. Und meistens ging sie darauf ein. Ashley war zu Recht Franks Lieblingstochter. Sie war unkompliziert, während Courtney eine verwöhnte Göre war.

„Den Umständen entsprechend."

„Natürlich", sagte ich und stierte konzentriert auf die Straße, wo ich mich in eine lange Autoschlange einreihte, um Richtung Highway zu kommen.

„Und dir? Was machen die Ermittlungen mit euch?"

„Es ist furchtbar“, sagte Ashley und würgte sichtlich einen Kloß in ihrem Hals herunter. Tränen glitzerten in ihren Augen. „Es sind kaum brauchbare Spuren vorhanden und die, die Polizei sichern konnte, sind in keiner Datenbank hinterlegt. Sie tappen im Dunkeln.“

Ich verkniff mir ein Grinsen und seufzte stattdessen. Gleichzeitig spürte ich Ashleys Blick auf mir.

„Warum bist du nicht gekommen, Dad? Du verhältst dich merkwürdig. Und warum denkst du, wir wären in Gefahr?“

Ich zögerte. Lange. Langsam kroch das Auto in Richtung Highway, während in mir die Anspannung hochkochte. Ungeduldig trommelte ich auf dem Lenkrad. Ich durfte nun nicht aus der Rolle fallen. „Ich kann dir nicht so viel sagen, Ashley. Ich werde erpresst und sie bedrohen auch euer Leben.“ Ich sah sie eindringlich an. „Deswegen wollte ich, dass ihr dableibt.“

Ashley sog geräuschvoll die Luft ein und starrte mich erschrocken an. „Was? Dad! Warum gehst du nicht zur Polizei? Das könnte doch der Mörder von Mom sein!“

Ich nickte langsam. Da hatte sie verdammt noch mal recht! „Daran habe ich auch schon gedacht. Ich kann mich nicht bei der Polizei melden. Noch nicht. Es ist kompliziert, Ashley.“ Ich stöhnte und legte die Stirn in Falten, um meiner Verzweiflung Ausdruck zu verleihen. „Aber ich werde mit dir kommen, Ashley. Vielleicht können wir sie in New York abhängen. Ich wäre gekommen, Ashley, du hättest dich nicht in den Flieger setzen sollen. Ich muss nur vorher eine Sache erledigen.“ Das sollte sie zunächst besänftigen.

Ashley legte ihre Hand auf meinen Oberschenkel. „Dad, es tut mir so leid", flüsterte sie. „Ich wusste nicht – "

Ich rang mich zu einem verständnisvollen Lächeln durch. „Ist schon gut, Liebes. Wie konntest du das schon wissen?" Dieses liebevolle Gesäusel löste Brechreiz in mir aus. „Ich habe absichtlich nichts gesagt, um euch nicht noch mehr zu ängstigen. Aber das ist mir wohl nicht gelungen, was?" Lächelnd kniff ich ihr in die Wangen.

Endlich löste sich der Verkehr langsam auf und ich konnte schneller fahren. Ich folgte dem Highway. Ashley erzählte während der Fahrt, wie sie und Courtney sich die Beerdigung ihrer Mutter vorstellten, welche Blumen sie gewählt hatten. Das Foto für die Totenwache, den Sarg. Ich nickte brav, hörte zu, lobte die beiden Mädchen, die sich so rührend um den Abschied ihrer Mutter kümmerten, während ich gedanklich noch einmal ihre letzten Minuten Revue passieren ließ. Das Blut, das aus ihr herausquoll, ihre weit aufgerissenen Augen.

Ashley hatte keine Ahnung, dass sie sich bereits in der Falle befand.

Die Hitze flirrte über dem Asphalt. Ich beeilte mich. Ich durfte nicht zu viel Zeit in Anspruch nehmen. Wenn Frank aufwachte und zu lange „geschlafen" hatte, könnte er Verdacht schöpfen. Wobei er es sicherlich bereits ahnte. Aber er war vielmehr damit beschäftigt, genau diesen Verdacht von sich zu schieben und irgendwelchen Geistern hinterherzujagen. Er hatte Angst vor mir.

Nach zwei Stunden erreichten wir endlich Franks Strandhaus. Das Tor glitt langsam zur Seite und ich manövrierte den Wagen an seinen angestammten Platz nahe der Tür.

„Endlich wieder daheim." Ashley lächelte und hüpfte aus dem Wagen.

„Deine Sachen kannst du im Koffer lassen. Wenn ich alles erledigt habe, fahren wir zurück." Ashley, die sich vor dem Haus streckte und reckte, bemerkte nicht, dass ich einen Holzknüppel unter dem Sitz hervorzog und diesen im Hosenbund verschwinden ließ.

Während wir die Treppe erklommen, achtete ich darauf, dass Ashley maximal seitlich von mir blieb. Ich entriegelte die Tür, stieß sie auf und deutete ihr mit der Hand, vor mir einzutreten.

Sie kam meiner stummen Bitte nach und betrat den Eingangsbereich. „Vergiss nicht, mich als Erbin für dieses Haus in deinem Testament einzutragen." Sie breitete die Arme aus und betrachtete das Meer, das jenseits der Scheiben an den Strand rollte. Das Sonnenlicht brach sich glitzernd auf der Wasseroberfläche. Die Wellen rauschten schäumend an den pudrigen Sandstrand.

Ich umklammerte den Knüppel, der noch immer in meinem Hosenbund steckte, während ich langsam, Schritt für Schritt auf sie zulief. „Keine Sorge. Dafür wird es keinen Anlass geben."

Ashley gluckste und wandte sich mit einem verwirrten Ausdruck im Gesicht um. „Was?" Das erste Mal funkelte Sorge, nah an Angst in ihren Augen. Ob sie spüren konnte, dass ich nicht ihr Vater war, auch, wenn ich in seinem Körper steckte?

Ashley starrte mich erschrocken an, als sie sah, wie ich den letzten Meter mit einem schnellen Schritt überwand und den Knüppel auf sie niedersausen ließ.

Ein dumpfer Schlag ertönte. Ashley stieß keuchend die Luft aus, verdrehte die Augen, ehe sie vor mir auf dem Boden zusammenbrach.

Blut quoll aus der Platzwunde, die der Knüppel hinterlassen hatte. Ich verlor keine Zeit und hievte Ashley hoch, zerrte sie aus dem Eingangsbereich in Richtung Treppen, um alles vorzubereiten. Dann würde ich zurück zum Haus in den Hills fahren, damit Frank keinen Verdacht schöpfte.

„Geh weg von mir", brüllte Frank heiser. Die Hand vor den Mund geschlagen, stürmte er aus dem Zimmer und rannte die Galerie hinab bis ins Bad.

Dort sperrte er sich ein. Keuchend lehnte er sich an die Tür, als befände sich die Bedrohung außerhalb dieses Raumes. Doch Frank hatte sich mit ihm eingesperrt. Er war hier. Und er hatte es nicht bemerkt.

Stöhnend stolperte er zum Waschtisch, ließ eiskaltes Wasser über seine Hände und Handgelenke laufen, ehe er es mit seinen Händen auffing und sich ins Gesicht warf.

Er sah auf. Trotz der Tatsache, dass er rasiert und seine Haare wieder ordentlich waren, sah er schrecklich aus: die geröteten, blutunterlaufenen Augen, unter denen sich tiefe Schatten abzeichneten. Die Falten hatten sich tiefer in seine Haut gegraben.

Noch einmal wusch er sein Gesicht. Sein Herz krampfte sich zusammen, als er daran dachte, was seine Tochter ihm gerade offenbart hatte.

Dann sah er auf, und ein breites Grinsen verzerrte seine Lippen. Frank erschrak. Er sah teuflisch aus. „Hallo, Frank. Das hast du nicht kommen sehen, was?"

Kapitel 31

Ich starrte aus dem Fenster des Taxis auf die Hochhäuser, die sich zu beiden Seiten wie eine Schlucht auftaten. Aus den grauen Wolken, die über den Dächern waberten, prasselte der Regen auf das Autodach. Die bunten Lichter der Leuchtreklamen, Ampeln und Rücklichter brachen sich in den unzähligen Regentropfen an der Scheibe.

Der Taxifahrer warf mir immer wieder einen neugierigen Blick durch den Rückspiegel zu, ehe er seinen Mund öffnete. „Und wie lange bleiben Sie in der Stadt, Sir?", fragte der pummelige ältere Herr. Er trug eine Narbe über seinem rechten Auge.

Ich erwiderte seinen Blick nicht, sondern starrte weiter auf die nass glänzenden Straßen, beobachtete die Leute, die wie Ameisen durch die Straßen rannten, sich mit Zeitungen und Regenschirmen vor den Tropfen schützten, die wie Raketen in einem Kriegsgebiet auf sie niederregneten.

„Ich bleibe nicht lange", sagte ich ruhig. „Ich fliege morgen direkt wieder zurück."

„Sind Sie geschäftlich hier?"

Ich fragte mich, warum der alte Sack dachte, dass es ihn etwas anging, und wünschte mir, dass er dem Plärren der Countrymusik mehr Raum geben würde, anstatt mir mein Ohr abzukauen. Aber ich hatte so lange nicht mehr mit

Menschen gesprochen und verzehrte mich so sehr danach, mit jemandem zu sprechen, mochte die Unterhaltung auch noch so ermüdend sein. „Nein", antwortete ich verträumt und lächelte das erste Mal, während ich ein B und ein kleines Herz an die beschlagene Scheibe malte. „Ich muss etwas Privates erledigen."

„Verstehe."

„Ich habe meine Ex-Frau schon lange nicht mehr gesehen und wollte ihr mal einen kleinen Besuch abstatten."

„Das ist nett." Der Mann lächelte vergnügt, wobei seine rötlichen Wangen wie kleine Knubbel aussahen. „Haben Sie gemeinsame Kinder?"

„Ja, zwei Töchter. Aber die sind bei mir in L. A. geblieben. Meine Frau wollte damals einfach nur ganz weit weg von mir." Ich lachte ein lautes, schallendes Lachen, wie es Geschäftsmänner bei einem Meeting taten, wenn sie ihrem Gegenüber schmeicheln wollten, obwohl der Witz ungefähr so lustig war wie Hundescheiße an einem Dreihundert-Dollar-Schuh.

Der Taxifahrer stimmte in das Lachen mit ein, wobei er wahrscheinlich genau dasselbe dachte. Er bog in die Straße, in der sich Bridgets Wohngebäude befand. Durch die Kluft, die die Häuser schlugen, konnte ich direkt in Richtung Central Park blicken. Die grüne Lunge New Yorks.

„Danke", sagte ich, drückte dem Fahrer ein beachtliches Trinkgeld in die Hand und trat in den regnerischen Nachmittag New Yorks.

Ich zog mir die Kapuze über den Kopf, lauschte dem Prasseln der Tropfen auf meiner Jacke, während ich die Hände tief in den Taschen vergrub. Unter der Kapuze trug ich ein Käppi, das ich nun tief ins Gesicht zog, als ich auf das kernsanierte Backsteingebäude zulief.

Durch eine goldfarbene Drehtür gelangte ich in das Innere der Lobby. Hier befanden sich die unzähligen Briefkästen, und ein roter Teppich führte zu den Aufzügen.

Ich wusste genau, wo sich die Kameras befanden und welche Bereiche sie erfassten, weshalb ich mich immer exakt so drehte, dass sie stets nur Aufnahmen von meinem Rücken erhielten.

Schnurstracks bog ich nach links und öffnete die Tür, auf der „Privat" stand. Hier befand sich das Büro des Hausmeisters. Dieser war aber ein fauler Hund. Das wusste ich aus Bridgets Erzählungen. Er war also bereits im Feierabend.

Ich entledigte mich meiner Jacke, die ich achtlos über einen Stuhl warf. Der Raum war nur spärlich mit einer einzelnen Glühbirne beleuchtet. Es befand sich ein Spind darin. Ein kleiner Tisch mit Stuhl und ein Regal mit Werkzeugen, Putzmitteln und Eimern.

Ich schlüpfte in einen der Overalls, auf denen das Namensschild mit den Lettern Jenkins gestickt war. Dann schlenderte ich zum Werkzeugkasten und inspizierte eine Säge.

Damit würde es sicherlich nicht schnell genug gehen. Messer gab es keine. Zangen konnte ich auch nicht nehmen. Ich wollte Bridget nicht foltern. Also, ich hätte schon Gefallen daran gefunden. Es war eher ein Zeitmanagementproblem.

Also wählte ich einen Schraubendreher. Damit ich nirgendwo Fingerabdrücke hinterließ, trug ich Lederhandschuhe.

Verkleidet als Hausmeister trat ich nun wieder aus dem Raum, darauf bedacht, dass die Kameras mein Gesicht nicht erfassten. Dafür zog ich das Käppi tiefer ins Gesicht und lief in Richtung Aufzüge.

Mit einem leisen Klingeln öffneten sich die Türen. Ich hob nur leicht den Kopf, um den Mann zu erfassen, der im Aufzug stand. Ein Jungspund, gekleidet in einen teuer aussehenden Anzug. Die Haare hatte er zurückgegelt. Er blickte nicht auf. Auch nicht, als ich den Aufzug betrat und hinter ihm stehen blieb, darauf bedacht, die Mütze immer tief im Gesicht zu halten.

Mit einem leichten Ruckeln setzte sich der Aufzug in Bewegung. „Wir gehen heute Abend bei diesem neuen Italiener essen. Und danach gehen wir zu mir. Was?" Eine kurze Pause entstand. Der Mann lachte, wie einige Männer eben lachten, wenn sie eine Frau flachlegen wollten. Dieses dämliche, viel zu tiefe Lachen, das wie das Blöken eines brünstigen Elchs klang. Ich fragte mich, ob Frauen diese Masche durchschauten oder dieses Gehabe als wirklich attraktiv empfanden. Vielleicht durchschauten sie es aber auch und spielten mit. Weil es ihnen egal war. Weil sie selbst nur auf das eine aus waren: ein bisschen Spaß haben und dann verschwinden.

„Ich werde dir die Nacht deines Lebens bescheren." Der Typ bemühte sich nicht einmal, das Gespräch vor mir zu dämpfen. Er war eine Luftnummer, da war ich mir sicher. Er würde zum Stich kommen, aber seine Auserwählte nicht den Höhepunkt erreichen.

Ein Stockwerk vor mir stieg er aus, noch immer leere Versprechungen ins Telefon säuselnd.

Ich blieb still stehen, drehte meinen Kopf so, dass der Mann mein Gesicht nicht sehen konnte, bis sich die Türen schlossen.

Ungeduldig starrte ich auf die Anzeige, bis mich das leise Ping und das Rattern der sich öffnenden Türen erlöste. Ich war im zehnten Stock angekommen und betrat den Korridor. Auch hier war roter Teppich ausgelegt worden. Wie war das noch einmal? Appartement vierhundertzwanzig bis vierhundertfünfunddreißig oder vierhundertsechsunddreißig bis vierhundertfünfundvierzig? Links oder rechts?

Kurz überlegte ich, dann fiel es mir wieder ein. Ich ging nach links, streifte wie ein Raubtier an den verschiedenen Türen mit den goldenen Türklopfern vorbei, bis ich vor der Nummer vierhundertfünfundzwanzig stehen blieb.

Ein aufgeregtes Kribbeln durchfuhr meinen Körper. Ich fühlte mich lebendig. Das Adrenalin schoss durch meine Adern. Endlich.

Ich betätigte den Türklopfer und wartete. In der Stille lauschte ich dem kraftvollen Herzschlag. Ob Frank auch so empfand? Hatte zuletzt irgendetwas in seinem Leben dieses Herz höherschlagen lassen? Ich bezweifelte es.

Die Aufregung in mir wuchs, als ich Bridgets gemächliche Schritte den kleinen Korridor entlangschlendern hörte.

Mit Genuss lauschte ich, wie Bridget den Riegel entfernte und die kleine Kette vorschob, als könnte diese sie vor ungewollten Besuchern schützen.

Die Tür öffnete sich einen Spalt, und das erste Mal seit Jahren sah ich Bridgets Gesicht. Ihr blonder Haarschopf hatte sich kaum verändert. Sie trug immer eine Föhnfrisur, die vor allem in den Achtzigern in Mode gewesen war.

Durch große blaue Augen blickte sie an mir empor. Sie war älter geworden, und der L.-A.-Schönheitswahn hatte sie nicht nach New York verfolgt.

Ich setzte ein Lächeln auf. Vorsicht war geboten. Bridget kannte uns beide.

Ihr Gesicht hellte sich auf, als sie mich – ihren Mann – Pardon, ihren Ex-Mann – erkannte. „Frank", sagte sie mit ihrer rauchig-kratzigen Stimme. „So eine Überraschung." Sie schloss die Tür, entfernte die Kette und öffnete sie vollständig. „Komm doch rein. Was führt dich denn hierher?"

Ich lächelte. Wie begrüßte Frank sie normalerweise? Ich trat über die Schwelle, und als Bridget mich in eine warme Umarmung zog, spielte ich einfach mit.

Als diese Frau ihre Arme um mich schlang, fühlte ich gar nichts. Ich wusste, dass Frank sie noch liebte. Ich aber hasste sie. Sie hatte mich und mein verachtungswürdiges Wesen erkannt und ihm misstraut. Sie war maßgeblich an meinem Sturz beteiligt. Und jetzt war es nur fair, dass ich mich dafür revanchierte.

„Ich war in der Gegend für eine Vernissage und dachte mir, ich komme vorbei."

Bridget schloss die Tür hinter uns. „In einem Hausmeister-Overall?" Sie lachte, schien aber ehrlich verwirrt. „Das fällt mir jetzt erst auf."

Ich folgte ihr den schmalen Flur hinab, in dem eine kleine Konsole mit einer Schale stand, in der sie ihre Schlüssel sammelte. Dann öffnete sich der Korridor in ein großes Wohnzimmer mit offener Küche. Von hier aus konnte sie den Central Park überblicken.

Teure Designermöbel in geschmackvollen hellen Farben luden zum Sitzen vor dem Kamin ein. Alles finanziert mit meinem Geld – unserem Geld, das wir uns erarbeitet haben.

Ich umklammerte den Schraubendreher fester. „Ach, weißt du, das war ein kleiner Gag."

„Die Kunst ist manchmal verrückt", sagte Bridget, die noch einmal einen argwöhnischen Seitenblick auf den

Overall warf. Dann mühte sie sich zu einem breiteren Lächeln. „Möchtest du etwas trinken?"

„Ein Wasser wäre schön", sagte ich und bemühte mich, Franks schwungvolle Stimme zu imitieren.

Bridget schlenderte in die Küche. Sie trug eine Strickhose sowie das passende Oberteil. An ihren perfekt manikürten Füßen trug sie Hausschuhe aus scheinbar echtem Fell. Sie nahm ein Glas aus einem der Schränke, während ich die Fotos auf dem Kaminsims betrachtete. Vornehmlich von Courtney und Ashley – den verzogenen Bälgern.

Ich rümpfte die Nase, wandte mich dann wieder in Richtung Bridget, die mit dem Wasserglas auf mich zukam. „Wie geht es den beiden Mädchen?"

„Oh, denen geht es ganz ausgezeichnet." Ich nickte und nippte am Glas.

Bridget ließ ihre Finger über ein altes Familienfoto gleiten. „Das ist mein Lieblingsbild." Nun stand sie mit dem Rücken zu mir.

Ich legte das Glas ab. „Warum?"

„Warum? Das weißt du doch, oder nicht?"

Ich zog den Schraubendreher hervor, warf dabei einen Blick auf das Foto, das alle vier von ihnen abbildete. Schien irgendein Urlaubsfoto zu sein. Ich wusste es nicht genau. Ich hatte Zugang zu vielen Erinnerungen von Frank. Nur die, die mit dieser verdammten Emotionalität zusammenhingen, kamen mir meistens abhanden. Den Schraubendreher fest in der Hand trat ich dicht an Bridget heran.

„Ein schöner Abend war das."

Ich brummte zustimmend. Wie sehr ich diese Frau verachtete. Ich verzog angewidert das Gesicht.

Bridget wirbelte herum. Mit weit aufgerissenen Augen starrte sie mich an, musterte mich intensiv, ehe sie einen

Schritt zurückstolperte. „Du bist es, nicht wahr?", flüsterte sie dann plötzlich.

Ich ließ den Schraubendreher los.

Dass sie mich jetzt erkannte, war mir egal. Ich war bereits drin. Ein höhnisches Grinsen verzerrte meine Lippen. „Hallo, Bridget."

Bridget wollte gerade herumwirbeln und wegrennen, als ich sie blitzschnell an den Haaren packte und sie zurück zu mir zog.

Ein spitzer Schrei entfuhr ihr. Doch ich erstickte ihn, indem ich ihr die andere Hand auf den Mund legte. „Na, na, na." Ich presste sie an mich, lauschte ihrem schnellen, keuchenden Atem unter meiner Hand. Ich schmiegte mein Gesicht an ihres, roch den Rosenduft ihres Haares, den ich immer so sehr gehasst hatte.

Nun fand alles ein Ende. „Du hast mich vernichtet und jetzt vernichte ich dich."

Bridget quietschte, japste nach Luft und versuchte, sich aus meinem Griff zu befreien.

Als ich die Hand von ihrem Mund löste, schrie sie laut auf. Mit einer schnellen Bewegung zog ich den Schraubendreher hervor und rammte ihn mit voller Wucht in ihren Bauch.

Bridget schnappte krächzend nach Luft. Ihre Arme ruderten wild in der Luft umher.

Ich riss den Schraubendreher aus ihrem warmen Fleisch und setzte erneut an. Ich stach ihn in ihre Brust. Einmal. Zweimal. Dreimal. Zehnmal.

Ein Blutrausch übernahm die Kontrolle. Aber ich genoss es.

Bridget brach hustend und röchelnd zusammen. Ich ließ sie fallen und stach weiter auf sie ein. Das Blut spritzte in mein Gesicht, auf meine Kleidung. Doch ich konnte nicht aufhören. Der Schraubendreher durchbohrte ihre Brust.

Bridgets Versuche, mich von sich zu drücken, ließen nach. Ihr Blick wurde sonderbar leer, während sie noch immer dalag und röchelte.

Ich konnte das Blut hören, wie es ihre Lungen flutete. Ihr Atem brodelte, wurde immer flacher. Mit ihm sickerte das Leben aus ihr heraus, besudelte den weißen Teppich, der bestimmt einen Scheißhaufen Geld gekostet hatte.

Als sich ihr letzter Atemzug aus ihrer Lunge schlich, ließ ich keuchend von ihr ab.

Wie hypnotisiert betrachtete ich das Blut, wie es am Metall des Schraubendrehers hinabrann, sich dort sammelte, ehe ein schwerer Tropfen auf Bridget fiel. Ihre Kleidung war inzwischen vollgesogen und dunkelrot verfärbt.

Sie lag da, die Arme und Beine von sich gestreckt, den Kopf zur Seite gekippt, während die Augen nur ins Leere starrten.

Mit einem letzten kraftvollen Hieb rammte ich den Dreher in ihre Brust. Das reichte aus.

Zufrieden trat ich zurück wie ein Maler, der sein Gemälde betrachtete, das er soeben fertiggestellt hatte.

Um Bridgets leblosen, erblassenden Körper breitete sich eine Blutlache aus. Ihre Lippen liefen blau an. Alles um sie herum war perfekt angeordnet. Penibel ausgewählt und sauber. Nun besudelten beinahe überall kleine Blutspritzer das perfekte Bild.

Ich nannte es „Die Befreiung". Und so fühlte es sich auch an.

Nachdem ich mir genügend Zeit genommen hatte, um mein Kunstwerk in all seiner Vollkommenheit und seinen Details zu verinnerlichen, schlenderte ich in die Küche.

Dort wusch ich die Handschuhe ab, ehe ich ein weißes Küchentuch nahm und damit über den dunklen Overall wischte. Durch die nachtblaue Farbe fiel das Blut nicht zu stark auf. Ich könnte es als Schmieröl verkaufen, falls ich jemanden treffen würde. Doch auf meinem Rückweg würde ich die Treppen nehmen, die dann zum Hinterausgang des Gebäudes führten. Dort gab es keine Kameras. Zuvor hatte ich einen Beutel mit frischer Kleidung hinter einem Container deponiert. Ich würde mich umziehen und dann wieder nach L. A. zurückkehren. Niemand würde merken, dass ich hier gewesen war – selbst Frank nicht.

Frank tauchte aus der Erinnerung auf. Er wusste, dass es seine war. Gleichzeitig gehörte sie jemand anderem. Jemandem, der in ihm hauste und kein Problem damit hatte, böse zu sein. Jemandem, der die Kontrolle so manches Mal übernommen, sich an die Oberfläche gekämpft hatte. Nun fühlte Frank sich wie damals, als er noch aktiv Romane geschrieben hatte. Denn es war nicht er, der die Bestseller produziert hatte. Vielmehr war es sein anderes Ich. Er, der nicht seinen Namen trug und doch in ihm hauste.

Was hatte er getan, während Frank nicht da gewesen war? Er hatte die Überwachungskameras manipuliert. Damit nicht aufflog, dass er – Frank selbst – dahintersteckte, hatte er sie außer Gefecht gesetzt. Er hatte das Haus in den Hills vorbereitet. Den Laptop dort platziert, ebenso wie die Flasche Whiskey, wohl wissend, dass Frank schwach werden würde. Er hatte Bridget getötet, dann Ximena. Frank erinnerte sich an seinen Spaziergang, die Sekunden, in denen er vermeintlich seinen

Gedanken nachgehangen hatte. In denen kurz alles still gewesen war.

Aber wie? Wie hatte er es geschafft, so lange unter dem Radar zu fliegen?

Fassungslos starrte er sein eigenes Spiegelbild an. „Wie hast du das gemacht? Wie hast du all das gemacht, ohne dass ich etwas bemerkt habe?" Er keuchte atemlos.

Seine Kehle schwoll zu, es fühlte sich an, als schlüpfte etwas in ihn hinein wie in ein Kostüm. Dann wechselte sein Gesichtsausdruck und er grinste sich breit an. „Du warst dir einfach zu sicher, um es zu bemerken. Ich war vorsichtig. Bin immer aufgewacht, wenn du geschlafen hast. Zugegeben. Die Situation mit Ximena war tricky. Aber auch da hast du nicht bemerkt, dass ich kurz die Kontrolle übernommen habe."

Die Filmrisse, dachte Frank und erinnerte sich an die Spaziergängerin und an ihre Worte. Sie hatte gefragt, ob er noch einmal spazieren ging. Frank wurde schlecht, gleichzeitig wurde sein Grinsen größer.

„Ja, ganz genau. Ich habe alles von langer Hand geplant, Frank. Als du dann nach New York gereist bist für die Vernissage, habe ich die Gelegenheit ergriffen, um mich an dieser Schlampe zu rächen." Er lachte.

Für Frank fühlte es sich an wie ein steter Überlebenskampf. Als kämpfte er mit der abgespaltenen Persönlichkeit in der Mitte eines eisigen Sees ums Überleben. Es war, als ränge er darum, sich vor dem Ertrinken zu retten, während der andere ihn immer wieder unter Wasser zerrte, das Bewusstsein an sich riss und ihn unter die Oberfläche drückte.

Frank rang nach Luft, rang um sein Leben, klammerte sich an ihm fest, wohl wissend, dass sein Leben an ihn geknüpft war. Wohl wissend, dass er nicht aufhören würde.

Und doch hatte er vor all den Jahren, als er in den Ruhestand gegangen war und all seine alltäglichen Routinen aufgebaut hatte, nachdem er so lange gekämpft hatte, um an der Oberfläche zu bleiben, geglaubt, dass er ihn besiegt hatte. Er hatte naiv und verantwortungslos geglaubt, dass er ertrunken war. Dass er, Frank, gewonnen hatte.

Dabei hatte er nicht gemerkt, dass er in den tiefen Schatten des Sees auf ihn gelauert hatte. Und nun war er es, der ihn unter Wasser drückte. Frank konnte spüren, wie er ihn immer wieder unter die Oberfläche zog.

Fassungslos starrte er sein Spiegelbild an, das immer wieder den Gesichtsausdruck wechselte. Mal loderte die blanke Angst in seinen Augen, dann flammte wieder ein teuflischer Ausdruck auf, begleitet von einem selbstzufriedenen Grinsen. „Hast du es gesehen, Frank? Hast du gesehen, was ich vollführt habe? Ich habe es wieder getan. Ich habe uns befreit."

Frank schüttelte sich, um diese fremde Stimme, mit der er mit sich selbst sprach, abzuwehren. Sie klang heiser, tiefer und jedes Wort tropfte wie kaltes Öl von einer Klinge.

Nun kam wieder Frank an die Oberfläche. In ihm bordeten die Gefühle über. Wut und Verzweiflung loderten wie kaltes Feuer. Seine Hände ballten sich zu bebenden Fäusten. „Du böse Kreatur, du!" Heiße Tränen rannen an seinen Wangen hinab. „Ich habe sie geliebt. Das hast du gewusst. ICH – HABE – SIE – GELIEBT!", brüllte er sein Spiegelbild an. Seine Haut war rot, der Zorn grub tiefere Falten in seine Haut. „DU HAST SIE MIR GENOMMEN!" Wie besessen griff er nach einigen Parfümfläschchen, die auf einer Anrichte standen, und schleuderte sie auf sein Spiegelbild.

Die Flaschen prallten ab, zerbarsten an der Keramik des Waschbeckens und auf den Fliesen. Splitter regneten zu Boden, klirrten und schlitterten quer durch den Raum.

Ein penetranter Duft breitete sich aus, vermischte sich und brannte in Franks Nase. Doch der Spiegel blieb intakt.

Als er nun aufsah, grinste er ihm frech entgegen. „Ich habe dir damals gesagt, dass du es bereuen wirst. Ich gehöre zu dir. Das konntest du noch nie akzeptieren, Frank." Nun war er es, der wütend wurde. Sein Gesicht verwandelte sich in eine teuflische Maske. Die Sehnen an seinem Hals traten hervor. Wild gestikulierte er mit den Händen. „DU WOLLTEST MICH LOSWERDEN, FRANK! ABER DAS KANNST DU NICHT! ICH GEHÖRE ZU DIR. ICH BIN EIN TEIL VON DIR." Der Wahnsinn funkelte in seinen Augen.

Frank konnte die Fassungslosigkeit sehen, mit der er ihm gegenüberstand. Die Fassungslosigkeit darüber, dass Frank ihn nicht in sich haben wollte. Dass er nicht akzeptieren konnte, dass er ein Teil von ihm war. Eine Abspaltung. Ein Splitter, der seit all den Jahren in ihm saß, verwachsen mit Gewebe und Haut.

„Du bist ein böses Geschwür." Franks Stimme brach hervor, während sein Gesicht noch immer zu dem anderen Frank gehörte.

Er verzog die Lippen zu einem Schmollmund. „Da bin ich aber traurig", sagte er theatralisch. Dann wurde er wieder ernst und funkelte Frank an. „Ich habe dich gerettet! Seit ich existiere, bist du überzeugt, dass ich ein Monster bin. Aber wer hat dich gerettet, Frank, hä?" Sein Gesicht wurde rot und eine Ader pulsierte an seinem Hals. „Wer hat dich vor Blake und Isaac gerettet, Frank? Du warst einfach zu schwach und brauchtest jemanden, der dich beschützt. Also bin ich entstanden. Du solltest mir dankbar sein."

Er warf mit einem scheußlich hysterischen Lachen den Kopf in den Nacken. Langsam trat er näher an das Spiegelbild, ein böses Lächeln auf den Lippen, durch die Augen funkelte er ihn an.

In diesem Moment fühlte es sich an, als träte er seiner abgespaltenen Persönlichkeit in Fleisch und Blut gegenüber.

Er kam ganz nah, so nah, dass sie nun Stirn an Stirn standen. Der Spiegel beschlug. Für einige Sekunden war nur das Schnauben zu hören. „Ich gehöre zu dir, Frank", flüsterte er bedrohlich. „Hast du wirklich geglaubt, dass du mich loswirst?" Er lachte heiser auf. „Es war deine Arroganz, die dich an diesen Punkt gebracht hat."

Frank kniff die Augen zusammen. Rang ihn herunter, drückte ihn unter Wasser, damit er Luft holen konnte. „Warum machst du das? Was willst du von mir?"

Ein tiefes Brummen ertönte. Frank keuchte auf. Dieser Wechsel zwischen den Emotionen, die wie zwei Gewitterfronten aufeinanderprallten, raubte ihm viel Kraft. „Das habe ich dir gesagt, Frank. Ich habe genug davon, in deinem Schatten zu leben. Ich will wieder ans

Licht. Ich will wieder existieren. Das hast du mir alles genommen, Frank. Ich muss schreiben. Wir müssen schreiben."

Frank stemmte seine Hände gegen den Spiegel, um Abstand zu gewinnen. Er atmete auf. „Nein."

Als zöge er ihn wieder näher zu sich, gaben Franks Arme nach, knickten weg, sodass er beinahe ausrutschte und mit dem Kopf gegen den Spiegel prallte. Er keuchte auf.

„Willst du wissen, wie ich Ximena umgebracht habe?", flüsterte er und lachte wahnwitzig auf. Sein Lachen schrillte glockenhell durch das Badezimmer. „Ich habe mich zurückgeschlichen und habe sie mir geschnappt. Ich habe sie beim Wäschemachen überrascht." Er grinste breit. „Dann bin ich wieder an die exakte Stelle zurückgekommen, an der du zuletzt stehen geblieben bist. Für dich war es wie ein kurzer Filmriss, den ich sorgfältig wieder zusammengeklebt habe. Ein Glitch." Dann lachte er auf und äffte Ximena nach. „Fraaank, was tun Sie da?" Er lachte gurgelnd. „Mehr hat sie aber nicht mehr gesagt. Ich hab sie stranguliert. Mit dem teuren Gürtel, ja." Er musterte sein Spiegelbild. „Ich gebe zu, Frank, es war riskant. Es hätte auch sein können, dass du die Polizei und einen Krankenwagen rufst. Dann wäre alles für die Katz gewesen und du im Knast, aber jetzt stehen wir hier."

Frank taumelte von seinem Spiegelbild zurück. Er schüttelte den Kopf. „Aber jetzt endet es hier." Er keuchte atemlos, als wäre er einen Marathon gelaufen. Gleichzeitig spürte er, wie er um jedes Wort kämpfen musste, um jede Sekunde, die er versuchte, an der Oberfläche zu bleiben.

Doch er war stark und Frank geschwächt.

Wieder lachte er teuflisch auf. „Ich werde dir alles nehmen, Frank."

Franks Knie gaben nach. Er ging zu Boden. Mit den Händen versuchte er, sich auf dem mit Scherben überzogenen Boden abzustützen. Er keuchte, während er gegen ihn ankämpfte. „Nein", knurrte er atemlos.

Er riss seinen Kopf hin und her, während seine beiden Persönlichkeiten gegeneinander kämpften. Frank wurde immer wieder unter Wasser gedrückt, verlor das Licht, die Orientierung, spürte, wie der andere Stück für Stück die Kontrolle übernahm.

„Als Allererstes nehme ich mir deine süße Ashley vor", flüsterte er bei sich.

„Nein", schrie Frank laut auf.

„Dad?", drang Ashleys ängstliche Stimme durch die Tür.

Sie hatte doch fliehen sollen. „Verschwinde!", brüllte Frank.

„Dad", rief Ashley. „Ich lasse dich nicht allein. Mach die Tür auf."

„Ja, Frank, komm, wir machen die Tür auf." Er kicherte und machte Anstalten, sich zu erheben, aber Frank kämpfte dagegen an, grub seine Finger um eine Scherbe. „Gut so, Frank, wir schlitzen ihr die Kehle auf."

„Nein."

„Dad, bitte."

Es rüttelte an der Türklinke.

Taumelnd kam Frank auf die Beine. Als zöge ihn etwas Unsichtbares zur Tür, stolperte er in ihre Richtung. Scherben knirschten unter seinen Schuhen.

Frank schüttelte den Kopf. „Lass das", schrie er.

Sie rangen um die Hand, die sich zitternd in Richtung Klinke ausstreckte. Wenn er die Tür entriegelte und sie öffnete, würde er sie umbringen. „Lauf weg, Ash-", krächzte er verzweifelt, doch seine Worte erstickten in einem leisen Kichern.

Könnte Ashley doch nur verstehen, in welcher Gefahr sie sich befand. Aber in Frank wuchs etwas anderes. Ein Entschluss.

Abrupt hielt er inne. Er schaffte es, an die Oberfläche zu gelangen. „Du hast recht", knurrte er gepresst. „Das endet jetzt hier." Mit aller Kraft drückte er seinen Arm gegen den unsichtbaren Widerstand nach oben.

Wieder entrang sich ein wahnwitziges Lachen aus seiner Kehle. „Du kannst mich nicht loswerden, Frank. Wir sind miteinander verbunden. Du kannst es nicht mehr leugnen. Ich – existiere!"

Er drehte sich zum Spiegel und lächelte seinem Bild entgegen, die Scherbe an die Kehle gehalten. Sein Arm bebte und schmerzte, durch all die Kraft, die er aufwenden musste, um den Widerstand niederringen zu können.

Kurz flammte Überraschung und Angst in seinen weit aufgerissenen Augen auf. „Das endet jetzt hier mit uns beiden!"

Kapitel 32

1985

Es war Samstagnachmittag. Franks Magen knurrte. Er hatte nur wenig vom Mittagessen gegessen, da Fletcher es sich nun mehr und mehr zur Gewohnheit machte, seine Ration zu stehlen, sobald ihre Mutter ihnen den Rücken zukehrte. Meistens stand sie dann mit Sarah am Spülbecken, sodass sie nichts mitbekam.

Frank hatte zu viel Angst, seine Klappe aufzumachen. Noch immer krabbelte eine Gänsehaut über seinen Rücken, wenn er an Fletcher dachte, wie er in der Nacht auf ihm gesessen und ihm das Messer an die Kehle gehalten hatte.

Vor einer Viertelstunde waren Sarah und Mom zum Einkaufen aufgebrochen. Fletcher war in seinem Zimmer und genau das ließ Frank auf dem Sofa mit den gehäkelten Kissen sitzen und in die Küche starren.

Wieder grummelte sein Magen. Langsam drehte Frank seinen Kopf in die Richtung des kleinen Flurs, von dem die verschiedenen Türen zu den Zimmern abgingen.

Wenn er leise genug war, würde er keine Aufmerksamkeit auf sich ziehen. Auf leisen Sohlen schlich er in die Küche. Dort nahm er sich zwei Scheiben Toast, schmierte Erdnussbutter und Marmelade darauf und entfernte sorgsam die Ränder.

Gerade, als er den Teller nehmen und sich setzen wollte, bemerkte er Fletcher im Rahmen des Türbogens stehen.

Wie vom Donner gerührt stand Frank da und starrte ihn an. Seine Finger krampften sich um den Teller. Mit offenem Mund starrte er zu Fletcher, der ihn breit angrinste. Lässig stieß er sich vom Rahmen ab und schlenderte auf den vollkommen erstarrten Frank zu.

„Hast du mir ein Sandwich gemacht? Wie nett von dir." Er nahm eine Hälfte und biss hinein, dabei umkreiste er Frank wie ein Raubtier.

Franks Atmung ging flach. Tränen brannten in seinen Augen. In der letzten Zeit war er immer wieder Fletchers Schikanen ausgesetzt gewesen.

„Was? Pisst du dich gleich ein, Frankieboy?" Er schlug ihm auf den Hinterkopf.

Keuchend erwachte Frank aus seiner Starre und stolperte nach vorn.

Das Brot rutschte von seinem Teller. Im selben Moment packte Fletcher ihn am Nacken und drückte Frank mit voller Kraft zu Boden.

Seine Knie gaben nach. Er war nicht nur gelähmt vor Angst, sondern er war seinem Bruder auch kräftemäßig unterlegen. Gerade noch so konnte er verhindern, dass sein Gesicht Bekanntschaft mit dem Boden machte, indem er sich mit den Händen abstützte. Doch die bebten bereits, drohten unter dem Druck zusammenzubrechen.

„Iss den Scheiß vom Boden, du Schwein." Fletchers heißer Atem kribbelte in seinem Nacken.

Frank versuchte, ihn von sich zu schütteln. Aber er ließ nicht los. „Lass mich", krächzte Frank heiser.

„Niemals."

„Warum machst du das?"

„Weil du ein Weichei bist und es Spaß macht." Fletcher lachte laut auf.

Das Lachen blieb ihm aber im Halse stecken, als sich plötzlich die Tür öffnete und Dad eintrat.

Mit wenigen Schritten stand er im Wohnzimmer und starrte auf seine beiden Söhne in der Küche. Der eine auf allen vieren, während Tränen über seine Wangen rannen. Der andere über ihm, das Knie in seinen Rücken gedrückt und die Hände pressten die Schultern nach unten.

Jimmy Lamber war ein großer grobschlächtiger Mann. Er füllte seinen Overall immer vollständig aus. Seine Hände waren so groß wie Bratpfannen und in seinem Ausdruck lag stets ein Ausdruck von Unzufriedenheit und Wut.

Seine kleinen eng zusammenstehenden Augen weiteten sich, als er seine Söhne erblickte. So erhaschte Frank das erste Mal einen Blick auf den Wahnsinn, der sich in ihnen spiegelte.

Sein schnaufender Atem erfüllte die Stille. Seine Lunchbox glitt aus seinen Fingern und fiel klappernd zu Boden.

Das war der Startschuss, der ihn aus seiner Starre befreite. Mit wenigen Schritten stampfte er auf sie zu.

Dabei holte er aus und verpasste Fletcher eine donnernde Backpfeife.

Jaulend stolperte dieser rücklings, ging zu Boden und rutschte weiter von seinem Vater davon.

Dieser packte nun Frank am Kragen, sodass er kurz röchelte, als Jimmy seine Kehle zudrückte. Er stellte Frank auf den Boden, ehe er auf Fletcher zupolterte, der bereits schützend seine Arme über seinen Kopf hob. „Du bist ein lausiger Verlierer, Fletcher!“, brüllte Jimmy, packte den schreienden Fletcher an den Armen und zog ihn hoch. „Was bist du nur für ein Versager!“ Er riss Fletchers Arme nach unten, um ihm eine weitere schallende Ohrfeige zu verpassen.

Die Wucht schleuderte Fletcher auf die Arbeitsfläche. Er stieß gegen die Töpfe und Pfannen, die zum Trocknen neben dem Spülbecken gestapelt worden waren.

Frank japste nach Luft und taumelte rücklings. Dabei trat er in das Sandwich.

Jimmy packte Fletcher an seinem T-Shirt. „Dir werde ich Beine machen. Dass du dich nicht wieder an deinem Bruder vergreifst.“ Er zerrte ihn an Frank vorbei.

Tränen rannen über Fletchers Gesicht. Seine Wangen waren gerötet und Dads Fingerabdrücke waren deutlich zu erkennen. Für den Bruchteil einer Sekunde erhaschte Frank einen Blick in die Augen seines Bruders und erkannte, dass er gebrochen war. Und aus diesen Rissen sprudelte blanker Hass hervor.

„Verpiss dich. Erwische ich dich noch einmal dabei, schmeiß ich dich hier raus.“ Er schubste Fletcher aus der Tür, sodass dieser auf die Veranda fiel. Staub wirbelte auf.

Dann schlug er die Tür zu und stapfte schnaubend an Frank vorbei. „Alles in Ordnung?“, nuschelte er. Sein Atem roch nach Alkohol.

Frank nickte. Er stand noch immer da, zitterte am ganzen Körper und war unfähig, sich zu rühren.

Jimmy klopfte ihm fest auf die Schulter, dass Frank beinahe zusammenbrach. „Guter Junge."

Damit schlurfte sein Dad ins Bad. Nach wenigen Sekunden plätscherte das Wasser.

Wie betäubt stand Frank da. Er wusste nicht, was er tun sollte. Sein Hunger war vergangen. Um ihn herum wurde es still. Nur das Plätschern der Dusche und das Konzert der Zikaden von draußen war zu hören.

Nach einigen Minuten vergewisserte Frank sich, ob Fletcher noch immer auf der Veranda saß. Aber er war verschwunden.

Frank hörte das Quietschen, als sein Vater die Dusche ausstellte. Die Rohre im Haus rumpelten.

Hastig schnappte er sich ein Käppi von der Garderobe und eilte zur Haustür. Er wollte nicht mehr hier sein.

Dann sprang er die Treppe von der Veranda hinab in den staubigen Vorgarten und rannte in Richtung Straße, als fürchtete er, dass sein Dad in der Tür stehen und nach ihm rufen könnte. Dabei war er sich sicher, dass es ihm egal war, ob Frank da war oder nicht.

Verloren irrte Frank also auf den staubigen Straßen umher. Am Horizont flirrte die Hitze. Über ihm brannte die Sonne auf ihn herunter. Nicht eine Wolke zeichnete sich auf dem kraftvollen Blau des Himmels ab.

Hoch oben kreiste ein Adler über dem Creek und kreischte, dass es von den Bergen widerhallte. Das Zirpen der Zikaden vibrierte in der heißen Luft.

Frank hatte keine Ahnung, wie lange er dort herumirrte, bis er plötzlich hinter sich das Knirschen von Reifen hörte.

Erschrocken wirbelte er herum. War es Fletcher, der ihn gesehen hatte und ihm jetzt den Rest geben wollte?

Doch als Frank in Barbs große Augen hinter der Brille blickte, atmete er erleichtert aus. „Alles okay, Frank?", fragte Barb und musterte ihn intensiv.

Er nickte und schluckte. Seine Kehle war ganz trocken. „Ja, alles okay", entgegnete er heiser.

Barbara zwang sich ein Lächeln auf, die seit dem Vorfall mit Fletcher nur noch Raritäten waren. „Komm, spring auf." Sie nickte nach hinten, um ihm zu bedeuten, dass er sich auf den Gepäckträger setzen sollte.

Frank zögerte, erwiderte dann ihr Lächeln und tat wie geheißen. Barbara nahm Schwung, fuhr an, sodass Frank etwas neben ihr herlief, ehe er mit einem kleinen Hüpfer auf den Gepäckträger hopste.

Barbara quietschte vergnügt, schlenkerte kurz bedrohlich nach rechts, fing sich dann aber wieder und trat fester in die Pedalen.

Frank schlang die Arme um ihren Bauch. Er spürte ihre Muskeln unter der Latzhose. Der Geruch von Apfel-Zimt kroch in seine Nase, wiegte ihn in Sicherheit.

Schweigend fuhren sie durch die Straßen. Frank wusste, wohin sie fuhren. Barbara lenkte das Fahrrad in Richtung Creek.

Als sie an ihrer altbekannten Stelle ankamen, lenkte sie das Fahrrad von der Straße die steile Böschung hinab.

Das Fahrrad holperte über Staub, Steine und vertrocknete Kräuter, ehe sie zwischen den grünen Büschen verschwanden, bis sie den Fluss erreichten, der sich kalt und klar durch das Valley fraß.

Immer wenn Frank hier war, konnte er durchatmen.

Lächelnd stieg er vom Fahrrad, das Barb achtlos zu Boden fallen ließ. Sie schlurften in Richtung Fluss, wo sie sich auf einen großen, glatten Felsbrocken direkt am Wasser niederließen.

Neben ihnen plätscherte das Wasser über einige Steine, die im Flussbett lagen. „Wie geht es dir?", fragte Frank und musterte Barb, die verträumt in Richtung Berge starrte.

Sie fummelte an einem Strohhalm herum. Bei seiner Frage wandte sie sich ihm zu, senkte den Blick und schob sich sogleich die Brille auf die Nase. „Gut."

„Wie geht es dir wirklich?"

Barb seufzte. „Wie soll es mir schon gehen?", murmelte sie. „Nichts ist mehr wie zuvor. Das hier und die Schule sind meine einzige Zuflucht. Zu Hause ist es schrecklich."

Frank betrachtete ihr von Sommersprossen überzogenes Gesicht. „Was ist denn zu Hause?"

Barb hob die Schultern. „Rick, Moms Neuer, ist fast nur besoffen und verprügelt sie. Heute hat er sie windelweich geschlagen, weil sie das Ei nicht so gebraten hat, wie er es wollte." Sie begegnete Franks Blick und in ihren blauen Augen sah er eine Resignation, die ihm nur allzu bekannt vorkam.

Wenn man weder die Kraft noch die Macht hatte, etwas zu ändern, fügte man sich den Gegebenheiten und duckte sich weg, um möglichst unbeschadet aus den Konflikten herauszukommen.

„Und du? Du siehst scheiße aus", sagte sie.

Frank lachte hohl auf. „Danke."

Barbara kicherte. „Gern geschehen."

Er seufzte. „Fletcher macht mir das Leben zur Hölle."

Bei der Erwähnung des Namens zuckte Barb zusammen und wandte hastig ihren Blick ab. „Er ist ein Schwein", flüsterte sie so leise, dass ihre Worte beinahe vom Wind davongetragen worden wären.

„Ich weiß", sagte Frank, dann beschloss er, die drückende Stimmung aufzulockern. Er knuffte seiner Freundin in den Oberarm. „Hey, aber irgendwann sind wir hier weg. Was machst du später?"

Barbara blickte verträumt in den Himmel, ließ sich aber voll und ganz darauf ein. „Ich werde Polizistin und werde in einem schickeren Vorort leben. Mit einem großen Haus und grünem Vorgarten, wo meine Kinder und Hunde spielen."

Franks Lippen kräuselten sich zu einem Lächeln. „Das klingt schön."

„Und du?" Barbara strahlte ihn an.

Frank überlegte kurz. „Ich werde Lehrer." Er nickte. „Und ich werde heiraten und zwei Kinder kriegen. Wir werden in einem schönen Haus leben."

Die beiden lachten, als plötzlich hinter ihnen ein langsames Klatschen ertönte.

Erschrocken wirbelten die beiden herum. Es war Fletcher.

Aus den Augenwinkeln konnte Frank sehen, wie Barbara auf der Stelle erstarrte. Mit weit aufgerissenen Augen atmete sie nur noch flach und röchelnd.

Frank würde nicht zulassen, dass er ihr noch einmal zu nah kam. „Was willst du hier, Fletcher?" Er spuckte zu Boden.

Fletcher funkelte ihn an, dann grinste er. „Ich wollte euer süßes Picknick nicht stören." An seinem rechten Auge zeichnete sich ein leichtes Veilchen ab. Langsam schlenderte er näher. „Aber ich war noch nicht fertig mit dir."

„Lass mich in Ruhe." Frank bemühte sich, dass seine Stimme fest klang, doch sie brach im Angesicht der Gier, die in Fletchers Augen funkelte, als er Barbara musterte.

Fletcher ignorierte ihn und trat auf die beiden zu. Als er nur noch einen Meter entfernt war, sprang Frank auf und schob sich zwischen ihn und Barb. „Ich habe gesagt, du sollst gehen."

„Um dich kümmere ich mich später", sagte Fletcher und leckte sich über die Lippen.

Gerade wollte er ihn aus dem Weg schubsen, da wich Frank aus und ließ seine Faust in sein Gesicht sausen.

Ein stechender Schmerz durchzuckte seine Hand.

Fletcher blieb abrupt stehen und starrte seinen Bruder an. Blitzschnell packte er ihn am Kragen und zog ihn nah zu sich. „Du dummes Stück Scheiße", zischte er.

Frank blickte zu Barbara, die noch immer wie eingefroren dasaß. „BARB! LAUF WEG!", brüllte er dann.

Wie bei einem Startschuss zuckte Barbara zusammen, sprang auf und rannte los.

Fletcher knurrte und stieß Frank von sich in den Dreck. Er landete auf dem Boden, wo er sich die Ellenbogen aufschlug. Ein Keuchen entrang sich Franks Kehle.

Ängstlich starrte er Barb nach, die durch das Gestrüpp raste, dicht gefolgt von Fletcher.

Taumelnd kam nun auch Frank auf die Beine. Er musste Fletcher aufhalten! Also rannte er los. Der Fluss rauschte in seinen Ohren. Die Zikaden waren verstummt.

Franks Atem ging stoßweise, als er über den unebenen Boden rannte.

Inzwischen hatte er die beiden aus den Augen verloren. Sein Herz stach in seiner Brust. Panisch trieb er seine Beine zur Eile an. Er durfte Barb nicht im Stich lassen. Nicht noch einmal.

Er raste durch Gestrüpp. Zweige und Dornen bohrten sich in seine Haut, verhedderten sich in seiner Kleidung.

Keuchend kämpfte er sich durch dichtes Buschwerk, als er Barbaras erstickte Schreie hörte.

Sie waren ganz nah.

Frank stolperte aus dem Gebüsch und sah Fletcher, wie er Barbara zu Boden drückte. Eine Hand presste er auf ihre Brust, sodass sie mit ihren Händen und Beinen nach ihm schlug, aber ihn nicht erwischte.

Mit einem Messer zerfetzte er ihre Hose, wobei die Klinge immer wieder ihre Beine zerschnitt, als sie sich zu wehren versuchte.

Barbara schrie auf. Ungehört gellten die Rufe durch den Creek.

Franks Kehle schnurte sich zu. Hilflos sah er dabei zu, wie sein Bruder die Hand unter den Stoff der Latzhose schob, um auch Barbaras Unterhose zu zerschneiden.

Franks Atem ging stoßweise. Seine Hände ballten sich zu Fäusten. Panik stieg in ihm auf. Er musste etwas tun. Aber warum war er wie erstarrt?

Verzweifelt starrte er auf seine Freundin, die um ihr Leben kämpfte. Sie schrie und tobte. Weinte und bettelte, während sein Bruder Fletcher mit einem wahnwitzigen Funkeln und einem gierigen Grinsen auf den Lippen versuchte, Herr über sie zu werden.

Frank japste nach Luft. Er musste etwas tun. Seine Beine waren schwer wie Blei. Wütend starrte er an ihnen herunter. Bewegt euch, flehte er. Er musste ihr helfen.

Aber die Angst lähmte ihn. Luft. Er bekam keine Luft mehr.

Frank ächzte und keuchte. Luft. Er griff sich an die Kehle.

Und plötzlich wurde alles schwarz.

Kapitel 33

Nun, Frank, das ist aber nicht die ganze Wahrheit, nicht wahr? Du weißt genau, was passiert ist. Du weißt genau, was du getan hast. Was wir getan haben. Was ich getan habe. Ich habe dich gerettet, Frank. Ich bin entstanden, weil du unfähig warst, dir selbst zu helfen. Egal, ob es Fletcher war oder diese Idioten Blake und Isaac. Du hast dich nie gewehrt. Du bist so verdammt schwach.

Also hast du mich erschaffen. Barbara hat gesehen, wozu ich fähig bin. Bridget auch. Sie beide haben dein Geheimnis bewahrt, damit niemand erfährt, wer du wirklich bist, Frank. Damit niemand weiß, wer mit dir ist.

Ich habe dir nie gezeigt, was wir an diesem Tag getan haben, stimmt's? Du wolltest dich immer davor verschließen. All die Jahre bist du davongekommen, hast mich geleugnet und meine Existenz verschwiegen – so gut, dass du irgendwann selbst geglaubt hast, dass ich nicht mehr da bin.

Aber ich bin hier. Lebendiger als je zuvor und ich werde mich nicht mehr von dir verdrängen lassen. Ich habe dasselbe Recht, da zu sein. Du hast mir so vieles zu verdanken, Frank. Stattdessen sperrst du mich weg, als wäre ich eine unzähmbare Bestie. Wenn du mich doch einfach nur sein lassen würdest ...

Die Zikaden waren verstummt. Ich hörte nur das Plätschern des Flusses und Barbaras verzweifelte Hilfeschreie, während Fletcher grunzend und ächzend versuchte, sich zwischen ihre Beine zu schieben.

Er war ein widerliches Schwein. Das Produkt der Inkompetenz seiner Eltern. Ein Tyrann, der niemals gelernt hatte, wann genug war. Der seine Wut an anderen ausließ.

Frank hatte fürchterliche Angst vor ihm, sodass er erstarrte. Aber ich nicht. Ich hatte keine Angst. Hier war keine Starre.

Ich konnte mich frei bewegen, spürte Wut und Hass wie Feuer durch Franks Adern pulsierte.

Mit einem Schrei rannte ich los. Noch bevor Fletcher reagieren konnte, stürzte ich mich auf ihn und stieß ihn von Barbara herunter. Fletcher ging keuchend zu Boden. Das Messer schlitterte aus seiner Hand und verschwand irgendwo in den Büschen.

Barbara japste panisch und kroch rücklings zurück, um so viel Abstand wie möglich zwischen sich und Fletcher zu bringen.

Nun saß ich auf ihm. Unaufhörlich brüllte ich und drosch auf Fletcher ein. Er schlug mir auf die Brust, ins Gesicht.

Ein scharfer Schmerz zuckte durch meine Hand, als meine Knöchel auf Fletchers Kiefer trafen.

Dieser hatte Mühe, die wild umherfuchtelnden Fäuste abzufangen und festzuhalten.

Nach einigen Minuten gelang es ihm. Er packte meine Handgelenke und hielt sie in einem eisernen Griff.

Sein wutverzerrtes Gesicht glich dem des Teufels. Zorn funkelte in seinen Augen. „Du elendiges Würstchen", fauchte er.

Unfähig, seinen Angriff abzuwehren, flog ich rücklings zu Boden. Spitze Steine bohrten sich in meinen Rücken, schürften meine Ellenbogen und Handflächen auf. Staub kratzte in meiner Lunge.

Fletcher erhob sich. Langsam stapfte er auf mich zu. Die Hände zu Fäusten geballt. Er schnaubte. Dann beugte er sich hinab, packte mich am Kragen und zog mich hoch.

Er holte zum Schlag aus und traf mich mitten im Gesicht.

Ein scharfer Schmerz schoss durch mein Jochbein und vibrierte in meinem Schädel. Sterne tanzten vor meinen Augen. Der eisenhaltige Geschmack von Blut breitete sich in meinem Mund aus.

Aber ich lachte auf, die Zähne von Blut verschmiert. Ich lachte so hysterisch und schrill, dass Fletcher einen halben Schritt zurückwich. Erschrocken blinzelte er mich an, nicht ahnend, dass ich nicht Frank war.

Ich lachte noch immer. Es glich mehr einem Schreien, das durch den ganzen Creek hallte und jeden Ast erzittern ließ.

Ich stand auf wie ein Zombie, der sich aus seinem Grab erhob. Lachend und mit einem wahnwitzigen Funkeln in den Augen.

Fletcher starrte mich voller Argwohn an, blieb in Kampfstellung.

Ohne Vorwarnung stürzte ich mich auf ihn. Nun war es Fletcher, der rücklings zu Boden stürzte. Ich schrie auf.

Noch bevor er mich von sich stoßen konnte, schlug ich erneut wie ein Wahnsinniger auf ihn ein. Eine Faust nach der anderen ließ ich auf das Gesicht meines Bruders sausen.

Fletcher gelang es, sein Gesicht mit den Armen zu schützen. Mit einem Stoß seiner Hüften schleuderte er mich von sich wie ein buckelndes Pferd seinen Reiter.

Blitzschnell wandte er sich um und stürzte sich auf mich.

Rangelnd rollten wir über den staubigen und mit Steinen übersäten Boden. Mein Herz raste, meine Atmung ging flach. Staub brannte in meinen Augen.

Fletcher war über mir, schlug auf meine Schultern und Rippen ein. Ich stöhnte auf. Mit meinen Ellenbogen schlug ich ihm gegen den Hals, sodass dieser röchelnd zur Seite kippte und nach vorn fiel, sich aber mit seinen Händen abfing.

Ich kam auf die Beine. Wie besessen sah ich nur noch Fletcher. Die Quelle des Schmerzes, des Leids und der Gewalt. Es war genug. Das endete jetzt.

Mit den Fingern ertastete ich einen faustgroßen Stein, umklammerte ihn.

Langsam erhob ich mich, während Fletcher noch immer keuchend auf allen vieren im Dreck kniete.

Ich blickte auf ihn hinab. Dann holte ich aus und schlug den Stein mit voller Kraft auf Fletchers Hinterkopf.

Ihm versagte die Atmung. Er stöhnte kurz auf, dann gaben seine Arme und Beine nach, ehe er auf dem Boden zusammenbrach.

Blut quoll aus einer großen Kopfplatzwunde, rann über seinen Nacken und tropfte auf den staubigen Boden.

Schwer atmend stand ich über ihm und lächelte zufrieden auf mein Werk. Die Entfesselung. So nannte ich dieses Gemälde, dessen Details ich mir nun in ihrer ganzen Vollkommenheit einprägte. Das aufgeplatzte Gesicht meines Bruders, die verdrehte Weise, wie er dalag, während sich unter ihm langsam eine Blutlache bildete.

Ich blickte auf den Stein in meiner Hand und betrachtete das dunkelrote Blut, das im Sonnenlicht glänzte. Ohne weiter darüber nachzudenken, schmiss ich ihn mit ganzer

Kraft in den Fluss. Die Spuren waren damit verwischt. Eilig suchte ich das Messer, das bei unserem Gerangel in das Dickicht gefallen war. Auch das warf ich in den Fluss.

Keuchend starrte ich auf meine noch zitternden Hände. Sie waren mit Blut und Dreck verschmiert. Die Knöchel an meiner rechten Hand waren aufgeschürft und geschwollen.

Hinter mir hörte ich jemanden flach atmen. Blitzschnell wirbelte ich herum. Es war Barb.

Sie blinzelte mich aus großen blauen Augen an. „Ist er … Ist er tot?"

Ich blickte über meine Schulter auf meinen reglosen Bruder. Die Augen waren weit geöffnet und starrten ins Leere. „Das hoffe ich", sagte ich.

Barbara japste nach Luft. Ihre Finger gruben sich in ihr Haar. „Wir werden in den Knast gehen. Die verhaften uns", kreischte sie hysterisch. „Wir müssen die Polizei rufen. Das war Notwehr. Wir –"

Ich packte sie an den Armen und blickte ihr tief in die Augen. „Wir rufen niemanden", sagte ich mit tiefer Stimme. „Wir waren niemals hier. Wir waren bei dir zu Hause. Du wirst niemals jemandem etwas davon erzählen."

„Aber –" Barb schluchzte und wollte sich aus meinem Griff winden.

Ich zog sie näher zu mir, sodass sich unsere Nasen beinahe berührten. „Du wirst niemals jemandem erzählen, was passiert ist. Ansonsten mache ich dasselbe mit dir. Hast du mich verstanden?"

Barb hielt die Luft an und starrte mich durch riesige Augen an. Sie wollte es nicht glauben.

„Ich werde dich umbringen, wenn du jemals auch nur einer Menschenseele davon erzählst, was Fletcher und was ich getan haben." Ich hob die Brauen. „Also? Kann ich mich auf dich verlassen?"

Barbara hatte in Fletchers Richtung gestarrt, ehe sie erschrocken wieder meinen Blick auffing und hastig nickte. Als symbolisierte sie ihr Schweigegelöbnis, kniff sie die Lippen zusammen. „Gut", sagte ich, dann ließ ich von ihr ab und taumelte in Richtung Fluss. Dort hockte ich mich hin und wusch das Blut von meinem Gesicht und meinen Händen.

Ich rieb mir über die Kleidung, die voller Staub war, bis ich einigermaßen ordentlich aussah.

Barbaras Erscheinung hingegen war kaum zu retten. Ihre Kleidung hing teils in Fetzen von ihr herab. „Was ist mit dir?", fragte ich – nicht aus Fürsorge, sondern weil ich nicht wollte, dass sie jemand sah und vielleicht Fragen stellte.

Aber es war uns nicht möglich, die Kleidung zu wechseln. Also schwangen wir uns auf das Fahrrad. Barbara nahm mich mit nach Hause. Dort setzte sie mich ab.

„Danke", sagte sie leise und mied meinen Blick, indem sie zu Boden sah. Ihre Finger krampften sich um den Lenker. „Ich werde nichts sagen. Aber ich will nie wieder etwas mit dir zu tun haben."

Ich sah sie an. Es war mir egal. Ich hatte vornehmlich nicht sie gerettet, sondern Frank. Außerdem hat mir diese entfesselte Wut gefallen. Kurz nickte ich.

Barbara schob ihr Fahrrad an und fuhr davon.

Ich sah ihr nicht nach. Augenblicklich wandte ich mich um und betrat das Haus. Der Fernseher plärrte. Das Glücksrad lief. „Erica hat einen brandneuen Rasenmäher gewonnen! Herzlichen Glückwunsch." Das Publikum jubelte.

Mein Dad lag in dem Sessel, die Wampe hob und senkte sich. In einer Hand hielt er eine Bierdose. Selig schnarchte er vor sich hin.

Ich schlich an ihm vorbei in mein Zimmer. Dort zog ich mich um, warf meine Kleidung in die Wäsche und duschte mich schnell.

Ich wischte den Dunst vom Spiegel und begutachtete das leichte Veilchen am Jochbein. Das würde ich überschminken, ebenso wie die Wunden an meinen Fäusten. Und sicher würde auch am Kiefer etwas zu sehen sein.

Ich fragte mich, wann man Fletcher finden würde. Würden sie Frank sofort verdächtigen? Möglich war es. Aber ich blickte ohne Angst auf diese Gedanken. Ich war vollkommen ruhig und ausgeglichen, als wäre ich gerade von einem Spaziergang gekommen. Frank würde es da anders gehen. Ich musste mich um diesen Jungen kümmern, ihn beschützen.

„Siehst du, Frank?" Sein Spiegelbild funkelte ihn berechnend an. Franks Kraft ließ nach und die Scherbe, mit der er im Begriff gewesen war, sich die Kehle aufzuschlitzen, fiel scheppernd und klirrend zu Boden. Ein sanftes Lächeln lag auf seinen Lippen, als wäre er ein Wohltäter   ein Held. „Ich habe Barbara gerettet – und dich. Wie lange wäre das wohl mit Fletcher so weitergegangen?"

Verzweifelt kratzte Frank sich durch das Gesicht. Er wollte es von seinem Schädel reißen. „Ich brauche dich nicht! Du sollst verschwinden!"

„Dad, bitte, mach die Tür auf!" Ashleys Stimme drang gedämpft durch die Tür.

„Du bist noch immer genauso undankbar wie damals, Frank. Das ist enttäuschend." Angewidert musterte er sein eigenes Spiegelbild. „Genauso enttäuschend wie das ganze Potenzial, das wir hatten. Du hast es nie ausgeschöpft, Frank. Du hättest so viel mehr als das alles hier haben können."

„Du bist gierig und kriegst den Hals nicht voll!", brüllte Frank.

Ein Klopfen ertönte.

Frank wollte Ashley sagen, dass sie wegrennen sollte. Doch er hinderte ihn daran, zwang ihn, wieder in den Spiegel zu sehen.

Der Kampf in seinem Inneren forderte ihm alles ab. Sein Gesicht war rot, die Hände bebten und die Sehnen an seinem Hals traten hervor.

„Ich will nur das Beste für uns, Frank. Was willst du jetzt machen? Du hast das alles angerichtet. Willst du in den Knast gehen?"

„Nein! Ich will, dass du verschwindest! Lass mich in Ruhe."

Frank riss einen Blumentopf aus dem Regal hinter sich und schleuderte ihn in den Spiegel.

Das Glas zersprang. Einzelne Scherben rieselten klirrend ins Becken. Frank lachte seinem zersprungenen Spiegelbild entgegen.

„Dad!", schrie Ashley hysterisch.

Er trat ganz nah an den Spiegel. Splitter zerplatzten unter seinen Schuhen. Er zwinkerte. „Mach dir keine Sorgen, Frank, ich kümmere mich schon."

Kapitel 34

Zwei Tage waren nun vergangen. Zwei Tage, in denen Frank sich merkwürdig fühlte. Er hatte immer wieder Aussetzer. Manchmal fehlten ihm nur Minuten. Andere Male Stunden.

Zwei Tage waren vergangen, in denen Fletcher vermisst wurde.

Frank konnte sich daran erinnern, dass er sich mit ihm geprügelt hatte. Er konnte sich daran erinnern, dass Fletcher wieder versucht hatte, Barbara zu vergewaltigen. Frank konnte sich vage an den Stein in seiner Hand erinnern.

Doch diese Erinnerung schob er weit von sich. Sie bohrte sich wie ein Schürhaken in seinen Magen. Das Grauen in seiner Vermutung war zu unaussprechlich.

Deswegen hatte er seiner Mom auch nichts verraten. Er hatte ihr nicht erzählt, dass er Fletcher am Tag seines Verschwindens gesehen hatte. Er hatte ihr auch nicht erzählt, dass er sich mit ihm geprügelt hatte.

Zu groß war die Angst vor dem, was er tief in seinem Inneren zu wissen glaubte. Noch größer war die Angst, dass er dafür verantwortlich gemacht wurde.

Die Polizei nahm den Fall nicht ernst. Fletcher war in einem Alter, in dem es nicht untypisch war, von zu

Hause wegzurennen, vor allem, wenn es ein problematischer Haushalt war.

Seine Mom aber wusste, dass etwas nicht stimmte. Sie war aufgewühlt und weinte unentwegt, fragte sich, wo Fletcher war. Dabei schien sie die Einzige zu sein. Während Frank im Haus auf Zehenspitzen um dieses Thema stakste und sich eher in seinem Zimmer zurückzog, war es seinem Vater vollends egal. Er war sich sicher, dass dieser Nichtsnutz abgehauen war und sich irgendwo betrank.

Auch von den Nachbarn und den anderen Dorfbewohnern kam nur wenig Resonanz. Niemand hatte Fletcher gesehen oder etwas von ihm gehört. Frank vermutete, dass ein allgemeines Aufatmen herrschte, denn es gab genügend Leute, deren Kinder oder die selbst von Fletcher schikaniert worden waren.

Scheinbar glaubte jeder, dass der problematische Junge weggerannt war, und irgendwie schien jeder froh darum.

Nur Sarah hielt zu Mom, sorgte sich um sie, übernahm den Großteil der Hausarbeiten und das Kochen. Sie war so sehr damit beschäftigt, Mom zu trösten und den Alltag in der Spur zu halten, dass sie Frank gar nicht beachtete.

Das Aufatmen spürte Frank auch in der Schule. Bis auf die Footballspieler, vor denen vor allem Frank sich in Acht nehmen musste, mobbte niemand mehr die schwachen Glieder in der Schülerkette. Auch Fletchers Freunde kamen nicht mehr zum Unterricht, was für viele die Theorie untermauerte, dass die Gruppe wahrscheinlich einige Tage blaumachte, dabei trank und irgendwo anders Probleme machte.

Sogar einige Lehrer, von denen Frank wusste, dass sie eine schwere Zeit mit Fletcher und seiner Crew hatten, wirkten heute entspannter und fröhlicher.

Jeder – so kam es Frank vor – schien entweder unbekümmert oder sogar in irgendeiner Art und Weise froh über Fletchers Fernbleiben.

Und eigentlich sollte es auch Frank so gehen, wenn er nur nicht diese düstere Wolke mit sich trug. Eine Wolke, die die Erinnerungen zu seinem Blackout an jenem Tag komplettierten, auf die er aber einfach keinen Zugriff hatte. Er wusste lediglich, dass sie von dunkler Natur waren. Und in seinem Inneren hatte sich eine düstere Vorahnung manifestiert. Seufzend öffnete Frank den Spind, um ein Chemiebuch herauszunehmen. Als er die Tür schloss, erhaschte er einen Blick auf Barb, die allein vor dem Englischkursraum stand und wartete, dass der Lehrer die Klasse aufsperrte.

Sie fing seinen Blick auf, wandte sich aber sofort wieder ab, wobei sie sich an ihre Bücher klammerte, die sie vor der Brust hielt.

Er hatte noch nicht wieder mit ihr gesprochen. Auch heute Morgen, als er sie gesehen und gegrüßt hatte, als er gemeinsam mit Coop die Schule betreten hatte, hatte sie ihn ignoriert und war schnell in der Menge der Schüler verschwunden.

Zögerlich setzte Frank sich in Bewegung und steuerte auf sie zu, schob sich zwischen einigen kichernden Cheerleadern hindurch.

Da Barb ihm den Rücken zugedreht hatte, sah sie ihn nicht kommen. Zaghaft streckte er die Hand aus, hielt kurz vor ihrer Schulter inne. Er spürte dieselbe Dunkelheit, die sie umgab. Dieselbe Schwere, die sie beide in diesem strömenden Fluss aus fröhlich schnatternden Menschen um sie herum zu Boden zog.

Frank atmete tief ein und tippte ihr dann doch auf die Schulter.

Barbara fuhr zusammen und wandte sich langsam um. Ihre zuerst verwunderte Miene verfinsterte sich. Sie schob ihre Brauen zusammen und starrte ihn düster durch ihre dicken Brillengläser an. „Was willst du von mir?", zischte sie. „Ich habe gesagt, du sollst mich in Ruhe lassen."

Frank klappte verdattert den Mund auf, dann schloss er ihn wieder. Die Kälte, die ihm seitens Barbara entgegenschlug, machte ihn sprachlos. Wann hatte sie ihm gesagt, dass er sie in Ruhe lassen sollte? Er blinzelte verwirrt. Gerade als Barbara herumwirbelte, um wieder zwischen den Schülerinnen und Schülern zu verschwinden, hielt er sie an ihrem Arm fest.

Sie fuhr unter seiner Berührung zusammen, stolperte zurück und zitterte am ganzen Körper.

Mit großen Augen starrte er Barb an. Was hatte er getan?

„Fass mich nicht an", fauchte sie, zwar leise, aber noch immer laut genug, dass umstehende Schüler sich die Köpfe nach ihnen verrenkten.

Barb fiel etwas in sich zusammen, kam widerwillig näher und lehnte sich dann zu ihm vor. „Wir haben vereinbart, dass du mich in Ruhe lässt. Das war die Bedingung."

Frank starrte sie fragend an. „Die Bedingung wofür?"

Barbs Augen bohrten sich in seine. Sie schien etwas in seinem Blick zu suchen. Mit verengten Augen legte sie den Kopf schief. „Die Bedingung, dass ich niemandem etwas verrate."

Langsam brodelte Wut in Frank auf. Seine Finger bohrten sich in den Buchumschlag. Er presste die Zähne fest aufeinander. „Niemandem was verraten, Barb? Was ist los?" Es fiel ihm schwer, seine Stimme zu dämpfen.

Das Schrillen der Glocke brachte Bewegung in die Menge der Schüler. Jeder ging zu seiner Klasse und nun sammelten sich auch mehrere Mitschüler vor dem Englischkursraum.

„Weißt du es wirklich nicht?" Barbara musterte ihn ungläubig.

„Ich …" Frank wandte sich von einem Jungen ab, der sich zu nah neben ihn stellte. „Nein. Ich kann mich an nichts erinnern." Er fuhr sich durch das braune Haar. „Bitte."

Barbara schwieg, nickte langsam. „Triff mich nach dem Unterricht in der Bibliothek. Dann erkläre ich es dir. Und jetzt geh."

Frank nickte, dann verschwand er. Vor dem Klassenraum traf er auf Coop, der ihm irgendetwas erzählte. Doch Frank hörte schon gar nicht mehr zu. Jedes Geräusch um ihn herum klang gedämpft, während in Franks Kopf die Gedanken aufbrandeten und wie Wellen gegen Felsen schlugen.

Den gesamten Unterricht bei Mrs. Doyle verträumte er. Er starrte aus dem Fenster, dachte immer wieder an die Angst und das Misstrauen in den Augen seiner Freundin. Was war geschehen? In Frank breitete sich ein mulmiges Gefühl aus. Es schlug ihm so stark auf den Magen, dass er sich zweimal entschuldigte und auf der Toilette verschwand. Beim zweiten Mal übergab er sich.

Kalter Schweiß tropfte von seiner Stirn. Er schlurfte zurück in den Unterricht und ließ sich von dieser dunklen Wolke weiter konsumieren. Sie saugte ihn aus, sodass er sich wie eine leblose Puppe fühlte.

„Hey, Frank. Frank, was ist los?" Coop stieß ihn unsanft an der Schulter an.

Frank blinzelte zu seinem Freund auf. Dieser lächelte auf ihn hinab, konnte aber nicht die Sorgenfalten verbergen, die sich auf seiner Stirn abzeichneten. „Der Unterricht ist vorbei."

Mrs. Doyle schaltete sich dazwischen. „Cooper, geh du doch schon einmal vor", sagte sie und trat auf Frank zu. Sie war eine schlanke Frau, groß und immer schick angezogen. Auf ihren Lippen lag ein warmes Lächeln. Sie legte den Kopf schief, während sie Frank musterte. „Du warst heute nicht wirklich anwesend, Frank."

Frank schwieg und mied ihren Blick.

Mrs. Doyle setzte sich auf den Tisch vor ihm, schlug ein Bein über und legte die Hände ineinander. „Ich habe von deinem Bruder gehört. Möchtest du darüber reden? Oder über etwas anderes?" Sie lächelte breiter.

Frank schüttelte den Kopf, dann sprang er auf, presste sich das Buch an die Brust. Er musste in die Bibliothek. Er musste wissen, was vorgestern geschehen war. „Nein. Mir geht es heute nur nicht so gut. Ich glaube, ich habe etwas Schlechtes gegessen."

Widerstrebend ließ Mrs. Doyle ihn gewähren und erhob sich. Bevor er an ihr vorbeiging, legte sie ihm die Hand auf die Schulter. Ihre Wärme strahlte durch sein Shirt. „Falls du reden möchtest, bin ich für dich da."

Frank nickte, bemühte sich um ein Lächeln, dann hastete er aus dem Klassenraum. Auf den Korridoren liefen Jungen und Mädchen wild durcheinander. Ein stetes Dröhnen aus Schritten, Rufen, Gesprächen und Gelächter lag in der Luft.

Er drängelte sich hastig durch die Menge, eilte in Richtung Bibliothek und schlich dort durch die Tür. Er musste Barbara nicht suchen.

Sie stand ungeduldig auf der Stelle tretend in der Reihe, in der Frank sich immer versteckt hatte. Als sie ihn sah, versteifte sie sich und verschränkte die Arme.

Langsam trat er auf sie zu, blieb mit einem Meter Abstand vor ihr stehen. Die Stille um sie herum war erdrückend.

Er schluckte, während Barbara ihn noch immer musterte, als glaubte sie seinen Behauptungen nicht so recht. „Und du kannst dich wirklich nicht erinnern, was am Sonntag passiert ist?"

Frank schüttelte den Kopf und blickte zu Boden. „Nein", entgegnete er heiser. „Ich … Ich kann mich daran erinnern, dass du … dass Fletcher … dass er versucht hat …" Er brach ab. Die Worte verhakten sich in seiner Kehle. Zu schwer war es, diese Grausamkeit auszusprechen. Als wäre sie weniger real, wenn er sie nicht in Worte fasste. Er atmete tief durch und starrte gen Decke. „Ich kann mich daran erinnern, dass ich … dass ich einen Stein in der Hand hatte. Aber ich … Danach weiß ich gar nichts mehr. Ich habe bis Sonntagmittag keine Erinnerung mehr."

Barbara taxierte ihn durch verengte Augen. Einige Sekunden schwieg sie, als wägte sie ab, ob sie ihm glauben sollte. Dann überwand sie den Raum, den Frank ihr gegeben hatte, und kam nah an sein Ohr. „Du hast ihn erschlagen, Frank." Ihre Stimme brach. „Du hast ihn mit dem Stein erschlagen und dann hast du mir gedroht, dass du dasselbe mit mir tun würdest, falls ich nicht die Klappe halte." Sie schluchzte.

Ein eisiger Schauer schüttelte Frank. Fassungslos starrte er Barbara an, die nun wieder zurücktaumelte und sich die Tränen von der Wange wischte. „Und meine Bedingung war, dass du dich mir nicht mehr näherst", sagte sie nun mit fester Stimme. „Halt dich also daran." Sie schniefte, wischte mit dem Ärmel über ihre Nase und wandte sich dann ab, ehe sie verschwand.

Frank blieb allein. Allein mit der drückenden Stille in und um ihn herum. Trotz seiner Befürchtung riss die Erkenntnis, dass er seinen Bruder getötet haben soll, ihm den Boden unter den Füßen weg.

Ihm wurde schwindelig. Tausende Gedanken prasselten auf ihn ein, rissen ihn in einem Strudel aus Panik, Wut und Fassungslosigkeit mit sich.

Ihm wurde schlecht. Frank stürzte voran, rannte in Richtung Tür, als er sich vor dieser auf dem Teppichboden übergab.

„Ach du liebe Güte", rief Mrs. Bell und eilte um den Tresen herum. Sanft rieb sie über Franks Rücken.

Er brach in Tränen aus. „Tut mir leid." Er wimmerte, ehe er sich ein weiteres Mal auf seine Schuhe übergab.

„Ach Gottchen. Du armes Mäuschen." Mrs. Bell schob Frank voran. „Komm, ich bringe dich zur Schulschwester. Du solltest besser nach Hause gehen."

Die Schulschwester untersuchte Frank halbherzig, nahm dann das Telefon zur Hand, legte nach einigen

Minuten aber auf, als niemand abnahm. Sie seufzte, während sie ihre manikürten Nägel begutachtete. „Okay, Schätzchen. Dann geh nach Hause. Schaffst du das allein?" Sie schmatzte auf ihrem Kaugummi und sah ihn auffordernd an.

Frank nickte. Wackelig zog er sich auf die Beine und verließ die Schule. Obwohl er mit dem Fahrrad gekommen war, lief er nach Hause. Er war wie betäubt. Alles um ihn herum verschwamm und trotz der Hitze, die auf ihn niederbrannte, fröstelte er. Als er zu Hause ankam, stockte er und blieb schließlich stehen. Ein Polizeiwagen parkte auf dem staubigen Vorgarten.

Franks Herz begann zu rasen. Er ahnte, was auf ihn zukam.

Zaghaft betrat er das Haus. Schon als er vor der Tür stand, hörte er die Schreie und das klagende Weinen seiner Mutter.

Franks Herz krampfte sich auf die Größe einer Erbse zusammen. Was hatte er getan?

Langsam öffnete er die Tür und streckte seinen Kopf hindurch.

Zwei Beamte, eine blonde Frau und ein Mann mit Schnauzbart, wurden auf ihn aufmerksam. Sie standen vor Mom, die auf dem Sofa zusammengesunken war und ihr Gesicht in ein Kissen drückte, während sie schrie und weinte.

Augenblicklich stiegen Frank Tränen in die Augen. „Mom?"

„Ist das Ihr Sohn?", fragte die Beamtin.

Mom reagierte gar nicht.

Mit einem sanften Lächeln öffnete die Beamtin die Tür und zog Frank zu sich. „Kommst du von der Schule?"

„Ja", flüsterte Frank und schaffte es nicht, den Augenkontakt aufrechtzuerhalten. Immer wieder starrte er zu seiner Mutter, deren Schreie ihm so ins Mark gingen, dass er fürchtete, sich erneut übergeben zu müssen.

Die Beamtin schickte Frank fürs Erste auf sein Zimmer. Er hörte, wie die beiden versuchten, mit Mom zu sprechen. Doch sie schien vollkommen außer sich. Sie schrie und fluchte, rief Fletchers Namen, kreischte ihn regelrecht.

Franks Herz raste schmerzhaft in seiner Brust. Wie gelähmt saß er auf dem Bett, die Knie an seine Brust gezogen. Er konnte das Zittern in seinem Körper nicht unterdrücken.

Irgendwann hörte er mehr Stimmen und Schritte gedämpft durch die dünnen Wände dringen und Mom verstummte langsam.

Panik schnürte seine Brust zu. Was geschah da gerade? Sosehr er nachsehen wollte, ob es ihr gut ging, war er nicht fähig, sich zu bewegen.

Irgendwann klopfte es an der Tür. Geistesgegenwärtig dachte Frank daran, seine Hände, die noch immer ziemlich aufgeschürft waren, unter seinen Hintern zu schieben, damit niemand sah, dass er sich geprügelt hatte.

Es war die Beamtin. „Darf ich reinkommen?", fragte sie mit einem warmen Lächeln.

Frank nickte. „Was ist mit meiner Mom?" Tränen verschleierten seine Sicht. Er konnte kaum atmen.

„Ich bin Shannon", sagte die Polizistin und setzte sich behutsam neben ihn auf das Bett. Dann legte sie ihm eine Hand auf das Knie. „Deiner Mom geht es besser. Sie war gerade etwas ... aufgeregt. Wir haben den Krankenwagen gerufen und die haben ihr etwas zur Beruhigung gegeben, okay?"

Frank nickte. Es fühlte sich an, als kämen die Wände immer näher.

„Dein Dad ist auch hier."

Langsam schob sich der massige Körper seines Vaters durch die Tür. Frank fiel auf, dass er ihn noch nie so gesehen hatte. Er sah ehrlich bestürzt aus. Seine Augen waren gerötet und Schatten zeichneten sich unter ihnen ab. Er wirkte, als wäre er um zehn Jahre gealtert.

„W-Was ist los?", flüsterte Frank. Er fragte nicht, weil er es wirklich nicht wusste. Das Beben in seinem Inneren, die Angst in seinen Gliedern, der Wechsel von Kälte und Hitze – all das sagte ihm, dass er es bereits wusste, was hier los war. Doch aus irgendeinem Grund kam es ihm wie natürlich von den Lippen. Diese Lüge. Er fragte, damit er nicht verdächtigt wurde.

Sein Vater trat auf der Stelle, dann setzte er sich auf die andere Seite des Bettes, wobei Frank beinahe gegen ihn kippte, weil es so stark absackte. Er räusperte sich. „Fletcher ist ... Fletcher ist ..." Er versuchte, die Worte hochzuwürgen, aber sie blieben ihm im Hals stecken. Er klang wie ein Motor, den man zu starten versuchte. Nach einigen erfolglosen Anläufen blickte er Hilfe suchend zur Beamtin. „Könnten Sie –?"

Shannon nickte. Sie wandte sich Frank zu, zwang ihn so, sie anzusehen. Sanft ergriff sie seinen Arm, doch er entzog sich ihr, damit sie die Wunden nicht sah. Sie akzeptierte seinen Wunsch nach Distanz. „Wir … Wir haben deinen Bruder Fletcher heute tot am Creek aufgefunden."

Obwohl Frank es wusste, trafen ihn die Worte wie eine Abrissbirne. Er japste nach Luft, Tränen sammelten sich in seinen Augen und rannen hinab. Er öffnete den Mund, um einerseits nach Luft zu schnappen und etwas zu sagen, doch er konnte weder atmen noch sprechen.

Sanft rieb Shannon ihm über die Schulter. „Ich weiß, dass das viel ist. Es tut mir sehr leid."

Frank schluchzte. Dann blickte er zu seinem Dad, der unglücklich dasaß mit einem runden Rücken und auf seine dreckigen Hände starrte. Er schien gar nicht da zu sein.

„Was ist passiert?"

Shannon setzte zu einer Antwort an, dann stockte sie aber und blickte zu seinem Vater, der aber gar nicht mehr reagierte.

Sie stöhnte leise. „Das müssen deine Eltern in einer ruhigen Minute mit dir besprechen, okay?" Sie zögerte. „Wann hast du deinen Bruder denn zuletzt gesehen?"

Frank hielt die Luft an. In seinem Kopf kreiste alles. „Ich … ähm … Ich glaube am Samstagnachmittag."

Langsam nickte Shannon. „Und wo warst du den ganzen Samstag?"

Frank geriet in Panik. „Ich hab … Ich hab nicht … Ich – "

Shannon hob die Hände. „Das ist reine Routine, Schätzchen."

Frank bemühte sich, tief durchzuatmen. „Ich … Ich war bei meiner Freundin … Barbara."

Shannon nickte und lächelte. „Okay, danke, Frank." Sie musterte ihn intensiv, dann deutete sie auf sein Gesicht. „Und das Veilchen. Wo hast du das her?" Kurz huschte ihr Blick in Dads Richtung.

Frank wandte den Blick zu Boden. „Ich hab mich in der Schule geprügelt", murmelte er leise.

„Okay. Danke für deine Antworten, Frank." Dann erhob sie sich. „Mr. Lamber, schaffen Sie es, sich um Ihre Familie zu kümmern, oder sollen wir Ihnen einen Notfallseelsorger zukommen lassen?"

Franks Vater blinzelte und starrte sie verklärt an, als wäre er aus einem tiefen Schlaf aufgewacht. „Was?"

„Wollen wir uns im Wohnzimmer unterhalten, Mr. Lamber?", fragte Shannon mit Nachdruck.

Sein Dad grunzte, erhob sich. „Äh ja, natürlich, ja." Ohne ein Wort oder einen Blick an Frank zu richten, stapfte er Shannon hinterher und Frank war allein.

Allein mit seiner Angst. Allein mit seiner Trauer. Allein mit der Tatsache, dass er seinen Bruder umgebracht hatte.

Kapitel 35

Du bist nicht mehr Herr in deinem eigenen Heim, Frank. Jetzt habe ich die Kontrolle übernommen. Wie gefällt es dir? Du liegst da, gefesselt und geknebelt in deinem eigenen Geist, während du durch unsere Augen dabei zusehen musst, was ich nun im Begriff bin zu tun. Du hast mich zu lange so behandelt, Frank. Du hast mich zu lange weggesperrt. Zu lange hast du mich behandelt wie ein Geschwür, wie eine Krankheit. Aber genug ist genug. Jetzt hole ich mir alles zurück. Stück für Stück. Und du, Frank, siehst dabei zu.

Als ich die Tür öffnete, blickte ich Ashley entgegen, die zwar zurücktaumelte, aber mich voller Sorge und Angst betrachtete. Ich wusste, warum sie Franks Liebling war. Sie opferte sich regelrecht für ihn auf. Obwohl ihr Vater eine Gefahr für sie war, beschloss sie, bei ihm zu bleiben und ihm zu helfen. Sie wollte nicht glauben, was er ihr antun könnte – was ich ihr antun könnte.

Aber ich beschloss, sie zunächst in Sicherheit zu wiegen.

„Dad, was ist hier los? Ich verstehe das nicht." Ihre Stimme bebte.

Zugegeben, es kostete mich immer viel Kraft, so zu tun, als wäre ich Frank. Aber in all den Jahren hatte ich es perfektionieren können. „Ich sagte doch, du sollst gehen."

Ashley trat zwar einen weiteren Schritt zurück, als
ich auf sie zukam, verschränkte aber ihre Arme. „Nein.
Ich lasse dich nicht im Stich. Was ist los?"

Ich fuhr mir über das Gesicht und stöhnte. „Ich ... Ich
habe eine Erkrankung ... Ich habe eine multiple Persönlichkeit."

Ashley starrte ihn fassungslos an, als könnte sie nicht
glauben, was er da sagte. „Ich ... Was ...?"

Ich hob die Hände zu einer beruhigenden Geste. „Ich
habe gerade einen schweren Schub und weiß nicht
mehr, was ich tue. Ich ... Es tut mir so leid. Ich wollte
dich nicht angreifen. Da ist ein anderer Teil in mir, über
den ich keine Kontrolle habe, und ich kann mich dann
auch nicht mehr erinnern." Ich trat auf Ashley zu, aber
sie war klug genug, mich auf Abstand zu halten.

„Okay. Aber du bist jetzt ... Dad? Du bist jetzt mein
Dad?", fragte sie. Ihre Stimme bebte vor Angst. Sie musterte mich misstrauisch. Ich konnte spüren, dass sie
mir glauben wollte.

Ich lächelte breit. „Natürlich, Schätzchen. Ich bin es."

Ashley hob eine Hand, um mir zu bedeuten, dass ich
nicht noch einmal versuchen sollte, näher zu kommen.
„Was hast du mir damals gesagt, als ich gegen dieses
fiese Mädchen im Tennis verloren habe?"

Kluges Miststück. Das musste man Franks Tochter
lassen. Fieberhaft dachte ich nach. Ich spürte, wie
Frank sich gegen mich wehrte und sich an die Oberfläche zu kämpfen versuchte. Er würde sie warnen. Er
würde sie entkommen lassen. Aber das durfte ich nicht

zulassen! Sie wusste nun zu viel. Sie musste weg, damit endlich meine Zeit anbrechen konnte.

„Was hast du mir gesagt?"

Ich blinzelte. Tatsächlich wusste ich es nicht. Obwohl ich ein immer aufmerksamer Teil in Frank war und mitbekam, was in seinem Leben vor sich ging, fehlte mir die Verbindung zu seinen Geliebten, um diese Erinnerungen langfristig abzuspeichern.

Ashley starrte mich mit großen Augen an, die sich langsam mit Tränen füllten. Sie blinzelte, atmete laut und zittrig ein, wohl in dem Versuch, einen Schluchzer zu unterdrücken. „Du bist nicht mein Dad", flüsterte sie leise.

In diesem Moment fiel meine Maske und ein breites Grinsen verzog meine Lippen. „Dein Dad ist nicht hier", wisperte ich.

Zäh dahinfließßende Sekunden standen wir uns gegenüber. Der Löwe und die Gazelle. Während ich abwägte, wann der geeignete Zeitpunkt zum Angriff gekommen war, wartete Ashley auf ein verdächtiges Zucken meiner Muskeln, um entsprechend zu reagieren. Ihre hektische Atmung erfüllte die Stille.

Ich setzte zum Sprung an. Mit ausgestreckten Armen machte ich einen Satz nach vorn.

Gleichzeitig ging ein Ruck durch sie hindurch und sie wirbelte herum. Sie rannte über die Galerie zu den Treppen.

Knurrend nahm ich die Verfolgung auf. Ashley war schnell. Aber das Adrenalin in meinen Adern trieb mich zu Höchstleistungen an. Auf der Treppe holte ich sie ein. Während sie jede Stufe einzeln nahm, sprang ich die letzte Anhöhe von eineinhalb Metern herunter, sodass ich zwischen ihr und der Haustür landete.

Erschrocken schrie Ashley auf, taumelte zurück, fing sich aber.

Ich griff nach ihr, erwischte ihr Haar, aber sie wirbelte herum, bevor ich es zu fassen bekam.

Panisch raste sie in die Küche.

Schnell schnitt ich ihr den Weg zur Terrassentür ab. Nun standen wir uns erneut gegenüber, die Kochinsel zwischen uns.

Mein Herz raste, hüpfte vor Vergnügen und Mordlust. Die Jagd gefiel mir. Es fühlte sich aufregender an, als jemanden in eine Falle zu locken. Das war einfach.

Das hier aber war schwer.

Keuchend stürzte sich Ashley auf den Messerblock, riss ein Messer heraus und fuchtelte damit in der Luft herum. „Keinen Schritt näher!", schrie sie erstickt.

Ich war so elektrisiert, dass mir ein Lachen entwich. Langsam beugte ich mich über die Kochinsel. „Süß. Glaubst du wirklich, dass du damit weiterkommst? Glaubst du wirklich, du kannst mir entkommen?" Ich lachte leise. „Ximena konnte es nicht, deine Mom konnte es nicht. Und du wirst es auch nicht."

Tränen fluteten Ashleys Wangen. „Du hast Mom getötet?", wimmerte sie.

„Du hast Mom getötet?", äffte ich sie nach, dann funkelte ich sie wütend an. „Ja, das hättest du nicht von deinem Dad erwartet, was?"

In Ashleys Augen zerbrach ihre ganze Welt zu einem Aschehäufchen, und es fühlte sich berauschend an. „Du bist nicht mein Dad", hauchte sie. Damit veränderte sich etwas in ihrem Blick. Er wurde kalt.

Alles geschah im Bruchteil einiger Sekunden. Ihre Finger packten den Griff des Messers fester.

Mit einem animalischen Schrei schleuderte Ashley das Messer auf mich.

Wie in Zeitlupe sah ich, wie es auf mich zuwirbelte. Ich war zu langsam, um der Klinge auszuweichen.

Haarscharf verfehlte diese mich, schnitt mir aber noch oberflächlich in die Haut meiner Wange.

Ein brennender Schmerz breitete sich aus. Ich zuckte zurück.

Ashley hatte diesen Moment der Ablenkung genutzt und stürzte stolpernd zurück auf die Haustür zu.

„Ashley!", schrie ich drohend, berappelte mich und rannte hinter ihr her, das Messer in meiner Hand.

Sie erreichte die Tür, riss sie auf und trat bereits über die Schwelle, als ich sie endlich zu fassen bekam.

Meine Finger vergruben sich in ihrem Haar. Ashleys Schmerzensschrei gellte durch die Nachmittagshitze.

Mit einem festen Ruck riss ich sie an ihren Haaren zurück ins Haus und schmiss die Tür hinter mir zu.

Ashleys Beine gaben nach. Sie schrie aus voller Kehle. Ich stürzte mich auf sie, fing ihre nach mir schlagenden Hände ab.

Doch es gelang ihr, mir in den Magen zu treten.

Stöhnend fiel ich zur Seite auf den kalten Steinboden.

Stolpernd kam Ashley auf die Beine.

Ich ließ mich auf alle viere fallen und packte ihren Knöchel. Mit aller Kraft zog ich sie erst von den Beinen, dann zu mir.

Ich hörte den stumpfen Aufprall ihres Gesichts auf dem Boden und wie der Sturz ihr die Luft aus den Lungen drückte. Etwas knackte.

Ich zog mich an ihren Beinen und ihrem Oberkörper hoch. Sie wehrte sich, trat und schlug nach mir, versuchte, mich von sich zu stoßen.

Blut strömte aus einer Platzwunde am Jochbein und aus ihrer Nase. Blanke Angst funkelte in ihren Augen. Aber auch Überlebenswille.

Aber ihr Kampf war jetzt vorbei. Ich hob die Klinge.

„Nicht." Sie stöhnte. Ihre Tränen schlugen Bahnen durch das Blut und verwässerten es. „Bitte, Dad, wenn du noch irgendwo da drin bist. Bitte. Ich bin es, Ashley."

„Er kann dich hören", sagte ich und beugte mich über sie, sodass nur wenige Zentimeter unsere Gesichter voneinander trennten. „Er kann dich sehen. Er will dir nicht wehtun, Ashley." Dann grinste ich breit. „Aber ich will es." Damit stieß ich ihr die Klinge in die Brust.

Ich spürte Franks Schmerz, hörte seine Schreie in meinem Kopf, labte mich an seiner Verzweiflung.

Ashley keuchte auf, krümmte sich vor Schmerz. Blut tränkte ihr sonnengelbes Shirt. Ich konnte hören, wie das Blut ihre Lungen füllte. Ihr Atem brodelte.

Nach Luft und wahrscheinlich auch Worten ringend, krallten sich ihre Finger an meinem Kragen fest. Sie suchte nach Halt, suchte die Wärme ihres Vaters in meinem Blick. Doch da war nur meine Kälte.

Langsam sah ich dabei zu, wie das Leben aus ihr glitt. Tropfen für Tropfen, Atemzug um Atemzug.

Plötzlich spürte ich einen Windzug hinter mir. Blitzschnell sprang ich auf die Beine und wirbelte herum.

Brittany Westwood stand auf der Schwelle. In ihren zitternden Händen hielt sie eine Waffe auf mich gerichtet. Blanke Angst glitzerte in ihren weit aufgerissenen Augen. „Hände hoch, Arschloch!"

Kapitel 36

Zugegeben, Frank, so war das nicht geplant. Es war nicht geplant, deine Tochter zu töten. Sie ist selbst schuld. Sie hätte in New York bleiben sollen, so wie du es ihr gesagt hast. Diese Kinder, nie hören sie auf einen, was, Frank? Aber es hat Spaß gemacht. Diese Enttäuschung in ihrem Gesicht. All die Jahre hat sie nicht einmal geahnt, dass es mich gibt. All die Jahre hatte sie geglaubt, dass du, ihr Dad, ein rechtschaffener Mann bist. Dabei haben wir schon seit unserer Kindheit Blut an unseren Händen, nicht wahr, Frank?

Wie dem auch sei … Mit Ashley habe ich ein bisschen gerechnet. Es war abzusehen. Sagen wir, ich hatte einen Alternativplan, falls die Dinge so laufen, wie sie gelaufen sind.

Diese selbstgefällige Brittany Westwood aber ist eine Variable, die ich nicht einberechnet habe. Sie ist ein Problem und könnte noch vielmehr zu einem Problem werden. Ich hatte geplant, dass wir unbehelligt sein würden, Frank. Dass die Polizei uns nicht auf die Schliche kommen würde. Gerade komme ich zu der Erkenntnis, dass es so leicht nicht sein wird. Ashley ist nun tot und ich war der Letzte, der sie lebend gesehen hat. Ich gebe zu, ich habe mich etwas hinreißen lassen. Das war dumm gewesen.

Jetzt ist da noch Brittany Westwood und ihre Spuren werden auch zu mir führen.

Aber ich bin flexibel, Frank. Sagen wir es so, ich sehe mich gern als Märtyrer.

„Ich sagte, Hände – hoch – Arsch-loch!" Brittanys Stimme schnitt durch die Stille, die nur von dem Rauschen des Meeres erfüllt wurde, das durch die geöffnete Terrassentür drang.

Ich legte den Kopf schief und grinste breit. „Brittany, so eine Überraschung. Was verschlägt Sie hierher?"

Brittanys ängstlicher Blick huschte zwischen der toten Ashley und mir hin und her. Nach wie vor hielt sie die Waffe auf mich gerichtet. Es gab kein Herankommen. Durchaus schade. Ich würde einen Moment der Ablenkung abpassen müssen.

„Sie sind ein krankes Schwein!", zischte sie. „Das ist Ihre Tochter!"

Ich gluckste amüsiert. „Unten im Keller liegt meine Haushälterin. Was wollen Sie jetzt machen?"

„Ich rufe die Cops", kreischte Brittany hysterisch und fischte ihr Handy aus ihrer Hosentasche.

„Sie wollen mich nicht vorher interviewen?"

Verwirrt hielt Brittany inne und krauste die Stirn. „Was?"

„Na kommen Sie schon, Ms. Westwood, Sie lassen sich ein exklusives Interview noch am Tatort entgehen? Sie bekommen alle Hintergrundinformationen!"

Angewidert hob Brittany ihre Oberlippe. „Sie sind doch krank!"

Ich machte einen Schritt auf sie zu, wodurch sie zusammenfuhr, allerdings ihre Eingabe ins Telefon unterbrach. „Keinen Schritt weiter!" Sie fuchtelte mit der Pistole herum.

Ob sie einen Schein dafür hatte? Ob sie überhaupt damit umgehen konnte? Ich blieb stehen und hob die Hände. „Ich habe etwas über Sie recherchiert, Frank. Bei unserem letzten Interview war ja nicht so viel aus Ihnen herauszubekommen." Sie atmete tief ein, kniff die Augen zusammen und zielte noch genauer auf Frank. „Ich habe mich mit Barbara unterhalten. Sie hat mir viele interessante Dinge berichtet. Sie schien ziemlich angefressen darüber, dass Sie vor einigen Tagen da waren und Sie bedroht haben. Da hat sie die Chance genutzt."

Ich fletschte die Zähne. Meine Finger umklammerten das Messer fester, von dessen Klinge Blut zu Boden tropfte. „Sie verstehen gar nichts."

„Ich verstehe sehr gut", sagte Brittany. „Es muss furchtbar gewesen sein, all das mit anzusehen. Erstaunlich finde ich aber, wie Sie all die Jahre damit leben konnten, ohne je aufgeflogen zu sein. Und trotz dieser Leiche im Keller sind Sie einer dieser aufgeblasenen Weißen Männer geworden, die ihre Nase so hoch im Himmel tragen. Alles, was als Schwäche ausgelegt werden könnte, der missbrauchende, gewalttätige Bruder, der Säufervater und die demente Mutter, wird rigoros versteckt, nur damit diese Fassade keinen Riss bekommt."

Blinde Wut brodelte in mir. Ich wollte auf der Stelle mit dem Messer auf sie einstechen.

Auf ihren High Heels trat sie nervös auf der Stelle. „Ich beende das hier." Sie tippte die Nummer ins Handy.

Eine Stimme meldete sich am anderen Ende der Leitung.

Das brachte das Fass zum Überlaufen. Ohne darüber nachzudenken, was ich tat, sprang ich wutentbrannt auf sie zu. Schreiend hob ich das Messer, als sich plötzlich zwei Schüsse lösten, gefolgt von einem scharfen Schmerz in meiner Brust und meinem Arm.

Ein hochfrequenter Piepton bohrte sich in mein Ohr.

Vor Schmerz schreiend ging ich zu Boden, noch bevor ich Brittany erreicht hatte. Das Messer glitt aus meiner Hand.

Mein Blick war vernebelt. Sterne tanzten vor meinen Augen, und das Atmen fiel mir schwer. In meinem Arm und meiner Brust brannten die Kugeln wie Feuer. Ich schrie und starrte auf Brittanys High Heels.

Mein Blick glitt an ihren langen Beinen empor. Sie blickte auf mich hinab. Ich hatte Angst in ihren Augen erwartet, doch da glänzte nur Verachtung.

Sie trat einen Schritt zurück. „Ich musste auf ihn schießen, er wollte mich angreifen. Bitte kommen Sie schnell. Hier ist noch jemand verletzt. Eine Frau. Ja, seine Tochter."

„Du verfluchte Schlampe", schrie ich in den Boden. Speichel tropfte aus meinen Mundwinkeln. Verzweifelt versuchte ich, mich hochzustemmen, doch mein verwundeter Arm hatte keine Kraft mehr, und mit dem anderen rutschte ich in einer warmen Flüssigkeit weg.

Brittany eilte an mir vorbei. Mein Blick folgte ihr. Sie kniete sich neben Ashley und legte das Ohr auf ihre Brust. „Sie atmet nicht", flüsterte Brittany verzweifelt, ehe sie zur Herzdruckmassage überging. Sie schluchzte.

Wütend presste ich die Zähne zusammen. Wie ein Waran krallte ich meine Finger in die glatten Fliesen und zog mich voran. Um mich herum breitete sich Blut aus. War das meins?

Die Kraft verließ mich, meine Atmung ging flach und pfiff in meinen Ohren.

Alles in meinem Blickfeld verschwamm immer wieder. Ich war benommen, mir war schwindelig. Die Zeit um mich herum verflüssigte sich.

Ich gab den Versuch auf, Brittany schien zu weit weg. Also drehte ich mich auf den Rücken und stöhnte. Ich starrte zur Decke. Es war nicht so gelaufen, wie ich es mir vorgestellt hatte, und doch ahnte ich, dass ich dennoch bekam, was ich wollte. Ein Lächeln zuckte über meinen Lippen.

Gleichzeitig tauchte Brittanys angewidertes Gesicht über mir auf. „Denk ja nicht, dass ich dich sterben lasse, du dummes Schwein." Ihre Stimme klang verzerrt in meinen Ohren. Sie lehnte sich zu mir hinab und drückte einen Finger in meine Wunde. Heißer Schmerz durchschoss meinen Arm. Ich schrie auf. Für einige Sekunden wurde alles schwarz vor meinen Augen. Als ich wieder sehen konnte, war Brittany noch immer da – wie ein Albtraum.

„Das ist das Problem mit euch Männern. Eure Arroganz bringt euch nach ganz oben, aber eure Arroganz ist es auch, die euch zu Fall bringen wird!" Damit bohrte sie ihren Finger in meine Brust.

Der brennende Schmerz schnitt mir die Luft zum Atmen ab. Ich keuchte auf, japste verzweifelt nach Luft. Plötzlich umhüllte mich Dunkelheit und alles, was blieb, war ein vor Zorn rasender Frank und seine Schmerzensschreie über den Verlust seiner Tochter.

Immer wieder flammte mein Bewusstsein auf. Verschiedene Gesichter beugten sich über mich: Ärztinnen, Schwestern und Polizisten. Ich hörte sie sprechen, vergaß es aber sofort wieder. In der Ferne hörte ich das Piepen der Geräte, an die ich angeschlossen wurde. Der Schmerz rückte in den Hintergrund, wurde von dem warmen Gefühl der Schmerzmittel abgelöst. Blaulicht flammte über mir, kalte Wände. Ich spürte die Handschellen an meinen Gelenken, die mich an das Krankenbett fesselten. Ich wusste, dass sie alles aufklären würden. Sie würden Ximena finden, sie würden die Verbindung zu Bridget Lamber herstellen, vielleicht würde Brittany ihnen sagen, was ich damals Fletcher Lamber angetan habe. Alles würde zutage befördert.

Während das Fiepen des Monitors meinen Puls wiedergab, schlich sich ein breites Lächeln auf meine Lippen. Nun würde ich in aller Munde sein. In den Nachrichten. Jeder würde diese schrecklichen Taten des ehemaligen Bestsellerautors diskutieren. Ich existierte wieder. Ein Lachen kitzelte meine Brust. Ich stieß es aus, lachte aus voller Kehle. Schmerz schoss durch meine Brust, sodass mein Lachen in ein Husten abebbte. Bald würden sie wieder von mir lesen.

Kapitel 37

Brittany Westwood

„Der Bestsellerautor und verurteilte Mörder Frank Lamber hat ein neues Buch veröffentlicht", sagte die Nachrichtensprecherin Francine Dickson mit ihrem breiten Zahnpastalächeln. „Ja, Sie haben richtig gehört. Während seiner Zeit im California State Prison hat er nur Papier und Stift benötigt und schrieb seinen neuen Thriller. Das Manuskript hat er dann unter einem Pseudonym an verschiedene Verlage versendet." Francine Dickson wandte sich nun zu ihrem Gast im Studio, sodass Brittany ihre hübsche Stupsnase von der Seite betrachten konnte. „Bei mir ist nun Albert Jameson vom Noon-Verlag. Willkommen, Albert."

„Danke, Francine, dass ich hier sein darf." Ein Mann mit glänzender Stirn lächelte in die Kamera. Sein dunkelbraunes Haar war offensichtlich ein Toupet.

Brittany lag noch nackt in dem großen Kingsizebett. Nur eine Decke lag locker über ihrem Hintern. Clara betrat nur mit einem langen T-Shirt bekleidet und zwei Kaffee in der Hand das Schlafzimmer. Mit einem Kuss auf Brittanys Stirn reichte sie ihr eine Tasse und setzte sich dann in einen der beigen Sessel zwischen Bett und

Fensterfront, durch die man auf den geschäftigen Sunset Strip blicken konnte.

„Albert, ich muss es Sie einfach fragen", schnatterte Francine. „Wie sind Sie darauf gekommen, ein Buch von einem verurteilten Mörder zu verlegen? Frank Lamber wurde wegen Mordes an seiner eigenen Tochter, seiner Ex-Frau und seiner Haushälterin verurteilt. Und seine mörderische Karriere begann früh, wie sich zuletzt herausgestellt hat. Als Kind hat er seinen älteren Bruder Fletcher Lamber ermordet." Francine blickte fassungslos zu Albert, dessen Lächeln inzwischen gefroren war. „Und nun hat er ein Buch geschrieben und man sollte meinen, dass dieser Mann nie wieder einen Verleger findet."

Brittany trank einen Schluck ihres Kaffees und lachte bitter auf. „Diese Welt ist krank", brummte sie.

Clara warf ihr einen Blick aus den Augenwinkeln zu, sagte aber nichts.

Albert rückte sich kurz in seinem Stuhl zurecht. „Wissen Sie, Francine, Sie haben vollkommen recht. Aber – und das sage ich jetzt nicht, um uns ins gute Licht zu rücken", lachend hob er die Hände zu einer abwehrenden Geste, „wir wussten ja zuerst gar nicht, wer hinter diesem Pseudonym steckte. Erst als wir bereit waren, es zu vertreten, offenbarte uns Frank Lamber seine wahre Identität. Aber davon abgesehen, Francine, ist dieses Buch mit Abstand das beste, das Frank je geschrieben hat."

„Das ist wirklich interessant", schwatzte Francine weiter.

Angewidert schaltete Brittany den Fernseher leise, sodass Francines nervtötende Stimme nur noch ein Summen im Hintergrund war wie das einer Mücke.

Sie setzte sich auf, trank ihren Kaffee und fuhr sich über das müde Gesicht.

Clara beobachtete sie mit ihrem typischen milden Lächeln auf den Lippen. Sie wirkte immer so in sich ruhend, als könnte nichts, keine Nachricht dieser Welt sie je erschüttern.

Und das zog Brittany so wahnsinnig an. Clara war ihr Ruhepol.

„Du weißt, dass du das nicht machen musst", sagte sie nun.

Brittany blickte nur bewundernd auf ihre Freundin, als das goldene Licht der aufgehenden Sonne auf ihre elfenbeinfarbene Haut traf. Ihr Haar floss schimmernd über ihre Schultern. Brittany biss sich auf die Unterlippe. „Doch, ich muss das tun. Da sind noch so viele Fragen, die ich habe."

„Du hast so darauf geflucht, dass die hiesige Medienlandschaft ihm und seinem Buch eine Plattform gibt, obwohl er mehrere Menschen umgebracht hat." Clara legte den Kopf schief. „Warum willst du ihm jetzt eine geben?"

„Ich will ihm keine geben. Aber etwas in mir will ihn entschlüsseln. Je mehr ich darüber nachdenke, desto mehr muss ich an unser erstes Treffen denken. Da war er ganz anders. Er hat sich anders bewegt, anders gesprochen. Ja, er war immer noch dieses arrogante Arschloch. Aber dieser Frank, der mir damals im Haus gegenübergestanden hat, das war nicht derselbe Frank, den ich gesprochen habe." Brittany presste ihre Lippen aufeinander und schüttelte den Kopf, während sie in den dunklen Kaffee in ihrer Tasse starrte.

„Na ja, das ist Teil einer multiplen Persönlichkeitsstörung.“

Brittany sah auf, kniff die Augen zusammen. „Ja, aber es wirkte schon fast, als existierte dieser Frank gar nicht mehr, verstehst du? Ich muss wissen, ob er noch da ist.“

Clara seufzte, dann erhob sie sich und küsste Brittany auf die Stirn. „Tu, was du für richtig hältst.“ Sie lächelte, dann sah sie sie ernst an und deutete mit dem Zeigefinger auf sie. „Aber sag Djamila nichts. Sie bekommt bestimmt Schweißausbrüche, wenn sie hört, dass du wieder an einer Story über Frank Lamber sitzt.“ Sie lachte, dann schlenderte sie über den Teppichboden durch das Schlafzimmer ins angrenzende Bad, wo sie die Dusche anstellte.

Brittany lehnte ihren Kopf an der Lehne an und prustete die Luft aus. Dieses ganze Chaos hatte sie fast den Job gekostet, bis die L. A. Times die Ersten war, die über Frank Lamber und seinen Abgrund berichtet hatte.

Brittany beschloss, Clara Gesellschaft zu leisten, bevor sie sich für die Arbeit fertig machte.

Die Tür surrte und öffnete sich dann mit einem Quietschen. Brittany hatte die Sicherheitskontrolle, hohe Zäune und mehrere schwere Metalltüren durchlaufen. Um ihren Hals baumelte ein Besucherausweis. Sie trug eine lange lilafarbene Anzughose und das passende Sakko dazu.

Der Trakt, in dem Frank Lamber einsaß, war streng bewacht. Nun betrat sie den kleinen Raum, der für ihren Besuch vorbereitet worden war. Ein Beamter trat auf sie zu. Er war klein, sein Bauch hing über dem Gürtel, an dem Handschellen, Schlagstock, Pistole und Pfefferspray baumelten. „Guten Morgen, Ms. Westwood", nuschelte er. Sein Händedruck war fest. Er hatte eine Glatze und seine gebogene Nase fiel einem sofort auf. „Kurze Sicherheitseinweisung: Halten Sie Abstand vom Gefangenen, Sie dürfen ihm keine Gegenstände geben noch in seine Griffweite legen, berühren Sie ihn nicht. Falls Sie in eine Gefahrensituation geraten sollten, sind wir direkt vor der Tür und kommen zu Ihnen. Der Raum wird permanent überwacht."

Brittany schluckte, nickte dann aber. „Verstanden."

„Ich führe den Gefangenen dann zu Ihnen."

Er wandte sich um und verließ den Raum durch eine Tür gegenüber der Tür, durch die Brittany den Besucherraum betreten hatte.

Hastig tupfte sie sich den Schweiß von der Stirn. Sie wollte nicht, dass Frank Lamber bemerkte, dass sie nervös war. Also widmete sie sich ihrer Tasche, holte das Diktiergerät hervor und legte es auf ihre Seite des Tisches. Dann setzte sie sich.

Der Raum war karg. In den vier Ecken an der Decke hing je eine Überwachungskamera. Im Abstand einiger Sekunden blinkte das rote Licht auf und erlosch wieder.

Es war vollkommen still. Ab und an hörte sie einen Beamten an den Türen vorbeilaufen, das Klimpern von Schlüsseln und Surren von Sicherheitstüren.

Sie starrte auf die Tür, durch die Frank gleich kommen würde. Dabei versank sie in tiefe Gedanken. Sie dachte an die arme Ashley, die Haushälterin Ximena und Franks Ex-Frau. Sie dachte an all die Hinterbliebenen, die nun mit diesem immensen Schmerz zu kämpfen hatten, den Frank verursacht hatte.

Das Surren der Tür ließ Brittany zusammenfahren. Erschrocken riss sie den Kopf hoch.

Langsam öffnete sich die Tür. Sie blickte auf schwarze Schuhe. Unter der grauen Jogginghose lugten Fußfesseln hervor, verbunden waren diese mit den Handschellen. Brittanys Blick glitt an Frank empor. Er sah anders aus.

Sein Haar war ordentlich zurückgekämmt, der Bart rasiert. Er war dünner geworden, sodass seine Wangenknochen spitz hervorstachen. In seinen Augen blitzte etwas auf, das Brittany als Amüsement erkannte. Die Lachfalten um seine Augen gruben sich tiefer und auf seinen Lippen flackerte ein Lächeln.

Stumm ließ sich Frank Lamber an seinen Platz auf der anderen Seite des Tisches führen. Er hatte das Kinn hoch erhoben, während die Fußfesseln von den Handschellen gelöst wurden. Der Beamte drückte ihn auf seinen Platz. Frank würdigte ihn keines Blickes. Seine Augen fokussierten sich voll und ganz auf Brittany, mit einem Ausdruck von jemandem, der für eine rechte Sache im Gefängnis saß, wie jemand, der für Menschenrechte oder Demokratie in einer Diktatur einstand. Wut brodelte in Brittany. Seine Arroganz schien ungebrochen.

Die Handschellen schabten über den Tisch. Er faltete seine Hände und lächelte Brittany freundlich an. „So sieht man sich wieder.“

„Guten Tag, Frank." Sie hielt das Diktiergerät in die Höhe. „Es stört Sie doch nicht, wenn ich direkt beginne aufzunehmen?" Brittany drückte auf Play.

Frank legte den Kopf schief und musterte Brittany durch verengte Augen. Er wirkte wie ein Raubvogel. Abwartend. Lauernd. „Die gute Ms. Westwood, kommt direkt zur Sache." Er nickte. „Nur zu."

„Wie geht es Ihnen, Frank?"

Frank lächelte amüsiert. „Ich kann nicht klagen. Es ist warm und trocken, ich werde umsorgt und ich kann den ganzen Tag schreiben."

Brittany schluckte. Ihr Frühstück wollte wieder hochkommen. Doch sie riss sich zusammen, ließ sich ihren Ekel über sein Verhalten nicht anmerken. „Würden Sie nicht gerade lieber in Ihrem Strandhaus sitzen?"

Frank runzelte die Stirn, als verstünde er die Frage nicht. „Wieso sollte ich das wollen? Ich habe bekommen, was ich wollte."

Brittany kniff die Augen zusammen. „Und was ist das?"

Frank zögerte, blinzelte, als wägte er ab, wie er diese Frage beantworten sollte. „Die Anerkennung, die mir zusteht. Die Anerkennung meiner Existenz."

„Also geht es Ihnen – vor allem mit der Veröffentlichung Ihres neuen Buches – nicht um Geld oder Ruhm?"

Frank streckte den Rücken durch. „Nicht um Geld, nein." Er sprach ruhig, beinahe flüsterte er. „Aber um Ruhm. Und jetzt habe ich davon mehr als je zuvor." Seine Augen leuchteten, dann legte er den Kopf schief und musterte sie wie ein Raubvogel. „Es geht doch immer um den Ruhm, oder, Brittany Westwood?"

Brittanys Augen verengten sich. „Was wollen Sie mir damit sagen?"

Frank lehnte sich vor, ein breites Grinsen auf den Lippen. „Geht es dir nicht auch um Ruhm? Du bist hier. Du willst ein Interview mit mir. Du willst etwas vom Kuchen abhaben, richtig?"

Sie blinzelte, schüttelte dann den Kopf. „Nein." Sie schluckte. „Nein, ich will nur Antworten."

Frank legte den Kopf in den Nacken und lachte. Er war so anders als der Frank, den sie kennengelernt hatte. Eine Gänsehaut prickelte über ihren Körper.

Frank funkelte sie an. „Das ist eine Lüge. Du gehst für den Erfolg ebenso über Leichen. Schlachtest die Tragödie einer Familie aus, um dich daran zu bereichern."

„Ich bin nicht wie du."

Frank gluckste.

Brittany biss sich auf die Innenseite ihrer Wangen. „Mit wem spreche ich gerade?"

„Mit Frank Lamber." Diese Frage schien ihn zu empören. Er bemühte sich, es sich nicht ansehen zu lassen, hielt sein Lächeln aufrecht, doch ein merklicher Ruck ging durch seine Miene und kurz flammte Wut in seinen Augen auf.

„Mit welchem Frank?", fragte Brittany.

Franks Augen verengten sich zu Schlitzen. Er schwieg.

Brittany wartete, ließ ihm Zeit. Doch als die Minuten der Stille verstrichen, realisierte sie, dass er auf diese Frage nicht antworten würde. Also beschloss sie, ihn zu provozieren. „Kann ich mit dem anderen Frank sprechen?"

„Nein", fauchte Frank.

„Warum nicht?“

„Er ist nicht da.“

„Wo ist er?“

„Er will nicht sprechen. Er vegetiert nur vor sich hin. Er ist schwach. All die Jahre hat er mich versteckt. Das ist jetzt meine Zeit.“

„Verstehe ich das richtig, dass der andere Frank nie wirklich Bücher schreiben wollte?“

Frank lachte und warf dabei seinen Kopf in den Nacken. „Doch, er liebte das Schreiben, bis er realisierte, dass nicht nur er in die Tastatur tippte. Das Schreiben hat mir einen Zugang gegeben, den er mir verwehrt hat. Und als ich erst einmal da war, ist er mich nicht mehr losgeworden. Hat es erst geleugnet, bis es außer Kontrolle geriet. Frank hat seine Frau geliebt, ich habe sie gehasst. Ich habe sie auseinandergebracht.“ Er lachte auf. „Ich wollte nur das Beste für uns beide. Die beste Frau, das beste Haus, das beste Auto, die beste Karriere.“

„Jetzt haben Sie gar nichts mehr davon.“

Frank funkelte Brittany an. „Ich habe alles, was ich wollte. Ich bin wieder da. Ich kann wieder atmen und habe die Kontrolle.“

„Wieso glauben Sie, dass die Menschen Ihr Buch kaufen und es lesen, nach all dem, was Sie getan haben?“

Frank legte den Kopf schief und Brittany spürte an seinem taxierenden Blick, dass er sie angreifen würde, wenn er nicht in Hand- und Fußfesseln stecken würde. „Weil sie genau das wollen. Skandale. Die Menschen sind süchtig danach. Sie wollen empört werden, bis ins Mark erschüttert. Sie wollen sich erhaben fühlen über die Tatsache, dass die, die es lesen, bessere Menschen sind als ich. Es geht um die Arroganz. Die Befriedigung des Egos, dass man gewiss sein kann, dass es schlechtere Menschen als einen selbst gibt. Es geht darum, dass sie den Anblick ihrer eigenen Abgründe nicht ertragen und lieber in die Abgründe anderer Menschen starren." Er musterte sie intensiv, dann lehnte er sich vor, bis zur Hälfte des Tisches. „Was ist Ihr Abgrund, Brittany?", flüsterte er. „Ich kann ihn sehen. Sie tun so, als wären Sie ein Mensch im rechtschaffenen Licht. Aber mich führen Sie nicht vor, Brittany Westwood." Seine Augen weiteten sich. „Ich kann Sie sehen."

Eine Gänsehaut überkam Brittany. Unweigerlich schweiften ihre Gedanken ab, wandelten ins Dunkel, wandten sich dem Schmerz zu, den sie nur allzu gern vergaß.

Ängstlich starrte Brittany über den Rand ihres Abgrunds und was sie sah, ließ sie erschaudern.

Danksagung

Mein besonderer Dank gilt Ina Lütjen, die sich so um dieses Projekt bemüht und mich in viele Dinge mit einbindet. Ich danke dir dafür! Ebenfalls gilt mein Dank meiner Lektorin Katrin Gönnewig, die mit mir an dem Roman gefeilt und so schön mitgefiebert hat.
Außerdem danke ich meiner Familie, meinen Eltern und meinen Geschwistern, die mich immer unterstützen und jedes meiner Bücher kaufen und lesen! Danke! Ich danke auch meinem Freund, ohne dessen Unterstützung ich das hier gar nicht machen könnte. Jedes Buch widme ich dir und unseren Söhnen.